KB061947

사라지지 않는 여름

1

사라지지 않는 여름 1

에밀리 M. 댄포스 장편소설 — 송섬별 옮김

the Miseducation of Cameron Post

다산
책방

목차

1

1989년 여름

1

부모님이 돌아가신 그날 오후에 나는 아이린 클로슨과 함께 상점을 털고 있었다.

그 전날 엄마와 아빠는 매년 여름 그랬듯이 퀘이크 호수로 캠핑 여행을 떠났고, 빌링스에 살던 할머니가 우리 집에 *나를 돌봐 주러* 왔는데 조금 졸랐더니 아이린이 자고 가도 된다고 허락했다. "캐머런, 허튼 장난 치기에는 날씨가 너무 덥다." 할머니는 허락하자마자 그렇게 말했다. "그래도 우리 여자들은 여자들만의 시간이 필요한 법이지."

마일스시티는 낮에 32도까지 달아올랐는데 아무리 몬태나주 동부라고 해도 고작 6월 말치고는 더운 날씨였다. 산들바람이라도 불라치면 누가 허공에서 드라이기를 켠 것처럼 먼지가 일고 커다란 미루나무들이 날려 보낸 솜털이 드넓은 푸른 하늘을 둥

둥 떠다니다가 옆집 마당에 보슬보슬 소복이 내려앉았다. 아이린과 나는 이것을 여름눈이라고 불렀고 때로는 바작바작 타는 태양빛 속에서 눈을 가늘게 뜬 채로 혀를 내밀어 솜털을 받아먹기도 했다.

내 방은 위보 스트리트에 있는 우리 집의 다락방을 개조해 만들었는데, 대들보가 비쭉 솟고 각도가 이상하게 뒤틀려 있으며 여름이면 절절 끓었다. 기름때가 낀 창문형 선풍기가 달려 있기는 했지만 선풍기를 켠다한들 뜨거운 공기와 먼지, 그리고 가끔 이른 아침이면 갓 자른 잔디 냄새가 실려오는 게 전부였다.

아이린의 부모님은 브로더스로 가는 길에 소를 키우는 커다란 목장을 운영하고 있었는데, 심지어 그런 동네에 살면서도—MT59 고속도로를 벗어나면 있는 것이라고는 햇빛을 받아 바작바작 타들어가는 회색 세이지브러시 그리고 분홍색 사암 언덕 위로 난 비포장도로가 전부였다—아이린네 집에는 에어컨이 있었다. 아이린네 목장이 그 정도로 잘되어서였다. 아이린의 집에서 자고 아침에 일어나면 코끝이 시렸다. 또, 그 집 냉장고 문에는 제빙기까지 달려 있어서, 우리는 오렌지주스와 진저에일을 섞은 것에 잘게 부순 얼음을 넣고 '칵테일 아워'를 가지곤 했다.

내가 에어컨 없는 우리 집에서 버티는 방법은 욕실 세면대의 차디찬 수돗물로 티셔츠를 적시는 것이었다. 젖은 티셔츠에서 물을 짜낸 다음 한 번 더 찬물에 적시고 나서, 아이린과 나는 얼음처럼 차갑게 젖은 피부를 한 겹 더 입는 듯이 덜덜 떨면서 티셔츠를 다시 입고 잠자리에 들었다. 젖은 티셔츠는 자는 동안 뜨거운 공기와 먼지에 빳빳하게 말라서 꼭 할머니가 살짝 풀을 먹여 다린 아빠의 정장 셔츠처럼 딱딱하게 굳었다.

그날 아침 7시에는 벌써 기온이 26도를 웃돌아 우리 둘 다 앞머리가 땀에 젖어 이마에 찰싹 붙었고 열에 화끈 달아오른 얼굴에 베개 자국이 옴폭하게 남은 데다가 눈가에는 회색 눈곱이 끼어 있었다. 할머니는 어제 먹고 남은 땅콩버터 파이를 아침으로 먹어도 된다고 말한 뒤 솔리테르*를 하면서 간간이 두꺼운 안경을 쓴 눈을 들어 귀청이 떨어질 정도로 크게 틀어놓은 「페리 메이슨Perry Mason」** 재방송을 보았다. 할머니는 추리물을 좋아했다. 그러고는 11시가 가까워지자 밤색 셰비 벨에어에 우리 둘을 태워 스캘런 호수까지 데려다주었다. 평소에는 수영팀 연습을 하러 갈 때 자전거를 타고 갔지만 그날은 아이린이 자전거를 가져오지 않았다. 창문을 내렸는데도 차 안에 갇혀 있던 공기 때문에 뜨거운 기운이 가시지 않았다. 아이린과 나는 우리 엄마나 아이린네 엄마의 차에 탈 때면 서로 조수석에 타겠다고 우격다짐을 했지만, 할머니의 차에 탈 때는 운전석 등받이 위로 갓 펌을 마친, 대단하다 싶을 정도로 새카만 머리만 살짝 보이는 할머니가 우리의 전용 기사라도 되는 양 뒷좌석을 차지하고 앉아 그레이 푸폰*** 광고에 나오는 사람 흉내를 냈다.

---

* 혼자 하는 카드놀이.
** 1957년에서 1966년까지 CBS에서 방영한 법정드라마로 동명의 변호사가 주연으로 등장한다.
*** 디종 머스터드 소스의 상표명. 그레이 푸폰 광고는 1981년부터 방영된 것으로 롤스로이스를 모는 운전기사와 승객 사이의 대화를 묘사한 것이다.

(일단정지 표지판 한 번, 정지 신호 두 번이 있었는데도) 1분하고도 30초 만에 메인 스트리트에 도착했다. 할머니의 차는 딴딴한 윌콕신 아이스크림을 스쿱으로 크게 떠서 콘에 넘치도록 담아주던 컵 구멍가게를 지나, 대각선으로 마주 보고 서 있는 장례식장 두 개를 지나, 기찻길 아래로 난 하부도로를 지나, 부모님이 월급을 저축하러 갈 때마다 우리에게 덤덤 막대사탕을 주던 은행을 지나, 도서관, 영화관, 술집과 공원을 지났다. 그런 장소들은 세상 어느 조그만 동네에나 있겠지만 그래도 우리만의 장소였고, 그 시절 나는 그 사실이 참 좋았다.

"끝나거든 곧장 집으로 오너라." 할머니는 시멘트 블록을 쌓아 만든 수상안전요원용 건물과, 우리가 목욕탕이라고 부르던 탈의실 앞에 차를 세우면서 말했다. "둘이서 시내 돌아다니면서 쓸데 없는 짓 하지 말고. 수박 잘라놓을 테니 점심으로는 리츠 크래커에 체다 치즈를 올려 먹자꾸나."

할머니는 우리를 어르듯 혀 *차는* 소리를 내더니 벤 프랭클린 쇼핑몰 쪽으로 차를 몰았다. 자꾸 커지기만 하는 코바늘뜨기 작품에 쓸 털실을 또 사러 가는 거였다. 그때 할머니가 *흥이 나는* 듯 경적을 울리던 모습이 기억난다. 그 뒤로 아주 오랫동안 할머니가 그렇게 기분 좋아하는 모습을 본 적이 없었으니까.

"너희 할머니 좀 미친 거 아니야?" 아이린은 *미친*이라는 단어를 길게 늘려 발음하며 짙은 갈색 눈동자를 굴렸다.

"미쳤다고?" 나는 그렇게 묻기는 했지만 아이린이 대답할 짬을 주지 않고 얼른 말을 이었다. "아까 우리 할머니가 아침으로 파이 먹으라고 할 땐 아무 말 없더니? 너 두 조각이나 먹었잖아."

"그렇다고 너희 할머니가 제정신인 건 아니거든." 그러면서 아이린은 내가 어깨에 걸친 비치타월의 한쪽 끝을 홱 잡아당겼다. 타월은 내 맨다리에 한 번 부딪힌 뒤 콘크리트 바닥에 철썩 소리를 내며 떨어졌다.

"두 조각이나 먹었으면서." 내가 타월을 집어 들며 한 번 더 말하자 아이린은 웃음을 터뜨렸다. "한 조각으론 모자란 주제에."

아이린은 자꾸만 낄낄 웃으며 춤을 추듯 내 손이 닿지 않는 곳으로 도망쳤다. "너희 할머니는 완전 미쳤어, 완전 제정신이 아니야. 정신 나간 미치광이라니까."

아이린과 나는 늘 그런 식이었다. 절친인 동시에 원수지간이었다. 1학년 때부터 6학년 때까지 우리는 오십보백보로 1등을 겨루는 사이였다. 대통령배 체력검정시험을 치르면 턱걸이와 멀리뛰기에서는 아이린이 이겼지만 팔굽혀펴기, 윗몸일으키기, 50미터 달리기는 나의 승리였다. 스펠링 비*에 나갔더라면 아이린이 이겼을 것이다. 과학 경시대회에 나갔다면 내가 이겼을 거고.

한번은 아이린이 옛 밀워키 철교에서 다이빙할 수 있느냐고 나에게 도전장을 던진 적이 있었다. 나는 그 도전을 받아들였고, 강바닥의 시커먼 진흙 속에 묻혀 있던 자동차 엔진에 부딪쳐 머리가 찢어졌다. 열네 바늘이나 꿰맸으니 큰 상처였다. 한편 나는 아이린에게 우리 동네에 마지막으로 남은 나무 표지판 중 하나

* 전국 규모로 이루어지는 영어 철자 말하기 경시대회.

인 스트레벨 애비뷰의 정지 표지판을 톱으로 벨 수 있을지 도전해보자고 했다. 잘라낸 표지판은 아이린이 목장까지 가져갈 도리가 없어 결국 내가 가지고 있어야 했다.

"우리 할머니는 그냥 나이가 많은 것뿐이야." 나는 그렇게 말하면서 손목을 돌리며 타월을 올가미 모양으로 빙글빙글 돌렸다. 꼬아서 채찍처럼 두껍게 만들 생각이었으나 아이린이 금세 내 계획을 간파하고 말았다.

뒷걸음질로 펄쩍 뛰어 피하려던 아이린은 방금 수영 수업을 마치고 나온 수경 쓴 남자아이와 부딪치고 말았다. 그 바람에 신고 있던 플립플롭 한 짝이 벗겨질 뻔했다. 플립플롭이 발 앞으로 쭉 미끄러져 나오면서 발가락 두 개에 간신히 걸렸다. "미안." 아이린은 물을 뚝뚝 흘리는 그 아이와 아이의 엄마에게는 눈길도 주지 않고 벗겨진 신발을 앞으로 차면서 나에게서 도망쳤다.

"어린애들도 지나다니는데 조심 좀 하지 그러니." 아이 엄마는 아이린이 아닌 내게 잔소리를 했다. 내가 가까이 있었고, 타월을 말아 만든 채찍을 들고 있어서이기도 했지만, 아이린과 내가 무슨 잘못을 하면 잔소리를 듣는 건 항상 나였다. 그 아주머니는 수경 쓴 자기 아들이 무슨 큰 부상이라도 입은 것처럼 손을 꽉 붙들었다. "주차장에서 장난 치고 그러지 마라." 아주머니는 그 말을 남긴 뒤 아들을 질질 끌며 샌들을 신은 아들의 발걸음으로는 채 따라가지도 못할 만치 잽싸게 자리를 떠나버렸다.

나는 다시 타월을 어깨에 둘렀고, 아이린도 다시 내 쪽으로 다가왔다. 우리 둘은 그 아주머니가 소형 승합차에 아들을 태우는 모습을 지켜보았다. "완전 재수 없어." 아이린이 말했다. "후진할 때 뛰어가서 차에 치인 척해버려."

"그거 도전이야?" 내가 묻자 아이린은 처음으로 말문이 막힌 듯했다. 하지만 그 말을 한 사람이 나였음에도 일단 말이 입 밖에 나와 우리 둘 사이에 자리를 잡자마자 나 역시 부끄러워서 무슨 말을 해야 할지 알 수 없었다. 둘 다 어젯밤 우리 부모님이 퀘이크 호수로 출발한 직후 우리가 했던 일, 우리가 입에 올리지 않는 동안에도 오전 내도록 우리 둘 사이에서 웅웅 울리던 그 일을 기억하고 있었던 것이다.

어제 아이린은 나더러 자기에게 키스할 수 있겠느냐고 했다. 우리는 아이린의 엄마를 도와 울타리를 수선한 뒤 땀투성이가 된 채 목장의 건초 다락에 올라가 루트비어 한 병을 나눠 마시는 중이었다. 그전에는 하루 종일 서로를 이겨먹으려고 용을 썼다. 침 멀리 뱉기 대결에서 아이린이 이겼기에 나는 건초 더미 위에서 훌쩍 뛰어내렸고, 그러자 아이린이 상자 무더기 위에서 몸을 한 바퀴 구르며 뛰어내렸다. 그 때문에 나는 물구나무서서 티셔츠가 얼굴과 어깨로 흘러내려 상체를 홀랑 드러낸 채로 45초를 버텼다. 알레르기를 일으키는 싸구려 금속 목걸이가 얼굴 앞에서 달랑거렸다. 우리는 각자의 이니셜을 새긴 반쪽짜리 하트가 달린 이 목걸이를 똑같이 목에 걸었다. 목걸이가 녹스는 바람에 우리 둘 다 목에 초록색 자국이 남았지만 피부가 햇볕에 그을려서 거의 표시가 나지 않았다.

아이린이 내 배꼽을 꾹 누르지만 않았더라면 더 오래 물구나무를 설 수 있었을 것이다.

"손 치워." 나는 조금 더 버티다가 아이린 위로 엎어졌다.

"수영복에 가려지는 데는 전부 밀가루 반죽처럼 하얗네." 그러면서 아이린이 내 얼굴에 자기 얼굴을 바짝 붙인 채로 웃었는데, 커다랗게 벌어진 입 모양이 짚을 쑤셔 넣으면 딱 좋을 것 같아 나는 그렇게 해버렸다.

아이린은 기침을 했고 거의 30초 내내 침을 뱉었는데 딱 그 애다운 드라마틱한 반응이었다. 보라색과 분홍색 새 고무줄을 끼운 교정기에도 지푸라기가 껴서 잡아 빼야 했다. 그러고 나서야 아이린은 다시 허리를 펴고 앉더니 딱딱한 말투로 말했다. "수영복 자국 다시 보여줘."

"왜?" 나는 그렇게 물으면서도 이미 새카맣게 탄 목과 어깨 사이에 그려진 새하얀 수영복 어깨끈 자국을 보여주려고 셔츠를 벗을 준비를 하고 있었다.

"꼭 브래지어 끈 같잖아." 그러면서 아이린은 집게손가락을 들어 천천히 내 어깨에 새겨진 끈 자국을 쓸어내렸다. 그러자 내 팔다리에 소름이 돋았다. 아이린이 나를 보더니 웃었다. "올해에는 브래지어 할 거야?"

"아마도." 방금 물구나무를 서느라 아직 내 가슴이 브래지어를 할 만큼 부풀지 않았다는 걸 보여주고 말았는데도 나는 그렇게 대답했다. "너는?"

"나도." 아이린이 다시금 내 어깨 위의 수영복 끈 자국을 손가락으로 덧그렸다. "중학생이니까."

"교문 앞에서 브래지어 했는지 검사하는 것도 아닌걸." 아이린의 손길이 좋았지만 그게 의미하는 바가 무엇인지는 두려웠다. 나는 다시 지푸라기를 한 움큼 집어 건강 줄넘기 행사에 갔을 때 받은 아이린의 보라색 티셔츠 앞섶에 쑤셔 넣었다. 아이린은 꺅 비명을 지르면서 나에게 앙갚음을 하려 했지만 다락을 꽉 채운 열기 때문에 둘 다 땀범벅이었던 데다 지쳐 있었던 탓에 오래가지는 않았다.

우리는 다락에 쌓인 상자들에 등을 대고 서서 이제는 뜨뜻미지근해진 루트비어를 서로 주거니 받거니 하면서 마셨다. "이제 거의 어른이잖아." 아이린이 말했다. "그러니까 행동도 어른스럽게 해야지. 중학생이니까." 그러더니 아이린은 한참이나 루트비어를 꿀꺽꿀꺽 들이켰는데, 꼭 애프터스쿨 스페셜* 에피소드에 나올 것 같은 진지한 모습이었다.

"왜 자꾸 그런 말을 하는 거야?" 내가 물었다.

"너랑 나 둘 다 이제 열세 살이 되니까. 10대가 되는 거잖아." 아이린이 말끝을 흐리더니 발을 건초 더미 속에 푹푹 쑤셔 넣었다. 그다음에는 병 주둥이를 입에 문 채로 웅얼거렸다. "넌 이제 10대인데 키스할 줄도 모르잖아." 그 애가 루트비어를 홀짝이며 가짜 웃음소리를 냈고 그러는 바람에 입가에 기포를 머금은 액체가 흘러내렸다.

---

* ABC 방송국에서 1970년대에 정착시킨 용어로, 방과 후 청소년이 시청할 수 있는 오후 시간대에 방송하는 10대를 대상으로 한 드라마를 말한다.

"그건 너도 똑같잖아, 아이린. 넌 뭐 '섹시 렉시'라도 되는 줄 알아?" 아이린에게 창피를 주려고 한 말이었다. 우리는 종종 클루 게임을 했는데 그때마다 미스 스칼릿 말은 아예 상자에서 꺼내지도 않았다. 우리가 가진 클루 게임은 표지 사진 속 사람들이 희한한 옛날 옷을 입고 앤티크 가구로 가득한 방에서 각 인물을 흉내 내며 포즈를 취하고 있는 판본이었다. 사진 속 가슴이 풍만한 미스 스칼릿은 기다란 소파 위에 빨간 드레스를 입은 흑표범처럼 축 늘어져서 길고 검은 담뱃대를 뻐끔대고 있었다. 우리는 미스 스칼릿에게 섹시 렉시라는 별명을 붙였고 배불뚝이 그린 씨나 세상물정 모르는 머스터드 대령과의 불륜 이야기도 지어냈다.

"섹시 렉시가 아니라도 키스는 할 수 있잖아, 바보야." 아이린이 말했다.

"누구랑 키스하게?" 나는 아이린이 뭐라고 대답할지 정확히 알면서도 그렇게 묻고는 숨을 참고 대답을 기다렸다. 그 애는 아무 말도 하지 않았다. 대답 대신 남은 루트비어를 단숨에 들이켜더니 병을 바닥에 눕힌 다음 살짝 밀어 멀리 굴려 보냈다. 병이 건초 더미에 난 틈 쪽으로 구르자 무른 나무 바닥 위로 유리가 일정하게 스칠 때 나는 텅 빈 소리가 들려왔고 우리는 함께 귀를 기울였다. 다락의 바닥은 살짝 경사져 있었다. 병은 구석으로 굴러가더니 눈앞에서 사라졌고 곧 건초에 병이 부딪히는 작은 소리가 들릴락 말락 하게 났다. 나는 아이린을 바라보았다. "너희 아빠가 알면 화내실걸."

아이린은 고개를 돌려 나를 빤히 바라보았다. 우리의 얼굴은 또다시 바짝 맞닿았다. "너 나한테 절대 키스 못 할걸." 아이린은 흔들림 없는 눈빛으로 말했다.

"도전이야?" 내가 물었다.

아이린은 '당연하지' 하는 표정을 지으며 고개를 끄덕였다.

그래서 나는 곧바로 아이린에게 키스했다. 그 애가 다음 말을 잇기 전에, 아니면 그 애 엄마가 이제 씻고 저녁 먹으라고 부르기 전에. 키스를 하기 전에 미리 알아야 하는 것 따위는 없다. 키스는 행동, 그리고 반응으로 이루어져 있다. 그 애의 입술이 짭짤하고, 루트비어 맛이 나는 것. 키스하는 내내 머리가 어찔한 것. 만약에 키스가 딱 한 번이었다면, 이건 그저 아이린의 도전을 받아들인 것이고, 예전에 했던 다른 일과 다를 바 없는 일이었을 거다. 하지만 키스가 끝나고 우리가 상자에 기대자 노란색 덮개가 아래로 미끄러지면서 바닥에 쏟아진 진저에일 위로 떨어졌는데 그때 아이린이 다시 나에게 키스했다. 내가 도전을 걸었던 것도 아닌데, 그 애가 나에게 키스해서 기분이 좋았다.

바로 그때 아이린의 엄마가 저녁 먹으러 오라고 불렀고, 우리는 뒷문 포치에 있는 커다란 개수대에서 몸을 씻는 내내 서로의 시선을 의식했고, 우리가 좋아하는 방식대로(바짝 태우듯 구워서 케첩 범벅이 되게 한) 그릴에 구운 핫도그와 딸기 브레첼 샐러드를 두 그릇 먹었다. 아이린의 아빠가 나를 다시 시내까지 태워다 주기로 해서 우리 셋은 트럭 앞좌석에 다 함께 앉았고, AM 라디오 방송국인 KATL에서 나오는 잡음 섞인 라디오 소리 외에는 아무 소리도 없이 마일스시티 반대쪽 끝에 있는 시머트리 로

드로 향했다. 집에 돌아온 우리는 할머니와 함께 「맷록Matlock」*을 조금 본 뒤 뒷마당으로 갔고, 아직 스프링클러의 물기가 남아 축축하고, 개오동나무 아래 하얀 꽃이 한가득 피어 뜨거운 공기 속에 묵직한 향내를 불어넣고 있는 잔디밭을 가로질러 걸었다. 우리는 빅 스카이**가 석양을 뿜어내는 모습을 감상했다. 짙은 분홍색과 밝은 보라색으로 물든 하늘은 서서히 검푸른 잉크빛으로 어두워져갔다.

일찍 뜬 별들이 시내 영화관 입구 차양 위를 밝히는 조명처럼 반짝이기 시작했다. 아이린이 물었다. "딴 사람들이 알면 큰일 날까?"

"그럴걸." 나는 곧장 그렇게 대답했는데, 여태 여자끼리 키스하면 안 된다고 누가 말해준 적은 없었지만, 굳이 말해주지 않아도 알았기 때문이었다. 키스는 남자와 여자가 하는 것이다. 우리 학년 아이들도, TV에서도, 영화에서도, 세상에서도 다들 그런다. 원래 그런 건 남자와 여자가 하는 것이다. 그 밖에는 전부 이상한 것이다. 또래 여자아이들이 손을 잡거나 팔짱을 끼고 걸어 다니는 모습을 본 적도 있고, 그중에는 서로를 연습 상대 삼아 키스를 하는 아이들도 있겠지만, 나는 아이린과 내가 헛간에서 했던 키스는 그런 게 아니라는 걸 알았다. 우리의 키스는 보다 진지하고 아이린의 말처럼 어른스러운 것이었다. 우리가 한 키스

---

* 1986년부터 방영한 앤디 그리피스 주연의 법정 드라마.
** 몬태나주 동부에 있는 로키 산맥의 별명.

는 연습이 아니었다. 그런 게 아니었다. 적어도 내 생각에는 말이다. 하지만 나는 아이린한테 이런 말을 하지는 않았다. 아이린 역시 알고 있었으니까.

"우린 비밀 지키자." 마침내 나는 그렇게 말했다. "굳이 다른 사람한테 말할 필요 없잖아." 아이린은 대답이 없었고, 어두워서 표정을 알아볼 수 없었다. 내가 아이린의 대답을 기다리는 동안 뜨겁고 달짝지근한 냄새 속에서 그 어떤 것도 결론이 나지 않은 채 가만히 멈춰 있었다.

"그래, 그래도—" 아이린이 입을 여는 순간 뒷문 포치에 불이 켜지더니 가리개 문 안쪽에 선 할머니의 땅딸막한 실루엣이 비쳤다.

"이제 안으로 들어올 시간이다, 얘들아. 자기 전에 아이스크림이나 먹자꾸나."

우리는 할머니의 실루엣이 문간을 떠나 다시 부엌 쪽으로 돌아가는 모습을 지켜보았다.

"아이린, 아까 뭐라고 하려고 했어?" 할머니가 뒷마당에 서 있다 해도 내 목소리가 들리지는 않으리라는 걸 알면서도 나는 목소리를 낮추어 속삭였다.

아이린이 숨을 들이쉬는 소리가 들렸다. 짧은 숨이었지만, 분명 말하기 전에 숨을 들이쉰 게 맞았다. "다음에 또 해도 되는 걸까, 캠?"

"조심하면 될 거야." 나는 그렇게 대답했다. 어둠 속에서도 내 얼굴이 빨개지는 게 보였을 거다. 하지만 아이린이 굳이 내 얼굴을 확인해야 할 필요는 없었다. 아이린은 알았으니까. 예전부터 그 애는 다 알고 있었다.

스캘런 호수는 인공 호수라고 해야 할지, 연못이라고 해야 할지, 마일스시티에서 깜냥 닿는 대로 애를 써서 만든 시립 수영장이었다. 연방수영협회 규정에 맞춰 45미터 간격으로 목제 플랫폼이 두 개 서 있었다. 스캘런 호수의 가장자리 절반은 자갈이 많이 섞인 갈색 모래로 둘려 있었는데 수영을 하다가 진흙에 발이 빠지는 일이 없도록 호수 바닥에서 물 밖으로 나오는 길 일부분에도 똑같은 거친 모래를 부어두었다. 매년 5월이면 시에서 흐름관을 대서 반쯤 드러난 호수 바닥에 옐로스톤강의 물을 끌어왔다. 물뿐 아니라 쇠 살대에 걸리지 않는 온갖 것도 같이 끌려왔다. 새끼 메기, 거머리, 피라미, 물뱀, 그리고 오리 똥을 먹고 사는 조그만 무지갯빛 달팽이들도 있었다. 그 달팽이는 물옴이라고 불리는 붉은 발진을 유발했고 물옴이 옮으면 다리 뒤쪽, 특히 무릎 뒤 연한 살이 벌겋게 달아올라 쓰라렸다.

아이린은 물가에서 내가 수영 연습을 하는 모습을 보고 있었다. 수영장에서 우리의 대화가 끝나자마자 코치인 테드가 나났기에 우리는 *허튼 장난*을 할 시간이 없었는데, 둘 다 속으론 다행이라 생각했던 것 같다. 플랫폼에서 워밍업을 하는 내내 나는 눈으로 아이린을 찾았다. 아이린은 수영을 잘 못했다. 소질이 아예 없었다. 고작 몇 번 스트로크* 해서 앞으로 나가는 게 전부였으니, 오른쪽 플랫폼 끄트머리에 달린 다이빙대를 쓰려면 꼭 거쳐야 하는 깊은 물 입수 시험을 통과할 리가 없었다. 내가 여름마다 수영을 배우는 동안 아이린은 울타리를 세우고 소떼를 몰고 소에게 낙인을 찍고 이웃 목장과 그 이웃 목장의 일까지 도왔다. 하지만 우리는 무슨 일이든 서로 겨루는 사이였고, 경쟁에서 누가 이겼는지 뚜렷하지 않을 때가 많았기에, 나는 내가 수영만큼은 앞선다는 사실에 집착하느라 아이린과 같이 스캘런 호수에 올 때마다 접영으로 레인을 왕복하거나 잭나이프 다이빙을 선보이며 내 우월함을 자꾸만 증명했다.

하지만 이번에는 수영 실력을 과시하려고 아이린을 찾는 것이 아니었다. 물가에 있는 아이린을 자꾸만 찾다가 그 애가 흰색 야구모자로 얼굴에 그늘을 드리운 채 모래를 쌓아 뭔가를 만드느라 바삐 손을 놀리는 모습을 확인하니 어쩐지 안심이 되었다. 아이린은 플랫폼에 매달려 있던 나와 눈이 마주치면 손을 흔들어 보였고 그러면 나도 마주 손을 흔들면서 비밀 신호를 주고받는다는 생각에 짜릿해졌다.

그러다가 서로에게 손을 흔드는 모습을 테드 코치에게 들키고 말았다. 테드 코치는 오늘따라 기분이 좋지 않은지 간으로 만든 소시지와 양파 샌드위치를 씹으며 낮은 다이빙대 위나 수상안전요원석 언저리를 이리저리 돌아다니다가 우리가 호각 소리에 맞춰 제때 출발하지 않으면 딱딱한 노란색 킥보드로 엉덩이를 후려치곤 하던 참이었다. 몬태나대학교 학생인 테드 코치는 여름

---

* 수영에서 팔로 물을 끌어당기는 동작.

방학을 맞아 집으로 돌아와 있었고, 새까맣게 그을리고 오일을 발라 번들거리는 몸에서는 바닐라 추출물과 양파 냄새를 풍겼다. 스캘런 호수의 수상안전요원들이 각다귀 기피제 삼아 그것을 온몸에 발랐기 때문이다.

우리 팀 여자아이들은 거의 모두 테드 코치를 짝사랑했다. 나는 테드 코치처럼 되고 싶었다. 시합이 끝나면 얼음처럼 차가운 맥주를 들이켜고 사다리 없이 팔 힘으로 수상안전요원석에 훌쩍 올라가고 롤 바*를 장착하지 않은 지프를 모는, 잇새가 벌어진 수상안전요원 대장 말이다.

"연습에 친구를 데려오더니 정신이 빠졌군." 자유형 백 미터가 끝나고 스톱워치에 찍힌 내 기록이 마음에 들지 않았던 테드 코치의 말이었다. "방금 네가 한 동작을 너는 뭐라고 생각하는지 모르겠지만, 확실한 건 플립 턴이라는 이름을 붙일 수 없다는 거야. 다리를 머리 위로 움직일 때는 돌핀 킥을 해야지. 또, 호흡하기 전에 최소한 스트로크 세 번은 하라고. 세 번이야."

나는 일곱 살부터 수영팀 활동을 했지만 선수로서 진가를 발휘하기 시작한 것은 작년 여름부터였다. 드디어 호흡을 제대로 할 줄 알게 되었고—물속에 있을 때 숨을 끝까지 뱉어내는 것과 고개를 기울이는 적당한 각도를 익혔다—매 스트로크마다 수면을 치지도 않게 되었다. 마침내 내 리듬을 찾았다고 테드 코치는 말했다. 대회에 나갈 때마다 순위에 오르자 테드 코치도 나에게

---

* 차량의 뒤틀림을 막고 적재를 용이하게 하기 위해 설치하는 철제 프레임.

기대를 품기 시작했는데 그의 기대를 받는 존재가 되자니 좀 겁이 났다. 연습이 끝나자 테드 코치가 나를 데리고 플랫폼에서 내려와 물가로 향했다. 호수에서 갓 나와 차가운 내 몸에 두른 테드 코치의 팔은 뜨거웠고, 내 맨 어깨가 그의 겨드랑이 사이에 끼자 동물 털처럼 징그러운 겨드랑이 털의 감촉이 느껴졌다. 나중에 나는 아이린에게 이 이야기를 해주면서 같이 실컷 웃었다.

"내일은 친구 데려오지 마라, 알았나?" 테드 코치는 아이린도 들으라는 듯 목소리를 높였다. "하루에 두 시간은 오로지 수영에만 집중하라고."

"알았어요." 큰일은 아니었지만 그래도 잔소리를 듣는 모습을 아이린에게 보이자니 부끄러웠다.

테드 코치는 특유의 미소를 지었다. 시리얼 상자에 만화체로 그려진 여우처럼 희미하면서도 야비한 미소였다. 그러더니 그 묵직한 팔로 나를 붙잡고 앞뒤로 슬슬 흔들었다. "뭘 알았다고?"

"내일은 수영에만 집중할게요." 내가 대답했다.

"착하다." 테드는 코치답게 나를 짧게 포옹하더니 거들먹거리는 걸음걸이로 샤워장 쪽으로 갔다.

내일은 두 시간 동안 수영에, 그러니까 플립 턴이나 풀 아웃, 접영을 할 때 턱 집어넣기 따위에 집중하겠다는 약속이 그때는 그토록 쉽게 느껴졌다. 식은 죽 먹기일 줄 알았다.

점심 식사가 끝나자 할머니는 「제시카의 추리 극장Murder, She Wrote」 재방송을 틀었으나 보다가 잠들어버렸고, 나와 아이린은 전에 보았던 회차였기에 리클라이너에서 자는 할머니를 가만히 두고 조용히 집 밖으로 나왔다. 할머니가 숨을 쉴 때마다 스크리밍 제니 폭죽이 터지고 난 뒤처럼 작게 바람 빠지는 소리가 났다.

바깥으로 나온 우리는 차고 옆 미루나무에 올라가서 몸에 앞뒤로 반동을 주어 차고 지붕에 뛰어내렸는데, 부모님이 절대로 하지 말라고 귀에 못이 박이게 잔소리를 했던 짓이었다. 차고 지붕에 칠한 검은 타르가 녹아서 끈끈해져 있었다. 아이린이 지붕에 발을 딛자마자 신고 있던 플립플롭이 타르를 파고들었다. 아이린이 제때 발을 빼지 못하고 앞으로 넘어져버리는 바람에 그 애의 두 손은 타르 범벅이 되고 말았다.

우리는 다시 땅으로 내려왔고, 타르 묻은 신발 바닥이 자꾸만 땅바닥에 쩍쩍 달라붙는 가운데 마당과 골목을 돌아다니다가 걸음을 멈춰 말벌 집을 자세히 관찰하기도 하고, 포치 앞 계단 꼭대기에서 바닥으로 훌쩍 뛰어내리기도 하고, 호스에 입을 대고 우물에서 길어 올린 물을 마시기도 했다. 어제 헛간에서 있었던 사건에 대해, 둘 다 또 하고 싶어 한다는 사실을 서로 알고 있는 그 일에 대해 이야기하는 것을 빼면 모든 걸 다 했다. 나는 아이린이 무슨 말이라도 해주었으면, 먼저 나서주었으면 했다. 그러면서도 아이린 역시 똑같이 기다리고 있다는 걸 알았다. 우리는 이런 시합에는 도가 텄다. 며칠씩이나 이렇게 서로의 눈치를 보면서 버틸 수도 있었을 것이다.

"너희 엄마가 퀘이크 호수에 가셨을 때 이야기 또 해줘." 아이린은 잔디밭에 놓인 의자에 앉아 플라스틱 팔걸이에 길쭉한 다리를 걸치고는 타르가 묻어 묵직해진 플립플롭을 발가락에 걸고 달랑거렸다.

　나는 아이린 앞에 인디언 스타일로 앉을 생각이었지만 벽돌로 만든 파티오*가 햇볕을 받고 달아올라 맨다리가 닿자마자 지글지글 익는 것 같았기에 자세를 바꿔 무릎을 세우고 두 무릎을 가슴 앞에 양팔로 끌어안고 앉았다. 아이린을 보려면 눈을 찡그려 가늘게 떠야 했는데, 그래도 그 애의 머리 뒤에서 해가 새하얀 역광을 뿌려대는 바람에 흐릿하고 어두운 형체만 보일 뿐이었다. "1959년에 우리 엄마는 돌아가실 뻔했어. 지진이 났거든." 나는 그렇게 말하면서 한 손을 벽돌 위에 내려놓아 새까만 개미 한 마리가 무언가를 열심히 나르며 기어가던 길을 막아버렸다.

　"이야기 시작이 그게 아니잖아." 아이린은 그렇게 말하면서 발끝에 걸린 플립플롭 한 짝을 바닥에 떨어뜨렸다. 그러더니 다른 한 짝도 마저 떨어뜨렸고, 그 탓에 지나가던 개미가 놀랐는지 결국 완전히 다른 방향으로 진로를 틀었다.

　"그럼 네가 이야기하든지." 나는 개미가 내 손가락을 타고 넘어가게 해보려고 애썼다. 개미는 자꾸만 길을 멈추더니 결국 제자리에 꼼짝 않고 멎어버렸다. 그러다가 결국은 내 손을 빙 둘러 지나가기로 한 모양이었다.

　"왜 그래. 짜증나게 굴지 말고 그냥 평소대로 이야기해줘."

　"8월이었어. 우리 엄마는 외할머니, 외할아버지, 그리고 루스

---

* 스페인식 주택의 중정(中庭).

이모랑 같이 캠핑을 갔어." 나는 모두가 싫어하는 5학년 오벤 선생님처럼 단어 하나하나를 길게 늘이면서 최대한 지루한 말투로 말을 이었다.

"그딴 식으로 할 거면 그만두든가." 아이린은 발가락으로 파티오 위를 훑으며 플립플롭에 달린 끈을 걸어 올리려고 애를 썼다. 나는 플립플롭 두 짝 모두 아이린의 발이 닿지 않는 곳까지 밀어버렸다. "알았어. 어린애처럼 굴지 말라고. 말해줄게. 해주면 되지? 우리 엄마는 옐로스톤강가에서 일주일간 캠핑을 했는데, 그날 밤은 록 크릭에서 묵을 생각이었대. 록 크릭에 도착한 건 그날 오후였지."

"그날이 언젠데?" 아이린이 물었다.

"8월. 날짜를 외우고 있어야 하는데 기억이 안 나. 외할머니가 점심 식사를 차리시는 걸 엄마랑 루스 이모가 도우셨고, 외할아버지는 낚시를 하려고 장비를 준비하고 계셨대."

"낚싯대 이야기도 빼먹으면 안 돼." 아이린이 말했다.

"네가 자꾸 끼어들지만 않으면 할 거야. 엄마는 늘 이렇게 말씀하셨어. 만약 외할아버지가 낚싯대를 물에 담그기만 했더라도 록 크릭을 떠날 수 없었을 거래. 낚시를 시작한 뒤였다면 외할아버지는 무슨 일이 있어도 자리를 떠나지 않았을 거라고 말이야. 만약 딱 한 번이라도 낚싯대를 던졌더라면, 그걸로 끝이었겠지."

"이 얘긴 들을 때마다 닭살이 돋는단 말이야." 그러면서 아이린은 증거를 보여주겠다는 듯이 한 팔을 내밀었다. 내가 팔을 자세히 보려고 아이린의 손을 잡는 순간 찌릿하게 전기가 통하는 걸 둘 다 느꼈고, 동시에 우리가 지금 입에 올리지 않고 있는 그 사건이 떠올랐기에, 나는 얼른 그 애의 손을 놓았다.

"그래, 아무튼 외할아버지가 개울로 다가가기 전에 빌링스에서 알고 지내던 지인 가족이 나타났던 거야. 우리 엄마는 그 집 딸인 마고랑 엄청 친한 친구 사이였어. 아직도 친하게 지내. 마고는 되게 멋있어. 어쨌든 그렇게 만난 김에 점심을 같이 먹기로 했는데, 마고네 부모님이 우리 외할머니랑 외할아버지한테 버지니아시티로 가서 하룻밤 묵으면서 그 동네 옛날 극장에 가서 버라이어티 공연을 보는 게 어떠냐고 권했대. 그분들이 막 버지니아시티에 다녀온 참이었다나."

"또 그 뷔페도 먹어보라고 권했다며." 아이린이 말했다.

"맞아. 스뫼르고스보르드*였어. 엄마 말로 외할아버지는 스뫼르고스보르드 이야기를 듣자마자 구미가 당겼대. 파이에다가 스웨덴식 미트볼 같은 게 잔뜩 나올 테니까 말이야. 외할아버지는 아빠 표현에 따르면 당 중독자였거든."

"너희 외가 사람들이랑 같이 식사했던 가족 중에 누구 한 명 죽었다고 하지 않았어?" 아이린은 아까보다 한층 목소리를 낮추어서 물었다.

"마고의 오빠가 돌아가셨대. 나머지는 다 탈출했고." 언제나 그랬듯 그 사건을 떠올리면 오한이 일었다.

"그게 언젠데?" 아이린이 팔걸이에 걸친 다리를 다시 훌쩍 들

---

* 스웨덴 전통 뷔페 요리.

어 바닥에 발을 디딘 뒤 상체를 내 쪽으로 기울였다.

"그날 밤 늦은 시각, 자정이 다 되어갈 무렵이었어. 넘쳐버린 헤브젠 호수 물에 록 크릭 캠핑장이 잠겨버렸고, 산사태가 나는 바람에 물이 빠져나가지 못했대."

"그렇게 퀘이크 호수가 생겨났고 말이야." 아이린이 나 대신 이야기를 끝맺어주었다.

나는 고개를 끄덕였다. "희생자들은 전부 호수 밑바닥에 수장됐어. 아직도 거기 있겠지? 자동차라든지, 캠핑카라든지, 캠핑장에 있던 것 전부 다 말이야."

"오싹하다. 분명 거기 귀신이 들렸겠지? 도대체 너희 엄마 아빠는 왜 매년 거길 찾아가신대?"

"그냥 가는 거야. 아직도 거기서 캠핑하는 사람들이 많아." 사실 나도 엄마 아빠가 왜 그곳을 찾는지 알 수 없었다. 하지만 내가 태어난 이래로 매년 여름 부모님은 그곳으로 캠핑을 갔다.

"그때 너희 엄마는 몇 살이셨어?" 아이린은 발가락으로 플립플롭을 낚아챈 뒤 일어서서 머리 위로 두 팔을 뻗으며 기지개를 켰고 그 바람에 올라간 티셔츠 아래로 배가 살짝 드러났다.

아이린과 같이 있을 때면 원치 않는데도 자꾸만 찾아오는 그 느낌이 내 안에서 열기구처럼 부풀어 오르는 바람에 나는 눈길을 돌렸다. "열두 살." 나는 대답했다. "우리랑 똑같이 말이야."

결국 우리는 딱히 계획도 없이 어슬렁어슬렁 우리 집을 벗어나 그늘진 곳을 따라 동네를 정처없이 거닐었다. 6월 말이라 노점에서는 폭죽을 팔고 있었고 아이들이 벌써부터 자기 집 뒤뜰에서 폭죽을 터뜨리기 시작한 건지 높다란 울타리 안쪽에서 우르릉 쾅 소리와 함께 연기가 구불구불 새어나왔다. 티퍼레리에 있는 노란 집 앞을 지나던 나는 누군가가 길가에 잔뜩 뿌려놓은 딱총화약 두 개를 실수로 밟고 말았다. 얄팍한 샌들 바닥 밑에서 화약이 딱딱 터지는 느낌에 비명을 지르기도 전에 무릎이 다 까진 채로 쿨 에이드*로 빨갛게 물든 이를 드러내며 웃는 남자아이 한 무리가 나무 위 요새 안에서 땅 위로 내려왔다.

"찌찌 보여주면 지나가게 해주지." 무리 중 한쪽 눈에 플라스틱 해적 안대를 쓴 통통한 남자아이 하나가 으름장을 놓았다. 다른 아이들이 환호성과 함께 웃어대는 가운데 아이린이 내 손을 잡는데, 그 순간만큼은 그 애의 손길이 전혀 어색하게 느껴지지 않았다. 우리는 쫓아오는 남자아이들을 피해 달아났고, 그렇게 다들 미친 듯 고함을 질러대며 두 블록 가까이 달린 끝에 플라스틱 장난감 총의 무게와 여덟 살 아이의 좁은 보폭이라는 한계에 부딪친 남자아이들이 결국 뒤처지고 말았다. 날이 더웠는데도 달리는 동안 기분이 좋았다. 손을 꼭 잡은 채로, 뒤따라오는 웃통 벗은 괴물들을 피해 온 힘을 다해 달렸으니까.

우리는 숨이 차고 땀투성이가 된 채로 킵 구멍가게 앞의 바닥이 쩍쩍 갈라진 주차장을 어슬렁거렸고, 시멘트 주차 블록을 밟으며 줄타기하듯 걸어 다니기를 되풀이하던 끝에, 아이린이 마

---

* 과일 향이 나는 미국의 음료수 이름.

침내 입을 열었다. "딸기 맛 버블리셔스 풍선껌 씹고 싶어."

"사면 되지." 나는 한 블록에서 다른 블록으로 폴짝 건너뛰면서 대답했다. "아빠가 캠핑 가시기 전에 엄마한테 말하지 말라면서 10달러 주셨어."

"고작 껌 한 통이잖아." 아이린이 말했다. "그냥 훔치면 안 돼?"

지금까지 내가 킵 구멍가게에서 물건을 슬쩍한 적은 열 번도 넘었지만, 그때마다 나 나름대로 다 계획이 있었다. 항상 미리 마음을 먹고 한 일이었고, 어떤 때는 아이린이 나에게 어떤 물건을 훔쳐오라고 도전을 걸기도 했다. 예를 들면 길이도 길고 셀로판 포장지 때문에 시끄러워서 안 들킬 수가 없는 리코리스 로프라든지, 어디다가 쑤셔 넣은들 불룩 튀어나와 시선을 끄는, 기다란 통에 든 프링글스 같은 것이었다. 나는 훔친 물건을 가방 안에 집어넣지 않았다. 너무 뻔하잖아. 과자 진열대 앞에 *어린아이가 커다란 가방을 메고 서 있다?* 들키고도 남지. 나는 옷 속, 주로 바지 속에 물건을 숨겨 나왔다. 하지만 그런 일을 안 한 지도 이미 한참이 지난 터였다. 여름방학이 시작된 뒤로는 한 번도 하지 않았고, 마지막으로 했을 땐 두꺼운 스웨터에 청바지까지 지금보다 옷을 훨씬 두껍게 입고 있었다. 게다가 물건을 훔칠 때 아이린과 같이 가게에 들어간 적도 없었다. 단 한 번도 없었다.

"알았어, 그래도 일단 뭐 하나 사긴 해야지." 내가 말했다. "그냥 가게에 들어가서 돌아다니다가 밖으로 나갈 수는 없잖아? 그런데 껌은 어차피 비싸지도 않은걸." 보통 나는 주인의 눈을 피하려고 래피 태피 두어 개나 탄산음료 한 캔을 사곤 했다.

"그럼 우리 둘 다 껌을 훔치자." 아이린이 그렇게 말하면서 블록 위에서 나를 스쳐 지나가려 했는데, 그 바람에 우리 둘의 맨다리가 서로 얽혔고, 나는 혹시라도 우리 둘 다 블록 아래로 떨어져 버릴까 봐 제자리에 꼼짝 않고 서서 버텼다.

"나 돈 있어. 네 것까지 사줄 만큼."

"그러면 나 루트비어 사줘." 떨어지지 않고 나를 스쳐 지나가는 데 성공한 아이린이 말했다.

"루트비어라면 열 개도 살 수 있는걸." 나는 여전히 아이린의 말뜻을 알아듣지 못한 채였다.

"어제는 한 병으로 나눠 마셨으면서." 그 말을 듣고서야 나는 아이린이 무슨 이야기를 하는 건지 알 수 있었다. 바짝 붙은 우리를 둘러싸고 어제 있었던 그 일이 갓 불붙인 번쩍이불꽃처럼 또다시 타닥타닥 소리를 내는 동안 나는 뭐라고 대답해야 할지 알 수 없었다. 아이린은 별 뜻 없는 말을 한 척 딴청을 부리며 자기 발가락을 빤히 내려다보고 있었다.

"서둘러야 해." 내가 말했다. "우리 할머니는 우리가 집 밖에 나온 줄도 모르셔."

타들어가는 듯 뜨거운 시멘트 주차장에 있다가 들어온 터라 가게 안은 춥게 느껴질 지경이었다. 앞머리를 풍성하게 내고 손톱을 길게 기른 앤지가 카운터 뒤에서 담배를 정리하고 있었다.

"아이스크림 사러 왔니?" 앤지가 담배 선반에 팰맬 담배 한 무더기를 밀어 넣으며 물었다.

"아니요." 우리가 한목소리로 대답했다.

"꼭 쌍둥이 같구나." 앤지는 물품 대장에 뭐라고 적어 넣으면서 말했다.

아이린과 나 둘 다 반바지에 플립플롭 차림이었다. 나는 탱크톱, 아이린은 티셔츠를 입었는데 물건을 숨기기 썩 좋은 차림은 아니었다. 아이린이 아이다호 스퍼드 캔디 바의 성분표를 자세히 보는 척하며 시간을 끄는 사이에 나는 버블리셔스 풍선껌을 두 통 집어 반바지의 허리 밴드 속에 집어넣었다. 미끌미끌한 껌 포장지가 살갗에 닿자 서늘한 느낌이 들었다. 아이린이 캔디 바를 제자리에 놓고 나를 쳐다보았다.

"루트비어 사줄 거야, 캠?" 아이린이 앤지에게도 분명히 들리도록 큰 소리로 물었다.

"그래." 나는 아이린 쪽으로 눈을 굴리며 입 모양으로 *그냥 해* 한 다음에 가게 뒤편 벽에 놓인 냉장고를 향했다. 구석마다 달려 있는 커다란 원형 거울을 통해 아직 우리에겐 눈길을 주지 않고 담배를 정리하느라 여념이 없는 앤지가 보였다. 루트비어를 손에 쥐는데 출입문에서 전자음이 울리면서 우리 부모님이 아는 아저씨가 들어왔다. 일터에서 막 돌아온 것처럼 양복에 넥타이까지 맨 차림이었지만 아직 퇴근 시간은 한참 먼 시각이었다.

아저씨는 앤지에게 *가볍게* 인사를 건네더니 곧바로 내가 서 있는 자리 바로 옆 커다란 맥주 냉장고 앞으로 걸어왔다. 과자가 진열된 통로에서 막 아저씨와 스쳐 지나가려던 참이었다.

"캐머런 포스트 아니냐." 아저씨가 나에게 말을 걸었다. "올여름에는 사고 안 치고 지내고 있냐?"

"노력 중이에요." 내가 대답했다. 허리춤에 넣은 껌 두 통 중 하나가 아래로 약간 미끄러지는 게 느껴졌다. 좀 더 미끄러지면 반바지 밑으로 떨어져버릴 텐데, 어쩌면 양복 입은 아저씨의 구두에 부딪칠지도 모르고. 어서 그 자리를 떠나고 싶었지만 아저씨는 내게 등을 돌리고 맥주 냉장고의 유리문을 열어 상반신을 안쪽으로 밀어 넣은 채 자꾸만 말을 걸었다.

"부모님은 퀘이크 호수에 가셨지?" 아저씨가 여섯 개들이로 포장된 맥주를 집자 맥주병이 쩔겅쩔겅 부딪치는 소리가 났다. 온종일 자리에 앉아 있었던 건지 양복의 등 부분은 온통 구김투성이였다.

"네, 어제 가셨어요." 그렇게 대답하는데 아이린이 활짝 웃으면서 내 쪽으로 다가왔다.

"나도 하나 챙겼어." 아이린이 잇새로 말했지만, 그래도 목소리가 좀 컸다. 이 아저씨가 귀를 기울였다면 들렸을 법한 크기였다. 나는 표정으로 아이린에게 눈치를 주었다.

"너는 왜 안 데려갔을까? 네가 따라가면 스타일 구길까 봐 그랬을까?" 양복 입은 아저씨는 냉장고 앞에서 물러나 뒤돌아서더니 들고 있던 여섯 개들이 맥주병 사이에 토르티야 칩을 한 봉지 끼워 넣으면서 나에게 눈을 찡긋해 보였다.

"네, 그런가 봐요." 나는 아저씨가 말을 그만 걸고 빨리 나가주었으면 좋겠다고 생각하면서 억지웃음을 지었다.

"그래, 네 엄마 만나거든 네가 독한 술이 아닌 루트비어만 마시더라고 전해주마." 아저씨는 손에 든 맥주 중 한 병을 들어 보이면서 이를 잔뜩 드러내고 씩 웃더니 계산대 쪽으로 갔다. 우리는 애초에 살 생각도 없는 물건들을 살까 말까 고민하는 척 중간중간 걸음을 멈춰가면서 그 뒤를 따랐다.

우리가 계산대 앞에 도착했을 때 양복 입은 아저씨는 지갑에서 돈을 꺼내던 참이었다. "둘이서 살 건 이게 전부냐?" 아저씨가 내가 손에 꽉 쥐고 있던, 물기가 송글송글 맺힌 루트비어 병을 턱짓으로 가리켰다.

나는 고개를 끄덕였다.

"둘인데 한 병만?"

"네. 나눠 마실 거예요."

"저것까지 같이 계산하지." 아저씨가 앤지에게 그렇게 말하면서 방금 거스름돈으로 받은 돈에서 1달러를 도로 돌려주었다. "여름방학 기념 루트비어다. 얼마나 좋은 시절인지 저 녀석들은 알 리가 없겠지."

"제 말이요." 그러면서 우리를 보는 앤지의 눈빛이 꼭 노려보는 것만 같아서 아이린은 아예 내 뒤에 숨어버렸다.

양복 입은 아저씨는 맥주병 쩔그렁거리는 소리와 함께 휘파람으로 「갈색 눈을 가진 소녀Brown Eyed Girl」를 불며 가게를 나섰다.

"고맙습니다." 우리 둘은 아저씨의 등 뒤에 대고 외쳤지만 아마도 너무 늦어서 못 들었을 것 같았다.

킵의 구멍가게 뒤편 골목길에서 우리는 껌을 입 안에 차례차례 밀어 넣은 뒤 설탕이 들어 두껍고 딱딱한 새 껌을 풍선을 불

수 있을 정도로 말랑하고 얇게 만들려고 턱이 아프도록 꽉꽉 씹어댔다. 추운 가게에 있다가 나왔더니 햇볕이 따뜻해서 기분이 좋았고 방금 거둔 성공 때문에 우리 둘 다 들떠 있었다.

"저 아저씨가 우리한테 루트비어까지 사줬네!" 아이린이 껌을 짝짝 씹더니 풍선을 불었지만, 아직은 때가 아니었는지 풍선은 고작 25센트만 한 크기에 그치고 말았다. "우리 돈을 하나도 안 냈어."

"좋은 시절이라서 그래." 나는 양복 입은 아저씨의 낮은 목소리를 흉내 내 대답했다. 집까지 가는 내내 우리는 아저씨의 목소리를 흉내 내기도 하고, 웃고 떠들면서 풍선껌을 불기도 했는데, 우리 둘 다 아저씨의 말이 맞는다는 걸 알았다. 우리는 정말 좋은 시절을 보내고 있었다.

아이린과 나는 아이린의 방 커다란 침대에 덮인 이불 속으로 쏙 들어갔다. 방은 춥고 어두웠고 이불 속은 따뜻했는데, 나는 그럴 때가 참 좋았다. 자야 할 시간이었다. 이미 한 시간 전에는 잠들었어야 했지만, 우리는 잠잘 생각 따위는 없었다. 우리는 그날 하루를 돌아보고 있었다. 미래를 계획하고 있었다. 그러다가 전화벨이 울리는 소리가 들렸는데, 아무래도 전화가 오기에는 너무 늦은 시간인 것 같긴 했지만 여기는 클로슨 가족의 집이었다. 목장을 하는 집인 데다가, 계절이 여름이니 늦은 시간에 전화가 올 때도 있었다.

"불이 났나 봐." 아이린이 말했다. "작년 여름에 불이 많이 났잖아. 헴프넬 집안 목장은 16만 제곱미터가 타버렸어. 그 집에서 키우던 어니스트라는 블랙 래브라도도 죽어버렸고."

원래 나는 할머니와 함께 우리 집에 있어야 할 시간이었지만, 그날 오후 우리가 킵 구멍가게에서 껌을 훔쳐 나온 뒤 아이린은 자기를 데리러 온 엄마의 차가 우리 집 진입로에 나타나자마자 차창을 채 내리기도 전에 내가 오늘 밤 자기 집에서 자도 되느냐고 물었다. 아이린네 엄마는 언제나처럼 미소를 띤 채 자그마한 손으로 검은 곱슬머리를 매만지며 *하고 싶은 대로 하려무나*, 하고 쉽게 허락해주었다. 심지어 아주머니는 저녁 식사로 토스트에 참치 샐러드를 얹어 내기로 계획을 세우고 우리 둘 몫의 피스타치오 푸딩까지 다 만들어놓은 우리 할머니까지도 설득했다. 피스타치오 푸딩은 유리로 된 선디 아이스크림 컵에 한 사람 몫씩 담아서 할머니의 오래된 『베티 크로커 요리책』에 나오는 그대로 쿨 휩과 마라스키노 술에 절인 체리 반쪽을 올리고 잘게 부순 호두까지 뿌린 채로 냉장고에 들어 있었다.

"내일 캠이 수영 연습을 하러 갈 때는 제가 태워다 줄게요." 아주머니가 현관문 바로 안쪽에 서서 그렇게 말할 때 이미 나는 머릿속으로 짐을 싸면서 계단을 반쯤 올라가 있었다. 칫솔, 잠옷, 훔친 버블리셔스 풍선껌 중 남은 것 조금. "힘들기는요. 저희는 애들이 와서 자고 가는 걸 좋아한답니다." 나는 할머니의 대답을 들으려고 기다리지 않았다. 꼭 가야 했다.

그날 밤은 전날 밤과 마찬가지로 완벽한 여름밤이었다. 우리는 건초 다락의 우리 자리에 앉아 별을 바라보았다. 훔쳐 온 분홍색 풍선껌으로 우리 머리보다 커다란 풍선을 불었다. 키스를 또 했다. 아이린이 내게 몸을 기대오자마자 나는 그 애가 원하는 게 무엇인지 알 수 있었고 말은 필요치 않았다. 내가 숨을 쉬려고 입을 뗄 때마다 아이린은 말없이 계속하라고 부추겼다. 나도 계속하고 싶었다. 지난번에 키스했을 때 우리는 입만 사용했다. 그런데 이번에는 우리한테 손이라는 게 있다는 사실이 기억났다. 물론 우리 둘 다 이 손을 정확히 어떻게 움직여야 하는지는 몰랐지만 말이다. 우리는 함께 보낸 하루, 함께 나눈 비밀에 흠뻑 취한 채 잠자리에 들었다. 우리가 아직도 비밀 이야기를 속삭이고 있는 가운데 부엌에서 아이린네 부모님의 말소리가 들려온 것은 전화벨이 울린 지 10분쯤 뒤였다. 아주머니는 울고 계셨고 아저씨는 차분하고 담담한 목소리로 무슨 말인가를 자꾸만 되풀이하고 계셨다. 무슨 말인지는 제대로 알아들을 수가 없었다.

"쉿." 이불이 부스럭거리는 소리 말고는 내가 아무 소리도 내지 않는데도 아이린은 조용히 하라고 했다. "무슨 일일까?"

바로 그 순간 부엌에서 아주머니의 목소리가 들려왔는데, 태어나서 처음 듣는 잔뜩 목이 멘 소리였다. 꼭 아주머니 목소리가 아닌 것 같았다. 제대로 들리지 않아서 무슨 말인지는 알아들을 수 없었다. '아침에 데려가자, 그때 말해주자.' 그런 이야기였던 것 같다.

곧 복도를 따라 묵직한 발자국 소리가 울려 퍼졌는데, 아저씨의 부츠 소리였다. 아저씨가 아주머니를 향해 부드러운 목소리로 한 말은 우리 둘 다 또렷이 알아들을 수 있었다. "아이 할머니가 데려오라시잖아. 여보, 우리가 결정할 일이 아니야."

"되게 안 좋은 일인가 봐." 아이린의 목소리는 이제 속삭임이라고 할 수 없을 정도로 컸다.

나는 뭐라고 대답해야 할지 알 수가 없었다. 그래서 아무 말도 하지 않았다.

우리 둘 다, 곧 문 두드리는 소리가 날 걸 알고 있었다. 발소리는 아이린의 방문 앞에서 멈췄지만, 발소리가 멎고 나서 아저씨가 손마디로 문을 묵직하게 두드리는 소리가 나기까지 잠시 침묵이 흘렀다. 유령 같은 시간이었다. 아저씨는 그 자리에 서서 숨을 참고 기다렸겠지. 나처럼. 나는 아직도 그때 문밖에 서 있었을 아저씨의 모습을 그려보곤 한다. 문 두드리는 소리가 울려 퍼지기 전에는 나에게도 여전히 엄마 아빠가 있었다는 것, 그리고 그 뒤에는 없었다는 것 말이다. 아저씨 역시 그 사실을 알았다. 6월 말의 어느 더운 밤 11시에 굳은살이 박인 손으로 문을 두드려 나에게서 부모님을 앗아가야 한다는 사실을 말이다. 여름방학, 루트 비어, 훔친 풍선껌, 도둑 키스. 열두 살짜리치고는 몹시도 만족스러운 인생을 살고 있었던, 어지간한 것들은 다 알고, 모르는 건 기다리기만 하면 어렵잖게 알 수 있을 것만 같았던, 무엇보다도 내 곁에 언제나 아이린도 함께 기다리고 있었던 시절이었다.

2

루스 이모는 엄마의 하나밖에 없는 여동생으로 친할머니를 제
외하면 나에게 하나밖에 없는 가까운 친척이었다. 이모가 찾아
온 것은 퀘이크 호수 위 협곡에 난 좁은 도로를 지나던 엄마 아
빠의 차가 가드레일을 들이받고 호수에 빠진 다음 날이었다. 할
머니와 나는 창문의 가리개를 전부 내려놓은 채 거실에 앉아 있
었다. 우리 사이에서는 설탕이 너무 많이 들어간 선 티* 주전자가
표면에서 물방울을 뚝뚝 흘리고, 「캐그니와 레이시^{Cagney&Lacey}」**
재방송에서 흘러나오는 총성과 건방진 대사들이 침묵을 메우고
있었다.

---

* 주전자째 햇볕에 내놓아 우려낸 차.
** CBS에서 1982년부터 방영한 두 여성이 주연인 경찰 드라마.

나는 평소에 아빠가 앉아서 신문을 읽곤 하던 낮고 큼지막한 가죽 클럽체어*에 앉아 있었다. 무릎을 가슴 앞에 세워 끌어안은 채로 볕에 그을린 버석거리는 무릎에 머리를 댄 자세였다. 재방송이 회차를 거듭하는 내내 나는 쭉 그 자세로 앉아 있었다. 손톱을 정강이와 허벅지에 꾹 누르면 손가락 하나마다 반달 모양으로 새하얗게 파인 자국이 남았다. 그 자국이 희미해지면 또다시 열 손가락의 손톱을 다리에 찔러 넣었다. 앞문이 열렸다가 닫히는 소리가 나자 할머니가 자리에서 벌떡 일어섰다. 찾아온 사람이 누군지는 모르지만 얼른 쫓아낼 기세로 잰걸음으로 현관 쪽으로 나갔다. 하루 종일 사람들이 먹을 걸 들고 찾아왔는데, 이런 방문객들은 매번 초인종을 눌렀고 그러면 할머니는 찾아온 사람이 학교 친구의 부모건 누구건 간에 아무에게도 나를 보여주지 않고 포치에서 돌려보냈다. 할머니는 미리 준비된 대사 중 서너 가지를 돌려 썼다. *너무 끔찍한 일이에요. 끔찍한 충격이랍니다. 캐머런은 집에 나랑 안전하게 있어요. 쉬고 있지요. 조니의 여동생 루스가 오고 있어요. 그래요, 차마 할 수 있는 말이 없어요. 무슨 말로도 모자라니까.*

그다음에 할머니는 방문객에게 찾아와줘서 고맙다고 인사한 다음 브로콜리와 치즈를 넣어 구운 캐서롤 그릇이라든지 딸기와 루바브를 넣은 파이, 쿨 휩을 잔뜩 뿌린 과일 샐러드가 담긴 플라스틱 저장 용기 같은, 우리 입으로 들어가지 않을 또 하나의

---

* 키가 낮고 묵직한 1인용 소파.

음식을 부엌으로 나르곤 했다. 우리 둘 다 입에도 대지 않는데도 할머니는 자꾸만 우리 몫으로 접시 두 개에 음식을 산처럼 쌓아 와서는 커피 테이블에 올려놓았고, 쌓여가는 음식 위로 살이 통통한 검은색 집파리들이 붕붕 날다가 앉고 또 앉고 또 붕붕 소리를 냈다.

이번에도 할머니가 음식만 받아서 부엌으로 들어갈 거라고 생각했지만 할머니는 찾아온 사람을 쫓아내지 않았다. 문간에서 두 사람이 나누는 말소리가 TV에서 나오는 대사들과 뒤섞였다. 할머니가 '사고'라고 말하면 캐그니는 '2중 살인'이라고 말했고, 그러면 방문객이 "애는 어딨어요?" 하는 식이었다. 나는 그 말들을 분류하지 않고 뒤섞이게 내버려두었다. 이 모든 말들이 전부 TV에서 나오는 대사라고 생각하는 쪽이 더 마음 편해서였다. 캐그니가 어느 탐정에게 레이시는 '가라테로 치면 검은 띠'라고 말하고 있는데 루스 이모가 나타났다.

"아이고, 애야, 우리 불쌍한 아가야." 루스 이모가 나를 보고 말했다.

루스 이모는 위너스 항공사 소속 승무원이었다. 벼락부자가되려는 퇴직자들을 싣고 매일 올랜도와 베가스를 왕복하는 757기가 이모의 일터였다. 이모가 승무원 유니폼을 입은 모습을 보는 건 처음이었다. 이모가 입는 평상복은 언제나 흠 하나 없이 완벽한 상태였고, 이모 자신도 마찬가지였다. 문간에서 나를 불쌍한 아가라고 부르며 울고 있는 사람은 마치 슬퍼하는 루스를 연기하는 광대 같았다. 카지노 카드 테이블과 똑같은 초록색을 띤 유니폼 치마와 셔츠는 먼 길을 오느라 주름과 구김투성이였다. 옷깃에는 포커 칩을 늘어놓은 것처럼 생긴 브로치를 달고 있었는데, 아치 형태의 장식 위에 반짝이는 금색으로 '위너스'라고 적혀 있는 이 브로치는 옷에 달린 채로 휘어져 있었다. 곱슬곱슬한 금발은 헝클어지고 한쪽이 눌려 있었으며 눈은 분홍색으로 충혈된 데다가 눈가는 마스카라 얼룩이 묻은 마시멜로처럼 부어 있었다.

나는 루스 이모를 잘 몰랐다, 그러니까 할머니를 아는 것만큼 잘 아는 사이는 아니었다는 뜻이다. 이모는 고작해야 1년에 한 번, 많아야 두 번 만나는 게 다였고 그때마다 우리는 썩 괜찮고도 유쾌한 시간을 보냈다. 루스 이모는 내가 죽어도 안 입게 생긴 옷을 선물로 주었다. 진상 승객에 관한 우스운 이야기도 들려주었다. 루스 이모는 나에게 그저 플로리다에 사는 엄마 여동생일 뿐이었다. 이모가 얼마 전 *다시 태어났다*고 들었는데, 나는 그 말이 이모가 기독교 신앙생활을 특별한 방식으로 하기 시작했다는 뜻이라고 애매모호하게 알아들은 게 전부였으며, 이 이야기를 할 때면 우리 부모님은 서로를 보며 눈을 굴리곤 했지만 당연히 이모가 있는 자리에선 그러지 않았다. 나한테 루스 이모는 아이린의 어머니인 클로슨 아주머니보다도 더 멀게 느껴지는 사람이었지만, 우리는 친척이었고, 이모가 우리 집에 왔고, 나는 그래서 기뻤던 것 같다. 이모가 와서 기뻤던 것 같다. 그러니까 적어도 그 순간에는 이모가 우리 집에 들어오는 게 맞는다고, 당연히 일어나야 할 일이라고 느꼈던 것 같다.

이모가 나는 물론 내가 앉은 의자 등받이까지 한데 꽉 끌어안자 샤넬 넘버 파이브 향수 냄새에 질식할 것 같았다. 내 기억 속 루스 이모는 언제나 샤넬 넘버 파이브 향을 풍겼다. 정확히 말하면 루스 이모가 아니었다면 애초에 그 향수의 이름과 코를 찌르는 그 향기를 알 일조차 없었을 것이다.

"정말 안타깝구나, 캐미." 그렇게 속삭이는 이모의 눈물이 내 얼굴과 목을 적셨다.

나는 이모가 나를 캐미라고 부르는 것이 정말 싫었지만 그 순간만큼은 싫은 티를 내면 안 될 것 같았다.

"이 가여운 것아, 가엾고 착한 아가야. 그저 하나님을 믿는 수밖에 없다. 캐미, 하나님을 믿고, 이 일을 이해할 수 있도록 도와달라고 기도하는 수밖에 없어. 달리 할 수 있는 일은 아무것도 없단다. 그러니까 지금은, 오로지 기도만 하자꾸나." 이모는 그 말을 자꾸만 되풀이했고, 나도 이모를 안아주려고 했지만, 나는 이모처럼 눈물을 흘릴 수도, 이모의 말을 믿을 수도 없었다. 이모는 내가 얼마나 죄책감을 느끼고 있는지 까맣게 몰랐으니까.

클로슨 아저씨가 아이린의 방문을 두드리고, 아이린의 집에서 보낸 마지막 밤에 종지부를 찍고, 내 가방과 베개를 챙기고, 집에 가야 한다고 말한 뒤, 내 손을 잡고서는 부엌 갈색 스토브 옆에 서서 울고 있는 클로슨 아주머니를 지나쳐서, "근데 왜 집에 가야 하는 건데요? 아빠, 왜요?" 하고 소리치는 아이린을 남겨둔 채 집 바깥으로 나갈 때, 나는 아마도 이 모든 것이 여태까지 내 인생에서 일어난 그 어떤 일보다 더 끔찍한 일이 일어났다는 뜻이라는 사실을 깨달았다.

처음에는 할머니가 쓰러졌다거나, 아니면 내가 구멍가게에서 껌을 훔친 걸 들킨 게 아닌가 생각했었다. 하지만 아저씨가 모는 차를 타고 잠옷 차림으로 집까지 65킬로미터를 가는 동안 들은 말이라고는 "할머니께서 너랑 하실 이야기가 있단다"라는 말과 내가 할머니와 함께 있어야만 한다는 소리가 전부였기에, 나는 아이린과 나 사이의 일을 들킨 게 틀림없다고 생각했다.

클로슨 아저씨는 집으로 돌아가는, 끝없이 느껴지던 시간 내내 침묵했고, 울퉁불퉁한 도로 위로 묵직하게 굴러가던 타이어 소리 그리고 아저씨가 간간이 나를 향해 쉬던 한숨 소리 외에는 아무 소리도 나지 않았다. 그러다가 아저씨가 혼자 고개를 절레절레 내젓기까지 하는 것을 보면서 나는 확신할 수 있었다. 아저씨는 이제 내가 역겹다고 생각하는 게 틀림없고, 아이린과 내가 저지른 짓을 알게 된 이상 나를 그 집에 단 1초도 더 두고 싶지 않은 거라고 말이다. 나는 트럭의 딱딱한 문에 기대앉은 채 마음속으로 내가 더 작아지기를, 아저씨에게서 최대한 멀리 떨어질 수 있기만을 온 힘을 다해 바랐다. 할머니는 뭐라고 할까? 엄마 아빠가 돌아오면 또 뭐라고 할까? 어쩌면 엄마 아빠는 예정보다 일찍 돌아올지도 몰라. 공원 관리인이 부모님을 찾아가서 당신 딸은 변태라고 전해줬을지도 몰라. 머릿속에 여러 장면이 스쳐 지나갔지만 그중 좋은 건 하나도 없었다. *그냥 키스 몇 번 한 게 다라고요.* 나는 이렇게 말하겠지. *그냥 연습해본 거예요. 장난*

이었다고요.

보라색 덧옷을 걸친 채 문 앞 계단에 나와 있던 할머니가 포치의 오렌지색 조명 아래서 뻣뻣하게 긴장한 클로슨 아저씨와 포옹했다. 두 사람이 어색하게 끌어안고 있는 주위에 나방들이 날아다녔다. 그다음에 할머니가 나를 소파에 앉힌 다음 당신이 마시던, 이제는 미지근하게 식어버린 설탕 범벅 차가 담긴 머그컵을 내 손에 쥐여주었다. 내 두 손을 당신 손으로 감싼 채로. 할머니가 앉아서 TV를 보고 있는데 갑자기 초인종이 울렸고, 나가보니 주 경찰관이 찾아와서 전해주기를, 사고가 났고, 그래서 엄마와 아빠, 그러니까 내 어머니와 아버지가 돌아가셨다고 이야기해주었다고 했다. 그때 내가 처음 한 생각, 머릿속에 맨 처음 떠오른 생각은 이거였다. *그러니까 할머니는 아이린과 나 사이의 일에 대해 모르시는구나. 아무도 모르는구나.* 할머니가 그 말을 하고 나서, 그래서 부모님이 돌아가셨다는 걸 알고 나서도, 적어도 내 귀에 그 이야기가 들리고 나서까지도 나는 곧장 이해가 되지 않았다. 그러니까 이 엄청난 사건, 내 세상을 온통 뒤흔들어버린 어마어마한 소식을 이해해야 하는데, 내 머릿속에는 여전히 *엄마와 아빠는 우리 일을 몰라. 엄마 아빠는 몰라, 그러니까 우린 안전해,* 하는 생각만이 맴돌고 있었다는 뜻이다. 이제 우리 사이에 있었던 일을 알게 될 엄마와 아빠는 세상에 없는데.

픽업트럭을 타고 오는 내내 할머니가 나 때문에 사람들 볼 낯이 없다고 한탄하는 소리를 듣게 될 줄 알고 마음의 준비를 단단히 한 뒤였는데, 할머니는 울고 있었고, 나는 할머니가 이렇게 우는 모습을 본 게 처음이었고, 정확히는 그 누구든 이렇게 우는 모습을 본 적이 없었다. 저 먼 곳에서 일어났다는 교통사고며, 뉴스며, 죽은 엄마 아빠며, 나를 용감한 아이라고 부르면서 머리를 쓰다듬고 부드러운 가슴에 안아주고 탤컴 파우더와 아쿠아 넷 스프레이 냄새를 풍기는 할머니가 하나도 이해되지 않았다. 온몸에 뜨거운 기운이 따끔거리면서 번지더니 문득 속이 메슥거렸다. 마치 숨을 들이쉴 때마다 토사물이 목으로 넘어가는 것처럼, 머리가 미처 받아들이지 못하는 사건에 몸이 먼저 반응하는 압도적인 메슥거림이 밀려왔다. 엄마 아빠가 죽었는데, 어떻게 마음속 어딘가에서 들키지 않아서 다행이라는 생각을 할 수가 있었던 걸까?

할머니는 흑흑 흐느끼며 나를 더 꼭 끌어안았고 나는 할머니에게서 풍기는 달짝지근한 냄새와 숨 막히는 플란넬 덧옷을 피해 고개를 돌린 뒤 할머니의 품을 빠져나와 입을 손으로 막고 욕실로 뛰어 들어갔다. 변기 뚜껑을 올릴 새도 없이 세면대와 카운터 위에 토한 다음 그대로 바닥으로 스르륵 미끄러져 내렸고 달아오른 뺨이 푸른색과 하얀색 타일에 닿았다.

그때는 미처 깨닫지 못했으나 메스꺼움, 따끔따끔하게 몸에 퍼져가는 열기, 상상조차 되지 않는 깜깜한 어둠 속을 헤엄치는 듯한 기분 속에서, 살아 있는 엄마 아빠를 마지막으로 본 뒤 내가 했던 모든 일이 환하게 되살아나기 시작했다. 키스, 풍선껌, 아이린, 아이린, 아이린. 그 모든 것은 전부 죄책감이었다. 마음이 미어질 것 같은 생생한 죄책감이었다. 나는 타일 바닥에 누운 채 죄책감 속에 한없이 가라앉았다. 스캘런 호수의 다이빙대에서 깊은 물속으로 뛰어들 때처럼, 폐가 아려올 때까지 깊이, 더 깊이 내려갔다.

할머니가 들어와서 나를 침대로 데려가려 했지만 나는 꼼짝도 하지 않았다.

"아이고, 애야." 세면대에 쏟아놓은 토사물을 보더니 할머니가 말했다. "일단 잠부터 자려무나. 그래야 속이 좀 편해지지. 물 갖다주마."

나는 대답하지 않은 채 할머니가 제발 나를 이대로 내버려두기만을 바라며 꼼짝도 하지 않고 가만히 있었다. 할머니는 나갔다가 물 한 잔을 들고 다시 들어오더니, 내가 받아들지 않자 내 옆 바닥에 컵을 내려놓았다. 그러더니 다시 밖으로 나갔다가 이번에는 커밋 세제와 걸레를 들고 다시 돌아왔다. 이런 일을 겪었는데도 할머니는 세면대를 청소하고, 내가 쏟아낸 토사물의 흔적을 지우고, 내가 만들어놓은 난장판을 치우고 있었다. 내가 할머니가 한 이야기를 진짜로 이해하게 된 것은 바로 그 순간이었던 것 같다. 할머니는 눈이 분홍색으로 충혈되고 덧옷 아래로 잠옷 단이 살짝 비어져 나온 채로 욕실 문 앞에 녹색 세제 통을 들고 나타나서는 노란 걸레를 들고 몸을 구부렸다. 세제를 뿌리자 민트 향 화학 약품 냄새가 풍겼고, 할머니의 아들은 죽었고, 며느리도 죽었고, 하나뿐인 손녀는 이제 고아가 된 데다가 구멍가게에서 물건을 훔치고 여자아이한테 키스한 여자아이인데, 할머니는 그 사실도 모르고 손녀가 토해놓은 토사물을 치우느라 더욱 더 괴로워지고 있는 것이다. 나 때문에. 그 사실 때문에 나는 울기 시작했다.

할머니는 내 울음소리를 듣고, 이제야 내가 진짜 눈물을 흘리는 것을 보고는 바닥에 앉았다. 무릎이 안 좋으니 무척 아팠을 텐데도, 그 자세로 무릎에 내 머리를 얹고는 쓰다듬으며 같이 울었다. 나는 그때 너무나 약해져 있었기에 내가 이런 대접을 받을 자격이 없다는 말조차 할 수 없었다.

장례식 전날 아이린이 자기 엄마와 함께 우리 집에 찾아왔었고 그 뒤엔 전화도 몇 번 했지만 그때마다 나는 루스 이모를 시켜 내가 자고 있다고 말해달라고 했다. 다들 자꾸 나에게 온갖 선물을 보내왔으니 아무리 내가 아이린을 무시한들 그 애 역시도 조만간 무언가를 보낼 거라 나는 예상하고 있었다. 같은 날, 수영팀에서는 커다란 해바라기 다발과 쿠키 상자, 모두가 서명한 카드를 보냈다. 젖은 손으로 만져서 물에 잉크가 번져 있는 자국을 보니 테드 코치가 연습이 끝난 뒤에 모두에게 카드를 돌린 게 분명했다. 대부분은 이름만 썼고, 몇 명은 *조의를 표한다*고 적었다. 내가 갓 수영을 마치고 나와 허리에 수건을 두르고 그래 놀라 바를 씹으면서 부모님 둘 모두를 잃은 수영팀 친구에게 보내는 카드에 사인하려고 순서를 기다리고 있었을 저들 중 한 명이었다면, 나는 뭐라고 적었을까? 아마도 그냥 이름만 적은 아이 중 하나였을 것 같다는 생각이 들었다.

루스 이모는 이렇게 사람들이 보내온 카드며 선물을 식탁 위에 놓았다. 식탁의 보조 날개 양쪽을 다 펼치고도 자리가 모자라자 이제는 이모도 빈자리 아무 데나 물건을 놓았다. 온 집 안에 꽃집마냥 냄새가 진동했는데 날이 덥고 창문마다 가리개를 내려놓은 터라 장미와 붓꽃과 카네이션 등이 뿜어내는 향기가 구름이나 가스처럼 답답하게 느껴졌다. 숨을 참아야 했다. 아빠가 새로 칠한 오래된 떡갈나무 간이식탁 위에 분홍색 찔레꽃 한 다발과 캠이라고 적힌 봉투가 놓여 있었다. 열어보지 않아도 아이린이 보냈다는 걸 알 수 있었다. 그냥 알았다. 그래서 나는 꽃병 아래서 카드를 꺼내 내 방으로 가지고 올라갔다. 문을 닫은 채 방 안에 묵직하게 차오른 열기를 느끼며 혼자 침대에 앉아 있자니 무릎에 놓인 가벼운 카드 한 장이 더없이 무겁게 느껴졌다. 마치 그곳에 아이린과 함께 있는 것 같은, 죄를 짓는 것 같은 기분이었다.

카드 겉면에는 별이 수없이 흩뿌려진 밤하늘이 있었고 카드 안쪽에는 「슬픔의 어둠Darkness of Sorrow」의 회상 장면에 나온 것 같은 별이 그려져 있었다. 그 애 엄마가 고른 카드라는 걸 바로 알 수 있었다. 그래도 그림 아래에 쓰인 글씨는 납작 눌린 아이린의 필기체였다.

캠, 만나거나 통화라도 할 수 있었더라면 좋았을 텐데. 이렇게 카드를 쓰는 게 아니라 그냥 이야기할 수 있으면 좋았을 텐데. 그리고 이런 카드를 보낼 이유가 없었으면 좋았을 텐데. 미안해, 그리고 사랑해.

아이린은 자기 이름을 쓰지 않았지만 나는 그래서 더 좋았다.

아이린이 쓴 카드를 보니 얼굴이 화끈 달아올랐고, 나는 머리가 어질어질해질 때까지 카드를 읽고 읽고 또 읽었다. 볼펜으로 적힌 *사랑해*라는 글씨를 손으로 몇 번이나 더듬어보았는데, 그때마다 심지어 부모가 죽은 뒤에도 버릇을 고치지 못하는 변태가 된 것 같은 수치심을 느꼈다. 나는 골목에 내놓은 철제 쓰레기통을 찾아가 조문객들이 보내온 이미 상해버린 캐서롤 무더기 속에 카드를 깊숙이 파묻어버렸다. 악취를 풍기는 쓰레기통은 오븐처럼 뜨겁게 달아올라 있어서 뚜껑을 열다가 엄지를 데어버렸다. 카드를 음식물 쓰레기 속에 묻어버리고 나니 무슨 의식이라도 치른 것처럼 기분이 괜찮았지만 나는 어차피 그 애가 카드에 쓴 한 마디 한 마디를 다 외워버린 뒤였다.

할머니와 루스 이모는 볼일을 보러 나가 있었다. 장례식장이며 교회를 방문하는 것 말이다. 나는 같이 가겠느냐는 말에 싫다고 했고, 그날 오후 내내 내 나름대로 추모 의식을 준비했다. 먼저 루스 이모가 쓰고 있던 부모님 침실에서 TV와 VCR을 꺼내 2층 내 방으로 가지고 올라갔다. 누구의 허락은 받지 않았다. 어차피 이제 나한테 된다 안 된다 말할 수 있는 사람도 없잖아? TV를 옮기자니 지난 며칠간의 모든 활동을 다 합친 것보다 더 힘이 들었고 한번은 표면에 얇게 쌓인 먼지에 땀 묻은 손가락이 미끄러져서 떨어뜨릴 뻔했지만, 나는 TV의 뾰족한 모서리를 배와 골반 뼈로 가까스로 떠받쳐가면서 그렇게 한 계단을 오르고, 쉬고, 또 한 계단을 오르는 식으로 날랐다.

내 방 서랍장 위에 TV와 VCR을 올리고 전선을 연결해 전원을 켜둔 뒤 다시 부모님 방으로 가서 곧장 아빠가 하얀 면 팬티와 발가락 부분이 금색인 검은 양말을 가지런히 줄 맞춰 보관하던 서랍장 맨 밑 칸을 열었다. 아빠가 서랍 깊숙한 곳에 돌돌 말아 숨겨놓았던 10달러짜리와 20달러짜리 뭉치를 전부 꺼냈다. 집 안에 나 말고 아무도 없는데도 입고 있던 반바지 허리춤에 돈 뭉치를 쑤셔 넣어 숨겼다. 그다음에는 또 한 가지를 더 챙겼다. 중요한 물건이었다. 주로 내 사진으로 그득한 서랍장 위의 백랍 액자에 들어 있는 사진 한 장이었다.

사진 속 엄마는 열두 살이고, 멋진 단발머리에 이를 드러내고 활짝 웃으며, 반바지 아래로 울퉁불퉁한 무릎을 드러낸 채 숲속에 서 있었는데 나뭇잎 사이로 햇살이 엄마를 환히 내리쬐고 있었다. 나는 이 사진의 존재를 알게 된 순간부터 사진에 담긴 사연을 알고 있었다. 이 사진은 외할아버지가 1959년 8월 17일에 찍은 것이었다. 사진을 찍은 장소인 록 크릭 캠핑장은 이때로부터 24시간도 지나기 전에 몬태나주 역사상 최악의 지진으로 폐허가 되었고 강 상류의 댐에서 넘친 물이 차올라서 퀘이크 호수로 변했다.

나는 이 사진을 잃어버리지 않도록 TV 위에 올려놓았다. 그다음에는 지난여름 지역 대회에서 탄 트로피 받침대 속 텅 빈 구멍에 지폐를 전부 밀어 넣었다. 그중에서 10달러짜리 한 장만 따로 챙겨서 땀 얼룩이 진 낡은 마일스시티 매버릭스 모자 안쪽 밴드 속에 집어넣었다. 아빠와 나는 매버릭스 경기에 같이 가서 폴란드식 소시지를 사 먹으면서, 심판에게 욕지거리를 퍼붓는 관중을 보고 웃곤 했다. 짙은 남색 바탕에 테두리를 따라 소금기가 굳어 얼룩진 이 모자를 들고 있자니 잠깐 울음이 터질 것 같았지만 참았다. 나는 감지 않은 머리에 모자를 눌러쓰고 집을 나섰다.

쓰레기통에 아이린의 카드를 넣으러 갔을 때를 제외하면 클로슨 아저씨가 나를 집까지 태워다 준 그 밤 이래로 집 밖에 나온 것은 처음이었다. 햇볕을 쬐니 기분이 나아지려 했지만 더운 날씨 때문에 금세 괴로워졌다. 내가 응당 치러야 할 대가라는 생각이 들었다. 자전거가 며칠이나 차고에 기대 선 채로 햇빛에 익어 가고 있었던 터라 달아오른 쇠에 다리가 스치자 뜨거웠다. 온 힘을 다해 페달을 밟자 이마에서 흐른 땀이 눈에 들어가서 따끔거렸고 잠깐이지만 눈앞이 침침했다. 나는 골목으로 들어가 드문드문 포석이 빠져 있는 길 위에 타이어가 눌리는 소리며 체인이 돌아가는 소리에 집중했다. 헤인스 애비뉴로 나와서 비디오 엔고 주차장에 자전거를 세웠다.

그날은 7월 2일이었고, 주차장 구석에 설치된 골든 드래건 폭죽 노점 앞에는 자동차와 자전거가 잔뜩 세워져 있었다. 노점은 엘크스 클럽에서 도맡아 운영했고 우리 아빠도 한두 회차 당번을 맡곤 했다. 누가 아빠의 대타를 맡고 있을까 생각하면서 자동차와 자전거 사이를 지나 비디오 가게로 가는 내내 나는 눌러쓴 모자 때문에 아무도 나를 못 알아봤으면 좋겠다는 생각을 했다.

어차피 유령이 된 기분으로 지내고 있었으니까.

나는 어떤 영화를 빌릴지 이미 확고하게 마음을 정했다. 신작이 아닌 「두 여인Beaches」. 작년에 몬태나 극장에서 엄마랑 같이 본 영화였다. 우리 둘은 엄청나게 많이 울었다. 다음 날에는 사운드 트랙도 샀다. 그다음에는 아이린과 영화관에 가서 한 번 더 보았다. 우리 둘 중 누가 벳 미들러고 누가 바버라 허시인지를 놓고 말다툼도 했다. 둘 다 벳 미들러가 되고 싶어서였다.

바버라 허시가 연기하는 인물은 영화의 끝부분에서 죽는다. 그녀의 딸 빅토리아는 혼자 남겨진다. 나처럼. 검은 벨벳 드레스에 하얀 타이츠를 입은 빅토리아는 장례식이 진행되는 동안 벳 미들러의 손을 잡는다. 그 애한테 나를 이입하기에는 그 애가 나보다 네 살이나 어린 데다가, 그 애는 부모님 중 하나만 잃었고 (그 애 아빠는 따로 살긴 해도 살아는 있었으니까), 무엇보다 그 애는 그냥 배우니까 다 연기에 지나지 않는다는 것도 알고 있었다. 하지만 그래도 따라 할 수는 있을 것 같았다. 나는 내가 어떤 감정을 느껴야 할지, 어떤 행동을 해야 할지, 무슨 말을 해야 할지를 알려줄 무언가 공식적인 것이 필요하다는 생각이 들었다. 물론 「두 여인」은 공식적인 것과는 거리가 먼, 그냥 시시한 영화에 지나지 않지만 말이다.

결혼 전에는 하우저 선생님이었던 카벨 선생님이 계산대를 지키고 있었다. 선생님은 학기 중에는 4학년을 가르치고 여름방학에는 비디오 가게에서 일했다. 선생님의 부모님이 하는 비디오 가게였기 때문이다. 나는 하우저 선생님이 발령 첫해에 가르친

학생 중 하나였는데, 선생님이 방과 후 체육관에서 가르치는 탭 댄스 수업을 듣지 않았기에 딱히 선생님의 사랑을 받지는 못했다. 어쩌면 선생님이 나를 별로 좋아하지 않았던 것은 선생님이 봄 학기 어느 날 당시 약혼자였던 카벨 씨를 일일교사로 불러와서 무슨 바보 같은 과학 실험을 함께 하게 했는데 내가 낄낄 웃지도, 결혼이나 연애에 대한 질문을 던지지도 않아서였는지도 모르겠다. 선생님은 학년 말 생활기록부에 이렇게 적었다. *캐머런은 아주 똑똑합니다. 잘할 거예요. 확신합니다.* 부모님은 이 말을 보고 한참이나 재미있어하셨다.

카벨 선생님이 나에게서 비디오 케이스를 받아들더니 내 얼굴을 제대로 보지도 않고 테이프를 찾아왔는데, 회원으로 등록되어 있는 '포스트'라는 이름을 말하자 내게 다시 눈길을 주더니 눌러 쓴 모자챙 아래 내 얼굴을 자세히 들여다본 뒤 움찔 놀랐다.

"어머나, 너였구나." 선생님은 손에 테이프를 든 채로 입을 쩍 벌리고 그대로 멈췄다. "여긴 어쩐 일이니? 정말 안타깝게 생각한다……."

나는 선생님이 생략한 말을 머릿속으로 채워 넣었다―*네 부모님이 절벽 길에서 가드레일을 들이받는 바람에 원래는 있지도 않았고 그곳에 있어서도 안 되는 호수에 빠져 돌아가셔서 말이다. 그것도 네가 여자아이와 키스하고 풍선껌을 훔치는 동안에.*

"정말 안타깝구나―그러니까, 전부 다 말이야." 선생님은 그렇게 말을 끝맺었다. 우리 사이에 높은 카운터가 버티고 있었던 덕에 선생님이 내 쪽으로 와서 나를 안으려면 한참을 돌아와야 하는 게 다행이었다.

"괜찮아요." 나는 웅얼웅얼 대답했다. "어서 이거 빌려갈게요. 집에 가봐야 해서요."

선생님은 비디오 제목을 자세히 보면 그 의미를 이해할 수 있기라도 한 것처럼 유심히 읽으면서 혼란스러운 듯 커다란 얼굴을 찌푸렸다.

"그래, 그냥 가져가려무나." 선생님은 계산을 하지 않고 비디오를 나에게 돌려주었다. "다 보고 나서 가져올 때 선생님한테 연락하렴. 편할 때 아무 때나 돌려줘."

"진짜요?" 그때 나는 그것이 앞으로 내 인생에 수없이 닥쳐올 고아 할인 중 첫 번째라는 사실을 알지 못했다. 다만 그 상황이 마음에 들지 않았다. 카벨 선생님이 나한테 '마음 써주는' 게 싫었다.

"당연하지, 캐머런. 별것 아니란다." 선생님이 특유의 함박웃음을 지어 보였는데, 나에게 개인적으로 그렇게 웃어준 적은 없지만, 전교생이 함께한 캔 뚜껑 고리 모으기 대회에서 우리 반이 우승하거나 했을 경우에 반 전체에게 웃어줄 때와 똑같은 미소였다.

"저 돈 있는데요." 나는 왠지 금방이라도 울음이 날 것 같아서 선생님의 시선을 피했다. "어차피 좀 있으면 또 다른 것도 빌리러 올 거예요."

"빌리고 싶은 만큼 빌려가도 돼. 날 찾아오렴. 여름방학 내내 여기 있을 테니까."

선생님에게 그런 친절은 받고 싶지 않았다. 속이 뒤틀리는 것 같았다. "그럼 선불로 하고 나머지는 다음에 빌리러 올게요." 나는 고개를 푹 수그린 채 그렇게 웅얼거리면서 10달러 지폐를 카운터에 내려놓은 뒤 뛰지 않는 선에서 최대한 빠른 걸음으로 문 쪽으로 갔다.

"캐머런, 너무 많잖아." 선생님이 뒤에서 부르는 소리가 들렸지만 나는 그대로 가게를 나가 선생님의 호의건 동정이건 친절이건 그 모든 것에서 벗어나 바깥으로 나갔다.

루스 이모가 내 방에서 장례식에서 입을 빳빳한 새 옷이 걸린 옷걸이를 양손에 하나씩 든 채 문을 등지고 서서 나를 기다리고 있었다. 이모는 내가 갓 설치해둔 TV와 VCR을 살펴보느라 내가 처음 방에 들어섰을 땐 내 쪽을 보고 있지 않았다. 나는 비디오테이프를 반바지 허리춤, 엉덩이 바로 위에 쑤셔 넣었다. 그 동작을 하는 것만으로도 풍선껌과 아이린에 대한 기억이 스쳐 지나가 얼굴이 달아올랐다.

"저 옷 이미 많은데요." 내가 말했다.

이모가 돌아서더니 기진맥진한 미소를 지었다. "얘야, 어떤 옷을 사야 할지 모르겠더라. 네가 따라오지도 않았고. 그래서 페니에 가서 몇 벌 사 왔다. 나머지는 환불하면 되니까. 사이즈가 맞아야 할 텐데. 눈짐작으로 사 올 수밖에 없었거든." 이모는 기저귀를 갈아주려 아기를 눕히듯이 조심스레 옷들을 침대 위에 내려놓았다.

"고맙습니다." 마땅히 해야 하는 말이기에 했을 뿐이었다. "이따가 밤에, 좀 선선해지거든 입어볼게요." 나는 이모를 쳐다보지 않았다. 대신 지금까지 단 한 번도, 적어도 내가 스스로 옷을 입을 줄 알기 시작한 이후로 한 번도 내 침대에 놓일 일이 없었던 남색 원피스며 검은 치마며 상의를 쳐다보았다.

"혼자 마음 달래기가 너무 힘들 거야." 이모는 간혹 나를 토닥일 때처럼 TV를 톡톡 두들기며 말했다. "너한테 도움이 되어주고 싶구나."

"전 괜찮아요. 그래도 고마워요." 나는 열린 문에 등을 단단히 기대고 서 있었다.

"괜찮은 거니, 얘야?" 이모가 나에게 바짝 다가서더니 또 두 팔로 나를 끌어안았다. "널 위해 기도해줘도 되겠니? 아니면 요즘 이모가 자주 생각하는 성경 말씀 좀 읽어줄게. 그럼 마음이 좀 평온해질 거야."

"지금은 혼자 있고 싶어요." 내가 대답했다. 가능하다면 그 말을 녹음해서 녹음기를 목에 걸고 다니다가 하루에 여덟아홉 번씩 재생 버튼을 누르고 싶은 기분이었다.

"알겠다, 아가. 어쨌든 그건 이모가 해줄 수 있는 일이니까 언제든 마음의 준비가 되면 얘기하자꾸나. 언제든 상관없어, 이모는 여기 있을 테니까." 루스 이모가 내 뺨에 입을 맞추더니 계단을 두 칸 내려가다가 다시 뒤를 돌아보았다. "하나님과 대화를 나누기엔 혼자 있을 때가 제일 좋다는 것 알고 있지? 눈만 감으면 하나님과 함께 있는 거야. 캐미, 하나님께는 무슨 부탁이든 해도 된단다."

나는 고개를 끄덕였지만, 그건 이모가 내 대답을 기다리고 있어서일 뿐이었다.

"이 세상 너머에 또 다른 세상이 있단다." 이모의 말이었다. "그 사실을 생각하는 것만으로도 도움이 될 거야. 이모도 그래."

나는 이모가 계단을 완전히 내려갈 때까지 등을 문에 붙인 채로 가만히 서 있었다. 이모가 비디오테이프의 윤곽을 눈치챌까봐, 아니면 비디오테이프가 허리춤에서 미끄러져 커다란 널빤지를 댄 바닥에 요란한 소리를 내며 떨어질까 봐 걱정했던 것이다. 이모에게 「두 여인」에 대해 설명하고 싶지 않았다. 나 스스로도 이해할 수 없는 일이었기 때문이다.

나는 방문을 닫고 VCR에 테이프를 밀어 넣은 다음 침대 위에 놓인 옷을 깔고 앉았다. 사진 속 열두 살 시절의 엄마는 소나무와 삼나무 그늘 속 또 다른 세상에서 간신히 몇 시간 차이로 재난에서 살아남았다는 사실을, 그러나 시간이 흐른 어느 날 결국 그 재난이 엄마를 찾아오고 말았다는 사실 역시 까맣게 모르는 채로 나를 내려다보며 아득한 미소를 짓고 있었다.

남색 원피스를 입어보니 목 아래 여미는 부분이 요상했다. 옷을 갈아입고, 또 갈아입었다. 뭘 입어도 편하지가 않았다. 루스 이모는 자꾸만 하나님과 대화를 해보라고 조언했다. 그 말을 듣고 싶지 않았지만, 들을 수밖에 없었다. 사실 기도를 안 해본 것은 아니다. 해봤다. 장로교회에 다니기도 했고, 키우던 금붕어 네 마리가 차례차례 죽었을 때도 해봤고, 다른 때도 해본 적이 있다.

누구든 더 대단한 존재, 이 세상 저 너머에 있는 나보다 더 큰 존재와 이야기를 해야겠다는 생각이 들 법한 때였다. 하지만 그때마다 상황이 어떻건 간에 결국은 내가 하느님과의 대화를 흉내내고 있는 것 같은, 소꿉놀이나 시장놀이를 하는 어린아이가 된 것 같은, 진짜가 아니라 가짜인 것 같은 기분이 들곤 했다. 바로이럴 때 신앙심이 필요하며, 그 진정한 믿음이 있어야 기도가 거짓 시늉이 아니라 진짜가 된다는 것을 알고 있었다. 하지만 나에게는 그런 믿음이 없었고, 그 믿음이 어디서 어떻게 생기는지, 그리고 내가 지금 그 믿음을 얻고 싶은지조차 알 수 없었다. 어쩌면 이런 일이 일어나게 만들고 우리 부모님을 죽게 만든 게 하나님일지도 모른다는 생각이 들었다. 내가 인생을 잘못 살고 있어서 벌을 주려고, 내가 변해야 한다는 깨달음을 주려고 그런 걸지도 모른다. 그러니까 하나님과의 만남을 통해 변화해야 한다는 루스 이모의 말이 맞는지도 모른다. 하지만 그런 생각을 하는 한편으로 어쩌면 이 모든 것은 하나님이란 존재하지 않으며, 존재하는 것은 이미 정해진 운명과 일련의 사건뿐이라는 뜻일지도 모른다는, 엄마가 지진을 피해 살아남은 뒤 30년이 지나 결국은 퀘이크 호수에서 익사하고 말았다는 사실에 무슨 교훈이 있는 건지도 모른다는 생각이 들었다. 하지만 그건 하나님이 주신 교훈이 아니다. 오히려 퍼즐 조각을 맞춰 큰 그림을 만들어내는 것에 가까웠다. 나는 그런 생각들이 동시다발적으로 끊임없이, 무한히 이어지는 것이 마음에 들지 않았다. 나는 작아지고 투명해져서 그 생각들로부터 숨고 싶고 멀어지고 싶었다. 루스 이모는 하나님과 대화를 나누면서 편안해졌는지 몰라도 나는 그런 생각만으로도 다시금 다이빙대에서 뛰어내려 깊은 물에 잠기는 것처럼 숨이 막혔다.

나는 리모컨을 들고 재생 버튼을 눌러 비디오를 틀었다. 아마 버튼을 눌렀던 그 순간 나는 *부모 없는 캐머런*이라는 새로운 인생을 시작한 것인지도 모른다. 머지않아 루스 이모의 말이 어떤 면에서는 맞는다는 사실을 알게 됐다. 하나님과 대화를 나누기엔 혼자 있을 때가 가장 좋다는 것 말이다. 내 경우 그 대화는 한 시간 반에서 두 시간에 이르는 러닝타임 동안 이루어졌고 원하면 멈출 수도 있었다. 내가 선택한 종교는 비디오 빌려 보기였고, 그 종교가 전하는 말씀은 테크니컬러와 음악의 몽타주, 암전, 점프 컷, 은막의 스타와, B급 영화의 단역, 그리고 응원하고 싶은 악역과 혐오스러운 착한 인물이라는 형태로 전해졌다 해도 과장은 아닐 것이다. 하지만 루스 이모의 말 중 틀린 것도 있었다. 우리가 사는 세상 너머 또 다른 세상은 하나가 아니다. 그 세상은 수백 수천 가지고 하나당 99센트면 전부 다 빌려 볼 수 있었다.

3

나는 7학년 1학기에 하루 한 교시는 상담실에서 보내게 되었
다. 시간표상 공식적으로는 자습 시간이었지만 나의 새로운 법
적 보호자가 된 루스 이모가 교직원들과 상의한 끝에 상담 시간
으로 결정됐다. 나를 제외한 모두가 내가 그 시간에 상담실의 청
록색 비닐 소파에 앉아 상담사인 낸시 선생님과 함께 상담실에
널려 있는 '10대와 애도', '혼자만의 고민에 둘러싸여', '죽음과
이별을 이해하기' 따위의 소책자를 놓고 대화를 나누는 게 낫다
는 데 입을 모아 동의했다.

나는 상담실에서 주로 숙제를 하거나 책을 읽었고, 때로는 행
정직원들이 친절한 미소를 띠고 어깨를 부드럽게 토닥이며 전해
준, 교사용 휴게실에서 빼돌린 주전부리—냅킨으로 싼 브라우니

두 개, 누군가가 만들어둔 세븐 레이어 딥* 한 접시에 곁들인 트리스킷—를 먹을 때도 있었다. *아이를 돌보고 있다*는 증거인 이런 소소한 간식을 얻을 때마다 어쩐지 직원들이 나를 아예 잊어버리는 것보다 더 외로운 기분이 들기도 했다.

비디오 앤 고 역시 내가 자주 들락거리는 데 익숙해졌다. 개학을 한 뒤라 카벨 선생님 대신 거의 매번 네이트 보비가 계산대를 지키고 있었는데, 그는 내가 원하는 영화는 무엇이든 빌려 가게 해주었다. 아무것도 묻지 않고 그저 눈을 찡긋하면서, 길러보려 안간힘을 쓰지만 제대로 자라나지 못한 염소수염이 듬성듬성한 얼굴로 씩 웃으면서 말이다. 빌려온 비디오를 루스 이모의 눈이 닿지 않는 곳에 잘 숨기기만 하면 되었다. "얘, 오늘은 뭘 골랐니?" 내가 통로를 어슬렁거리고 있으면 네이트는 회청색이 도는 사팔눈으로 나를 빤히 보면서 그렇게 묻곤 했다. 나는 신작을 두 편 고른 다음에 옛날 영화들을 찾아다니는 편이었다.

"아직 못 골랐어요." 네이트의 시선이 닿지 않게 계산대에서 가장 멀찍이 떨어진 선반들 뒤에 서도 별 도움은 안 되었는데, 뒷방으로 이어지는 문 위에 걸린 커다란 감시용 거울에 내 모습이 훤히 비쳐서였다. 학교가 끝나자마자 비디오 가게에 가면 가게 안에는 네이트와 나 둘뿐일 때가 많았다. 비디오 앤 고에 들어오면 이곳 카펫을 세탁하는 세제에서 나는 인공적인 장미향이 코를 찔렀고, 나는 그 냄새가 마치 네이트한테서 풍기기라도 하

---

* 토마토, 올리브, 아보카도 등으로 만드는 일곱 가지 층의 딥 소스.

는 것처럼 냄새를 맡을 때마다 그가 연상되곤 했다. 청소년 관람가 영화도 빌리게 해주고 때로는 가게 앞 냉장고에서 공짜로 탄산음료도 꺼내주는 네이트를 좋아해보려고 노력했지만, 영화를 고르고 또 반납하는 모든 과정을 지켜본 네이트가 내가 무슨 영화를 빌렸는지 전부 알고 있다는 점이 마음에 안 들었다. 꼭 그걸 아는 네이트가 어느 누구보다도, 상담사 낸시 선생님보다도, 루스 이모보다도 훨씬 나를 잘 안다는 기분이 들어서였다.

9월 말의 어느 날 아이린 클로슨이 꼭 땅콩버터 광고에 나오는 애들 같은 웃음을 지으며 학교에 나왔다. 아이린은 아빠를 도와 새로운 울타리와 소에게 낙인을 찍는 오두막을 짓느라 학교에 나오지 않았었다. 아이린은 그걸 발견했을 때 삽을 들고 있던 사람이 다름 아닌 자기였다고 했다. 뼈. 화석. 그러니까 대단한 것을 찾았을 때 말이다.

"아빠는 먼저 몬태나주립대학교 교수한테 전화를 했어." 자기 사물함 앞에서 아이린이 우리에게 말했다. "그랬더니 연구팀 전체가 왔지 뭐야."

그로부터 몇 주 사이에 과학자, 그러니까 아이린이 바로잡아준 바에 따르면 빌어먹을 과학 교과서에 나오는 것 같은 '고생물학자'들이 클로슨 가족의 목장으로 벌떼처럼 몰려들었다고 했다. 신문에서는 아이린네 목장이 *표본 발굴의 원천*이자 금광이며 *보물 창고*라고 떠들어댔다.

지난 6월 부모님 장례식장에서 로봇처럼 뻣뻣하게 포옹한 뒤로 아이린을 만난 적이 별로 없었다. 클로슨 아주머니가 집에 와서 자고 가라느니, 같이 빌링스의 쇼핑몰에 다녀오자느니, 글렌다이브에서 로데오를 하자느니 권했지만 내가 항상 마지막 순간에 발을 뺐던 것이다.

"우리도 이해한단다, 아가야." 전화기 너머의 아주머니는 그렇게 말했다. 아마 '우리'란 아주머니와 아이린이겠지만, 어쩌면 아주머니와 아저씨일는지도 몰랐다. "그래도 노력을 그만두지 않을게, 괜찮지, 캠?"

8월 말, 결국 못 이기는 척 아이린의 부모님을 따라 커스터 카운티 박람회에 간 날에는 저녁 내내 그냥 오지 않았으면 좋았을 거라는 생각뿐이었다. 아이린과 나는 박람회에 질린 지 오래였다. 그것도 지긋지긋할 정도로 물려버렸다. 우리는 박람회에 오면 원하는 놀이기구는 뭐든 탈 수 있는 입장 팔찌를 사곤 했다. 라임 맛, 오렌지 맛, 포도 맛, 체리 맛이 섞인 스노우콘도 먹었고, 크리스털 피스톨 부스에 가서 뜨거운 빵으로 양념한 소고기를 돌돌 만, 먹다가 오렌지색 기름이 줄줄 흘러내려 입 안을 데기 십상인 파코ᵖᵃᶜᵒ도 사 먹었다. 다 먹고 나면 벌이 붕붕 날아다니는 노점에서 레모네이드를 사서 입가심을 했다. 그다음에는 1등상을 받은 공예품을 비웃은 다음에 박람회에서 고용한 이름 모를 악단의 연주에 맞춰 아무렇게나 지르박*을 추었다. 예전의 우

---

* 스윙댄스의 일종으로 1940년대부터 미국 전역에서 크게 유행한 사교 댄스. 뛰고 구르는 등의 자유롭고 활발한 동작으로 구성되어 있다.

리는 박람회를 만끽했다.

하지만 그해 8월 우리는 박람회장 마당을 유령처럼 떠도는 게 다였다. 틸트어월* 앞에 섰다가, 또 피시보울 게임** 앞에 섰다가 하면서, 마치 볼거리를 전부 다 보았는데도 박람회장을 아예 떠나기는 망설여지는 사람처럼 쳐다보는 게 다였다. 우리는 내 부모님 이야기도, 사고 이야기도 하지 않았다. 거의 아무 얘기도 하지 않은 거나 다름없었다. 박람회장은 쨍쨍거리는 소리와 번쩍이는 불빛, 고함, 비명, 미친 듯한 웃음소리, 어린아이의 울음소리로 물들어 있었고 팝콘 튀기는 냄새와 빵 굽는 냄새, 솜사탕 냄새가 공기 중에 짙게 배어 있었지만 그 모든 것이 꼭 연기처럼 내 주변에 흩날리는 것만 같았다. 아이린이 대관람차 티켓을 사 왔는데, 대관람차는 이미 지난해 질려버린 놀이기구였는데도 뭐라도 하긴 해야 할 것 같은 생각이 들었다.

철제 관람차에 마주 앉자 우리의 맨 무릎이 아슬아슬하게 닿았다. 흠칫하며 무릎을 떼어도 잠시 후면 자석으로 끌어당기기라도 한 것처럼 다시 붙었다. 아이린의 아빠가 침실 문을 두드렸던 그날 밤 이후로 우리가 이렇게 가까이 있는 것은 처음이었다. 관람차는 더운 공기를 뚫고 점점 더 어두워지는 몬태나의 하늘 위로 솟아올랐고, 중앙 광장에서 번쩍이는 형광 불빛이 우리를 훑어 내렸고, 금속성의 래그타임*** 음악이 대관람차 중심부 어딘

---

* 회전하는 원반 모양의 놀이 기구.
** 어항 안에 든 단어를 뽑아 서로 정답을 맞히는 대결을 하는 게임.
*** 1880년대부터 미국에서 유행한 피아노 음악. 재즈의 전신으로, 당김음이 많은 게 특징이다.

가의 깊숙한 곳에서부터 울려 퍼졌다. 우리가 탄 관람차가 정점에 오르자 박람회장 전체가 내려다보였다. 트랙터 당기기, 춤출 수 있게 만든 가설무대, 랭글러 청바지 차림의 카우보이들이 껌딱지처럼 깡마른 카우걸을 주차장의 픽업트럭에 기대 세우는 모습 같은 것들. 하늘 높이 올라오니 공기 중에서 나던 기름과 설탕 냄새는 가시고 대신 갓 만들어놓은 건초 더미와 박람회장 가장자리를 따라 느긋하게 흐르는 옐로스톤강의 흙탕물 냄새가 풍겼다. 그리고 고요했다. 모든 것이 저 아래 납작하게 짜부라져 붙은 것만 같았고, 가장 크게 들리는 소리라고 해봐야 바람이 불 때 관람차가 흔들리면서 볼트가 삐걱거리는 소리가 전부였다. 그러나 다음 순간 우리는 다시 둥실 아래로 내려왔고, 박람회장이 눈앞으로 성큼 다가오는 바람에 나는 관람차가 도로 하늘 위로 올라갈 때까지 숨을 참았다.

세 번째로 관람차가 올라가기 시작할 때 아이린이 내 손을 잡았다. 우리는 그대로 아무 말 없이 손가락을 낀 채 관람차가 한 바퀴 도는 내내 가만히 있었고 그 40초 남짓의 시간이 흐르는 동안 나는 마치 변한 건 아무것도 없다는 듯이, 나와 아이린이 박람회장에 놀러 온 여느 때와 하나도 다를 바가 없다는 듯이 굴었다. 또다시 관람차가 꼭대기에 다다랐을 때 아이린은 울고 있었다. "정말 미안해, 캠. 미안해. 달리 뭐라고 해야 할지 모르겠어."

하늘이 깜깜해서 아이린의 얼굴은 하얘 보였고 눈물에 젖은 눈은 반들거렸으며 포니테일로 묶은 뒷머리에서는 머리카락이 약간 빠져나와 흩날리고 있었다. 예뻤다. 그 애한테 키스하고 싶다는 생각이 든 바로 그 순간 나는 스스로가 역겨워졌다. 멀미 기운이 올라오자 아찔해져서 그 애의 손에서 손을 빼고 내 쪽 창 문 밖으로 시선을 돌렸다. 토하지 않으려고 눈을 감았지만 벌써 입에 토기가 느껴졌다. 옆에서 내 이름을 부르는 아이린의 목소 리가 들렸지만 모래 무더기 밑에서 들려오는 것처럼 멀게만 느 껴졌다. 관람차가 멈췄고, 안내원들이 사람들을 내려 보낸 뒤 또 새로운 사람들을 태웠다. 바람 속에서 우리가 탄 관람차가 위치 를 바꾸었다. 또다시 관람차는 위로 올라갔고 달칵달칵 소리를 몇 번 내면서 움직이다가 멈췄다. 이제는 차라리 박람회장의 쏟 아지는 소음 속으로 돌아가고 싶은 심정이었다. 아이린은 아직 도 옆에 앉아 울고 있었다.

"아이린, 이제 우린 예전처럼 친구로 지낼 수 없어." 나는 창밖 으로 내려다보이는, 주차장에서 서로 부둥켜안고 있는 커플에게 시선을 고정한 채로 입을 열었다.

"왜?" 아이린이 물었다.

관람차가 다시 올라가기 시작했다. 우리가 탄 관람차가 흔들 리더니 찰칵 소리를 내면서 내려오다가, 또 멈췄다. 이제 우리는 절반은 하늘에, 절반은 박람회장에 있는 셈이었다. 오락 부스의 캔버스 천 지붕과 같은 높이였다. 나는 아무 말도 하지 않았다. 울려 퍼지는 음악만 가만히 듣고 있었다. 그날 건초 다락에서 느 꼈던 입술의 감촉, 아이린이 씹던 껌의 맛, 함께 나누어 마신 루 트비어 맛이 기억났다. 그 애가 자기한테 키스해보라고 했던 날. 그리고 바로 그다음 날 우리 부모님이 몰던 차는 가드레일을 들이받고 호수에 빠졌다.

나는 아무 말도 하지 않았다. 아이린이 이 점들을 선으로 잇지 못하고 있다 하더라도, 내가 그 애를 대신해서 어떤 일이 일어나는 데는 다 이유가 있다고, 우리가 만든 이유 때문에 아주 나쁜, 너무 안 좋아서 떠올리기조차 끔찍한 일이 일어났다고 설명해줄 수는 없었다.

"왜 예전처럼 친구가 될 수 없다는 거야?"

"그러기엔 우린 너무 나이가 많아졌어." 그렇게 말하는 동안에도 내 혓바닥 위에 놓인 거짓말의 맛을 느낄 수 있었다. 거짓말은 둘둘 뭉쳐놓은 솜사탕만큼 묵직했지만 그렇다고 쉽사리 설탕 결정으로 녹여서 사라지게 만들 수는 없는 것이었다.

아이린이 그렇게 쉽사리 속아 넘어갈 리는 없었다. "너무 나이가 많다는 게 무슨 소리야?"

"그냥, 너무 나이가 많아." 내가 대답했다. "그런 짓 하기에는 나이가 많다고."

다시 관람차가 움직이기 시작했고 우리 아래 관람차에는 아무도 타고 있지 않아서 우리는 그대로 지상으로 내려왔다. 방금 있었던 일은 전부 하늘 위에 남겨둔 채로.

대관람차에서 내리자마자 우리는 지퍼 부스 앞에서 아이린의 부모님을 다시 만났다. 두 분은 우리에게 두꺼운 크러스트가 덮인 파이와 옥수수 통구이를 사주었고 풍선 모자를 쓴 스모키 더 베어*와 함께 폴라로이드 사진도 찍어주었다. 우리는 꽤나 잘 논 것 같다는 생각이 들었다.

개학한 뒤에도 우리는 계속 잘 지냈다. 세계사 시간에 나란히 앉았다. 때로는 벤 프랭클린 쇼핑몰 식당에 가서 초코 우유와 그릴드 치즈를 사 먹기도 했다. 하지만 우리는 더 이상 예전의 우리가 아니었다. 아이린은 이제 스티브 슐렛과 에이미 피노와 어울리기 시작했다. 나는 비디오를 더 많이 보기 시작했다. 나는 레슬링 시합이 끝난 뒤 아이린이 별명이 '멍청이'인 마이클 피츠와 키스하는 모습을 관중석에 앉은 채로 지켜보았다. 「퍼스널 베스트Personal Best」에서는 마리엘 헤밍웨이와 패트리스 도널리가 키스하는 장면을 보았다. 두 사람이 키스 이상의 행위를 하는 것도 보았다. 비디오가 닳도록 자꾸만 그 장면을 돌려보았지만 그러다 정말로 비디오가 망가지기라도 하면 끊어진 테이프를 네이트 보비에게 반납하면서 해명하는 내내 그가 특유의 미소를 지으며 나를 바라보는 걸 도저히 견딜 수가 없을 것 같아 그만두었다. 이 비디오를 빌려올 때도 네이트는 재수 없게 굴었기 때문이다.

"오늘은 이걸로 골랐나 보지?" 네이트는 말했다. "너, 이 영화 무슨 내용인지는 알고 빌리는 거야?"

"알아요. 달리기 선수 이야기잖아요." 일부러 모르는 척한 건 아니었다. 케이스에는 이렇게 적혀 있었다. *진정한 자신을 마주하는 순간, 몰랐던 감정들을 만나게 된다.* 케이스 뒷면에는 마리엘과 패트리스가 어둑어둑한 조명 속에 바짝 붙어 서 있는 사진이 실려 있었다. 영화 줄거리에 *친구 이상*이라는 말이 적혀 있었

---

* 미국 산림청에서 산불 방지 홍보 표지판에 쓰는 짙은 회색 곰.

다. 내가 이 영화를 고른 건 달리기 선수가 나온다는 이유가 전부였는데, 나도 육상을 해볼까 싶어서였다. 아마 그때 나는 동성애 코드를 읽어내는 방법을 은연중에 알고 있었던 것 같은데, 그렇다고 거기에 뾰족하게 이름을 붙일 수 있는 건 아니었다.

네이트는 나에게 테이프를 내주기 전 한참이나 케이스를 들고 표지에 나온 머리가 온통 헝클어진 마리엘 헤밍웨이를 쳐다보았다. "다 보고 나서 감상 꼭 말해줘, 알았지? 이 여자아이들이 같이 한 게임 뛴다는 거지." 말을 마친 뒤 네이트는 *희롱하듯* 휘파람을 살짝 불고는 입술을 핥았다.

나는 비디오 가게가 닫기를 기다렸다가 테이프를 가지고 가 반납함에 집어넣었다. 다음번에 갔을 때 네이트가 아무 말 않기에 나는 그가 이 영화 일은 까맣게 잊었기를 바랐다. 하지만 같은 영화를 한 번 더 빌릴 정도로 멍청하지는 않았다. 그러고 싶기는 했다. 때때로 꿈에 영화 속 장면이 등장할 때가 있었는데 주인공은 아이린과 나였다. 하지만 원한다고 해서 그런 꿈을 꿀 수 있는 건 아니었다. 꿈이라는 게 원래 그렇듯, 그 꿈은 내 의지와는 상관없었다.

할머니와 루스 이모는 일 처리를 할 때 나를 별로 끼워주지 않았다. 누가 나를 맡을지, 내가 어디서 살게 될지, 내게 필요한 돈은 어떻게 댈지 하는 것들 말이다. 그 밖에도 나는 묻고 싶은 게 많았다. 온갖 중요한 질문을 다 하고 싶었지만, 정말로 그런 질문을 했다면 두 사람은 나를 포함한 모든 사람에게 이제 내가 고

아가 되었으니 보호받아야 한다고 대답했을 것이다. 그랬더라면 어째서 내가 이제 고아가 되었는지를 생각해야 했을 텐데, 더 이상 그런 생각은 하고 싶지 않았다. 그래서 그냥 학교에 갔고 학교에서 돌아온 뒤에는 내 방에 틀어박혀서 닥치는 대로 온갖 영화를 보았다. 「리틀 숍 오브 호러Little Shop of Horrors」, 「나인 하프 위크」, 「틴 울프」, 「제니의 복수Reform School Girls」. 볼륨을 낮춰놓고 루스 이모가 계단을 오르는 소리가 나면 곧바로 정지 버튼을 누를 수 있도록 손에는 리모컨을 쥔 채로 보았다. 그렇게 나는 부엌 식탁에서 이루어지는 온갖 결정이 꼭 스노우볼 속 플라스틱 눈처럼 내 주변을 흩날리게 내버려두었고 나도 그 결정에 끼어들지 않은 채 다만 그 장면의 일부처럼, 스노우볼 속에 얼어붙은 인형처럼 잠자코 있었다. 이 방법은 어지간하면 효과가 있었다.

할머니는 빌링스의 아파트를 완전히 정리하고 우리 집 지하실에 있는 방에서 지내기로 했다. 아빠가 얼마 전 지하실에 욕실을 만들기는 했지만 공사를 다 끝내지는 못했다. 그래서 아빠의 부하 직원들이 채 한 달도 안 걸리는 짧은 시간 안에 그 공간에 가벽을 세워 침실과 거실을 분리하고, 부드러운 푸른색 카펫이랑 새 레이지보이 리클라이너를 가져와 상당히 쾌적하게 만들어놓았다.

루스 이모가 몬태나주 마일스시티라는 좁아터진 동네에 온 이상, 위너스 항공사 승무원 일을 계속할 수 없었음은 물론이다. 우리 동네에도 공항은 있었지만 트레일러 두 대를 붙여놓은 거나 다름없이 작은 공항인 데다가 전용기와 빅 스카이 항공사 전용이었으며—비행 중 멀미용 봉투를 추가로 제공해야 할 정도로 심하게 흔들리기로 악명이 높아 빅 스케어$^{Big Scare}$라고 불리는 항공사였다—그 항공사에서 운영하는 것은 마일스시티와 몬태나의 다른 도시를 잇는 소형 기종뿐이었고 타는 사람도 별로 없어서 유니폼을 입고 진저에일이나 봉지에 든 땅콩을 서빙하는 승무원이 필요 없었다.

"내 인생의 새로운 장이 열린 거야." 루스 이모는 부모님의 사고가 일어난 뒤 첫 한 달 내내 자꾸만 이런 말을 했다. "영원히 승무원으로 살 생각은 없었단다. 이제 내 인생의 새로운 장이 열린 거라고."

루스 이모 인생의 새로운 장에는 우리 아빠가 운영하던 회사의 비서 일자리도 포함되어 있었다. 엄마는 이 정도 회계 업무는 텅 리버 박물관에서 퇴근한 뒤 저녁 시간에 무급으로 해주었다. 하지만 회사 이름을 바꾸지 않은 채로 아빠에 이어 회사의 새로운 대표가 된 그렉 콤스톡 씨는 루스 이모를 솔리드 포스트 프로젝트의 정식 직원으로 입사시켰고 책상과 명패를 내주고 한 달에 두 번 급여를 지급했다.

그해 가을 루스 이모는 플로리다로 돌아가서 원래 살던 콘도를 팔고 짐을 싼 뒤 모든 걸 정리하고 인생의 *새로운 장*을 준비했다. 또 수술도 해야 했다.

"별거 아니야." 이모는 그렇게 말했다. "NF가 있어서 정기적으로 하는 거야. 싹 긁어내서 깨끗하게 만드는 거지." NF란 이모가 앓는 신경섬유종증*의 약자였다. 외할아버지와 외할머니가 이모의 등 한가운데에서 땅콩만 한 혹과 어깨와 허벅지에서 꼭 라테를 흘린 것 같은 평평한 황갈색 반점(실제로 공식 이름이 카페 오레 반점이기도 했다)을 발견하고서야 이모에게 태어날 때부터 그런 게 있었다는 사실을 알게 되었다. 병원에서는 별것 아니라고 했지만 이모가 커갈수록 혹도 점점 커졌고 그중 어떤 것은 땅콩 크기, 아기 주먹 크기로 커졌으며, 루스 이모 같은 예쁘장한 소녀라면 비키니를 입었을 때나 프롬 드레스를 입었을 때 절대 보여주고 싶지 않을 부위에도 자리 잡기 시작했다. 결국 이모는 병원에서 진단을 받은 뒤 딱히 큰 변화는 나타나지 않은 등의 혹 하나만 빼고 양성종양을 모두 제거했다. 등에 남은 혹은 조금 더 커지다가 말았는데, 의사가 이 혹은 척추에 가까이 있어 떼어낼 때 위험하다고 했기에 결국 손대지 않고 그대로 두었다.

　루스 이모처럼 반짝거리고 완벽하며 눈부신 사람이 신경에서 (이번에 제거할 것은 오른쪽 허벅지, 그리고 무릎 뒤의 혹이었다) 한 무더기의 혹을 떼어내는 걸 넉살 좋게 받아들인다는 사실이 진짜 괴상하다고 생각했다. 하지만 5년마다 한 번씩 줄곧 해오다 보니 이제는 별일 아니라고 느껴지는 게 아닐까 싶었다. 그러니까 조금 더 노력이 필요한 미모 관리 수준이라고 말이다. 수술을 비롯해 이런저런 일을 처리하느라 이모는 한 달도 넘게 집을 떠

* 신경 피부 증후군 중의 하나로, '카페오레 점'이라 부르는 갈색의 피부 병변과 종괴가 특징인 유전질환이다.

나 있었고, 그동안 우리 집에는 나와 할머니만 남았다. 좋았다. 루스 이모가 없는 동안 큰 사건이 하나 일어났는데, 바로 엄마의 친구인 마고 키넌이 우리를 찾아온 일이었다. 정확히는 나를 찾아온 거였다. 마고 키넌은 키가 훤칠하고 팔다리가 길쭉길쭉하며, 대학을 졸업한 뒤 세미프로 테니스 선수로 활동하다가 스포츠 의류를 생산하는 대기업에 들어갔다. 부모님이 살아있던 시절 마고는 우리 집에 놀러 와 나한테 테니스를 가르쳐주면서 비싼 라켓을 써보게 해주기도 했고, 스캘런 호수에 가서 같이 수영을 한 적도 있었고, 올 때마다 스페인이나 중국 같은 세계 곳곳에서 산 근사한 선물을 가져왔다. 부모님은 마고가 올 때면 진과 토닉을 쟁여두고 마고의 입맛에 딱 맞는 진 토닉을 만들어주려고 라임도 샀다. 마고는 초등학교 때부터 우리 엄마와 친구였다. 그보다 더 중요한 사실은, 두 사람이 퀘이크 호수의 기억을 공유한다는 점이었다. 지진이 일어난 날 우리 외할아버지와 외할머니에게 버지니아시티에 가보라고 권한 것이 마고의 부모님이었는데, 마고 가족은 그곳에 머무르는 바람에 결국 아들, 즉 마고의 오빠를 잃고 말았다.

마고는 이제 독일에 살고 있어서 사고가 일어난 뒤 한 달이 지나도록 부모님의 소식을 모르다가 나에게 커다란 꽃다발을 보내주었다. 우리 모두에게 보낸 것이 아니라, 오직 나에게만 보냈다. 나로서는 이름도 알 길 없는 꽃들로 만든 엄청난 크기의 꽃다발이었고, 카드에는 미국에 돌아오자마자 나를 만나러 오겠다고 적혀 있었다. 몇 주 뒤, 내가 학교에 있는 동안 마고가 우리 집에 전화해 할머니에게 찾아올 날짜와 나를 데리고 저녁 식사를 하러 나가겠다는 계획을 알렸고 할머니는 나 대신 그 제안을 수락했는데 어차피 나도 똑같이 대답했을 터였다.

마고는 어느 금요일 저녁 빌링스 공항에서부터 먼지가 얇게 쌓인 푸른색 렌터카를 타고 찾아왔다. 나는 내 방 창문으로 차에서 내린 마고가 현관 앞 계단을 올라오는 모습을 지켜보았다. 지난번에 만났을 때보다 키가 더 커진 것 같았고 윤기 나는 검은 머리를 비대칭으로 짧게 잘라 한쪽을 귀 뒤로 넘겼다. 문을 열어준 건 할머니였지만 나도 이미 내려와 서 있었다. 마고와 잘 아는 사이가 아니었음에도 그녀가 나를 안아주려고 몸을 숙였을 때 나는 지난 몇 달간 다른 사람들의 포옹을 받아들일 때처럼 어깨를 바짝 긴장시키지 않았다. 나도 마고를 마주 안아주었을 때는 우리 둘 다 놀란 것 같았다. 향수인지 아닌지 정확히 알 수는 없지만, 그녀에게서 싱그럽고 산뜻한 자몽과 페퍼민트 향기가 풍겼다.

우리는 다 함께 거실에서 콜라를 마셨고 마고는 베를린 생활이나 미국에 돌아와 있는 동안 하는 여러 가지 일을 조금 이야기해주었다. 그다음에는 손목에 찬 푸른색 시계 판이 꼭 남성용처럼 큼직한 세련된 은시계를 보면서, 캐틀맨 레스토랑에 예약해둔 시간에 맞추려면 이제는 출발해야겠다고 했다. 그 말은 좀 우스웠는데, 술집 사이에 자리한 캐틀맨 레스토랑은 어두운색 목조 패널을 여러 군데에 대고 박제와 동물 머리 벽장식을 가져다 놓은, 마일스시티에서 제일 고급스러운 스테이크 하우스이긴 했지만 그렇다고 예약을 할 필요까지는 없었기 때문이다. 하지만 그럼에도 마고는 예약을 한 모양이었다.

차 문을 열어 나를 태운 뒤 시내까지 가는 고작 1분 남짓한 시간 동안 마고는 내게 듣고 싶은 라디오 방송을 고르라고 했고 나는 그녀가 초조해하는 것을 알 수 있었다. 내가 다이얼로 손을 뻗지 않자 마고가 대신 다이얼을 돌렸고 신호가 잡히는 방송국이 세 개뿐인 걸 확인하면서 인상을 쓰더니 아예 라디오를 꺼버렸다. 하지만 나 역시 초조했고, 어쩐지 데이트라도 하는 기분이었는데, 사실 따지자면 데이트와 다를 것도 없었다. 레스토랑에 들어가 예약석을 찾아가는 동안 바에 앉은 기진맥진한 목장 주인 두 명이 검은 바지와 검은 부츠, 마일스시티에서는 볼 수 없는 헤어스타일을 한 마고에게 눈길을 주는 데 신경이 쓰였으나, 음료가 나오자 초조하던 마음이 가라앉았다. 마고가 좋아하는 진 토닉, 그리고 내 몫으로 얼음 위에 체리가 두 개 얹힌 셜리 템플*이었다.

"음, 대놓고 말하자면 좀 이상하지? 어색하다는 말이 맞겠다." 마고가 진 토닉을 길게 들이켜자 얼음이 쐐기 모양으로 자른 라임에 부딪쳤다. "그래도, 우리가 이러고 있는 게 좋네."

나는 마고의 *우리*라는 말이 좋았고, 이 저녁 식사가 그녀가 나를 위해 *베풀어주*는 것이 아니라 우리 둘이 함께하는 일이라는

---

* 레몬 라임소다에 석류 시럽을 넣은 분홍색 무알콜 칵테일. 1930년대 유명한 아역배우 셜리 템플의 이름을 땄다.

말이 좋았다. 어른이 된 기분이었다.

"저도요." 나는 방금 전의 마고만큼 내 모습이 세련되어 보이기를 바라는 마음으로 가짜 칵테일을 들이켜며 대답했다.

그러자 마고는 웃었는데, 내 얼굴은 분명 붉어졌을 거다.

"사진을 좀 가져왔어." 마고는 조그만 핸드백이라기보다는 큼직한 사첼백에 가까운 갈색 가죽 가방에 손을 집어넣었다. "예전에 네가 본 사진도 있을지 모르겠는데, 갖고 싶은 걸 가져가렴." 그러면서 마고는 봉투 하나를 건넸다.

나는 봉투에서 사진을 꺼내기 전 냅킨에 손부터 닦았다. 내가 사진을 진지하게 고른다는 사실을 그녀가 알아주길 바라서였다. 사진 대부분은 처음 보는 것이었다. 첫 열몇 장은 부모님의 결혼식 사진이었다. 루스 이모가 신부 들러리 대표였지만 마고 역시 들러리 중 하나였다. 드레스를 입고 긴 장갑을 낀 모습이 예쁘지만 불편해 보였고, 같은 옷을 입고 있었다면 아마 나 역시 그렇게 보였으리라는 생각이 들었다.

"아, 네 엄마가 저 흉한 복숭아색 드레스를 입어야 한다고 우겼지." 마고가 테이블 위로 손을 뻗어 내 손에 든 사진을 자기 쪽으로 넘겨보더니 고개를 절레절레 저었다. "피로연 시작 전에 청바지로 갈아입고 싶었지만, 네 엄마가 뇌물로 샴페인을 줬지 뭐야."

"진짜네요." 사진을 넘기다 보니 마고가 샴페인을 병째로 들이마시고 한쪽 구석에서는 외할아버지가 껄껄 웃는 사진이 나왔다. 내가 사진을 보여주자 마고는 고개를 끄덕였다.

"너는 네 외조부모님은 잘 모르지?"

"친할머니 말고 다른 조부모님은 만난 적이 없어요." 내가 대답했다.

"외할아버지가 살아 계셨다면 너도 좋아했을 거야. 그분도 널 좋아했을 거고. 무뢰한이 따로 없는 분이셨지."

나는 마고가 나를 '안' 몇 안 되는 순간을 조합해서 내가 외할아버지 마음에 들었을 거라는 결론을 내린 게 좋았다. 엄마도 같은 이야기를 한 적 있었지만 마고에게 듣는 건 또 달랐다.

"'무뢰한'이 뭔지 아니?" 마고는 종업원에게 손짓으로 한 잔 더 청하며 물었다.

"알아요. 재주꾼 아니에요?"

"딱이구나." 마고가 낄낄 웃었다. "맘에 드는 표현이네, 재주꾼이라니."

뒤쪽 사진들은 더 오래된 것으로, 엄마의 고등학교 시절과 그 이전이었다. 풋볼 시합, 크리스마스 성극, 사진마다 마고는 다른 여자아이보다 눈에 띄게 훤칠했고, 사진이 한 장 한 장 넘어갈수록 엄마와 마고는 점점 어려졌으며, 그에 따라 마고는 웬만한 남자아이보다 더 키가 커졌다.

"어릴 때부터 정말 키가 크셨네요." 막상 그렇게 말하고 나니 부끄러웠다.

"학교에서는 쭉 맘MoM이라는 별명으로 불렸단다. '몇 마일이나 되는 마고'의 약자지." 마고는 내가 아니라 샐러드 바를 향해 식당을 가로지르기 시작한 다른 손님의 테이블을 보며 그렇게 대답했다.

"똑똑한 별명이네요." 내가 말했다.

그러자 마고는 웃었다. "나도 그렇게 생각해. 음, 이제 와서 생각해보면 그렇단 소리야. 그때는 그 애들이 똑똑하다고 생각지 않았지."

종업원이 주문을 받으러 와서 마고에게 두 잔째 진 토닉을 건네주었다. 우리 둘 다 금색 술이 달린 짙은 갈색 메뉴판을 펼쳐보지도 않았지만, 나는 치킨 프라이드 스테이크*와 해시 브라운이 먹고 싶었고, 마고는 구운 감자와 함께 프라임 립을 주문하며 내 몫의 셜리 템플도 한 잔 더 추가해주었다. 더 마시겠냐고 묻지도 않았는데, 그 점이 좋았다.

나는 세 장의 사진을 골랐다. 결혼식 날 엄마와 아빠가 춤추는 사진, 엄마가 누군지 모를 앞니 깨진 남자아이의 어깨에 올라타 있는 사진, 그리고 아홉 살 아니면 열 살쯤 되었을, 티셔츠와 반바지 차림의 엄마와 마고가 서로의 허리에 손을 얹고 머리에는 손수건을 두른 사진이었다—마지막 사진은 아이린과 내가 등장하는 비슷한 사진을 떠오르게 했다. 고른 사진을 마고 앞에 들어보인 다음 어깨를 으쓱해 보였다.

"골랐구나." 마고가 내가 고른 사진을 보고 고개를 끄덕였다. "나랑 같이 찍은 사진은 걸스카우트 야영 대회에서 찍은 사진이야. 얼마 전에 뭘 찾다가 옛날에 쓰던 걸스카우트 교본을 우연히 찾았는데, 잊어버리지 않거든 보내줄게. 너무너무 재밌을 거다."

---

* 쇠고기 스테이크에 밀가루 옷을 입혀 구운 미국 남부식 스테이크.

"그래요." 나는 대답했다.

그다음에 우리는 음식을 기다리는 아주 길게 느껴지는 시간 동안 서로를, 테이블을, 소금 병과 후추 병을 쳐다보았다. 나는 혀로 체리 꼭지 매듭을 묶는 데 집중하고 있었다.

마고는 내 입이 움직이는 모양을 눈치챈 게 틀림없었다. 이렇게 말했으니까. "우리 오빠 데이비드도 그러곤 했지. 체리 꼭지 하나로 매듭을 두 번이나 묶었는데, 그러면 키스를 잘한다고 하더라."

나는 언제나처럼 얼굴을 붉혔다. "몇 살이었어요?" 죽었을 *때*, 라고 덧붙이지 않았지만 마고는 다 알아들은 듯했다.

"지진이 일어나기 바로 전 주말이 열네 살 생일이었어." 마고는 진 토닉을 저으며 말했다. "죽기 전에 키스도 많이 못 해봤을 거야. 어쩌면 네 엄마한테 말고는 아예 안 해봤을지도 모르지."

"아주머니 오빠가 우리 엄마한테 키스했다고요?"

"그럼." 마고의 대답이었다. "제1장로교회 식료품 저장실에서 했는걸."

"로맨틱하기도 하지."

마고가 웃었다. "정말 순수한 키스였어." 그러면서 소금 병을 집더니 유리로 된 바닥을 테이블보 위에 두어 번 두들겼다. "그 사건 이후로 록 크릭 쪽에는 단 한 번도 가본 적이 없는데, 내일 마일스시티를 떠나면 곧장 거기 가볼 생각이야. 왠지 그래야겠다는 생각이 드는구나."

뭐라고 대답해야 할지 알 수 없었다.

"어쨌든 다시 가보고 싶어. 지난 몇 년간 생각했었지."

"전 거기 가보고 싶다는 생각 한 번도 안 해봤는데요."

"그럴 수도 있지." 그러면서 마고는 마치 내 손을 잡으려는 것처럼, 아니면 어루만지기라도 하는 것처럼 테이블 너머로 손을 뻗었는데, 나는 재빨리 손을 무릎 위로 내려놓았다.

마고가 입꼬리를 끌어당겨 미소를 짓더니 입을 열었다. "캐머런, 터놓고 이야기하고 싶구나. 너도 이런 이야기를 받아들일 수 있을 만큼 어른이니까. 나는 애도에 대해서는 잘 모르지만, 그래도 너를 만나서 혹시 나한테 뭐라도 필요한 게 있으면 아무 때라도 말하라고, 최선을 다하겠다고 전하고 싶었어." 그것으로 말이 끝나는가 싶었는데, 마고는 덧붙였다. "나는 네 엄마를 처음 만난 순간부터 사랑했어."

마고는 울지 않았고, 울 것 같은 표정도 아니었지만, 그 얼굴을 계속 쳐다보면 나야말로 울음을 터뜨릴 것 같았다. 그러다 보면 나와 아이린이 무슨 짓을 했는지, 뭘 하고 싶었는지, 또 아직도 뭘 하고 싶은지 다 털어놓고 말 것만 같았다. 그리고 그렇게 털어놓으면 기분이 나아지리라는 것도 내심 알고 있었다. 그냥 내가 한 짓 때문에 사고가 일어난 게 아니라고 말해달라고, 다른 사람 말은 안 믿겠지만 마고의 말은 믿겠다고 말할 수도 있었다. 하지만 그때 나는 아직 마고를 믿고 싶지 않았고, 그래서 마고를 계속 쳐다보는 대신 잔에 남은 셜리 템플을 마셔 없앴다. 여러 모금 남아 있었지만 분홍빛 탄산음료를 싹 마셔 없애고 이로 아작아작 얼음을 씹었다.

그다음에야 나는 입을 열었다. "고마워요, 마고. 와줘서 기뻐요."

"나도 그래." 마고가 말하더니 냅킨을 다시 테이블에 놓았다. "자, 이제 샐러드 바에 가볼까?"

나는 고개를 끄덕였고, 마고는 나에게 독일어로 *화장실*을 뭐라고 하는지 아느냐고 물었다. 내가 모른다고 하자, 마고가 *다스 바트das Bad*라고 알려주었는데, 우스운 것 같아서 둘 다 웃었다. 마고가 일어서더니 나에게 식사 전에 *다스 바트*에 얼른 *다녀오겠다*고 했다. 그리고 마고가 화장실에 간 동안 나는 봉투에 넣었던 사진을 다시 꺼내 마고가 샴페인을 병째 들고 마시는 결혼식 사진을 찾아 셔츠 속, 반바지 허리 밴드 아래로 집어넣었는데, 배에 닿는 사진의 표면이 서늘하고 끈끈했다.

루스 이모는 이삿짐 차를 달고 돌아왔다. 이모의 짐을 놓을 공간을 만들어야 했다. 즉 차고와 벽장, 뒤뜰에 지어놓은 창고를 들쑤셔야 했다는 뜻이다. 그렇게 대청소를 하다가 아빠가 다섯 살 생일 선물로 만들어준 인형의 집을 발굴했다. 인형의 집이 다 그렇듯 환상적이었다. 샌프란시스코에 있는 빅토리아식 대저택을 크기만 줄여놓은 것이었는데 아빠 말로는 유명한 거리에 있는 유명한 집이라고 했다.

아빠가 만들어준 인형의 집은 높이가 90센티미터, 폭이 60센티미터는 되었다. 잡동사니로 가득 찬 창고의 좁은 문 밖으로 인형의 집을 꺼내는 데만도 나와 루스 이모가 힘을 합쳐야 했다.

"차에 실어서 세인트빈센트에 갖다줄까?" 루스 이모가 거미줄이 쳐진 창고에서 나와 잔디에 서서 땀을 흘리다가 물었다. "어린애들이 보면 너무너무 좋아할 텐데."

우리는 지금까지 잡동사니를 차에 가득 싣고 그 중고품 상점에 몇 번이나 다녀온 터였다. "이건 제 거예요." 그 순간까지는 인형의 집을 간직해야겠다는 생각이 없었는데도, 내 입에서 그런 대답이 튀어나왔다. "아빠가 만들어준 건데, 모르는 사람한테 넘길 생각 없어요." 나는 인형의 집 꼭대기에 달린 뾰족한 지붕을 잡고 들어 올려 집 안으로 들어가서 계단을 올라 내 방에 갖다놓고 문을 닫았다.

아빠는 파란색으로 인형의 집을 칠했고 이 색이 세룰리안블루라고 알려주었다. 그 이름이 예쁘다는 생각이 들었던 나는 그 집에서 처음 살게 된 인형에게 '세라 세룰리안'이라는 이름을 붙여주었다. 하얀 창틀에 진짜 유리창이 끼워져 있었고 창가 화분에는 작은 조화들이 담겨 있었다. 단을 높인 뜰에는 장식 연철처럼 보이게 만든 울타리도 둘러쳐져 있었고, 그 위에는 빌링스 실내 축구장에 쓰고 남은 인조 잔디를 깔아 완성했다. 도대체 이런 마무리가 어떻게 가능했는지 모를 일이다. 심지어 진짜 지붕널을 조금 떼어다가 지붕을 이었다. 인형의 집 외관은 세세한 것 하나 빠지지 않고 마감되어 있었지만, 내부는 또 다른 이야기였다.

인형의 집 전체에 경첩이 달려 있어서 경첩을 닫고 네 방향에서 볼 수도 있었고, 경첩을 연 다음 꼭 디오라마처럼 방 하나하나를 전부 들여다볼 수도 있었다. 아빠는 모든 방에 이런 틀을 달고 계단과 벽난로도 만들었지만, 거기까지였다. 그 외에는 어떤 장식도 마감도 없었다. 아빠는 이 선물을 내 생일에 맞추어서 선물하려고 했고, 나머지는 나중에 같이 완성하자고 했지만, 결국 우리는 그러지 못했다. 물론 완성하지 못했지만 상관없었다. 아무리 미완성이라도 내가 지금까지 본 인형의 집 중 최고였기 때문이다.

엄마와 나는 벤 프랭클린 쇼핑몰의 공예용품점에서 인형의 집에 놓을 가구를 몇 가지 골랐다. 아이린과 함께 인형의 집을 몇 시간이나 가지고 놀곤 했지만, 그러다가 열 살 생일이 지나자 이제는 인형을 가지고 놀기에는 나이가 너무 많다는 생각이 들었고, 따라서 인형의 집도 끝이었다.

루스 이모가 대청소를 마저 하는 동안 이미 물건이 꽉 차 있는 내 방으로 인형의 집을 가져와 책상 위에 올려놓았다. 이 책상으로 말하자면 아빠가 만들어준 또 하나의 거대한 물건으로, 조그만 보관함과 온갖 크기의 서랍이 달려 있고 상판은 미술 숙제를 할 수 있을 정도로 널찍했다. 하지만 인형의 집도 거대하기는 마찬가지라서 상판에 놓고 나니 쓸 수 있는 공간이 아주 조금밖에 남지 않았다. 하지만 아무리 크더라도 인형의 집을 책상 위에 두고 싶었는데, 그 뒤로 몇 주간 인형의 집은 그대로 책상 위에 놓여 있는 게 다였다. 그곳에 거대한 형체를 웅크린 채 가만히 도사리고 있을 뿐이었다.

클로슨 가족의 목장에서 공룡 화석이 나온 뒤로 그 집 식구들은 횡재했다. 아저씨가 "소떼보다 공룡이 훨씬 돈이 된다"라고 이야기하는 걸 한두 번 들은 게 아니었다. 아이린네 어머니는 몬태나가 가을인데도 매끈한 청록색 컨버터블을 새로 샀다. 아이린은 학교에 올 때마다 온갖 새 물건을 들고 왔다. 결정이 내려진 것은 핼러윈 즈음이었다. 이제부터 아이린은 코네티컷에 있는 기숙학교인 메이브룩 아카데미에 다니기로 한 것이다. 나도 영화에서 본 적이 있어 기숙학교가 어떤 곳인지는 잘 알았다. 체크무늬 스커트, 구릉 아래로 펼쳐진 초록 잔디밭. 주말이면 어느 해변 마을로 여행을 갈 테지.

"남자애들은 왜 없어?" 벤 프랭클린 쇼핑몰의 부스석에 끼어 앉은 우리 중 몇몇이 반질반질한 학교 소개 책자를 보며 우와, 하고 감탄하고 있을 때 스티브 슐렛이 물었다.

"메이브룩 아카데미는 여학교야." 아이린이 페리에를 느릿느릿 홀짝이며 말했다. 벤 프랭클린 식당에서는, 아니 마일스시티에서는 페리에를 팔지 않았다. 하지만 아이린네 엄마가 빌링스에서 페리에를 대량으로 사다놓은 뒤로 아이린은 어디에 가든 페리에 병을 들고 다녔다.

"지루하겠다." 스티브는 버릇대로 높은 목소리로 힝힝거리며 웃었다.

"딱히." 그러면서 아이린은 나와 눈을 맞추지 않으려고 조심했다. "호수 건너편에 결연을 맺은 리버 베일이라는 남학교가 있어서 만남도 있고 댄스파티도 있고 주말마다 뭐든지 다 같이해."

나는 스티브가 프렌치프라이 하나에다가 케첩을 묻혀서 커다란 플라스틱 통에 든 벤 프랭클린 특제 랜치 드레싱에 담근 다음 입 안에다 쏙 집어넣고 또 하나를 집는 모습을 바라보고 있었다. "근데 왜 지금 가는 거야?" 스티브는 교정기를 낀 이로 뻑뻑한 프렌치프라이를 꼭꼭 씹으며 물었다. "내년 가을, 아니면 빨라도 내년 봄에 가면 되잖아?"

나도 묻고 싶었던 질문이었지만 스티브가 물어보아서 다행이라는 생각이 들었다. 내가 질투한다는 걸 아이린에게 들키고 싶지 않았다. 내가 앉은 자리에서 학교 소개 책자가 조금 보였다. 싱그러운 얼굴을 한 여학생들이 라크로스를 하거나 두꺼운 울 카디건을 걸친 채 가죽 장정의 책들로 가득한 방 안에서 코코아를 홀짝이는 사진들이었다. 영화에 나오는 것과 똑같았다.

아이린은 페리에를 또 한 번 홀짝 마셨다. 그러더니 마치 방금 스티브가 던진 질문이 정말 심오한 생각을 자극하기라도 한다는 듯 이마를 찌푸리며 아주 느릿느릿 병뚜껑을 돌려 잠갔다. "우리 부모님은 내가 최대한 빨리 메이브룩에서 교육을 받길 바라셨어. 너희들 기분 나쁘라고 하는 소리는 아닌데." 그러면서 아이린이 나를 똑바로 쳐다보았다. "솔직히 마일스시티가 뛰어난 교육환경으로 유명한 곳은 아니잖아."

주변의 여자애들은 마치 방금 모욕당한 대상이 앞으로 5년간 자기들이 아니라 다른 사람이 받을 교육이기라도 한 양 동의의 뜻으로 고개를 끄덕였다.

"메이브룩에서는 내 성적을 확인하더니 내가 여기서 배우는 가을 학기 과정을 끝낼 수 있도록 자기주도적으로 학습할 수 있게 해줬어." 아이린은 속물같이 들릴 정도로 *과정*이라는 말을 강조했다. 지금까지 우리는 한 번도 *가을 과정*이라는 말을 쓴 적이 없었다. 그러니까, 그때까지는 말이다.

그다음 주 주말, 아이린이 나를 목장으로 데리고 갔다. 아이린은 다음 주 월요일에 떠날 예정이었다. 아무리 11월 초라고 해도, 밤이면 얼어붙을 듯 춥고 낮에는 15도 중반을 오가는 몬태나주의 11월치고는 말도 안 되게 따뜻한 날이었다. 우리는 코트도 걸치지 않은 채 나란히 걸었다. 소나무 냄새와 흙냄새로 가득한 목장 냄새를 맡고 싶어서 코로 숨을 크게 들이쉬어보았지만, 이제 이 목장도 예전에 내가 알던 곳이 아니었다. 온 사방에 하얀 텐트가 설치되어 있었고, 과학자며 남루한 흙투성이 긴 머리 남자들이 땅에다가 거대한 도랑을 파고 있었는데, 그들은 아이린과 내가 발로 차고 침을 뱉고 헛간 뒤에서 오줌을 싸던 흙을 무슨 부서지기 쉬운 것이라도 된다는 듯 조심조심 다루고 있었다.

이제 아이린은 말투조차 영화 대사처럼 변했다. "이 지역에서 하드로사우루스를 발견한 건 처음이래. 이렇게 완전한 형태로는 말이야."

"우와." 내 대답이었다. 나는 우리가 대관람차를 탔던 그날을 아주 많이 생각했다고 말하고 싶었다. 어쩌면 그날 밤 내가 한 말이 틀린 것 같기도 하다고 말하고 싶었다. 하지만 나는 결국 그 말을 하지 않았다.

"우리 부모님은 방문자 센터와 박물관을 만드실 거야. 기념품

가게도." 그러더니 아이린은 진짜로 손을 뻗어서 땅을 쓸어내리기까지 했다. "믿어져? 심지어 내 이름을 따서 이름을 지을 건가 봐."

"아이린사우루스?" 내가 반문했다.

그러자 아이린은 눈을 데굴데굴 굴렸다. "아니, 그것보다는 더 전문적인 이름으로 할 거야. 어차피 넌 잘 모르겠지만 말이야."

"나도 알아, 우리 엄마가 박물관을 운영하셨는걸."

"그거랑은 달라." 아이린의 말이었다. "거긴 엄청 옛날부터 있었던 지역사 박물관이잖아. 우리 부모님이 만드는 건 완전히 새로운 거라고. 그런 거랑 별다를 거 없는 것처럼 말하지 마." 그러더니 아이린은 내게서 휙 돌아서서 헛간 쪽으로 발걸음을 재촉했다.

어쩌면 아이린이 나를 건초 다락으로 데려가는 게 아닐까 생각했다. 만약 아이린이 사다리를 올라간다면, 나도 따라갔을 것이다. 하지만 아이린은 그러는 대신 입구에 멈춰 섰다. 헛간 앞에 테이블이 여러 개 놓여 있었는데 그 위에 녹슨 것처럼 불그레한 흙덩어리들이 잔뜩 있었다. 대개 진흙에 불과했지만 그중 몇 개에서는 화석들이 삐죽 튀어나와 있었다. 아이린은 이 화석을 자세히 살펴보는 척했지만 나는 그게 그냥 시늉임을 알 수 있었다.

"룸메이트가 누군지도 알아?" 내가 물었다.

"앨리슨 콜드웰." 아이린은 무슨 새로운 표본에 머리를 온통 들이대고 있었다. "보스턴 출신이야." 그러면서 새로운 억양으로 덧붙였다.

나는 최선을 다해 헨리 히긴스* 흉내를 냈다. "오, 보스턴 콜드웰 집안이라고. 굿 쇼. 올드 걸."

아이린이 웃었는데 아주 짧은 순간이었지만 그 순간만큼은 자만심도 잊은 듯했다. "말 타는 방법을 알아서 다행이야, 적어도 걔들만큼은 할 수 있으니까."

"네가 제일 잘할걸." 진심이었다.

"달라. 서부랑…… 영국식은." 그러더니 아이린은 화석에서 완전히 고개를 들어 나를 보며 웃었다. "메이브룩 아카데미에는 장학 제도가 있어. 너도 내년 가을에 지원해보는 게 어때? 분명 합격할 거야, 왜냐하면……." 그러더니 아이린이 말을 멈췄다.

"부모님이 돌아가셔서?" 의도한 것보다 더 비열한 목소리가 나왔다.

아이린이 내 쪽으로 한 발짝 다가서더니 내 팔에 손을 댔고, 그래서 기름진 진흙이 내 셔츠에 얼룩졌다. "맞아, 하지만 그것 때문만은 아니야. 넌 진짜 똑똑하니까, 몬태나 같은 촌구석에서 썩긴 아깝잖아."

"몬태나 같은 촌구석이 내 고향이야, 아이린. 너도 마찬가지고."

"태어난 곳에서 영영 살아야 한다는 법 있어? 새로운 걸 해본다고 해서 나쁜 사람이 되는 건 아니잖아."

"나도 알아." 그렇게 대답하면서 나는 그 번쩍거리는 책자에 실린 사진 속 내 모습을 그려보려고 애썼다. 갓 떨어진 낙엽들로

---

* 영화 「마이 페어 레이디」의 주인공. 일라이자 둘리틀의 발음을 교정하는 음성학 교수.

알록달록하게 동양풍으로 물든 초록 잔디 위에 서 있는 나. 잠옷을 입은 채로 휴게실에 앉아 가죽 장정의 책을 읽고 있는 나. 하지만 아무리 상상해도 이 상상 속에는 우리 둘, 아이린과 내가 함께 등장했다. 함께 보트 창고에 있는 우리 둘, 교회에 있는 우리 둘, 무성한 잔디 위에 플란넬 담요를 깔고 앉아 있는 우리 둘, 룸메이트가 된 우리 둘……

아이린은 꼭 옛날에 그랬던 것처럼 내 머릿속을 읽은 모양이었다. 그 애가 내 팔을 놓더니 손을 잡았다. "캠, 진짜 재미있을 거야. 내가 먼저 가서 학교생활에 적응하고 내년 가을에 네가 오면 되잖아." 아이린은 우리가 서로에게 도전을 걸던 때처럼 흥분한 목소리였다. 그 시절이 영원만큼이나 오래전 일로 느껴졌다.

"그럴지도." 그 순간만큼은, 정수리 위로 가까워진 겨울 무렵의 태양이 뜨겁게 내리쬐고, 땅을 파는 고생물학자들의 연장 소리가 짤랑이고, 아이린의 손이 내 손을 잡고 있던 그 순간만큼은 그 일이 그토록 쉽게 들렸다.

"왜 '그럴지도'라고 해? 그냥 그러자고 해. 엄마한테 가서 지원서 받아 오자." 그러면서 아이린이 나를 끌고 집 안으로 들어갔다. 우리의 계획을 들은 아이린의 어머니는 언제나처럼 모든 게 아주 수월할 거라는 식의 미소를 지으며 메이브룩에서 나에게 지원서를 보내게 하겠다고 했다. 그 뒤에 아이린의 어머니는 우리를 다시 시내까지 태워주었다. 당연히 컨버터블의 뚜껑은 열어젖힌 채였고, 양쪽으로 새어드는 바람 속에서 우리는 양팔을 위아래로 나풀거렸다. 고속도로변에 난 잡초는 밤 서리에 군데

군데 죽음의 금빛으로 물든 채였다. 어떤 부분은 금색과 황토색으로 변해 바싹 마르고 돌돌 말려버렸지만, 나머지는 아직도 푸릇푸릇한 채로 어떻게든 자라나겠다고 버티고 있었다. 눈을 가늘게 뜨면 잡초들 틈으로 새어드는 바람 줄기가 헤엄이라도 치는 것 같았다. 우리는 몇 마일이나 그렇게 달려서 고속도로를 내려와 마을길로 접어들었다. 그 뒤에 아이린의 어머니가 나를 우리 집 앞에 내려주었다. 그렇게 아이린은 떠나버렸다.

4

엄마 아빠는 장로교 신자였지만 신앙생활을 게을리했다. 우리는 부활절과 크리스마스에만 교회에 가는 가족이었고, 그 밖에는 내가 주일학교를 몇 년 나갔을 뿐이다. 할머니는 자신은 이제 하도 나이가 많아서 교회엔 못 나가겠고 굳이 교회에 가지 않아도 천국에 가는 데는 문제없을 거라고 했다. 그런데 루스 이모는 우리 가족 같은 날라리 신자가 아니었다. 우리는 장례식을 치른 뒤로 주일마다 빠짐없이 제1장로교회에 나갔다. 거기가 우리 가족이 다녔던 교회였기 때문이었지만, 루스 이모는 예배가 끝나고 집으로 돌아오는 차 안에서 신도 대개가 노인인 데다가 설교 역시 건조해서 마음에 차지 않는다고 입장을 분명히 밝혔다. 내 입장을 말하자면, 난 딱히 싫지 않았다. 적어도 우리 주변 신도 석에 앉아 있는 사람이 누군지 알고, 언제 일어서야 하는지도 알고, 찬송가가 어떻게 흘러갈지도 안다는 점이 괜찮다고 생각했다. 교회의 스테인드글라스도 마음에 들었다. 물론 십자가에 걸린 예수를 햇살이 통과하는 붉은색과 진홍색 스테인드글라스로 표현한 것은 지나치게 잔혹하다고 생각했지만 말이다. 제1장로교회에 있으면 하나님과 가까워진다는 기분은 들지 않았지만 일요일마다 바로 이 교회에 부모님과 함께 갔던 기억이 바로 엊그제 일처럼 떠올랐다. 나는 그 기분이 좋았다.

루스 이모는 크리스마스가 지나갈 때까지는 참았지만, 크리스마스트리를 치울 때가 되자 제1장로교회가 *더는 우리에게 맞지 않는다*는 생각을 쭉 해왔다고 말했다. 그 뒤에 지나치게 센티멘털한 낸시 선생님과의 상담 시간이 봄 학기부터는 필수가 아니라는 주제로 이야기를 할 때, 이모는 그렇다고 해도 내가 누군가와 계속 대화를 나눌 필요가 있다고 말하며 또 교회 이야기를 끼워 넣었다.

"그렉 콤스톡 씨네 가족은 다 같이 찬양의 문에 다닌단다. 마텐슨 가족도, 호프스태더 가족도 말이야." 이모의 말이었다. "다들 너무너무 마음에 든다더라. 제1장로교회에는 지금 우리에게 필요한 그런 유대감이 없잖니. 심지어 청년부도 없고 말이야."

"청년부라는 게 대체 뭐냐?" 소파에 앉아 《충격적인 추리 이야기》 잡지를 읽고 있던 할머니가 끼어들었다. "어린애들은 예배에 나와서 얌전히 굴 수 있을 만큼 다 클 때까지 주일학교에 다니는 게 아니냐. 아직도 다 안 컸니, 캐머런?"

루스 이모는 그 말에 웃었는데, 할머니가 하는 말이 장난인지 진담인지 알 수 없을 때면 항상 그랬다. "엘리너, 찬양의 문에는 10대 청소년만을 위한 모임이 있어요." 이모의 말이었다. "그렉 콤스톡 씨 말로는 그 10대 모임에서 다 같이 봉사활동도 여러 가지 한대요. 캐미가 신앙 있는 청년들과 어울리면 좋지 않겠어요?"

내가 알기로 내가 '어울리는' 아이들은 하나같이 신앙 있는 청년이었고, 그중 신앙심이 그리 강하지 않은 사람이 있다 해도 아무도 하나님에 대한 의구심을 입 밖에 내지 않았다. 그래도 루스 이모의 말이 무슨 뜻인지는 알 수 있었다. 이모는 내가 교실 이동 시간마다 품에 성경을 끼고 다니는 아이들과 어울리기를 바라는 것이었다. 기독교 록 밴드의 이름이 새겨진 티셔츠를 입고, 여름 캠프에 가고, 집회에 나가서 뻔한 말을 외치고 뻔한 행진을 하라는 소리였다.

이모는 거실의 단단한 나무 바닥에 무릎을 꿇고 앉은 채로 엄마가 좋아했던 앤티크 레이스 천으로 만든 트리 바닥 덮개에 꽂힌 전나무 바늘잎을 하나하나 뽑아내고 있었다. 그렇게 오른손으로 바늘잎을 주워내서 오목하게 오므린 왼손 바닥에 모아 담는 모습이 꼭 블루베리를 따는 것 같았다. 그러는 동안 금빛 곱슬머리가—이모는 아침마다 특별한 크림을 바르고 헤어드라이기로 곱슬머리의 모양을 유지했다—얼굴에 드리워져 어려 보였다. 볼이 통통한 아기 천사같이 보이기도 했다.

"왜 그렇게까지 하세요?" 내가 물었다. "그냥 걷어서 바깥에 들고 나가 털어버리면 될 걸."

루스 이모는 내 말은 무시한 채 계속 잎을 집어냈다. "캐미, 너희 학교에도 거기 다니는 애들 많지?"

이번에는 내가 이모의 말을 무시할 차례였다. 해외참전전우회 부스에서 파는 진짜 크리스마스트리를 산 건 루스 이모가 양보해준 덕분이었다. 엄마는 진짜 크리스마스트리의 열렬한 지지자였다. 매년 텅 리버 박물관에 주제별로 장식한 트리를 여러 개놓고 우리 집에도 트리를 하나 놓았다. 엄마와 나 둘이서 단 한 번에 그 많은 트리를 아빠의 픽업트럭 짐칸에 한꺼번에 싣고 오는 데도 익숙했다. 그러다가 킵 구멍가게에 잠시 차를 세우고 아이스크림을 사기도 했다. 엄마는 겨울에 아이스크림콘을 먹는 것 역시 열렬히 지지했으니까.

"녹을까 봐 걱정할 필요가 없잖니." 엄마가 가죽 장갑을 낀 우아한 손에 아이스크림콘을 들고 그렇게 말했고, 아이스크림을 한 입 베어 먹으면 입에서 새하얀 입김이 뿜어져 나왔다.

크리스마스트리를 어떻게 할까 하는 이야기가 나온 건 추수감사절이었다. 루스 이모는 신문 사이에 낀 광고지에서 괜찮은 인조 트리를 몇 개 눈여겨보았다고 말했는데, 그 말을 듣는 순간나는 식탁에 앉은 채로 경기를 일으킬 뻔했고 할머니가 내 편을 들어주었다. "루스, 올해는 그 애들 없이 보내는 첫 크리스마스 잖아. 이 애가 전통을 지키도록 놔두자고." 그리고 루스 이모는 정말로 내가 그 전통을 지키게 놔두었다. 심지어 평소답지 않게, 나에게 먹고 싶은 크리스마스 저녁 식사의 조리법을 정확히 물어보았고, 특정한 장식을 어디에 걸지 물어보았고, 같이 시내에서 열린 크리스마스 기념 행사에도 갔다. 이모는 설탕 입힌 쿠키와 땅콩버터 블러썸을 몇 판이나 구워냈고, 온갖 '크리스마스적인' 일을 부모님보다 더 완벽하게 해냈다. 그리고 루스 이모가 완벽하게 흉내 낸 '포스트 가족의 크리스마스' 덕분에 내 기분은 좋아지기는커녕 훨씬 더 나빠졌다.

할머니는 내가 몇 주째 심통이 *나* 있다고 했는데, 루스 이모가 바늘잎을 주워내는 걸 보았을 땐 아예 화가 나서 이가 갈렸다. "루스, 그거 아무리 주워봤자 잎은 계속 떨어진다고요." 내가 말했다. 그해 12월의 어느 시점부터 나는 루스 이모를 부를 때 '이모'라는 호칭을 생략해버렸는데, 그러면 루스 이모가 기분 나빠한다는 걸 알기 때문이었다. "손으로 하나하나 뽑고 있는 건 너무 바보 같아요. 그래서 진공청소기가 발명된 거 아니에요?"

그 말에 루스 이모는 동작을 멈췄다. 다시 일어서더니 주워낸 잎을 들지 않은 오른손으로 머리를 한쪽으로 쓸어 넘겼다. "아마 그래서 인조 트리가 발명된 거겠지." 이모는 사근사근하기 짝이 없는 목소리로 말을 이었다. "그러니까 내년부터는 인조 트리를 살 거야." 이모의 날 선 달콤한 목소리를 당해낼 재간은 없었지만 나는 굴하지 않았다.

"상관없어요." 나는 할머니가 앉은 소파 옆자리에 털썩 앉으면서 커피 테이블 구석에 올려두었던 조명과 반짝이 장식 줄이 든 상자를 일부러 발로 건드려 넘어뜨렸다. "그냥 내년부턴 아예 사지 말죠. 아니, 아예 크리스마스를 생략해버리는 건 어때요?"

할머니가 잡지 사이에 손을 끼워 넣어 읽고 있던 페이지를 표시하더니 잡지를 든 그대로 내 팔을 문질렀다. 꼭 커다란 거미를 잡아 죽일 때처럼 힘을 잔뜩 줘서. "캐머런, 네가 줍거라." 할머니가 그렇게 말하더니 이번에는 루스 이모를 보고 말했다. "캐머런이 청년부에 들어갈 준비가 됐는지 잘 모르겠구나. 일단 두 살배기가 아니라 10대처럼 행동하는 법부터 가르쳐야겠어."

할머니 말은 틀린 데가 없었지만, 할머니가 루스 이모 편을 드는 걸 보니 나도 움칠할 수밖에 없었다.

"죄송해요." 나는 두 사람의 시선을 피한 채 엉켜버린 반짝이 장식 줄을 풀면서 중얼거렸다.

"그럼 다음 주 일요일에는 찬양의 문에 나가보자꾸나." 루스 이모가 루스 이모 같은 목소리로 말했다. 모든 것이 나아졌다는 듯한 목소리였다. "새로운 시도를 해보는 거야. 재미있을 거야."

찬양의 문은 교회라기보다는 거대한 규모의 사료 공장처럼 생긴 대형 교회였다. 도시 외곽 언덕배기에 지은 단층 철조 건물로, 삼면이 시멘트 주차장으로 둘러싸이고 남은 한쪽엔 작디작고 네모난 풀밭이 있었다.

스테인드글라스와 마호가니로 만든 신도석이 있는 제1장로교회에 익숙해진 내게 찬양의 문은 꼭 회사 건물, 아니면 공장처럼 보였다. 그리고 그 말은 어쩌면 사실이기도 했다. 특히, 4백 명이 넘는 신도가 동시에 편안하게 예배를 볼 수 있을 정도로 커다란 주 예배당이 그랬다. 큼지막한 검은색 스피커가 여기저기 달려 있어 온통 메아리가 울렸고 머리 위 높은 곳에는 형광등이 매달려 있었으며, 바닥에는 폭이 4천 제곱미터는 됨 직한, 회사 건물 에나 까는 푸른 카펫이 깔려 있었다.

예배 시간이 10시부터 정오까지 두 시간을 넘는 일이 허다했다. 루스 이모와 나는 주일마다 그곳에 갔다. 루스 이모는 합창단에 들어갔고, 그다음에는 여성 성경모임에 들어갔다. 예고한 대로 이모는 나를 10대 모임인 파이어파워firepower에 집어넣었다.

내가 제1장로교회의 주일학교에서 배운 것 중 기억나는 것은 희끗희끗하게 센 머리를 동그랗게 올려붙인 네스 선생님이 무릎에 기타를 올린 채 가르쳐준 노래 「하나님은 우리를 사랑하십니다Jesus Loves Me」 정도였다. 그 밖에는 주일학교에서 받은 어린이 성경에 나오는 알록달록한 색깔로 동물들이 제각기 짝을 지어 방주에 올라타는 그림, 모세가 새빨간 바다를 가르는 그림, 머리가 긴 예수님이 양팔을 쫙 벌리고 물 위를 걷는 그림이 있었는데 어쩐지 나에게는 애니메이션 「스쿠비 두」에 나오는 새끼를 연상시켰다. 또, 예배를 볼 때는 나이 많은 사람들이 성경 구절을 따라 읽고, 힘겹게 오르간 반주가 울려 퍼지고, 거의 이해할 수 없는 설교가 주구장창 이어질 뿐이었던 것도 기억났다. 찬양의 문은 처음부터 그곳과는 완전히 다른 곳이었다.

여기서는 예수님이 죽음으로 우리의 죄를 대속했다는 사실을 받아들이고, 십계명을 어기지 않으려 애를 쓰고, 사람들에게 친절하게 대해주는 것만으로는 충분치 않았다. 이곳에서 나는 악마가 나를 사방에서 둘러싸고 있기 때문에 끊임없이 맞서 싸워야 한다고 배웠다. 진정한 신앙인이란 다른 사람, 그것도 아주 많은 사람이 나와 같은 믿음을 가지도록 돕는 사람이라는 뜻이었다. *하나님의 대리인이 되어 온 세상에 사역을 퍼뜨리는 것이다.* 그런데 이 가르침은 이런 종류의 신앙이 의롭다는 것을 납득하거나, 옳다고 확신하기는커녕 자꾸만 더 질문하고 의심하게 했다. 이런 가르침은 엄마 아빠가 세상에 대해, 하느님에 대해 믿었던 것과는 달랐다. 우리가 하나님에 대해 콕 집어 이야기한 적은 별로 없지만, 부모님의 생각과는 다른 게 분명했다.

내가 파이어파워 모임에 처음 나간 날, 캐시 베이츠처럼 참으로 묘하게 생긴 청년부 지도자 모린 비컨이 나에게 『10대를 위한 익스트림 성경Extreme Teen Bible』을 한 권 주었다. 장소는 교회 뒤쪽의 커다란 회의실이었다. 내 또래와 그보다는 나이가 좀 더 많은 아이들이 여남은 명 모여서 플라스틱 컵에 서니 딜라이트를 따르고 간식 테이블 근처를 어슬렁거리며 포도송이에서 포도 알을 따서 서로에게 집어던지고 있었는데 다들 같은 책을 한 권씩 들고 있었다. 이 『10대를 위한 익스트림 성경』은 검은 표지에 제목이 새파란 글씨로 적혀 있었고 레이저 같은 네온 색상의 번개 무늬가 여기저기에 그려져 있었는데 무엇을 상징하는지는 알 수 없었다. 첫날 우리의 집단 토론 주제가 무엇이었는지는 기억나지 않는다. 아마 10대 기독교인과 거식증이었든지, 아니면 10대 기독교인과 TV 시청 같은 주제였을 것이다. 하지만 주제가 무엇이건 간에 우리가 가진 『10대를 위한 익스트림 성경』에는 여드름부터 데이트까지 없는 게 없었다.

그때는 이 성경에 내가 아이린에게 느끼는 감정이, 다른 여자

아이에게도 느낄 게 분명한 그 감정이 뭐라고 적혀 있는지 정확히 알지 못했다. 썩 좋게 보지는 않으리라는 어렴풋한 짐작만 있었을 뿐이지 확실한 증거를 찾지는 못했다. 파이어파워 첫 모임이 있었던 그날 밤, 집에 돌아온 나는 방에 들어가서 「위험한 정사」를 배경 삼아 틀어놓고 표지를 넘기면 바로 나오는 '생각해볼 주제들' 페이지에서 동성애를 찾아보았다. 그리고 로마서와 고린도전후서에서 가져온 구절에 밑줄을 쳤다. 소돔과 고모라 이야기를 전부 읽었고, 유황이라는 게 어떤 건지 궁금해졌다. 가장 구체적으로 저주를 퍼붓는 것 같은 구절은 레위기 18장 22절에 나오는 "너는 남자와 동침하지 말라 이는 가증한 일이니라"였는데, 그걸 보니 기분이 좋지 않았다. 내 『10대를 위한 익스트림 성경』 여백에는 이런 주석이 달려 있었다. 여기서 '남자와 동침하지 말라'는 부분은 동성에게 매력을 느끼거나 동성 간에 행하는 모든 행위를 일컫는 것으로 분명하게 이해할 수 있다. 나는 이 주석을 열 번도 더 읽었을 것이다. 이제는 모든 것이 확실해지고도 남았다.

침대에 배를 깔고 엎드려 두 발은 베개에 올린 채로 얼굴을 TV 화면에 바짝 가져다대고 있자니 화면에 생긴 정전기에 머리카락이 당겨지는 게 느껴졌다. 나는 덮은 성경이 매트리스 아래 바닥에 쿵 소리를 내며 떨어지게 내버려두었다. 언제나 그렇듯 TV 위 퀘이크 호수 사진 속에서는 열두 살짜리 엄마가 나를 내려다보고 있었다.

"날 무시하지 마!" 마이클 더글러스에게 외치는 글렌 클로스는 앞으로 얼마나 길길이 날뛸지를 암시하듯 머리가 엉망으로 흐트러져 있었다. 나는 두 손을 청바지 주머니에 집어넣고, 내 몸이 하나의 기다란 덩어리가 된 듯이 팔을 깔고 모로 누웠다. 오른손 손마디가 무언가에 짓눌리는 바람에 주머니에 넣고 잊어버린 물건의 존재를 알아차렸다. 지구과학 시간에 광물 실험을 하던 중 슬쩍해 온, 들쭉날쭉한 모양새에 밝은 보라색인 형석 조각이었다.

나는 돌멩이를 꺼내 손가락 위에서 굴려보았다. 주머니에 있다가 나와 따뜻했고 표면의 어떤 곳은 유리처럼 매끈했지만 사포처럼 거칠거칠한 면도 있었다. 잠시 입 안에 넣고 혀 위에 얹힌 형석의 무게를 느끼고, 이와 부딪치는 소리를 들어보았다. 과학실과 마찬가지로 쇠와 흙 내음이 났다. 영화를 보는 둥 마는 둥 하다가 언제나 그렇듯 제자리에 도사리고 있던 인형의 집에 눈길이 머무르는 순간에도 형석 조각은 여전히 내 입 안, 입천장에 닿아 있었다. 인형의 집 안에서 내가 마음속으로 도서관이라고 정한 방의 벽난로 위에 형석 조각을 붙이면 예쁠 거라는, 어쩌면 어울릴 거라는 생각이 들었다. 그래서 나는 가만히 기다리거나 그러면 어떨지 더 생각해보는 대신 일어나서 책상을 한참이나 뒤져 작은 강력 접착제 튜브를 찾았고, 글렌 클로스가 길길이 날뛰는 소리를 배경 삼아 형석을 벽난로 위에 붙여버렸다.

나는 여기저기서 가져온 별것 아닌 물건들을 모아 책상 서랍 안쪽에 간직해두었다. 퀼트 이불 위에 서랍 안의 물건을 전부 펼쳐놓고 침대 옆에 무릎 꿇고 앉아 나의 전리품을 살펴보았다. 딱히 대단치 않은 사소한 물건들이었다. 허턴 선생님의 게시판에서 떼어 온 닉슨 대통령의 진짜 선거 배지, 찬양의 문 부엌 냉장고에서 떼어 온, 기도하는 예수님 그림 자석 온도계, 낸시 헌틀리 선생님의 책상에서 가져온 자그마한 유리 개구리 모형, 볼링장에서 가져온, '볼 앤 펀'이라고 빨간색으로 적힌 일회용 재떨이, 세계사 수업을 같이 듣던 어떤 아이가 배낭에 달고 있던 스위스 군 주머니칼 열쇠고리, 일본에서 온 교환학생이 색종이를 접어 만든 예쁜 꽃, 내가 한두 번 돌봐준 아이의 학교 앨범에서 잘라 낸 사진, 그리고 마고가 다스 바드에 간 틈을 타 슬쩍한, 샴페인을 마시는 마고의 사진, 엄마의 사무실 대청소를 하다가 찾아낸 기내용 사이즈 보드카, 그리고 마지막으로 오로지 아이린 때문에 킵 구멍가게에서 훔쳐온 버블리셔스 풍선껌 한 팩이 있었다.

나는 내 작은 보물을 하나하나 인형의 집 안에 접착제로 붙이기 시작했다. 껌 종이를 러그 삼아 부엌에 깔았다. 닉슨 배지는 내가 큰아들 방이라고 생각한 방의 벽에 달았다. 개구리는 정원에 놓고 오래된 인형의 집 가구에서 떼어낸 전등갓을 보드카 병에 끼워 플로어 램프 삼아 거실에 세웠다. 내내 재생되던 영화는 끝이 나서 엔딩크레디트가 올라가고 화면이 까매지더니 비디오가 멈췄고, 되감긴 뒤 자동으로 다시 재생되었다. 나는 계속해서 접착제를 붙였다. 아무 의미도 없는 일을 하자니 기분이 굉장히 좋았다.

2

1991~1992년 고등학교 시절

5

고등학교에 들어가기 전 여름방학에 수영 연습이 끝나고 집으로 돌아왔는데 루스 이모가 식당에 있고 바닥과 식탁 위가 온통 분홍색 종이상자투성이였고 분홍색 스티로폼 충전재도 여기저기 널브러져 있었다. 이모는 나를 등진 채 작게 노래를 흥얼거리고 있었는데, 레슬리 고어의 노래였던 것 같기도 하고 아닌 것 같기도 했지만 어쨌든 분명 이모가 고등학교에 다닐 때쯤 유행하던 노래 같았다.

나는 책가방을 바닥에 집어던졌다. 그러면 이모가 화들짝 놀랄 것 같아서였다. 50일하고 며칠 더 지나면 고등학생이 되는데도 나는 아직 유치했다.

이모는 화들짝 놀라서 *과하다 싶을 정도로* 펄쩍 뛰더니 분홍색 손잡이가 달린 망치를 든 채 뒤돌아보았다.

"캐머런, 깜짝 놀랐잖니." 마치 드라마에서 남의 책상을 몰래 뒤지다 들킨 사람 같은 반응이었다.

나는 망치 쪽으로 고갯짓을 했다. "그 분홍색 망치는 뭐예요?"

루스 이모의 눈이 반짝 빛났는데 마치 황 냄새와 열기를 훅 끼치며 연막탄에 불이 붙을 때 같았다.

"'바쁜 여성들을 위한 샐리 큐' 망치란다. 내가 바로 마일스시티 최초의 샐리 큐 연장 유통업자가 된 거지."

그러면서 이모는 미인대회에서나 볼 법한 미소를 지었다. 이모를 보고 있자니 꼭 내가 스튜디오에 자리한 청중이 되어서 광고를 보는 것 같았다.

루스 이모는 바로 옆의 충전재가 가득 찬 상자를 뒤지더니 작은 분홍색 무선 드릴을 꺼내 전원 레버를 당겼다. 그러자 드릴이 전형적인 소음을 냈다. 기계로 만든 새가 지저귀는 것처럼 높고 빠르지만 그렇다고 큰 존재감은 없는 소리 말이다.

"사실 나는 몬태나주 동부에서 단 하나밖에 없는 샐리 큐 공식 유통업자가 되었단다. 내가 바로 유통의 허브란다!" 이모는 그대로 몇 초간 더 드릴 소리를 울리더니 다시 레버를 눌러 껐다.

거실에서 샐리 큐 파티가 열리는 모습이 벌써 눈에 선했다. 시금치를 넣은 조그만 키슈, 민트 줄기를 꽂은 레모네이드, 심지어 파티의 캐치프레이즈까지도. *실용적인 것도 예쁠 수 있답니다. 남편이 쓰는 스패너와는 다르죠.*

이모는 나 역시 감탄해보라는 듯 드릴을 내 손에 건넸다. "오하이오에서 만든 제품이란다. 수많은 연구와 시험을 거쳐 만들어졌지. 여성 전용 연장이야." 이모는 속으로 *다른 연장이 남성 전용이라는 건 처음 알았네요* 하는 내 표정을 읽었는지 덧붙였다. "이를테면 핸들을 더 작게 만들고 손잡이도 서로 가깝게 만드는 식으로 말이야. 캐미, 너도 손이 작잖니. 손가락은 길지만 손이 앙증맞지."

"뼈밖에 없는걸요." 내가 이모에게 드릴을 돌려주며 말했다.

"내 손이랑 똑같지." 내가 이모의 흠 하나 없이 꼼꼼하게 관리된 손을 보며 억지웃음을 짓기도 전에 이모가 덧붙였다. "네 엄마 손도 빼다 박았고."

그러고 보니 엄마와 나는 손이 판박이였다. 손가락이 엄마만큼 길어지기를 바라며 엄마와 손바닥을 맞대고 크기를 재보던 기억이 났다. 엄마는 두 손으로 내 손을 감싸며 체리와 아몬드 향 핸드크림을 발라주었다. 엄마의 손바닥은 따스하고, 크림은 차가웠지.

"맞아요." 나는 루스 이모에게 그렇게 대답했다. 둘이서 우리 엄마, 즉 이모의 언니에 관한 기억을 떠올리는 지금 이 순간이 참 좋았다. 하지만 사방에 분홍색 상자가 흩어져 있고 분홍색 포장용 충전재가 파티가 끝난 뒤의 색종이 조각처럼 울적하게 흩어져 있는 통에 그 기억은 금세 사라지고 말았다.

나는 부엌으로 가서 그래놀라 바를 하나 먹었다. 루스 이모는 상자를 풀어 안에 든 상품을 주문서에서 확인하면서 아까 그 노래를 다시 흥얼거렸다. 어쩌면 아까랑 비슷한 다른 노래였는지도 몰랐다. 나는 그래놀라 바를 씹으면서 문간에 쌓인 상자들을 부엌 안으로 들여왔는데, 상자가 엄청나게 많았다. 시시한 물건들이었지만 그래도 루스 이모에게 할 일이 생겼다는 점이 좋았다. 이모는 바빠질 테고, 나는 이모가 바쁘길 바라니까. 나는 이미 여름방학을 어떻게 보내고 싶은지, 최소한 방학 때 뭘 하고 싶은지 계획을 다 짜놓은 상태였다. 루스 이모가 저 연장에 정신이 팔려 있을수록 내 계획이 성공할 가능성도 높아질 것이다. 왜냐하면 내 계획은 절대 루스 이모 마음에 들 리 없으니까.

5월이 되자 한때 목초지였던 곳에 커다란 의료센터가 완공되었고 폐허가 된 옛 병원 건물은 마을 한가운데에 그대로 버려졌다. 마일스시티의 거의 모든 아이들이 태어나서 데이비스 박사님한테 소아과 진료를 받고, 뼈가 부러지면 분홍색과 초록색 깁스를 하고 귓병에 걸리면 관 삽입 치료를 하고 머리가 찢어지면 꿰매던 홀리 로저리 병원은 새 의료센터가 생기자마자 다른 커다란 폐건물과 마찬가지로 으스스한 분위기를 풍겼기에 들어가 보고 싶어 좀이 쑤셨다.

끝이 보이지 않는 미궁 같은 복도들로 이어진 검사실, 수술실, 장기입원실, 사무실, 식당, 그리고 번들거리는 스테인리스 스틸 조리대와 선반이 아직도 남아 있는 주방까지, 병원의 아홉 개 층은 모두 텅 비어 있었다. 조금이라도 모험심 있는 아이라면 누구라도 친구들끼리 이곳에 들어가는 내기를 하고 싶어 했을 것이다.

하지만 담력 시험으로 꼭 가보아야 하는 것은 이 병원의 구관이었는데, 1800년대에 처음 지은 뒤 1920년대에 한 번, 1950년 대에 한 번 증축한 어두운색 벽돌 건물이었다. 오래되어 부슬부슬 파편이 떨어지는 데다 스페인 건축 양식, 깨진 창문, 꼭대기에 세워진 닳고 닳은 십자가 등 '폭풍우 치는 어두운 밤'의 모든 요소를 갖춘 구관은 밖에서 봐도 오싹했다. 분명 안에 들어가면 더 무서울 터였다.

처음으로 홀리 로저리 병원에 들어간 날이었다. 건물 안에 들어가는 건 어렵지 않았다. 제이미 라우리가 무슨 수를 썼는지는 몰라도 학교 수위실에서 볼트 절단기를 훔쳐온 덕분이었다. 또 닥터 맥길리커디 페퍼민트 슈냅스 큰 병과 가느다란 손전등까지 전부 육상 연습용 가방 속에 넣어 땀에 전 반바지와 국부보호대 밑에 숨겨 왔다. 언제나 그렇듯 이번에도 무리 중 여자애는 나 하나뿐이었기 때문에, 페퍼민트 슈냅스가 역겹고 게다가 땀투성이 국부보호대와 몇 시간이나 같이 있었으니 더 역겹게 느껴진다는 말은 참기로 했다.

수영팀의 우리 다섯 명은 일찍 열린 학기말 피자 파티에서 먼저 도망쳐 나온 참이었다. 심지어 홉스가 피자 상자 속에 오렌지색 기름에 전 채로 볼품없이 내버려져 있던 피자 조각과 크러스트를 다 먹어치우는 주특기를 선보이기도 전이었다. 홉스는 남은 피자를 전부 입에 쑤셔 넣고 마운틴 듀를 꿀꺽꿀꺽 마신 다음 토할 때까지 팔 벌려 뛰기를 했을 것이다. 작년에도 봤으니 또 볼 필요는 없었다.

제이미는 이미 형과 함께 홀리 로저리 병원에 들어가본 적이 있었다. 게다가 볼트 절단기까지 가져와 자연히 리더 노릇을 하게 되자 신이 났다. "멀리까지 가보진 못했어." 병원을 향해 가는 길에 제이미가 말했다. "안이 무진장 깜깜한 데다가 너무 늦게 들어갔거든. 해가 진 다음이었어. 하지만 우린 봤다고. 병원 안은 장난 아냐."

"어떤데?" 누군가가 물었는데, 아마 마이클이었던 것 같다. 마이클은 사실 별로 병원에 들어가고 싶지 않으면서도 거절하기 시작하면 앞으로는 무리에 끼워주지 않을까 봐 이런 일엔 꼭 따라다니는 애였다.

"조금만 있으면 알게 돼." 제이미가 대답했다. "진짜야, 완전 하드코어라니까?" 하지만 그 말로는 아무것도 알 수 없었다.

우리는 병원 구관 안뜰에 멋대로 우거진 덩굴과 나무 그늘에 숨자마자 일단 돌아가면서 슈냅스를 양껏 마셨다. 술이 미지근한 데다가 배 속에 싸구려 피자가 가득 차 있다는 걸 감안하면 다들 상당히 잘 마셨다.

"그럼 이제 시작하자고." 제이미가 볼트 절단기를 꺼냈다. "형이랑 같이 왔을 때는 반대쪽 창문을 깼는데, 안에서 이미 판자로 막아놨더라." 제이미는 우리를 바닥에서 몇십 센티미터 위에 나 있는 해치 쪽으로 이끌었다. "물품 배달용으로 뚫어놓은 곳이야. 곧장 지하실로 이어지지." 제이미의 설명이었다.

제이미와 마이클이 볼트 절단기의 손잡이를 한쪽씩 잡고 움직이자 자물쇠는 놀라울 만큼 쉽게 끊어져 나갔다. 그러나 나무 패널을 들어 올린 뒤 좁다란 계단이 나타나자 마이클은 이제 자기

할 일은 다 했으니 가보겠다고 했다.

"쫄보 새끼." 제이미가 존 웨인처럼 터프해 보이고 싶었는지 짐짓 심각한 말투로 그렇게 말한 뒤 슈냅스를 꿀꺽 들이켰다. 서부영화에서 *욕설을 내뱉은 다음에는 술을 한 모금 마신다*는 공식이라도 있는 것처럼 말이다. 하지만 제이미가 욕하는 동안 이미 마이클은 마당 저 멀리 사라진 뒤였고, 제이미는 방금 자기가 한 상남자 같은 행동 덕에 상당히 기분이 좋아 보였다.

내 차례가 되자 나는 슈냅스를 마시지 않고 술병을 다음 차례로 돌렸다.

"캐머린, 너도 집에 가고 싶어?" 제이미가 물었을 때 나는 그 애가 다른 남자애한테는 쓰지 않는 말투를 썼다는 사실에 심기가 뒤틀렸다. 꼭 어린아이를 우쭈쭈 어르는 것 같은 그 말투가 조롱으로 느껴졌다. 제이미 라우리로서는 최선을 다한 진심이었을 것이다. 가고 싶으면 가도 된다고. 나는 여자애니까, 여자애는 겁을 먹는 게 당연하니까.

"저딴 건 이제 안 마실래. 토 나오는 맛이야. 어서 들어가기나 하자."

"숙녀분이 드디어 입을 여셨네." 그러면서 제이미가 계단을 내려가기 시작했다.

가져온 손전등으로는 턱도 없었다. 켜져 있을 때도 가냘픈 빛살 한 줄기를 뿜어냈을 뿐이었지만 들어온 지 4분쯤 지나자 꺼져버렸다. 비가 많이 내리는 5월이라 지하실은 사람들이 머릿속에 그릴 법한 음침한 지하실 그 자체였다. 문틀에 쳐진 거미줄이

유령처럼 얼굴에 달라붙는 데다가 흙냄새, 썩는 냄새, 꿉꿉한 냄새가 진동했다는 소리다. 게다가 칠흑같이 깜깜하기까지 했다. 반대쪽 저 멀리 있는 창문을 통해 빛이 네모난 모양으로 새어 들어오긴 했지만 앞이 보일 정도로 밝은 빛은 아니었다. 목 뒤에 슈냅스 냄새를 풍기는 뜨거운 숨결이 느껴졌는데 머피, 어쩌면 폴인 것 같기도 했다. 내 뒤에 바짝 붙어 있는 그 아이가 누구인지는 상관없었다. 심지어 페퍼민트 향이 섞였는데도 지독한 입 냄새가 기분 좋게 느껴지기까지 했다. 누군가가 내 뒤에 있다는 사실만으로도 안심이 되었다.

중학교 육상부에서는 스타였던 우리도 그 지하실에서는 주춤거리며 몇 발짝씩 움직이는 것이 고작이었다. 술기운이 먼저 먹은 피자에 흡수되고도 팔다리까지 퍼졌던 탓에 모든 것이 한껏 고조된 동시에 숨죽인 것처럼 느껴졌다. 머릿속에서는 여태 빌려 보았던 슬래셔 영화 장면들이 끝없이 펼쳐졌다.

폴은 계속 투덜거리는 중이었다. "나는 수녀가 싫어. 원래부터 싫었어. 수녀라니 존나 징그럽잖아. 하느님과 결혼했다고? 그게 뭔 개소리야? 사이코 아니야?" 우리에게 하는 이야기였는지도 모르겠으나 아무도 폴의 말에 대답하지 않았다.

내 손이 꼭 투렛 증후군에라도 걸린 것처럼 저절로 앞으로 나가서 제이미의 땀에 전 면 티셔츠를 꽉 움켜쥐고 비틀고 늘려대는 바람에 당겨진 티셔츠가 제이미의 몸에 딱 달라붙었다. 주차장에 차려놓았던 간이 카니발에서 틸트어월을 타는 내내 바지를 꽉 붙잡고 있었던 것처럼 말이다. 그래도 제이미는 무슨 말을 하거나 나를 비웃는 대신 나를 매단 채로 더듬더듬 지하실을 빠져 나갔다.

발아래 낡은 계단에선 삐그덕 소리가 났고 위층 열린 문을 통해 희미한 빛이 계단 위를 비추고 있었다. 제이미는 계단을 다올라가자마자 "씨발, 성공이다!" 하고 외쳤고 폴과 머피도 비슷한 소리를 외쳤다. 우리 모두 탈출에 성공했던 사실에 의기양양해져서 머리가 어찔할 정도로 들뜬 상태였다.

전기가 끊긴 지 얼마 되지 않아 건물 안(위층이긴 하지만)에 어느 정도 전력이 남아 있었다. 복도 저쪽 끝에서 배경에 비해 지나치게 현대적인 '비상구' 표시가 크리스마스 조명처럼 빨갛게 빛나고 있는 걸 보자 안심이 되는 동시에 새삼 정상적이라는 느낌이 들었다. 이 병원 안의 다른 모든 것이 비정상으로 느껴졌기 때문이다.

그날 우리에겐 구관을 둘러볼 시간밖에 없었지만 그걸로 충분했다. 구관은 온통 높다란 입구와 금박 벽지로 장식되어 있었는데 우리가 건강 검진을 받으러 갔던 삭막한 진료실과는 전혀 다른 퇴폐적인 분위기를 풍겼다. 골동품이 분명한 녹색 소파들이 놓여 있고 한쪽 구석에는 심지어 소형 그랜드피아노도 있었다. 머피는 피아노를 발견하자마자 피아노 의자에 앉더니 엉성하기 그지없는 솜씨로 「하트 앤드 소울Heart and Soul」을 치기 시작했다. 제이미와 폴은 잔뜩 들뜬 남자아이들이 예의 바르게 행동하라고 요구받는—적어도 그렇게 행동했어야 하는—장소에 던져질 때 늘 그렇듯이 몸싸움을 하기 시작했다. 머리 위의 거대한 금박 액자에 담긴 유화에서 새하얀 옷을 입고 완고한 표정을 한 수녀들이 침입자들을 내려다보고 있었다.

제이미가 '마음 넓으신 하나님'을 위해 건배하자고 해서 나도 남자아이들과 똑같이 그림을 향해 병을 치켜든 다음 술을 꿀꺽 마셨다. 슈냅스가 입천장과 목구멍을 활활 태우는 느낌이 드는 바람에 사레가 들려 술을 조금 뱉어버리기까지 해서 창피했다.

그러더니 이번에는 머피까지 가세해서 몸싸움이 다시 시작되었고 나는 소파 팔걸이에 걸터앉은 채 내가 지금 어떤 감정을 느껴야 할까 생각했다. 물론 그 몸싸움은 암컷 호랑이 앞에서 수컷들이 용맹함과 기세를 과시하듯 나 보라고 하는 행동은 아니었다. 남자애들이 앤드리아 해리스나 수 녹스 같은 애들 앞에서 똑같은 행동을 하는 걸 보긴 했다. 남자애들은 함께 있을 때면 늘상 이런 식으로 몸싸움을 했다. 남자애들이 서로 허용하는 일종의 자유인 이 몸싸움의 모든 순간이 나는 낱낱이 부러웠다. 여자애들과 함께 있을 때는 이런 시끄럽고 격렬한 행동을 해본 적이 없었다. 물론 남자애들과 있을 때도 마찬가지였다. 이 애들에게는 이런 몸싸움이 자연스럽겠지만, 나는 고작 여기까지 다가가는 게 한계일 것이다.

"야, 캠스터." 다른 두 아이에게 밀려 바닥에 납작 깔려 있던 제이미가 외쳤다. "나 좀 구해줘!"

"좆까!" 나는 되받아쳤다.

"뭐라고? 내 좆 만져주겠다고?"

"그래, 제대로 들었네."

제이미의 엄마는 찬양의 문 교회에 다녔다. 그 애 아빠는 같이 다니지 않았다. 제이미도 가뭄에 콩 나듯 교회를 빼먹었다. 우리는 지난해 육상 연습의 준비운동과 마무리 운동을 하는 동안 친해졌다. 내가 제이미보다 영화를 많이 봤기에 좀 더 우월한 위치였다. 제이미와 친해지다 보니 다른 남자애들도 자연히 알게 되었다.

"그러지 말고, 캐머런." 제이미가 난장판에서 간신히 빠져나온 다음 그랜드피아노 쪽으로 뛰어왔다. "「귀여운 여인」에 나오는 피아노 장면이나 따라 해보자."

그 말을 들은 머피와 폴이 잔뜩 웃음을 터뜨렸다.

"좋아. 그럼 줄리아 로버츠 역할은 폴이 할래, 아니면 머피가 할래? 머피가 빨간 머리니까."

누군가가 판자로 대충 막아놓은 창 밖에서 빛이 싸구려 목재를 뚫고 기묘한 각도로 새어들어 가닥가닥 갈라졌다. 빛줄기 속에서 남자애들이 몸싸움을 하느라 일으킨 먼지가 반짝이처럼, 눈송이처럼 서서히 바닥에 내려앉는 바람에 모든 것이 꿈처럼 비현실적으로 느껴졌다. 술기운 역시 한몫했다. 이런 방식이 아니면 발견할 수 없는 낯선 세계 속에 들어온 것처럼. 좋았다.

그해 여름 린지 로이드와 나는 이스턴 몬태나 재단에서 주최하는 수영 시합의 여자 중급 청소년부 선수로 뽑혔다. 린지는 백미터 자유형에서 나보다 반 스트로크 앞섰다. 혼영에서는 내가 린지보다 터치가 빨랐고, 접영은 우열을 가리기 어려워서 심판

들이 서로 스톱워치를 확인해보아야 했다. 린지는 여름방학만 아버지와 보냈고—그 애의 아버지는 라운드업 근처 건설 현장에서 일했다—학기 중에는 어머니와 새아버지와 함께 시애틀에 살았다. 우리 엄마 아빠가 돌아가시기 전부터 나와 린지는 경쟁 상대였는데 린지가 항상 유리했다. 린지가 다니는 시애틀 학교에는 실내 수영장이 있었지만 나는 6, 7, 8월에 스캘런 호수에서 연습하는 게 전부였기 때문이다.

우리는 늘 친하게 지냈다. 같이 벤치에 앉아서 잡담을 나누기도 했고 때로는 수영팀 아이들이 가장 좋아하는 메뉴인 햄버거를 사려고 매점 앞에 함께 줄을 서서 기다리기도 했다. 프리토스 콘칩 한 봉지를 같이 주고 위에다 포크 하나를 꽂아주는, 치즈, 사워크림, 토마토, 올리브 햄버거였다. 린지는 이 햄버거를 정말 좋아했다. 심지어 시합 20분 전에 햄버거를 먹고도 승리를 거머쥐곤 했다. 마치 '수영 전 두 시간 금식'이라는 바보 같은 규칙에 엿을 먹이는 것처럼 말이다.

여름방학의 수영팀을 생각하면 항상 그 기억 속에는 린지 로이드가 있었다. 부모님의 장례식을 치른 뒤 처음 참가한 시합에서 린지는 나와 경쟁했던 다른 아이들처럼 나를 어색하게 안아주지 않았다. 린지는 매 시합 때마다 쇳소리 나는 확성기로 끈질기게 틀어대는 국가를 듣다가 눈이 마주쳤을 때 입 모양으로 "안타까워"라고 말했을 뿐이었다. 워밍업이 끝난 뒤 우리는 전부 물을 뚝뚝 흘리며 데크에 모여 국기가 정확히 어느 수영장 위에 걸려 있는지도 모르는 채 손을 가슴에 얹고 서 있었다. 그 '안타깝다'는 말이 나에게 딱 필요한 말이었다.

그런데 이번 여름에 돌아온 린지는 키가 많이 컸을 뿐 아니라 그 밖에도 많은 것이 달라져 있었다. 늘 포니테일로 묶어 수모 안에 집어넣던 머리를 짧게 자르고 새하얗게 탈색까지 했다. 염소가 닿으면 초록색으로 변할 수 있다며 시합 전마다 머리카락을 컨디셔너로 듬뿍 적셨다. 또 눈썹에 작은 은색 링 피어싱을 하는 바람에 시합 전에 심판에게 지적당하기도 했다. 테드 코치는 린지의 어깨가 접영에 특화되었다고 말했고, 나는 접영에 특화되지 않은 어깨를 가졌으니 더 열심히 훈련하는 수밖에 없다고 했다.

경기와 경기 사이에 린지와 나는 비치 타월 위에 나란히 앉아 우노 게임을 했고 루스 이모가 회사에 기여한 상으로 받아온 분홍색 샐리 큐 아이스박스에서 꺼낸 차가운 적포도도 나눠 먹었다. 린지의 이야기 속 시애틀은 모든 게 특별하고 쿨한 곳 같았다. 린지가 다녀왔다는 온갖 콘서트며 파티, 그곳에서 사귄 멋진 친구들까지도. 나는 우리가 병원에 몰래 잠입했다가 발견한 비밀스러운 세계 이야기를 해주었다. 이스턴 몬태나주의 비치 타월 위에 앉은 나와 린지는 머리를 마주 대고 린지의 검은 헤드폰 양쪽에 귀를 하나씩 바짝 댄 채로 처음 들어보는 밴드의 믹스테이프를 들었다.

몇 주 뒤 우리는 린지가 여름방학마다 자기 집처럼 드나드는 라운드업의 수영장에서 시합을 했고 나는 그 애의 등이며 접영에 특화된 어깨에 선탠로션을 발라주었다. 린지의 살결은 부드럽고 햇볕을 받아 따뜻했다. 린지는 테드 코치처럼 유분이 많은 코코넛 향 로션을 썼는데, 다른 애들과 마찬가지로 피부가 햇볕에 그을려 있었으니 사실 선탠로션은 필요 없었다. 할머니가 우리더러 *꼬마 원주민*이라고 했을 정도였다. 우리 둘 다 여름 햇볕을 고스란히 받으며 하루에 몇 시간씩 연습했기에 서로에게 로션을 발라주는 일이 그리 특별할 것도 없었지만 린지의 등에 로션을 발라줄 때는 달랐다. 조마조마하고도 아슬아슬한 기분이 들었다. 나는 시합이 있을 때마다 린지가 부탁하지 않아도 매번 로션을 발라주었다.

로션이 묻어 끈적끈적해진 손으로 린지의 수영복 어깨끈 아래에 로션을 바르려는데 그 애가 입을 열었다.

"만약 내가 시애틀에 있었더라면 이번 주말에 '프라이드'에 갔을 거야. 정말 엄청나다고 했거든. 물론 나야 영영 알 도리 없지만 말이야."

이 말을 할 때 린지는 아무렇지 않은 척했지만 나는 린지가 태연함을 가장하느라 애쓰고 있다는 걸 알아차렸다.

린지의 이야기 속 시애틀의 행사와 콘서트는 어차피 전부 처음 듣는 것들이었기에, 그때는 린지가 말하는 '프라이드'가 어떤 행사인지 몰라도 딱히 별 생각이 들지 않았다.

나는 경기용 수영복 규정이 허용하는 만큼 뚫려 있어서 척추뼈 한두 개가 만져지는 허리 위 부드러운 살갗에 로션을 발라주던 손을 멈추지 않은 채 물었다. "*알 도리가 없다니* 무슨 소리야?"

"6월은 프라이드의 달이거든. 그런데 난 6월에는 항상 몬태나에 있잖아." 그렇게 말하면서 린지는 내 손이 안쪽까지 닿을 수 있도록 수영복 어깨끈을 움직였다. "망할 몬태나의 라운드업에는 프라이드 같은 행사는 없는데 말이야."

"그래, 그렇지, 뭐." 나는 계속해서 로션을 바르며 대답했다.

린지가 몸을 돌려 나를 마주 바라보았는데, 얼굴에 번지는 비웃음을 숨기려 애는 썼지만 내 눈엔 다 보였다.

"너 내가 말하는 '프라이드'가 뭔지 알아? 전혀 모르지?"

린지의 표정과 말투는 마치 내가 린지의 말에서 중요한 걸 놓치기라도 했다는 투였기에 나는 린지와 함께 있을 때면 언제나 그랬듯 촌스러운 사람이 된 것만 같은 기분을 또다시 느끼게 됐다. 나는 애써 무심하게 대답했다. "내가 바본 줄 알아? 네가 매년 놓쳐버리는 무슨 축제라며."

"맞아. 그런데 그게 무슨 축제인지 아느냐고." 린지가 내게 가까이 오더니 얼굴을 바짝 들이댔다.

"몰라." 나는 그렇게 대답하면서도 어쩐지 '프라이드'라는 게 어떤 행사인지 어렴풋이 짐작하고 있었던 것 같다. 깨달음이 내 몸에 온통 번져가는 것만 같았고 심지어 부끄럽게도 얼굴까지 달아올랐는데 그게 어떤 행사인지 알고 있다고 내 몸이 표현하는 방식이었다. 하지만 나는 그 말을 입 밖으로 뱉고 싶은 생각이 없었다. 그래서 이렇게 대답했다. "저먼 프라이드?"*

---

* 독일 민족주의.

"캠, 너 진짜 귀엽다." 그렇게 말하는 린지의 얼굴이 아직도 내 얼굴 앞에 바짝 붙어 있어 그 애의 숨결에서 과일 펀치 맛 게토 레이 냄새가 풍겼다.

'귀엽다'는 말에 나는 기분이 상했다. "너 내 앞에서 쿨하고 멋진 척하느라 너무 애쓰는 거 알아?" 그렇게 말한 뒤 나는 일어서서 수경과 수모를 집어 들었다. "알겠어. 너 진짜 엄청 쿨해. 태어나서 본 애 중에 제일 쿨해."

수영팀원 두 명이 다가와 이제 자유형 백 미터가 시작된다고 알려주었다. 늘 그렇듯 린지도 참가하는 걸 알면서 나는 린지를 기다리지 않고 팀원들을 따라가버렸다.

선 티를 만들려고 4리터들이 유리병을 내놓은—열다섯 병 정도가 나란히 줄지어 있었고 차가 다양한 농도의 갈색으로 우러나고 있었다—매점 좌판 뒤에서 린지가 나를 따라잡았다. 매점 근처를 벗어나자 린지는 내 팔꿈치 바로 위를 붙잡더니 나를 끌어당겨 귓가에 속삭였다.

"화내지 마." 낮은 목소리는 평소의 린지 같지 않았다.

"아까 이야기했던 건 게이 프라이드야."

실제로는 그렇지 않은데도, 그 말은 무슨 선언처럼 느껴졌다. 그러니까 적어도 완전한 선언은 아니었다는 뜻이다. "나도 대충 알고 있었어." 내가 대답했다. "그러니까, 눈치챘다는 소리야." 우리는 잔디 위에 시끌벅적하게 모여 있는 부모들과 수영선수 무리를 헤치고 앞으로 갔다. 그 속에서 우리는 어느 정도 익명성을 지닌 존재였지만, 나는 이 대화가 어떻게 진행되고 그 애가 또 뭐라고 말할지, 조심하지 않으면 내 입에서 무슨 말이 나올지가 겁이 났다.

"만약에 말이야, 내가 너를 프라이드에 데려갈 수 있다면, 우리가 전용기를 타고 시애틀까지 갈 수 있는 완벽한 세상이 온다면, 너 나랑 같이 가줄래?" 린지는 꽉 잡은 내 팔을 놓지 않은 채로 물었다.

"글쎄, 거기 가면 솜사탕도 있어?" 대기석에서 시합을 기다리고 있는 지금은 대답하고 싶지 않았다.

하지만 린지가 원한 대답은 그게 아니었던 것 같다. "그래, 뭐." 린지는 시합 때마다 시간 기록을 담당하며, 붉은 머리를 양갈래 포니테일로 묶고 하루 종일 하얀 사파리 모자를 쓰는 여자에게 기록 카드를 건네며 말했다. "못 들은 걸로 해." 대기석은 시합을 앞두고 초조해하는 수영선수로 가득했고 몇 명은 스트레칭을 하고 다른 몇 명은 숱 많은 머리카락 위로 꽉 끼는 실리콘 수모를 잡아당겨 쓰고 있었는데 그 바람에 뒤통수나 머리 꼭대기에 네온 보라색이나 금속성 은색의 혹 덩어리 같은 것이 불쑥 솟았다. 저쪽에서 여자애 한 무리가 우리 쪽으로 손을 흔들었다. 몇 년째 우리와 경쟁하고 있는 팀 선수들이었다. 린지의 시합이 나보다 앞 순서였지만, 린지가 출전하기 전까지 아직 시합이 다섯 팀도 더 남아 있었다.

뒤쪽 벤치에 자리가 있기에 우리 둘은 거기 앉았는데, 그런 벤치에 앉으려면 어쩔 수 없이 바짝 붙어야 했다. 앉는 것만으로도 맨 무릎이 서로 닿자 나도 모르게 아이린과 대관람차에 탔던 기억이 떠올라 알레르기라도 일으키듯 몸을 홱 뺐고 그 바람에 내 반대쪽 무릎은 다른 쪽 옆에 앉은 여자애의 무릎에 부딪치고 말았다.

린지 역시 이를 눈치채지 못할 리 없었다. "세상에, 네가 그렇게 불편해할 줄 몰랐어." 그렇게 말하는 목소리는 우리가 있는 장소에 비해서는 너무 크게 느껴졌다.

"불편한 거 아니야. 수영 직전에 그런 이야기 하고 싶지 않아서 그래." 나는 목소리를 낮추고 주변을 살폈지만 사실 그럴 필요는 없었다. 다들 자기들끼리 이야기하거나 아니면 경기 준비 구역에 나가 있었다.

"그럼 나중에는 얘기할 생각 있어?" 린지가 또 내 얼굴에 자기 얼굴을 바짝 붙이며 묻는 바람에 화한 게토레이 냄새, 그리고 그 외 다른 냄새, 아마도 계피 냄새 같은 것이 느껴졌다. 껌이 분명했다.

"수영하기 전에 껌 뱉어야지." 나는 또 아이린이 생각나서 그렇게 말했다.

"로이드, 너 지금 껌 씹고 있니?" 언제나 빈틈없는 '사파리 모자'가 우리에게 다가오더니 한 손을 내밀고 손바닥을 오므렸다.

"손에 뱉으라고요?" 린지는 알면서도 굳이 한 번 더 물었다.

"안 그러면 나중에 벤치를 들어냈을 때 바닥에 붙은 걸 떼야 할 테니까. 자, 어서 뱉어." 사파리 모자가 손을 또다시 둥글게 오므렸다. "네가 손에 껌 좀 뱉는다고 내가 죽기라도 하겠니?"

"그렇게 확신하시면 안 될걸요." 린지가 껌을 뱉을 때 내가 덧붙였다.

"운이 좋기를 바라야지." 사파리 모자는 린지가 손바닥에 뱉어 놓은, 잇자국 난 빨간색 껌 덩어리를 자세히 들여다보더니 쓰레기통 쪽으로 걸어갔다.

"나한테서 무슨 병이라도 옮겠어?" 린지가 물었다. 삐친 표정이었지만 내가 눈을 찡긋하자 그 애는 웃음을 터뜨렸다.

"당장 몇 가지 떠오르는걸." 내가 말했다.

린지는 한동안 가만히 있었지만, 잠시 후 이번에는 무척이나 진지한 목소리로 나에게 물었다. "하지만 나랑 같이 프라이드 가 줄 거지? 가고 싶잖아. 그냥 좋다고 말해."

나는 이 질문이 뜻하는 게 단순히 행사에 가겠느냐는 것 이상의 의미라는 것을 알고 있었는데도, 고개를 끄덕이고 말했다. "좋아, 갈게. 같이 가자."

그러자 린지는 웃었고, 더는 아무 말도 하지 않았다. 곧 린지는 호명되어 가고 나는 그곳에 혼자 남아 내 순서를 기다렸다.

우리가 만날 수 있는 날은 딱 이틀, 그러니까 토요일의 예선전, 일요일의 결승전뿐이었고, 우리가 경쟁 상대라는 점도 한 가지 문제였다. 곧 따라잡힐 것 같았다. 린지는 벌써 키스를 해본 여자가 다섯 명이나 된다고 했고, 그중 세 명과는 키스 외에도 나로서는 알 수 없는 *어떤 심각한 행위*를 했다고 했다. 린지네 엄마가 아는 사람 중에는 척이라는 남자가 있었는데 그 사람은 채스터티 세인트 클레어라는 이름을 쓰는 드래그 퀸이라고 했고,

린지는 어느 자선행사에서 척이 드래그 공연을 하는 모습도 보았다고 했다. 린지는 자기가 다니는 고등학교의 LGBU 동아리에도 가입할 거라고 했다. *U*는 *미결정*이라는 뜻이었는데 린지를 만나기 전에는 있는 줄도 몰랐던 분류였다.

"「퍼스널 베스트」도 괜찮지만, 「데저트 하츠Desert Hearts」는 꼭 빌려 봐." 린지가 말했다.

"비디오 앤 고에는 없을 것 같은데." 린지가 설명해주는 줄거리를 들은 다음에 내가 한 대답이었다.

테드 코치가 시합 날 원정 선수들에게 제공할 숙박 지원 신청서를 나눠주자 나는 그 신청서를 가방에 넣지도 않고 자전거로 집까지 달려가는 내내 핸들을 잡은 손에 쥐고 갔다. 루스 이모는 접이식 소파까지 펼치면 네 명까지 편안하게 잘 수 있다고 말했지만 나는 *선수 한 명에게 숙박과 식사 제공 가능* 항목 옆에 표시해서 테드 코치에게 제출했다. 린지가 시합하러 이곳에 올 때는 숙박을 신청하는 경우도 있었지만 그 애 아빠가 캠핑카를 끌고 같이 올 때도 있었다. 그러니까 가능성은 반반이었다. 다음 주 주말, 시합 전 대기석에서 린지를 만났을 때 나는 최대한 별일 아닌 것처럼 물어보려고 애썼지만, 사실은 큰맘 먹고 앞으로 한 발짝 내딛는 기분이었다.

"너, 우리 시합에 올 거지?" 나는 자꾸만 수경 끈을 잡아당겼다. 벌써 두 번이나 수경에 침을 뱉고 검지로 문질러둔 뒤였는데도 그 동작을 되풀이했다.

"그럼, 당연하지. 왜?" 린지는 내가 대화하면서 그 애를 바라보지 않아도 되도록 필사적으로 뭔가 하느라 손을 바쁘게 움직인다는 걸 눈치챈 것 같았다.

"글쎄." 나는 계속 손을 꼼지락거리면서 대답했다. "호수가 더러워서 아무도 우리 시합엔 안 오거든." 예선전 진행자가 우리에게 옆쪽 벤치로 옮겨 가라고 했는데, 가는 길에 발가락을 수영장 데크의 시멘트 테두리에 세게 찧는 바람에 발톱 밑에서 순식간에 피가 고인 물집이 솟아났다.

린지는 내 얼굴이 일그러지는 것을 보고 내 무릎에 손을 대더니, 괜찮은지 걱정하는 것치고는 지나치게 오랫동안 손을 떼지 않은 채로 가만히 있었다. "난 너희 수영장 좋은데." 린지가 말했다. "다른 시합이랑은 왠지 달라."

"그래." 나는 그렇게 대답했고, 이제는 무슨 말을 해야 할지 알 수 없었다. 왜 이렇게 어렵게 느껴지는지 알 수 없었다. 린지도 수경을 쓸 준비를 하기 시작했다. 우리 둘은 어느 멍청이가 번들거리는 푸른색 페인트로 칠해버려서 햇볕에 자동차 후드처럼 달아오르는 바람에 수영복 차림으로 앉자마자 허벅지 뒤쪽을 데고 마는 벤치에 말없이 앉아 있었다.

나는 출발 지점으로 걸어간 다음, 곧 있을 경기를 머릿속으로 그려보면서 스트로크의 길이와 킥의 리듬에 집중하고 턴과 풀아웃을 연습해보라는 테드 코치의 말이 끝난 뒤에야 린지에게 물었다. "아빠는 안 오시지?"

린지는 이미 두꺼운 실리콘 수모를 쓴 뒤였는데, 귀를 덮은 모자 한쪽을 들어 올리면서 방금 뭐라고 했는지 못 들었지만 드디어 무슨 말이라도 해서 다행이라는 표정으로 나를 쳐다보았다.

"그러니까 너희 아빠도 마일스시티에 오시느냐고." 내가 물었다. "아빠도 시합 보러 오셔? 따로 묵을 곳이 필요하지 않아?"

"너희 집에서 자라는 거지?" 린지는 아무렇지도 않게 그렇게 대답했고 그 순간 나는 도저히 빠져나갈 수 없는 덫에 걸린 기분이었다. 그로부터 약 15초 뒤에 '선수들은 출발대로'라는 지시가 떨어졌고 나는 이번 시즌 최악의 기록을 달성했다.

텍사스의 자기 엄마 집에 갔던 데이브 해먼드가 돌아왔다. 그 애는 제이미보다도 더 미친 애였다. 별 짓을 다 하는 애였다는 뜻이다. 데이브는 여름방학 동안 자기 아빠의 과일 노점 뒤에 세워둔 캠핑카에서 지냈고 6월 마지막 주부터 7월 첫 주까지 수박과 옥수수가 놓인 기다란 좌판 옆에 빨간색과 흰색, 푸른색으로 꾸민 '데이브의 폭죽' 노점을 차렸다. 7월에, 오로지 터뜨리기 위해 만든 싸구려 폭죽과 화약으로 가득한 노점을 꾸린 열네 살짜리 남자애보다 장사를 잘할 방법도 없을 것이다. 심지어 해먼드 부자는 폭죽 판매가 불법이 되는 7월 4일 독립기념일 이후에도 데어리 퀸* 뒤 창고에 재고를 보관했다. 그러니까 버터핑거 블리자드를 사먹고 난 뒤 잠깐 창고에 들러서 병 로켓과 통형筒形 꽃불, 블랙 캣 크래커, 체리 폭탄을 즐길 수 있던 것이다. 나는 날이면 날마다 유황 연기와 자외선 차단제 냄새를 풍기며 지냈다.

---

* 소프트 아이스크림 및 패스트푸드 체인점.

나는 린지가 오면 이 여름의 세상을, 우리 앞에 파이가 듬뿍 쌓인 테이블처럼 펼쳐진 7월의 마일스시티 최고의 것을 그 애와 함께 즐기고 싶었다. 시합은 오로지 핑계였다. 홈경기 날을 이렇게 기다린 것은 처음이었다. 토요일, 예선 경기에서 나는 자유형을 포함한 모든 종목에서 린지의 기록을 뛰어넘었다. 다른 팀들은 스캘런 호수의 걸쭉한 물과 수초가 다리를 간질이는 느낌, 자체 제작한 회전판을 뒤덮은 수초 때문에 발가락이 미끄러지는데 익숙하지 않았다. 반면 우리 팀이 유리했던 건 아마 출발대가 있어서였을 것이다. 우리는 9월부터 다음 해 5월까지 스캘런 호수 주차장 건너편의 퀴퀴한 창고에 출발대를 착착 쌓아서 보관했다. 온통 거미줄이 쳐져 있을 뿐 아니라 때때로 쥐와 가터 뱀이 들락거리는 곳이었다. 출발대는 묵직한 합판으로 만든 것으로 배영 출발을 돕기 위해 사포질한 나무못도 달아놓고, 마찰력을 높이기 위해 어느 집 지하실에서 토사물 같은 초록색 카펫을 뜯어 와 경사면에 스테이플러로 부착한 뒤, 뒷면에 오렌지색 스프레이 페인트로 레인 번호를 적어놓은 물건이었다. 팀 선수 아버지들이 어느 여름에 나를 포함해 모두를 위해 만들어주었다.

자유형 릴레이 전에 루스 이모는 나와 린지에게 별 모양 쿠키틀로 자른, 라임과 오렌지 맛 젤로 한 접시를 주었다. 달고 차가웠고, 우리 둘 다 지금까지 먹은 것 중 최고의 젤로라고 입을 모았다. 린지가 자기 것을 모래 위에 떨어뜨리자 나는 남은 내 몫을 린지에게 주면서 또 늘 그러듯 얼굴을 붉히고 말았다. 린지는 얼굴을 조금도 붉히지 않았다.

할머니도 와 있었는데, 크고 괴상한 햇빛 가리개 모자를 쓰고 할머니들이 햇빛을 가릴 때 쓰는 어두운색 플라스틱 렌즈까지 안경 뒤에 끼우고 있었다. 할머니는 우리 팀 천막 아래 야외 의자에 앉아 웨이퍼 과자며 추리 잡지와 함께 기다리다가 경기가 시작되자 플랫폼 가장자리까지 나와 내 모습을 지켜보았다. 내가 물 밖으로 나오자 할머니는 몸이 젖는 것도 아랑곳하지 않고 나를 폭 안아주었다.

"너희 할머니 진짜 특이하시다." 할머니가 나더러 인어의 피나 최소한 열대어 거피의 피는 가지고 있을 거라고 칭찬하는 것을 듣고 린지가 말했다. 그 말을 들으니 늘 그러듯 또 아이린이 생각났고 나는 앞으로 일어날 일, 일어나야만 할 것 같은 그 일 생각에 더 초조해졌다.

시합은 3시쯤 끝났으니 앞으로 여섯 시간은, 병원 안에서 훨씬 어둡게 느껴지던 석양까지 포함하면 여섯 시간 반은 햇볕이 남아 있을 터였다. 우리는 피자 피트에 달려가서 타코 피자를 와구와구 먹었고 루스 이모는 천천히 좀 먹으라고, 숙녀답게 음식을 씹으라고, 손가락 관절을 뚝뚝 꺾지도 말고 빨대를 질겅질겅 씹지도 말라고 잔소리했다. 린지가 눈을 굴리고 이모가 딴 데를 볼 때마다 우스운 표정을 지어댄 통에 나는 식사를 기분 좋게 마칠 수 있었다. 우리는 빨간 비닐이 씌워진 부스석에 나란히 웅크리고 앉아 있었는데, 햇볕에 달아오른 다리에 닿는 시트의 촉감이 얼음처럼 차가웠다. 식사하는 동안 우리의 다리와 허벅지가 자꾸 닿았다. 그때마다 마른번개가 치는 기분, 아이린네 목장의 전기 울타리에 손을 얼른 댔다가 뗄 때처럼 전기가 통하는 느낌이 들었다. 어쩐지 곧 이보다 더한 어떤 일이 일어나리라는 예감처럼 느껴지기도 했다.

"데이브네 노점에 갔다가 아이스크림을 먹고 6시 반 영화를 볼 거예요." 루스 이모가 두 번째 피자 조각을 거의 다 먹어갈 때 내가 말했다. 그러면서 내가 린지의 손을 잡고 일으켜 세우는 바람에 나 자신조차 놀랐다. 린지도 놀랐을 것이다.

"무슨 영화를 볼 거니? 전체관람가를 봐야 한다. 13세 이상 관람가는 청소년 관람불가나 다름없으니 그런 쓰레기 영화는 안 봤으면 좋겠구나." 종이 냅킨으로 입가를 톡톡 두드려 닦는 루스 이모는 바로 근처 슬롯머신에서 들려오는 짤랑거리고 삑삑거리는 소리 속에서도 곱고 세련된 모습이었다.

"전체관람가예요." 루스 이모가 집으로 돌아가는 길에 영화관 앞을 지나치면서 상영 중인 영화를 확인할 수 있을 텐데도(그리고 이모는 실제로 그렇게 했다) 나는 거짓말을 했다. 그때 이모는 우리가 이미 극장 안에서 청소년 관람 불가 딱지가 붙은 「델마와 루이스」를 보고 있을 거라고 생각했다. 이 거짓말에 대한 훈계는 나중에 해야겠다고 마음먹었을 텐데, 그리 억울할 것도 없었다. 나는 그날 저녁에 린지와 함께 「델마와 루이스」를 보지는 않았지만 그 영화가 비디오로 나오자마자 수도 없이 빌려 보았기 때문이다.

우리는 병원 안마당에서 배낭에 연막탄과 폭죽을 가득 넣고 기다리고 있던 제이미와 데이브에게 합류했다. 데이브는 린지한테 관심이 있는 듯 한참을 눈여겨보았다. 나는 해적처럼 보이려고 무리수를 둔 나머지 비즈 장식 꽁지머리에 해골 귀걸이를 한 데이브의 꼬락서니가 아주 바보 같다고 생각했다.

둘은 이미 데이브네 아빠가 베트남에서 가지고 다녔다는 보온병에 담긴 술을 마시는 중이었다. 보온병 안에는 서니 딜라이트에 비피터 진을 섞은 것이 반쯤 차 있었다. 오렌지 맛을 흉내 내서 만든 어린이용 물약 맛이 났다.

나는 배낭에 아빠가 쓰던 연장—손톱과 손도끼—을 몇 개 챙겨 왔다. 우리는 한참 동안 지하실 창문의 썩어가는 나무 창틀을 잘라보다가 결국 포기하고 그냥 창문을 깨고 들어가기로 했다. 차례차례 깨진 유리 파편 위에 착지했다. 린지가 들어오다가 유리에 어깨를 베이는 바람에 하얀 티셔츠 위에 피가 알 수 없는 대륙 지도 모양으로 번지기 시작했다.

"괜찮아?" 피가 나자, 너무 위험하니 그만두어야 하지 않을까 하는 걱정과 함께 린지가 원래 계획대로 영화를 보러 가거나, 루스 이모가 팝콘과 보드게임을 놓고 기다리고 있을 게 분명한 우리 집으로 돌아가고 싶어진 게 아닐까 하는 걱정이 들었다.

하지만 린지가 그럴 리 없었다. "고작 요만큼 벤 건데 뭐." 린지는 그렇게 말했지만 베인 곳을 누른 손을 떼자 손끝이 끈끈한 피로 새빨갛게 물들어 있었다. 린지가 입 안에 손가락을 넣자 복도의 깜깜한 어둠 속에서 내 얼굴이 또 달아오르는 게 느껴졌고 그 사실 때문에 나는 한층 더 부끄러워졌다.

"진을 좀 붓지 그래. 소독하게." 데이브가 우리 둘 사이에 끼어들더니 보온병을 내밀었다.

"멍청한 소리 하지 마." 린지는 데이브의 손에서 보온병을 빼앗아 들었다. "내 팔에 이 아까운 술을 왜 부어?" 린지는 술을 꿀꺽 들이마신 다음 나에게 건넸다. 나 역시 똑같이 술을 마시면서 내 입술이 린지의 입술이 닿은 자리에 닿았다고 생각하며 그 애도 그 생각을 하고 있을까 궁금해했다.

우리는 오늘의 초대 손님에게 감명을 주려고 1800년대에 지은 부분을 돌아다니는 데만 30분을 썼는데, 성공한 것 같았다. 처음 병원이 폐쇄되고 환자들—적어도 중환자실 환자들—을 이동시킬 때 병원 사람들은 엄청나게 서둘러야 했다. 《마일스시티 스타》에 그 이송 과정을 비롯한 이야기들이 실렸었다. 환자들을 도시 반대편으로 옮기는 것은 무척 까다로운 일이었다. 그러나 애초에 이걸 볼 일이 없는 10대 청소년들은 이곳에 남은 것, 그들이 남겨놓고 떠난 것이 뭔지 도저히 이해하지 못할 것이다.

맨 꼭대기 층, 우리가 보기에 간호사실이었던 듯한 방에는 오래된 인형이 가득 든 트렁크가 있었다. 어마어마하게 오래되어 가죽처럼 굳은 피부가 세월에 바스라지고 금이 간 인형들이었다. 어떤 인형은 속에 검은 모래 같은 게 차 있었는데 집어들자 모래가 쏟아졌다. 인형에는 전부 꼼꼼하게 꿰맨 이름표가 붙어 있었고 이름표에는 비비언, 릴리언, 마저리, 유니스 같은 옛날 아이 이름과 병명이 우아한 검은 필체로 적혀 있었다. 대부분은 고열이나 독감 같은 평범한 병이었고 마지막에는 날짜와 함께 천

국의 하나님 아버지 곁으로 갔다, 고 적혀 있었다.

"말도 안 돼." 린지가 인형 하나를 집었지만 인형은 쥐자마자 바스라졌다. 몸통이 찢어지면서 안에 든 검은 모래 같은 것이 린지의 손에 쏟아졌다. "젠장!" 린지는 인형을 떨어뜨렸다. 상자에서 인형의 머리가 뚝 떨어졌다.

"겁나?" 데이브가 린지의 어깨를 움켜쥐며 이죽거렸지만 그렇게 말하는 데이브의 목소리도 겁에 질려 있었다.

"신경 꺼." 린지는 그의 손을 털어냈다. "다른 데 가볼래." 린지가 내 손을 잡고 끌어당겼다. "열쇠가 있는 방에 가보자."

각각 1800년대에 지어진 구관과 1950년대에 지어진 높은 신관은 폭이 약 5미터에 길이는 축구장 반지름은 됨직한 일종의 터널로 연결되어 있었다. 터널의 벽과 천장, 바닥은 모두 시멘트와 리놀륨으로 되어 있었고 말을 하면 예상대로 메아리가 울렸다. 터널을 통과하고 나자 제이미와 데이브는 터널 안에 대고 로켓을 쏘겠다고 했다. 마당에서 린지에게 보여주려다가 잊고 보여주지 않은 로켓이었다.

"소리가 너무 클 거야, 데이브." 내가 말했다. "경찰들이 이 주변을 한 시간에 열 번쯤은 지나다닌다고."

"밖에선 안 들려." 데이브는 가방에서 가느다란 폭죽, 한쪽 끝에 빨간 캡이 달리고 빨간색 글자가 적힌 노란 튜브, 문스트라이커와 A-11을 꺼냈다. 데이브는 자세히 보다가 그중 하나를 제이미에게 건넸다. 제이미는 린지에게 무슨 말을 하는 중이었고 린지는 그 말을 듣고 설핏 웃었다.

"경찰이 항상 바깥에만 있는 건 아니잖아." 내가 말했다. "폭죽 터뜨리고 싶으면 밖에 나가서 해. 건물 바깥에서 하면 되지."

"건물 안에서 터뜨려야 재밌지." 데이브가 말했다. "도망쳐야 하는 일이 생길지도 모르니까 너희들은 이 자리에 있어. 찢어지지 말자고." 마치 자신이 리더고 내가 흥을 깨려는 사람이라도 된다는 듯한 말투였다. 데이브는 이걸로 이야기는 끝났다는 듯 로켓 하나를 린지에게 건넸다. "너도 해볼래?"

"아니." 린지가 대답했다. "난 캐머런이랑 열쇠가 있는 방에 가 볼래. 나중에 여기서 다시 만나자."

"찢어지면 안 된다니까?" 데이브가 말했다.

하지만 린지는 내 손을 잡더니 어디로 가야 하는지도 모르면서 나를 끌었다. 그리고 나는 린지가 이끄는 대로 끌려갔다. 6층 아래에서 남자애들이 시멘트 터널 속으로 쏘아 보내는 로켓의 소음이 마치 파이프를 타고 오기라도 하는 것처럼 전해졌다. 그 바람에 마치 케케묵은 영화 속 주인공들의 첫 키스 장면처럼 로켓이 날고 별들이 폭발하는 소리가 나는데도 그 애가 내 손을 놓지 않아서, 기뻤다.

열쇠가 있는 방은 제이미와 내가 예전에 찾아낸 곳이었다. 이곳에는 엄청나게 많은 상자들이 위태롭게 쌓여서 서로 기대여 있었는데 그 상자에 든 것들은 전부 열쇠였다. 어떤 열쇠는 교도소 간수의 것처럼 두꺼운 고리에 빽빽하게 걸려 있고 쇠가 삐죽삐죽하게 튀어나와 휘두르면 다칠 것 같았다. 아마도 이 건물 안 모든 문의 열쇠를 다 모아놓은 듯 많았는데, 떠나기 전 의사, 간호사, 직원들이 반납한 열쇠 같았다. 병원의 모든 열쇠가 6층의 어느 방 하나에 흩어진 눅눅한 판지 상자 속에 다 모여 있었다.

"바로 여기야." 열쇠가 있는 방에 도착하자 내가 말했다. "진짜 이상하지?"

"그러네." 린지가 대답했다.

우리는 여전히 손을 잡고 있었다. 지금 당장, 그 일을 마침내 해내지 않으면 이 순간은 이대로 지나가버릴 것 같았다.

시작한 것은 린지였다. "지금 너한테 키스하고 싶어." 린지가 말했다.

"그래." 내가 말했다.

린지의 그 말, 우리가 마신 진, 이곳의 어둠은 여름 내내 우리 사이를 맴돌고 있던 그 일을 마침내 실행하게 만들기에 충분했다. 린지는 전문가였고 나는 그 애의 뜨거운 입과 오렌지색 립글로스를 칠한 불꽃 튀는 듯한 입술이 나를 이끌도록 가만히 있었다. 린지가 두어 번 잡아당기자 내 탱크톱이 벗겨졌고, 린지의 옷은 그보다 더 빨리 벗겨졌다. 내 몸에 닿는 린지의 몸이 따뜻했다. 린지는 우리 사이에 틈이 없어질 때까지 나를 바짝 끌어당겼다. 벽에 달린 스위치가 내 등을 파고들 때까지 나를 벽에 꽉 밀어붙인 채 축축한 입으로 내 온몸을 더듬다가 얼굴을 뗐다.

"이 이상은 해본 적 없어." 린지가 말했다.

"뭐라고?" 나는 숨을 거칠게 몰아쉬고 있었다. 내 몸은 지금까지는 한 번도 원한 적 없었던, 존재하는지조차 몰랐던 그 무언가를 원하고 있었다.

"그러니까 침대에 눕는 것까지는 해봤지만 거기까지라고." 린지가 말했다.

"괜찮아." 나는 린지를 다시 내 쪽으로 끌어당겼다.

"괜찮아?" 린지가 물었다.

"그래." 내가 대답했다. 정말이다. 그것만으로도 차고 넘쳤다.

6

「그리스」—극 중 올리비아 뉴턴 존은 펌을 하고 가죽바지를 입은 모습으로 변신하기 전에 치마를 입은 건강미 넘치는 모습이 열 배 정도 섹시하다—를 여러 번 보면서 배운 게 있다면 여름방학 동안 아무리 열정적으로 연애를 했더라도 학기가 시작되면 끝난다는 것이다. 심지어 그 연애의 상대방이 나에게서 천 6백 킬로미터 가까이 떨어진 태평양 어느 도시에 있는, 그 애의 말에 따르면 플란넬 셔츠를 입고 닥터 마틴을 신은, 당당하게 커밍아웃한 레즈비언으로 그득한 학교에 다닌다면 말이다.

컷 뱅크에서 열리는 주州 수영 경기에 나가려고 차로 일곱 시간 동안 몬태나를 가로질러가는 동안 루스 이모는 올드 팝 테이프를 차례차례 틀었고 린지와 나는 레드 바인스*를 먹으면서 다른 주 번호판이 붙은 자동차를 찾았다. 그동안 린지와 나에 대해 생각할 시간은 충분했다. 이번 시합은 우리의 거창한 이별 의식인 동시에 고등학생이 되기 전 마지막 여름방학의 끝이 될 터였는데 그 모든 사실에 때 이른 그리움이 밀려왔다.

처음에 나에게 하나의 계시처럼 다가왔던 사실은, 우리의 키스 방식이 계속해서 발전하고 있었음에도—몰타의 수영장 옆 놀이터에서 푸른색 터널 미끄럼틀 속에 숨은 채 서로의 셔츠 속에 손을 집어넣기도 했고, 내가 스코비**에서 중급 여성 청소년부 최고상을 받았을 때는 5분도 지나지 않아 스낵 색*** 뒤에서 린지의 혀가 내 입 안에 들어 있었다. 글래스고 경기가 뇌우로 한 시간 연기되자 젖은 몸을 말리고 체온을 유지하려고 들어간 린지네 아빠의 캠핑카에서 수영복 상의를 끌어내려 어깨끈을 허리 아래에 느슨한 멜빵처럼 매단 채 부둥켜안기도 했지만—나는 린지를 사랑하지 않았고 린지 역시 나를 사랑하지 않았다. 그러나 우리는 그 사실에는 별로 개의치 않았으며 이 때문에 서로를 더 좋아하기도 했다.

그 여름 내내 린지와 했던 일은 아이린과 나누었던 경험만큼 강렬하지 않았다. 그때가 더 어렸는데도. 아이린과 있었을 때는 함께하는 어떤 행동이나 감정도 우리 둘보다 중요하게 느껴지지 않았다. 그러나 린지와 함께 있을 때면 모든 게 반대였다. 린지는 나에게 동성애자의 언어를 알려주었다. 린지는 가끔 여자를 좋

---

* 감초 캔디 상표명.
** 미국 몬태나주 대니얼스카운티에 있는 도시.
*** 미국의 수제버거 체인.

아하는 것은 *정치적이고 혁명적이며 대항문화적인* 것이라고 했고, 나는 존재하는지도 몰랐던 이름과 용어를 썼다. 그리고 내가 이해할 수 없으며—린지는 인정하지 않았지만—린지 역시 제대로 아는지 확실치 않은 많은 것에 대해서 말했다. 나는 그전까지는 그런 것에 대해 생각해본 적이 없었다. 내가 여자를 좋아하는 건 도저히 그러지 않을 수가 없어서였다. 이런 내 감정을 통해 어떤 공동체에 소속되거나 비슷한 생각을 가진 여자들을 만날 수도 있을 거라고는 한 번도 생각해본 적이 없었다. 오히려 나는 찬양의 문에 매주 예배를 보러 나간 탓에 정반대로 생각하고 있었다. 크로퍼드 목사가 그렇게나 권위 넘치는 목소리로 동성애란 죄악된 변태 행위라고 말하는 걸 매주 들으면서 두 여자가 남편과 아내처럼 같이 살 수도 있고 심지어 이를 인정받을 수도 있다는 린지의 말을 무슨 수로 믿을 수 있었겠는가? 크로퍼드 목사는 '호모섹슈얼리티'라고 말할 때 *섹스*라는 말조차도 제대로 발음하지 않고 '호모세슈얼리티' 하고 뭉뚱그렸고 때로는 그조차도 '질병'이나 '죄악'이라고 간단히 축약해버릴 때가 많았다.

"하나님은 이 문제에 대해서 명확하게 말씀하셨습니다." 동부 해안이나 서부 해안에서 일어난 동성애자 인권과 관련된 어떤 사건이 《빌링스 가제트》에 실리고 나면 주일 예배 시간에 크로퍼드 목사는 그렇게 말했다. "텔레비전에서 떠들어대는, 우리나라 어디선가 일어나고 있는 병적인 선동에 속지 마십시오. 성경은 레위기에서도, 로마서에서도, '호모세슈얼리티'가 하나님 앞에 가증스러운 일임을 분명하고 확고하게 누차 강조하고 있습니다." 그 뒤에 목사님은 이렇게 건강하지 못한 생활 방식에 미혹당한 이들이야말로 그리스도의 사랑이 가장 절실히 필요한 존재라고 했다. 마약 중독자, 매춘부, 정신 질환자, 그리고 늦은 밤 TV에 나오는 보이스 타운* 전국 핫라인 공익광고에서 찢어진 데님 재킷을 입고 더러워 보이는 머리를 한 배우들이 연기하는 가출 청소년들 말이다. 고아는 왜 끼워주지 않는 건지 모를 노릇이었다.

이런 설교를 들을 때면 나는 나무로 된 신도석의 회색 방석 속으로 녹아버리고 싶었다. 루스 이모는 내 옆자리에 경건하면서도 이모만의 섹시한 분위기를 풍기는 가장 근사한 주일 복장으로 앉아 있었다. 살짝 드러난, 주근깨 난 목 위로는 섬세한 십자가 목걸이가 반짝이고, 매니큐어는 흠 하나 없이 완벽했고, 교회에 올 때만 입는 스마트하면서도 앙증맞은 남색이나 자둣빛 정장 차림이었다. 얼굴이 뜨겁게 달아오르고 살갗이 따끔따끔해지는 이런 순간이면 이모가 나를 보지 않기를, 나를 보고 고개를 끄덕이거나 핸드백 속 작은 봉지에 넣어 다니는 브래치스 아이스 블루 민트를 먹으라고 주지 않기를 빌었다.

시큰둥하게 앉아 있더라도 일단은 교회에 있는 이상 구원받으려는 최소한의 노력은 해보아야겠기에, 몇 번은 린지가 순수한 나를 타락시킨 변태라고 상상해보기도 했다. 하지만 그렇게 해서 모든 게 내 탓은 아니라며 잠시 죄책감을 떨치더라도 하나님

---

* 미국 네브라스카주 오마하시 근교에 있는 고아나 비행청소년을 위한 시설.

앞에서는 아무것도 숨길 수 없다는 걸 알았다. 죄를 지을 의지가 이렇게도 충만한데 어떻게 피해자인 척할 수 있겠는가?

컷 뱅크 시립 수영장에서 접영 결승이 끝난 뒤 린지와 나는 염소와 과일 향 샴푸 냄새로 숨이 막히는 탈의실 커튼 뒤에서 격렬하게 키스했다. 키스가 끝난 뒤 린지는 반짝거리는 보라색 펜으로 자기 일기장 표지에 내 주소를 적었다.

"넌 몬태나 동부에서 탈출해야 돼." 린지가 탈의실의 작은 나무 벤치에 앉아 나를 끌어당기더니 내 탱크톱을 걷어 올려 들고 있던 펜으로 내 배에 보라색 하트를 그렸다. "여자를 좋아하는 여자한테는 시애틀이 최고야."

"알아, 네가 벌써 62번은 말했잖아—나도 데려갈래?" 나는 그렇게 물었는데 전적으로 농담은 아니었다.

"그랬으면 좋겠다. 편지 많이 쓸게." 린지가 하트를 색칠하는 바람에 내 배에 기분 좋게 간질거리는 감각이 퍼졌다.

"엽서는 안 돼, 루스 이모가 읽을 테니까." 고맙게도 일회용일 나의 새로운 타투를 완성한 다음 그 아래에 자기 이름을 쓰고 있는 린지에게 내가 말했다.

린지는 아빠에게서 받아온 카메라의 프레임 속에 우리 두 사람이 잡히게 각도를 맞추어 들었다. 그다음 구식 포토부스에서 찍는 사진처럼, 똑바로 앞을 보는 내 뺨에 입 맞추는 장면을 두어 장 찍더니 나에게 말했다. "너는 나한테 키스 안 해?"

그래서 나도 그 애에게 키스했고, 플래시가 번쩍하며 탈의실이 밝아졌고, 그렇게 내가 여자에게 키스했다는 증거가 사진으로 남게 되었다. 린지가 카메라를 더플백에 집어넣는 동안 나는 곧 드러나고야 말 우리의 비밀이 담겨 있을 그 필름에 대해 생각했다.

"사진관에서 사진 찾아올 수 있겠어?" 내가 물었다. 피시먼스 사진관에 가서 사진을 찾아오는 내 모습을 상상해보았다. 이마가 분홍색이고 턱수염이 난 사진사 짐 피시먼이 데스크 뒤에 서 있다가, 내가 여자에게 키스하는 장면이 담긴 4×6 크기의 사진을 보지 못한 척하면서 떨리는 손으로 사진 봉투를 내주고 잔돈을 세는 모습 말이다. "너 시리얼이야? 이런 사진을 보면 나한테 '힘내라, 베이비 다이크*!' 하면서 박수갈채를 보낼 사진관이 얼마나 많은데." 린지는 또 대단한 레즈비언인 척 거들먹거렸는데 여름방학 초에는 속았지만 이제는 나도 린지가 허세 부린다는 걸 알았다. (또, 린지는 시리어스^{serious}를 시리얼^{cereal}로 바꿔 말하는 데 꽂혀 있었는데 정말 바보 같았지만 이상하게 전염성이 있었다.)

탈의실에서 나오자 고학년 여자애들이 세면대 옆에 모여 선 채 팔짱을 끼고 우리를 쳐다보았다. 몇 명은 아직도 물이 뚝뚝 떨어지는 수영복 차림이었다. 우리 팀 사람은 없었지만 린지네 팀 사람은 두엇 있었다. 그 애들은 반감이 가득한 얼굴로 눈을 흘기면서 입술을 일그러뜨린 채 비웃음을 흘리고 있었다. 나는 그 애들이 우리 뒤를 보고 있는 거라고, 내가 아닌 다른 걸 보면

---

* 여자 동성애자, 레즈비언을 뜻하는 속어.

서 역겨워하는 거라고 생각하려 애썼다. 린지와 나는 기록이 좋았고 각자의 팀에서 가장 뛰어난 선수였기에 나름대로 입지가 괜찮은 편이었다. 하지만 뒤를 슬쩍 돌아봐도 그곳엔 아무것도 없었다.

"도저히 수영복을 갈아입을 수가 없네." 이름이 메리앤이었던 것 같은 린지네 팀의 어떤 애가 귀에 거슬리는 목소리로 입을 열었다. "이번 여름에 못 볼 꼴을 얼마나 봤던지."

다른 애들도 그 말에 동의한다는 듯 코웃음을 치더니 이제는 우리 둘을 차마 쳐다보기도 싫다는 듯 시선을 돌리면서 *다이크*, 토 *나와*, 같은 소리를 다 들리게 주고받았다.

린지가 한 발짝 앞으로 나서더니 "그래, 망할 년들아" 하면서 입을 열었지만 나는 린지의 말이 어떻게 끝났는지 알 수 없었다. 왜냐하면 그대로 문을 나선 뒤 축축한 콘크리트에 플립플롭 발소리를 탁탁 울리면서 수영장 데크로 올라갔기 때문이다. 시멘트로 된 어둑어둑한 탈의실에서 나온 뒤라 바깥의 새하얀 태양에 눈이 부셨다. 눈앞에 어른거리는 희미한 윤곽을 제대로 보려고 눈을 찌푸리면서 나는 수치심을 느꼈다. 처음 느껴보는 감정이었다. 여태까지 아무도 나에 대해, 우리에 대해 모른다고 생각하기는 어렵지 않았다. 나는 우리만 입 다물고 있으면 우리 둘과 하나님, 그리고—그날이 언제인지, 그날 내가 두 분을 어떻게 생각할지에 따라 다르겠지만—모든 것을 내려다보고 계실 내 부모님 말고는 아무도 우리가 한 일을 모를 거라고 생각했었다.

곧 린지도 데크로 올라왔다. 린지가 내 팔을 잡으려고 했지만 나는 그 애를 뿌리친 다음 누가 우리를 보고 있지는 않은지 둘러보았다. 아무도 우리를 보고 있지 않았다. 데크 위 사람들은 평소처럼 시합 뒷정리를 하느라 바빴다. 온몸에 오일을 바른 수상 안전요원들이 레인 표시 줄을 다시 감고 있었고 코치들은 시상대 근처에 우르르 모여 아홉 종류의 리본을 두꺼운 마닐라 봉투 안에 집어넣고 있었다. 그해 여름 수영 연맹에서 7위, 8위, 9위에 해당하는 리본을 추가한 터라 리본은 총 아홉 종류였다. 각각 펄 핑크, 로열 블루, 그리고 우리가 '똥색'이라고 부르는 갈색 리본이었다.

내가 데크 위에 서 있는 걸 본 테드 코치가 자기 쪽으로 오라고 손짓했다. 린지가 내 뒤를 따라 걸어오며 낮은 목소리로 속삭였다.

"화낼 가치도 없어. 어차피 아무것도 모르는 년들이잖아."

"너야 내일 비행기를 타고 떠나니까 그렇게 말할 수 있겠지."

일부러 못되게 말하긴 했어도 막상 그렇게 말하고 나니 마음이 편치는 않았다.

"시애틀엔 호모포비아가 없는 줄 알아?"

"네 얘길 들어보면 없던데?"

"철 좀 들어." 린지가 말했다. "시애틀이 무슨 샌프란시스코인 줄 알아? 그냥 여기보다는 낫다는 거지."

"그렇겠네." 나는 테드 코치 앞에 도착한 참이라 목소리를 낮추었다. 그 순간 내일 몬태나를 떠나는 린지가 세상 누구보다도 부러웠다.

테드 코치는 의기양양한 미소를 짓고 있었고, 그가 쓴 미러 선글라스에는 접영 결승을 끝내자마자 열정적인 키스를 하느라 머리가 온통 헝클어진 내 모습이 비쳤다. 테드 코치는 털이 부숭부숭 난 튼실한 팔로 우리를 차례로 포옹해주었다. 품에 안기자 땀냄새, 그리고 10미터에 하나씩 붙어 있는 '주류 반입 금지' 경고문을 무시하고 그가 커다란 플라스틱 컵에 따라 마시던 차가운 맥주 냄새가 났다. "너희는 갈색 리본 받을 일 없지?"

"그렇죠." 우리 둘이 입을 모아 대답했다.

"너도 거의 따라잡았던데, 시애틀." 테드 코치가 품속의 린지를 앞뒤로 까딱까딱 어르면서 말했다. "마지막 턴에서는 거의 추월할 뻔했어. 스캘런 호수에서 도롱뇽을 상대로 연습을 많이 한 덕분 아니겠니?"

"그런 것 같아요." 린지는 티 나지 않게 테드 코치의 품속에서 슬쩍 빠져나왔다.

"백 미터가 아니라 50미터 경주를 했으면 린지가 이겼을걸요." 나는 이 말이 '미안해'라는 말로 들리기를 바랐다.

테드 코치가 어깨를 으쓱했다. "그랬을지도 모르겠구나. 아니어서 다행이지."

린지네 팀 코치가 테드 코치에게 계주 기록지에 관해 무언가를 물었고 나는 뜨겁고 묵직한 테드 코치의 팔에 안긴 채 가만히 있었다. 아까 그 애들이 나에게 했던, 어쩌면 아직 하고 있을지도 모르는 그 말로부터 보호받는 기분이었다. 사실 린지와 단둘이 있고 싶지 않아서 괜히 그 자리에 서 있었던 것이기도 했다. 곧 우리는 작별해야 했으니까.

철조망 너머 풀밭, 우리 팀의 푸른색 천막 아래로 루스 이모의 모습이 보였다. 루스 이모는 내게 필요한 잡다한 물건들—타월, 내 배낭, 우리의 담요와 야외용 의자—를 전부 깔끔하게 싸놓고 분홍색 샐리 큐 아이스박스 위에 앉아 매점에서 파는 레모네이드를 홀짝이며 차분하게 날 기다리고 있었다. 내 기억에 따르면 우리 엄마는 절대 차분한 사람이 아니었다. 루스 이모가 천막 아래에서 데크 위의 부산한 움직임을 그저 가만히 바라만 보고 있는 모습을 보자 갑자기 참을 수 없이 안타까웠다. 이모는 여름 내내 주말마다 나를 시합에 데려다주었는데 나는 이모에게 하고 싶은 말이 하나도 없고 무슨 말을 한다 해도 다 거짓말일 거라는 사실이 말이다.

"시애틀, 내년 여름에 다시 돌아올 거니?" 테드 코치가 린지에게 그렇게 묻는데 탈의실에서 옷을 갈아입은 메리앤 패거리가 이쪽으로 다가왔다.

"아마도요. 하지만 아빠가 내년 여름엔 알래스카에 계실 거라서 잘 모르겠어요." 린지는 그렇게 대답하면서 마치 코치에게 무슨 할 말이라도 있는 척 이쪽에서 얼쩡거리던 메리앤을 노려보았다.

"알래스카?" 테드가 고개를 내둘렀다. "알래스카에서 수영하려면 빙산에 안 부딪치게 조심해야겠다."

그 말에 메리앤이 마치 아까부터 자신도 이 대화의 일부였다는 듯 끼어들었다. "진짜야, 린지? 그럼 너랑 캐머런 너무 안됐다. 너희 둘이 진짜 친하잖아."

"너희 팀이 제일 안됐지." 테드 코치가 그렇게 받아쳤는데, 그 말은 린지나 내가 할 수 있었을 그 어떤 대답보다 나았고, 주변에 서 있던 코치 두엇도 피식 웃었다. 테드는 품에서 나를 밀어내 내 얼굴을 보며 말을 이었다. "글쎄다, 캠. 바로 옆 레인에 린지가 없어도 기록을 유지할 수 있겠니?"

시상대 근처에 선 모든 사람이 내 대답을 기다리는 것만 같았다. 테드, 메리앤, 그리고 내가 알지도 못하는 코치들, 그리고 린지까지도. 아니면 내가 테드 코치의 질문을 그런 식으로 해석한 것인지도 모르겠지만, 나는 어쩐지 초조해졌다.

"패트릭 스웨이지가 남긴 명언을 기억할게요. '친절을 거두어야 하는 순간이 올 때까지는 친절해라.'" 내가 대답했다.

그러자 테드 코치는 다른 코치들과 함께 웃음을 터뜨리며 내 어깨를 주먹으로 한 방 먹이는 시늉을 했다. "그건 돌턴의 대사지. 돌턴은 상남자야. 스웨이지는 그냥 얼간이고. 그런데, 너 아직 「로드 하우스」 못 보는 나이 아니야?"

"그러게요." 내가 대답하자 메리앤은 눈을 굴렸지만 잠자코 리본을 받아들고 자리를 떠나버렸다.

수영장 주차장에서 린지는 가방을 자기 아빠에게 넘긴 다음 루스 이모와 내가 이모의 하얀색 포드 브롱코에 짐 싣는 것을 도왔다. 이모가 샐리 큐 제품을 수월하게 싣고 다닐 수 있도록 6월 초에 고른 차였다. 제이미는 곧바로 이 차에 페투스 모바일Fetus

^{Mobile}, 줄여서 FM이라는 세례명을 붙여주었는데, 그건 이모가 뒷범퍼 위에 낙태 반대 스티커 두 개를 나란히 붙여두었기 때문이었다. '태어나고자 했던 또 하나의 태아, 그리고 당신의 선택은 누군가에게는 선택이 아니다'라는 스티커였다. 루스 이모는 차라리 라이프 모바일^{Life Mobile}의 약자인 LM이라는 이름이 더 말이 된다고 했지만, 그 이름은 하나도 재미없었다.

"새로운 범퍼 스티커 생기면 바로 말해줘." 루스 이모가 아이스박스에서 섀스타* 두 캔을 꺼낸 뒤 트렁크를 닫을 때 린지가 내 귀에 대고 속삭였다.

"그럼, 한 학기 즐겁게 보내려무나. 캐미한테 수신자 부담으로 전화해도 되고."

"전화 자주 할게요." 린지는 그렇게 말한 뒤 루스 이모가 자기를 끌어당겨 포옹하자 나에게 두 눈썹을 치켜들어 보였다. 스파게티 스트랩이 달린 탱크톱을 입었기에 맨살이 드러나 있던 등에 이모의 손에 든 차가운 탄산음료 캔이 닿자 린지는 꺅 하고 소리를 질렀다.

"아이구, 이런." 루스 이모가 얼른 물러나면서 가끔씩 지어 보이는 웃음을 지었다. "너를 꽝꽝 얼려서 시애틀로 돌려보낼 뻔했구나." 루스 이모는 상냥하게 굴려고 애를 쓰면 쓸수록 어색했다. "잘 지내거라, 얘야, 알았지? 캐미, 도로에 진입하기 전에 주유소 들러야 한다고 나한테 알려주렴. 또 까먹고 지나칠라." 이

* 탄산음료의 상표명.

모는 운전석 문을 열고 좌석 위치를 조정한 다음 탄산음료를 내려놓고 운전할 때 즐겨 입는 스웨터까지 걸친 뒤에야 차에 올랐고 드디어 우리는 단둘이 되었다.

루스 이모가 차 안에서 아마도 백미러로 우리를 지켜보고 있을 테고, 린지의 아빠도 자기 픽업트럭에 기대 담배를 꽁초까지 뻑뻑 빨고 있었다. 우리 둘에게 주어진 작별 시간은 점점 흘러가고 있었다.

영화에나 나올 법한 새파란 하늘에 짙은 회색 먹구름이 몰려들고, 곧 쏟아질 폭우 때문에 공기의 느낌과 햇살의 색깔이 바뀌기 시작한, 몬태나의 전형적인 8월 오후였다. 아마 20분 뒤면 예고한 듯 폭풍우가 쏟아질 것이다. 곧 폭우에 뒤덮일 모든 것—수영장에 걸린 알록달록한 깃발, 주차장에 고인 기름웅덩이의 광택, 길모퉁이 버거 박스에서 솔솔 피어오르는 프렌치프라이 냄새—이 폭우가 쏟아지기 직전이라 한층 더 생생하게 느껴졌다.

그렇게 한참 가만히 서 있는 동안이 한없이 길게 느껴졌다. 내가 말하려고 입을 여는 순간 린지도 동시에 입을 열었기에 우리는 어색하게 웃고 또다시 그대로 입을 다문 채 한참 서 있었다.

"편지 꼭 써." 나는 겨우 그렇게 말한 뒤 린지를 안았는데, 마치 어린 시절 학기가 끝나고 선생님과 포옹했던 때처럼 짧고 어색한 포옹이었다. 반 전체가 내 뒤에서 똑같이 수줍어하고 부끄러워하며 줄 서 있던 그때처럼.

다행히 린지는 다시금 예전처럼 레즈비언의 허세를 되찾은 뒤였다. "돌아가면 믹스테이프를 만들어서 보내줄게." 그러면서 나를 다시 포옹했는데, 이번에는 진짜 포옹이었다. "다음에 시애틀에 날 보러 와. 진짜 재밌을 거야."

"그래." 나는 대답했다. "가능하면."

그렇게 린지는 아버지에게로 총총 달려갔다. 나는 린지의 삐쭉삐쭉한 백금발 머리카락이 바닥과 플립플롭이 부딪치는 박자에 맞춰 까딱까딱하는 뒷모습을, 이미 성큼 다가와 버린 먹구름을, 1분 전보다 미묘하게 어둑어둑해진 주차장을 쳐다보며 서 있었다.

7

찬양의 문 노동절 야유회가 끝날 무렵부터 레이 아이슬러와 루스 이모는 공식적으로 사귀기 시작했다. 레이가 이모에게 구애하는 장면을 본 사람은 그 주 주말을 자기 엄마랑 같이 보내느라 억지로 야유회에 참석한 제이미 라우리였다. 파이어파워에 소속된 아이들 대부분은 접이식 의자를 교회 안에 도로 갖다놓거나 오후 내내 앉았던 조그만 풀밭에 온통 널브러진 끈적거리는 플라스틱 컵을 닦느라 바빴다. 제이미는 우리를 도와주다 말고 간식 테이블에 남은 파이를 한 조각 두껍게 떼어낸 다음 블루베리인지 체리인지 사과인지로 만든 속재료가 켜켜이 쌓인 밀가루와 라드* 층에 약간의 단맛을 더할 정도만 남기고 뚝뚝 흘리면

---

* 반고체의 정제 기름.

154

서 입 안에 욱여넣고 또다시 한 조각을 집었다.

그렇게 10분쯤 파이를 먹던 제이미는 내가 큼지막한 전기 커피 주전자를 들고 나타나자 한입 가득 파이를 우물거리면서 이렇게 말했다. "루스 아주머니의 냉동고를 채워주고 싶어 하는 남자가 생긴 모양인데?"

도대체 무슨 소린가 싶었다. "뭐라고?" 나는 테이블 가장자리로 커피 주전자를 받치면서 물었다.

코코넛 크림 파이를 먹던 제이미가 눈을 파이에서 떼지 않은 채 꺼져가는 모닥불 쪽 점점 흩어져가는 사람들을 대충 턱짓으로 가리켰다. "레이가 오후 내내 「탑 건」 흉내를 내고 있어."

모닥불의 묘한 불빛 때문에 실루엣으로만 보이는 레이와 루스 이모는 한 사람만 앉아도 꽉 찰 통나무 벤치에 나란히 앉아서 서로에게 완전히 넋을 잃고 있었다. 레이는 카우보이도 아니면서 가끔 청바지에 버클 달린 벨트를 차고 다니는 마일스시티의 중년 남자 중 하나였다. 깡마른 체구에 짧게 깎은 검은 머리카락, 무성한 눈썹. 키는 별로 크지 않아서 카우보이 부츠를 신어도 175센티미터나 될까 싶은, 목소리가 부드럽고 픽업트럭 안팎을 얼룩 하나 없이 깨끗하게 해놓고 다니는 남자들 말이다. 사실 오늘은 때때로 일터에서 곧장 찬양의 문 행사에 올 때처럼 푸른 바지, 푸른 셔츠, 푸른 야구모자 차림이 아니어서 아예 알아보지도 못했다.

"너네 이모하고 레이가 섹스하는 사이가 되면 오렌지 맛 푸시

팝* 좀 챙겨달라고 해. 그거 완전 맛있거든." 제이미는 얼마 떨어지지 않은 곳에서 캐서롤을 담았던 접시를 챙기는 자기 엄마의 시선을 의식하며 말했다.

제이미의 말은 레이가 몬태나 동부의 평원을 가로질러 냉동식품을 배달하는 슈반 회사 직원으로 일하는 사실을 비꼰 것이었다. 아이린네 집 지하실의 커다란 냉동고에는 슈반 제품이 가득 들어 있었다. 피자, 에그롤, 치킨너깃. 시간이 멈춘 듯 얼어붙어서 푸르스름한 하얀색 얼음 결정이 딱딱하게 맺히고, 플라스틱 포장을 뜯고 오븐에 집어넣어 다시 진짜 음식으로 만들어주기만을 기다리는 음식들. 나는 「케어베어, 냉동기계와 싸우다The Care Bears Battle the Freeze Machine」**를 (2학년 이후 처음으로) 다시 빌려 본 뒤였기 때문에 냉동식품에 대해 감상적인 기분을 품고 있었다. 이 영화에서는 악당인 콜드하트 교수와 그의 오른팔인 프로스트바이트가 마을의 모든 아이를 꽁꽁 얼리려는 음모를 품고 곰돌이 두 마리를 얼음 속에 가두어버리는데, 이 곰돌이들은 따뜻한 심장 때문에 녹아서 얼기 전처럼 다시 멀쩡해진다. 그 영화를 다시 본 뒤부터 길바닥처럼 꽝꽝 언, 손이 얼얼하리만치 차가운 상자 속 닭다리나 팟파이가 먹을 수 있는 진짜 음식이 된다는 게 약간 마술같이 느껴지기 시작한 것이다.

"루스가 레이와 이야기하는 건 아예 처음 보는데." 나는 제이

---

* 종이 튜브에 든 셔벗의 상표명.
** 케어베어 캐릭터들이 모든 것을 꽁꽁 얼려버리는 냉동기계를 가진 악당들과 싸우는 애니메이션.

미가 조심스러운 손놀림으로 다른 파이들보다 특별히 더 엉망인 딸기와 루바브 파이를 들어 남은 쿨 휩에 찍어 먹는 모습을 보면서 그렇게 말했다.

"오늘을 위한 밑 작업 아니었겠어? 레이가 더럽게 마음에 드는 모양인데."

제이미는 단 두 입에 파이 한 조각을 거의 먹어버린 다음에 자기 엄마에게서 오븐 용기 하나를 받아 들고 음식이 꽉 찬 입으로 "오전 5시 반에 보자, 제이제이케이." 하고 말한 뒤 차를 향해 걸어갔다.

제이미는 나를 제이제이케이라고 불렀는데 그건 재키 조이너-커시*의 약자였다. 우리가 몇 주 전 커스터고등학교 크로스컨트리** 육상팀에 들어갔기 때문이었다. 나는 크로스컨트리를 할 생각이 없었지만 제이미의 설득에 넘어가고 말았다. 수영 시즌이 끝난 데다가 린지와도 끝났으니 이제 나도 파이어파워 말고 다른 어딘가에 소속되고 싶다는 생각이 들기도 했다. 다행히 크로스컨트리 팀에 들어간 덕분에 고등학교 생활이 좀 덜 낯설기도 했다. 팀에는 여름부터 계속 훈련해온 아이들이 있었지만 나는 수영으로 몸이 단련되어 있었던 데다가 로셋 코치의 표현에 따르면 *수영 선수다운 폐활량*을 지녀서 다행히 뒤떨어지지 않을 수 있었다.

---

* Jackie Joyner-Kersee(1962~). 미국의 여성 국가대표 육상선수로, 네 번의 올림픽에서 금메달 세 개, 은메달 한 개와 동메달 두 개를 따낸 전설적인 선수이다.

** 흙바닥, 풀밭, 숲속 등 자연지형으로 이루어진 오픈 코스에서 치러지는 달리기 경기.

나는 아주머니들이 동굴처럼 움푹 팬 철제 개수대 앞에 서서 다들 배가 부른 채 아무 의미도 없는 이야기로 웃고 떠들며 설거지하고 있는 교회 주방에 커피 주전자를 갖다놓았다. 내가 찬양의 문에서 제일 좋아하는 광경이었다. 바로 이렇게 예배가 끝난 뒤, 기도 모임이나 성경 공부나 파이어파워 모임이 끝난 뒤, 모두가 성령으로 가득 차서, 설탕을 먹고 들뜬 것 같은 상태. 악마나 죄, 수치심, 그들이 입 밖에 낼 때마다 내 얼굴이 달아오르는, 그러나 거의 매번 입에 올리는 그런 이야기가 *끝난 다음* 말이다.

커피 주전자를 돌려놓아야 할 자리는 식료품 저장실 구석 선반 위였는데, 나는 제자리를 찾은 뒤 잠시 그 자리에 숨어서 아주머니들의 이야기를 엿들었다. 냄비와 프라이팬이 부딪치는 소리, 물줄기가 쏴아 하는 소리, 아주머니들이 서로 행주를 건네주는 소리. 나는 보이지 않는 유령처럼 이곳에 서 있는 것이 좋았다. 어쩌면 우리 엄마와 마고의 오빠가 교회 식료품 저장실에서 키스했다는 이야기를 마고가 해준 덕분인지도 몰랐다. 하지만 그뿐 아니라 높다란 선반에 착착 쌓인 접시와 파인솔* 냄새 속에 있으면 이상하게도 안전한, 왠지 따뜻한 기분이 들었다. 어쩌면 그저 평범하다는 느낌이었는지도 모르겠다. 식료품 저장실 바로 안쪽 조그만 게시판에는 행사 달력이 걸려 있었는데 9월의 모든 날에 최소한 하나 이상의 행사가 있었다. 유아 돌보기, 엄마 모임, 아들 모임, 아빠 모임 등등. 달력 옆에는 누군가가 빵 덩어리

---

* 소나무 향 세정제의 상표명.

그림과 '생명의 빵을 배불리 드셨나요?'라는 글귀가 적힌 배지를 꽂아두었다.

사고가 일어나기 고작 몇 달 전에 아빠는 카탈로그에서 본 뒤로 계속 사고 싶었지만 엄마가 불필요하고 우스꽝스럽다고 했던, 히타치 사의 350달러짜리 제빵기를 마침내 샀다. 제빵기에 큰돈을 쓰느니 마느니 부모님이 한참 싸우던 끝에 아빠가 결국 사버린 것이다. 아빠는 제빵기를 실제로 쓴다는 걸 증명하기 위해 일주일 내내 빵을 만들었다. 껍질이 단단한 사워도우와 빽빽한 통밀빵을 만들었고, 집 전체에 어마어마하게 좋은 냄새가 진동했다. 아빠는 자랑스러워했다. 우리는 버터와 곰 모양의 플라스틱 꿀 병을 챙겨 현관문 앞 포치에 앉아 따뜻한 빵을 잔뜩 먹었는데, 엄마는 먹으러 오지 않았다. 내가 알기로 엄마는 아빠가 만든 빵을 입에도 대지 않았다. 그러던 어느 날 아빠가 시나몬을 넣은 빵을 만들었다. 지금까지 만든 빵 중 냄새가 제일 좋았다. 아빠는 오직 엄마만을 위해 만든 이 빵을 박물관으로 가져다주었고 내가 보기에 그건 사과의 의미였던 듯하다. 그 뒤에 아빠가 더 이상 이 제빵기를 매일 사용할 필요는 없다고 생각했는지 찬장에 자리를 만들어 집어넣은 걸 보면 사과는 통한 것 같다. 장례식 이후로 그 제빵기에 대해 생각한 적은 없지만 아마 아직도 찬장 안 그 자리에 있을 것이다.

나는 손을 뻗어 생명의 빵 배지를 떼어 뾰족한 핀을 접은 다음 내가 입은 청반바지 뒷주머니에 집어넣었다. 인형의 집 다락에 붙이면 딱 좋을 것 같았다. 다음 순간 나도 모르게 눈물이 흘렀다. 정확히 왜인지 몰라도 아마 평소 꾹꾹 눌러놓았던 부모님에 대한 그리움이 밀려와서인 것 같았다.

부엌에서 누군가가 유리컵을 떨어뜨렸는지 바닥에 유리가 떨어져 깨지고 파편이 튀는 소리가 났다. 다들 웃으면서 *잘했다, 손이 저렇게 야무지지 못해서는, 설마 성찬식 포도주 마시고 취한 건 아니지?* 같은 소리를 해댔다. 나는 그 소리를 큐 사인 삼아 티셔츠 자락으로 눈물을 훔치고 마음을 추슬렀다.

루스 이모는 이제 텅 빈 간식 테이블 옆에서 나를 기다리고 있었는데, 불가에 하도 있어서 눈이 빨갛고 머리는 흐트러져 있었다. 이모는 오랜만에, 어쩌면 사고 전보다도 훨씬 젊어 보였다.

레이가 이모 뒤에서 우리가 감자 샐러드를 담아 온 밀 색깔의 그릇을 들고 서 있었다. 옛날 휴가 때 부모님이 콜로라도의 작은 갤러리에서 산 그릇이었다. 레이가 그 그릇을 들고 있는 모습을 보니 기분이 이상했다. 딱히 기분이 나빴다기보다는, 그냥, 어울리지 않는 것 같아 이상했다.

린지는 약속을 지켰고 중간고사 기간이 되기도 전에 자기가 본 것이며 최근 좋아진 사람들에 대한 이야기를 반짝이 펜으로 꽉꽉 적어넣은 노트를 스무 권쯤 보냈다. 그 밖에도 너덜너덜해진 『루비프루트 정글』 한 권, 《디 애드버킷》* 과월호 몇 권, 그리고 케이스 안 속지에 노래 제목을 각기 다른 색으로 적은 믹스테

---

* 1967년부터 발행되기 시작한, 성소수자 권익을 위한 잡지.

이프를 여남은 개 보냈다. 테이프만 빼고 나머지 물건은 제이미 같은 10대 남자애들이 포르노를 숨길 때처럼 매트리스 아래에 숨겼다. 테이프는 당연하게도 워크맨에 넣어 달리기 연습을 할 때 들었다.

달리기 루트는 총 세 개였다. 하나는 시내를 가로지르는 것으로 술집과 은행과 장로교회를 지나 패스트푸드점과 모텔을 지나 찬양의 문을 지나 공동묘지를 한 바퀴 돌아 학교로 돌아오는 길이었다. 또 다른 루트는 박람회장 그리고 일종의 자연보존지인 스포티드 이글 주변을 도는 것이었다. 스포티드 이글은 보트를 띄울 수 있는 지저분한 연못으로, 차를 대고 음악을 크게 틀어놓고 혈중 알코올 농도가 초과된 상태로 섹스를 즐길 만한 그런 곳이었다. 마지막 세 번째 루트는 포트 키오 쪽으로 나 있었다. 포트 키오는 군에서 설립한 농학연구소로, 마일스시티만큼이나 오래됐는데 사실 마일스시티라는 이름은 이곳에 넬슨 A. 마일스 장군이 주둔지를 만들어서 유래한 것이기도 했다.

모두 내가 잘 아는 곳이지만 사운드트랙을 들으면서 달리면 완전히 달라 보였다. 1800년대에 지어 하얗게 칠한, 지붕이 함몰된 합숙소 건물을 보면서 갱스터 랩을 듣는 것. 이른 아침이라 불이 꺼져 깜깜하고, 마네킹들이 스웨터와 겨울 재킷, 스카프, 장갑을 착용하고, 바다에는 인조 낙엽이 흩뿌려진 페니스 앤 앤서니스 상점의 쇼윈도를 보며 라이엇 걸* 음악을 듣는 것. 엄밀히

---

* 1990년대 초반에 워싱턴주 올림피아에서 시작된 언더그라운드 페미니스트 펑크 운동.

말하면 연습 중에는 음악을 듣지 못하게 되어 있었다. 하지만 나는 애초에 팀에서 기대하지 않았던 보너스였고, 지금까지 있었던 시합에서 전부 10위 안에 들었다. 게다가 어쩌면 아이들이 수군거리던, 린 로셋 코치가 여자를 선호한다는 소문 덕분에 내가 멋대로 할 수 있었던 건지도 모르겠다.

어쩌면 그때 내가 누리는 특권이 나중에 골치 아픈 문제가 될 수도 있고, 내 '선호' 때문에 생기는 소문에 힘을 실어주리라는 것을 좀 더 고려해야 했을 테지만, 그때는 린지가 나를 위해 만들어준 믹스테이프를 들으며 달리는 것이 기뻐서 별로 깊이 생각지 않았다. 때로는 프린스와 R.E.M.이었고 때로는 포 논 블론즈와 비키니 킬이었고, 때로는 솔트 앤 파파, 그리고 어 트라이브 콜드 퀘스트였다.

나는 커스터고등학교의 복도를 돌아다닐 때도, 수업 사이사이에도, 화장실에 갈 때도, 자습 시간에 사물함에 갈 때도 음악을 들었다. 고개를 숙이고 그 순간 듣는 노래에 온통 골몰한 채 돌아다녔다. 때로는 마일스시티의 고등학교에 있는 동시에 완전히 다른 세상에 있는 것 같은 기분을 느끼기도 했다. 10월의 어느 날 교무실 옆 모퉁이를 돌다가 코듀로이 바지에 값비싸 보이는 로퍼를 신은 한 여자아이와 부딪쳤던 순간에도 그랬다. *미안합니다*, 하고 중얼거리며 고개를 들었더니 눈앞에 있는 것은 바로 아이린 클로슨이었다.

"아, 씨발." 놀라서 쩍 벌린 입에서 나도 모르게 나온 소리였다. 목에 걸린 헤드폰에서 흘러나오는 음악이 마치 내 몸에서 나오는 웅웅 소리처럼 낮게 들렸다.

"안녕, 캐머런." 아이린이 평정심을 되찾은 듯, 아니 어쩌면 애초에 평정심을 잃은 적 없다는 듯 인사했다. 심지어 가슴 앞에 팔짱을 끼고 살짝 웃음을 띠기도 했는데, 비웃음처럼 보이기도 했지만, 아마 비웃는 건 아니었을 것이다.

왠지 포옹할 타이밍은 놓친 것 같아서 우리는 그렇게 서로를 마주 보며 서 있기만 했다. 아이린을 마지막으로 만난 건 그 애가 떠난 해의 부활절 방학 때였다. 이곳에 남은 아이들이 무더기로 함께하는 자리였기 때문에, 다들 아이린 클로슨으로 사는 게 얼마나 좋은지 질문을 퍼붓는 게 다였고, 그때마다 아이린은 우리가 원하는 멋진 대답을 해주었다. 여름방학 때 만날 수 있을 거라고 생각했지만 아이린은 마일스시티에 오는 대신 이스트 코스트의 어느 잘나빠진 캠프에 인솔자 역할로 참가하는 것을 택했다. 편지를 주고받은 것도 두어 번으로 끝이었다. 편지에는 쓰지 않았지만 아이린도 처음 떠났을 땐 아마도 조금 외로웠던 게 분명하다.

아이린은 키가 자랐지만 나 역시 그랬다. 아이린은 푸른색 폴로셔츠를 입고 어깨에는 고급스러운 스웨터를 두르고 있었는데 스웨터에 박힌 다이아몬드 장식이 복도의 흐릿한 형광등 불빛에도 반짝거렸다. 아이린은 처음 보는 스타일로 머리를 뒤로 넘겼다. 나는 작년 몬태나주 수영 시합에서 받은 긴팔 티셔츠에 워밍업 때 입는 바지를 입고 머리는 느슨하게 포니테일로 묶었고, 두해 전 아이린이 우리 집 앞에 내려준 그 모습에서 나이를 먹고 키가 컸을 뿐 그대로였다. 하지만 그 애는 이곳을 떠나 어른이 된 것 같았다.

"여기서 뭐 해?" 내가 물었다.

"메이브룩 아카데미에는 가을방학이 있어. 친구들은 런던에 갔고. 나도 갈 생각이었지만 나더러 여기 와서 과학 시간에 화석 발굴 작업에 대한 이야기를 해줄 수 없느냐고 프랭크 선생님이 우리 부모님한테 부탁하셨대."

"그냥 너희 아빠한테 하라고 하고 비행기표 값 아끼지 그랬어?" 그러고 싶지 않았는데도 왠지 예전의 경쟁심이 되살아났다.

아이린은 내 뒤의 누군가에게 손을 흔들어 인사했다. "아빤 바쁘셔. 게다가 사람들 앞에서 말하는 것도 서툴고. 말은 내가 더 잘하잖아." 그 애는 잠시 말을 멈췄는데, 그다음 말을 할까 말까 잠시 생각해보는 듯했다. 결국 뱉고야 말았지만 말이다. "사실 딱히 비행기표 값을 아낄 필요도 없고 말이야."

"좋겠네." 내가 말했다.

"맞아. 엄청 좋아."

아이린이 자꾸 내 뒤쪽 복도를 쳐다보는 것 같아서, 그 애의 몸이 자석에 끌리듯이 내게서 점점 멀어지는 것 같아서, 나는 이 대로 대화가 끝나나 생각했다. 나는 아이린이 가지 않기를 바라며 이렇게 물었다. "그건 그렇고 화석 발굴은 어떻게 되고 있어?"

내 질문을 무시한 건지, 못 들은 건지, 아니면 대답할 가치가 없다고 생각한 건지는 모르겠다. "엄마가 그러시는데 너 운동 잘 해서 자꾸 신문에 나온다며."

"응, 그런가 봐. 너 아직도 승마 해?"

"일주일에 하루도 안 빠지고 해. 캠퍼스 안에 전용 마구간도 있고, 숲길도 있어." 아이린이 한 손으로 머리카락을 쓸어내리는 모습은 예전에 그 애 엄마가 하던 동작과 똑같았다. "내 남자친구 해리슨도 승마를 해. 폴로 선수거든. 정말 잘해." 아이린은 *남자친구*라는 단어를 최대한 자연스럽게 언급하려 했지만, 그런 꼼수가 통하기엔 우린 서로 너무 오래 알아왔다.

"이름이 진짜 해리슨이야?" 나는 미소 지으며 물었다.

"어." 아이린이 갑자기 자세를 다시 뻣뻣하게 굳혔다. "왜, 웃겨?"

"아니, 그냥 너무 전형적인 폴로 하는 부자 남자애 이름인 거 같아서."

"뭐, 아무튼 걔 이름은 해리슨 맞고, 폴로 선수인 것도 맞아. 나도 네 남자친구 이름으로 놀려주고 싶지만, 하긴……" 아이린이 몸을 바짝 기대왔다. "넌 놀릴 남자친구 없지?"

"사실 있어." 나는 말실수를 무마해보려고 웃으며 대답했다. "진짜 신기한 게, 걔 이름도 해리슨이야. 걔도 폴로 하고." 안 통했다.

"아무튼." 아이린은 이제 나를 쳐다보지도 않고 교무실 안에서 뭔가를 질문하는 다른 애한테로 관심이 옮겨간 척하며 대답했다. "이제 가봐야겠어. 엄마가 바깥에서 차 대고 기다리고 계시거든."

"아, 그래." 내가 대답했다. "나중에 전화해."

"할 수 있으면 할게." 아이린이 그렇게 대답할 줄 예상하고 있었다. "나 너무 바빠서." 그러더니 아이린은 자신의 새로운 신분을 기억해냈는지 빅토리아 시대 배경 영화에서 서로에게 쓴 격식 갖춘 편지를 읽을 때와 비슷한 말투로 이렇게 덧붙였다. "만나서 정말 반가웠어, 캐머런. 할머니와 이모께 안부 전해줘."

"어, 그래." 내가 대답했다. "방금 건 진짜 웃겼다." 하지만 아이린은 이미 멀어지고 있었다.

나는 아이린이 걸을 때마다 부츠가 바닥에 *또각또각* 부딪치던 소리를 기억하고 있었다. 특이한 걸음걸이 때문에 나던 그 소리를 들을 때마다 나는 항상 아이린이 떠올랐다. 하지만 그날 아이린이 신은 로퍼는 매끈한 복도 바닥에 닿을 때 아무 소리도 내지 않았다. 아무 소리도. 전혀 아무 소리도 나지 않았다.

그즈음 나는 루스 이모가 슈반에서 일하는 레이와 섹스를 한다는 사실을 알게 되었다. 내가 두 사람의 소리를 들은 건 어느 오후였다. 둘은 내가 제이미와 밖에서 놀고 있다고 생각했지만 실은 내 방에서 인형의 집을 꾸미고 있었다. 나는 벤 프랭클린의 쇼핑몰 공예용품점에서 훔쳐온 금속성 반짝이와 접착제를 꺼내고, 가축 사육장 옆 철길에 놓아 납작하게 만든 1페니 동전들을 인형의 집 다락방 바닥에 붙여 카펫을 만들고 있었다. 「이스트윅의 마녀들」을 낮은 볼륨으로 틀어둔 채였다.

나는 인형의 집을 꾸밀 때면 나만의 세상에 사로잡혀 이모가 내 이름을 세 번째로 부를 때까지도 알아듣지 못했기에, 흐느끼는 소리를 들으면서도 영화 속 셰어나 수전 서랜던이 내는 소리라고 생각했다. 하지만 화면을 쳐다보니 영화에서는 잭 니콜슨이 커다란 저택에서 혼자 오버 연기를 하면서 복수 계획을 꾸미고 있었다.

레이와 루스 이모가 그렇게 거칠고 요란한 섹스를 즐긴 건 아니지만 섹스는 섹스였고, 당연히 섹스할 때 내는 소리를 냈기에 2층 내 방까지도 그 소리가 들렸다. 듣고 싶지 않았지만, 내가 집 안에 있다는 것을 두 사람에게 알리고 싶지 않아서 하던 일을 계속했다. 그리고 어서 섹스가 끝나기만을 바라면서 내 부모님이 쓰던 방 안에서 지금 일어나고 있을 장면을 구체적으로 상상하지 않으려 무진 애를 썼다.

레이는 좋은 사람 같았다. 모노폴리 게임을 좋아했고, 팝콘을 잘 만들었으며, 슈반 제품을 떨어지지 않게 갖다주었다. 심지어 고급 게 다리까지도 말이다. 레이와 루스 이모는 각자 자기 물건을 팔기 위해 몬태나 동부의 갈라진 고속도로를 달리며 남긴 기록을 서로 비교하기 좋아했고 나는 그런 일에 관해 두 사람이 서로 이야기를 나눌 수 있다는 사실이 좋았다. 때로 두 사람은 다른 도시에 함께 가기도 했다.

소리가 잦아든 지 한참이 지났기에 아래층으로 내려갔더니 두 사람은 거실 소파에 아프간 숄을 덮고 앉아 축구 경기를 보고 있었다.

"캐미, 왔구나." 루스 이모가 말했다. "방금 들어왔니?"

그렇다고 대답할 수도 있었겠지만, 굳이 그래야 할 이유는 없다는 생각이 들었다. 사실 누군가와 섹스한다는 사실 때문에 루스 이모가 좀 더 진짜 사람처럼 느껴지기도 했다. 지난 2년간 나에게 루스 이모는 그저 우리 부모님을 대신하는 사람, 내가 따라갈 수 없는 기준을 제시하는 사람일 뿐이었다. 결혼하지 않은 사람과 섹스를 즐기는 루스 이모는 어쩌면 내가 더 알아갈 수도 있는 사람일 것 같아서, 나는 이렇게 대답했다. "아뇨, 방에서 숙제하고 있었어요."

그 말을 듣고 레이가 헛기침을 하더니 숨을 얕게 들이쉬었다. 시선은 여전히 TV 화면을 보고 있었지만, 손은 들고 있던 맥주 캔 뚜껑 고리를 바삐 만지작거리기 시작했다.

"네가 2층에 있었는지는 몰랐구나." 그렇게 말하는 루스 이모의 표정은 읽어낼 수가 없었다. 이모는 얼굴을 붉히지 않았고 별로 창피해하는 것 같지도 않은, 그저 평소 모습 그대로였다.

"네, 있었어요." 나는 그렇게만 대답하고 냉장고로 가서 푸시엠을 꺼냈다. 꼭 그걸 먹을 자격이 생긴 것처럼 느껴졌다. 그다음에는 할머니가 쓰는 지하 공간으로 내려갔다. 할머니는 커다란 리클라이너에 앉아 레이가 직접 고른 색으로 레이에게 줄 아프간 숄을 뜨고 있었다. 당연히 커스터를 기리는 색상인 푸른색, 금색, 흰색이었다.

"화가 많은 아가씨가 왔구나." 할머니는 돋보기안경 너머로 나를 건너다보았다. "이게 얼마 만인지."

나는 소파에 풀썩 주저앉았다. "어제 저녁 먹을 때 만났잖아요. 오늘 아침에는 부엌에서 만났고요. 또―"

"됐다, 똑쟁이야." 할머니가 말했다. "무슨 소린지 알면서 이러니."

"맞아요." 나도 할머니의 말뜻을 알았다. 우리 둘이서만 시간을 보내는 건 무척 오랜만이었다.

"그래, 하고 싶은 말이 뭐냐?" 할머니가 물었다. 할머니는 늘 그런 질문을 했다.

"없어요." 나는 종이 튜브에 남은 오렌지 셔벗을 먹으려고 밀어 올리면서 대답했다.

"넌 질렸을 때만 지루해하잖니."

"제가 질렸나 봐요."

"나는 한 번도 그런 생각 해본 적 없다." 할머니가 말했다. "자, 남색 실 좀 건네다오." 그러면서 할머니는 코바늘을 든 손으로 내 발치에 놓인 바구니 속 털실 타래를 가리켰다. "그리고 실 가져오면서 그거 바닥에 뚝뚝 흘리지 않도록 조심해라." 나는 푸시엠을 입 안에 넣은 채로 할머니에게 실타래를 갖다드렸다.

그 뒤로 우리는 한참 동안 가만히 앉아 라디오에서 나오는 농업 보고를 들었다.

"레이는 아직도 위에 있니?" 한참 뒤에야 할머니가 물었다.

나는 고개를 끄덕였다. "저녁 먹고 갈 건가 봐요."

"그래, 넌 레이를 어떻게 생각하니?"

"모르겠어요. 괜찮은 사람 같아요." 내가 대답했다. "좋은 사람 같아요."

"나도 그렇게 생각한다." 할머니가 말했다. "좋은 청년 같아,

성실하고. 네 엄마 아빠가 결혼할 때 루스가 사귀던 녀석들은 실속 없이 말만 요란하게 하는 놈들이었고, 루스를 자기 팔에 걸치고 다닐 장식으로밖에는 생각하지 않았는데, 레이라는 친구에게는 정착할 것 같구나."

"벌써 거기까지 생각했어요?" 내가 물었다. 그러고 보니 나는 거기까지는, 루스 이모의 미래 계획까지는 생각해본 적이 없었다. "사귄 지 얼마 안 됐잖아요."

"얼마 안 되긴, 당돌한 아가씨야." 할머니가 말했다. "루스의 나이에는 다르지. 루스도 너만큼이나 인생에 큰 변화를 겪었다는 사실을 너는 잊어버리는구나. 레이를 만난 게 루스한테는 참 잘된 일이야."

"그렇다면 다행이네요." 내가 말했다. 진심이었다. 그다음에는 생각지도 않게 이 말이 불쑥 나왔다. "며칠 전에 학교에서 아이린 클로슨을 만났어요. 할머니한테 안부 전하래요."

"걔는 무슨 일로 돌아왔다니?"

"잠시 온 거래요." 내가 말했다. "가을방학이었대요. 아마 지금은 다시 돌아갔을걸요."

"집에 데려오지 그랬니." 할머니가 말했다. "나도 오랜만에 얼굴 좀 보게 말이다. 너희 둘이 그렇게 친하게 붙어 다니더니."

"이젠 아니에요." 우리 사이가 끝났다고 생각하니 나 자신이 안타깝게 느껴졌다.

하지만 할머니는 이렇게 말했다. "그래, 네 엄마 아빠 떠난 뒤로 말이지?"

"그것 때문만은 아니에요, 할머니." 내가 대답했다.

"그래." 할머니가 말했다. "그것 때문만은 아니었겠지."

콜리 테일러는 언제나 푸른색 FFA(미국 미래의 농부들)* 재킷을 입고 쉬는 시간이면 작업장에서 시간을 보내는 카우걸 지망생들과는 달랐다. 작업장은 교사용 주차장에 지어놓은 금속 반원형 가건물이었다. 그곳에서는 농학 수업 몇 가지가 이루어졌다. FFA 아이들은 트랙터를 운전하고, 곡물에 피는 곰팡이를 식별하고, 욕을 많이 했다. 그 아이들 중 몇몇은 나만큼이나 도회지 사람이라서, 버클이 자동차 휠캡만 한 벨트를 찬다든지 점심시간이면 전국 로데오 결승전 챔피언이자 고등학교에서는 신이나 다름없이 대접받는 세스와 에릭 컨스의 픽업트럭에 찾아가 오럴 섹스를 해준다든지 하는 무리한 일들을 했다.

콜리는 억지로 카우걸 흉내를 내지 않았다. 그 애는 카우걸 그 자체였다. 가족이 하는 목장에서 아침마다 차를 몰고 65킬로미터를 달려 학교에 오고 수업이 끝나면 또 돌아갔다. 콜리는 유치원 때부터 8학년 때까지 스네이크위드에 있는 아주 작은 시골 학교에 다녔고 열두 명 중 1등이었다. 더 이상 스네이크위드의 그 학교에서 고등학교 과정을 운영하지 못하게 된 뒤 이 열두 명의 학생은 우리 학교로 편입하게 됐다.

나는 고등학교에 들어온 뒤 첫 가을 학기에 콜리와 같이 생물

---

* Future Farmers of America의 약자로, 농학에 관심 있는 학생을 위한 장학 프로그램.

수업을 들었는데 FFA 패거리가 뒷자리에 콜리의 자리까지 맡아두고 한데 모여 있는데도 콜리는 거기 끼지 않았다. 콜리는 교실 맨 뒤 테이블에 앉아서 해부 방법에 대한 지적인 질문들을 던졌다. 나는 그 학기 내내 여름 햇볕에 탈색된 콜리의 자연 곱슬머리가 서서히 제 색을 찾는 모습을 지켜보았고 그 머리카락에서 작약과 달달한 풀 냄새가 날 거라고 상상했다. 나는 그렇게 콜리 테일러의 머리카락 내음을 상상하며 오랜 시간을 보냈다.

맨 앞 테이블에 콜리와 같이 앉는 아이들은 모두 학생회 소속으로, 그중에는 우주인 모집 광고에 나올 것처럼 시원하게 잘생긴 브렛 이턴도 있었다. 성격이 아주 좋고 축구선수로서도 유망주였다. 핼러윈 즈음부터 브렛은 콜리와 사귀기 시작했는데, 그때는 그 사실보다 카슨 선생님이 안 보는 틈을 타서 뒷자리의 카우보이 아이들이 실험실 개수대에 코펜하겐 씹는담배 뭉치를 몰래 뱉어내는 게 더 짜증스러웠다.

그해 12월, 크리스마스를 얼마 앞두고 콜리와 그 애 엄마가 찬양의 문에 다니기 시작했다. (우리 할머니를 포함해) 교회에 소홀했던 신자들이 크리스마스를 떳떳하게 보내고 싶어서 두세 번 주일에 교회를 찾는 시기였다. 예배 시간에는 사람이 많아서 테일러 모녀가 왔다는 사실을 눈치채지 못했지만, 60세 이상의 신도와 새 신도만 참석하는 '커피 모임'을 위해 설탕 뿌린 도넛을 차리고 있을 때 내 눈 앞에 두 사람이 나타났다. 콜리와 그 애의 엄마는 우리 할머니 표현에 따르자면 *외모가 썩 볼만했다.* 둘 다 키가 178센티미터 정도 되었고 날씬했지만 깡마르지는 않은 몸매

에 터틀넥 스웨터 차림이었다. 콜리는 검정색, 그 애 엄마는 빨간
색이었다. 그 시절은 아직 신디 크로퍼드가 잡지 표지를 장식하
고 다이어트 비디오를 찍고 MTV에서 조잡한 패션 토크쇼를 진
행하던 시절이었는데, 그날 모임 홀에 나타난 콜리는 입술 위에
점이 있는 그 유명한 슈퍼모델보다도 더 눈부셨다고 장담한다.

콜리가 나를 발견한 건 내가 도넛을 다 차려놓고 종이 냅킨을
부채꼴로 펼치고 있을 때였다. (내가 절반씩 겹쳐서 정리해놓은 냅
킨을 어차피 루스 이모가 전부 새로 정리했기 때문에, 쓸데없는 짓이었
다.) 어쩌면 콜리가 나를 보았다는 걸 내가 알아차린 때라고 해
야 할지도 모르겠다. 콜리는 자기 엄마 뒤에 서서 나를 향해 환
한 미소를 빛내고 있었는데 그때 우리 교회 신도 중 한 사람인
노총각 목장 주인이 나타나 그 애의 뺨에 입을 맞췄다. 그 남자
가 그 애 엄마에게로 걸음을 옮긴 뒤에야 나는 플란넬 셔츠를 입
은 그 남자 뒤에서 콜리가 나에게 윙크하고 있다는 사실을 알았
다. 만약 그 윙크를 한 사람이 콜리가 아닌 다른 사람이었더라면,
예컨대 아까 그 목장 주인이라든지, 돌아다니면서 남은 도넛을
챙겨 기숙사로 가져가는 전문대학 남학생들이었다면, 부모 없는
톰보이에게 눈을 찡긋해 보이는 뻔한 장난에 짜증이 났을 것이
다. 하지만 콜리가 나에게 윙크했을 때 나는 어쩐지 우리 둘 사
이에 비밀이 생긴 것만 같은 기분이 들었다.

만약 커피 모임이 아니었더라면 주변에는 우리 말고도 학교
친구들이 여럿 있었을 테고, 콜리를 더 잘 알고 그 애랑 친하게
지내는 무리도 있었을 것이다. 그러나 그날 아침 모임 홀에서 간

식을 먹고 있는 스무 살 미만의 신도 중에서는 내가 가장 매력적인 상대였다. 나 외에는 한 시간 반 만에 신도석에서 일어난 덕분에 신이 나서 비명을 지르며 뛰어다니는 초등학생 무리와 자꾸만 늘어나는 크로퍼드 목사님 자제분이 전부였다. 목사님 자제 중 고등학생은 딱 한 명뿐이었는데 예배가 끝나자마자 교회를 떠나버렸다. 그 밖에는 컴퓨터 천재로 유명한 클레이 하버도 있었다. 프로그래밍 실력으로 말하자면 오후에 커스터고등학교 컴퓨터실에서 시스템을 뜯어고치면서 사서들의 경탄 어린 시선을 받아도 된다고 허락받을 정도로 천재이긴 했지만, 말할 때면 고개를 푹 수그리고 나이키 운동화만 바라보면서 억양 없는 빠른 말투로 웅얼거리고, 입에서는 먹지도 않은 감초 사탕 냄새를 풍기는 애였다.

경쟁 상대들을 감안했을 때 아무리 우리가 생물 시간에 *메스 다 썼어?* 이후로 말을 섞어본 적 없다 해도 콜리가 내 쪽으로 다가온 건 놀랄 일이 아니었다. 하지만 그 애가 음식이 놓인 긴 커피 테이블 맞은편에서 걸음을 멈추고 내게 말을 거는 것이 아니라 음식을 내주는 내 쪽까지 돌아와서 원래부터 여기 있던 것처럼, 매주 일요일마다 여기 와서 같이 냅킨 정리를 한 사람처럼 내 옆에 섰을 때는 좀 놀랐다.

"해부 기말고사는 어떻게 나올 것 같아?" 콜리가 내 앞으로 몸을 뻗어 오렌지 향 차 티백을 집으며 말했다. 그 애의 스웨터 소매가 내 가슴을 스치는 바람에 잠깐이지만 심장이 조여서 움찔했다. 폐 속 깊은 곳이 간질간질한 것처럼 불편했다.

"전혀 모르겠어. 아마 카일이 입속으로「엔터 샌드맨Enter Sandman」을 부르고 있을 때 내가 겸자를 들고 내장을 끌어내겠지." 콜리가 조그만 빨간 빨대로 시계 방향으로 세 번, 반대로 세 번, 다시 시계 방향으로 세 번 차를 젓는 모습을 보자니 좋았다.

콜리가 웃었다. 좋았다.

"맞아, 걔 웃기지." 콜리 테일러는 이가 빠진 노란색 '예수님은 우리의 주' 머그컵으로 싸구려 차를 마시면서도 줄리 앤드루스 같은 교양미를 풍기는 애였다. "너희 사귀어?"

그 말에 나는 당황했지만 한편으로는 기분이 좋기도 했다. 내 실험 파트너인 카일 클라크는 커스터고등학교 안에서 록을 좋아하는 나름대로 괜찮은 애로 통했다. 콜리가 우리 둘이 사귄다고 오해한다는 것은 나 또한 그런 부류로 보였다는 것일 테고 그런 오해를 받은 건 처음이었다.

"아니, 절대 아냐. 그냥 어릴 때부터 알던 사이야. 물론 우리 반 다른 애들이랑도 그렇지만 말이야."

"난 아니잖아." 그렇게 웃는 콜리의 얼굴이 내 얼굴에서 불과 몇 센티미터 떨어진 곳에 있어서 나는 또 몸속 깊은 곳에서 간지러움을 느꼈다.

나는 몇 발짝 뒤로 물러섰다. "다행인 줄 알아. 3학년 현장학습 때 카일이 나한테 스파게티오 토한 거 모르지?" 세련된 차림으로 차를 마시는 콜리와 이야기하다니, 나는 아직도 양팔을 어디에 두어야 할지 몰라 아무렇게나 옆구리 아래에 늘어뜨리고 다니는 3학년 아이가 된 것 같았다. 나는 손놀림을 빨리했다. 접시

위에 도넛이 아직 그득한데도 묵직한 도넛을 더 내놓았다. 도넛을 놓을 때마다 손가락 사이에 시럽과 설탕이 끈끈하게 들러붙었다.

"미안. 실험실 파트너끼리 다들 사귀는 건 아니겠지?"

"네가 좋은 예 아니겠어?" 나는 탑처럼 쌓인 도넛을 바라보면서 방금 한 말이 콜리의 귀에 어떻게 들렸을지 생각했다. 비아냥거리는 걸로 들렸을까, 아니면 그보다 더 심하게, 질투하는 것처럼 들렸을까?

하지만 콜리는 웃더니 내 팔을 잡았고 잠깐이었지만 그건 내 온몸을 뻣뻣하게 긴장시켰다. "맞아. 그래. 사실 나랑 브렛에 비하면 너희랑 그 아기돼지가 훨씬 잘 지내는 것 같아서 둘이 사귀는 줄 알았어."

"햄본 말이야?"

콜리는 머그컵을 입에 댄 채로 미소를 지었다. "돼지한테 이름도 지어준 거야?"

"너흰 안 지어줬어? 그게 문제였네. '포키'는 어때? 너무 뻔하지? '베이컨 될 뻔'은 어때? 그래도 '될 뻔'을 엄청 빠르게 발음해야 이름같이 들리겠지?" 나는 예쁜 여자애들 앞에서는 늘 이런 스탠드업 코미디를 해댔다. 그 애들이 금세 나를 좋아해주기를 바라서이기도 했고, 웃기는 고아 캐머런이라는 역할 너머의 진짜 내 모습을 알려고 하지 않길 바라서이기도 했다. 수작 부리는 걸 수도 있겠지만, 한편으로는 자기보호를 위한 노력이기도 했다. *너무 가까이 다가오지 마. 나는 그냥 알맹이 없는, 실없이 웃*

176

긴 *애라고*. 이런 방식은 통하는 것 같았고, 만약 그때 갑자기 루스 이모가 식탁 위로 화이트 다이아몬드(레이가 선물한 이모의 새로운 향수였다) 향을 구름처럼 뿜어내며 나타나지 않았더라면 그 행동을 계속했을 것이다. 이모가 내 손에서 도넛 상자를 빼앗자 나는 또 팔을 어디에 두어야 할지 몰라 그대로 늘어뜨렸다.

"너무 많잖니, 얘." 이모는 커스터드 필링 도넛과 라즈베리 글레이즈드 도넛을 상자 속에 다시 집어넣고 뚜껑을 닫았다. "콜리, 방금 네 어머니를 뵀단다. 같은 교회에서 함께 하나님을 섬기게 되어서 정말 기쁘구나." 이모는 도넛 정리가 끝났는지 상자를 내려놓고 손을 냅킨으로 닦은 뒤 콜리에게 내밀었다. "나는 캐머런의 이모 루스란다. 너희 둘 다 고등학교 1학년이지?"

콜리가 대답을 하는 순간 크로퍼드 목사가 메이플 바를 집으러 다가왔다. "맞아요. 해부 실험 이야기를 하고 있었어요."

"그래, 일요일 아침에 그런 대화를 나누는 것도 좋지. 정말 모범생이구나, 둘 다." 루스 이모는 애넷 푸니셀로를 연상시키는 특유의 미소를 지은 다음 양손을 허리에 올리고 홀라후프를 돌리는 듯한 동작을 했다. 둥그런 차양이 달린 1950년대의 아이스크림 가게를 연상시키는 동작이었다.

크로퍼드 목사는 자리를 떠나지 않고 음식을 씹으면서 루스 이모를 보며 웃었다. 메이플 바에서 떨어진 갈색 설탕 조각이 옷깃에 묻었다. "지금 막 하나님의 계시를 들었는데 말이야." 그러면서 크로퍼드 목사는 말을 멈추고 입에 든 것을 우물거렸다. 하나님의 계시라는 말을 남발하는 데는 일인자였다. 한참 뒤에야 그가 내 쪽으로 돌아섰다. "캐머런, 콜리도 앞으로 파이어파워 모임에 나올 거야. 평소에는 루스 이모가 널 태워주시는 걸로 아는데, 앞으로는 콜리의 차를 같이 타는 게 어떠냐?"

아마 목사가 할 법한, 서로 친하게 지내라는 제안이었을 테지만, 사실상 차도 없어서 할머니나 이모의 차를 얻어 타고 다니는 불쌍한 나를 우리 학교에서 가장 인기 많은 여자애의 트럭에 억지로 밀어 태우는 꼴이었다.

나는 핼러윈 호박처럼 실없는 미소로 어깨를 으쓱하면서 '어른들이란'이라는 의미로 눈을 굴려댔지만 콜리가 대답했다. "그래요, 그러면 좋겠네요." 머뭇거리지 않은 대답이었지만, 어쩌면 본심이라기보다는 어른스러워 보이는 콜리가 어색한 상황에서 빠져나가는 기술이 나보다 뛰어난 것뿐일지도 모른다는 생각이 들었다. 그래서 콜리의 거침없는 대답에 마음이 마냥 편안하지만은 않았다.

그뿐만 아니라 이런 대화가 꼭 어린아이의 놀이 모임을 주선하듯 우리를 지켜보는 목사님과 이모가 없는 데서 이루어졌더라면 좋았을 거라는 생각도 했다. "어차피 수요일마다 전교생 중 절반은 여기 오거든." 내가 말했다. "또 난 3월부터는 시합 준비를 하니까. 그러니까 꼭 '드라이빙 미스 데이지'가 되어주어야 한다는 부담은 안 가져도 돼."

"바보 같은 소리 하지 마." 콜리가 말했다. "절대 안 그래." 노인들이 모여 앉은 저쪽 테이블에서 콜리의 엄마가 콜리에게 손짓했고, 그 애가 고개를 돌리자 우리의 얼굴이 지나치게 바짝 붙었다. 콜리가 슬며시 웃으며 말했다. "그 돼지 말이야, '피글리 위글리'라고 부르는 게 어때, 미스 데이지?"

내가 「드라이빙 미스 데이지」에서 미스 데이지가 마침내 운전기사의 차에 처음으로 올라타는 식료품점 장면을 인용한 것을 콜리가 받아쳐준 건 그리 대단한 일처럼 보이지 않을지도 모른다. 하지만 나는 이런 식으로 영화 장면을 인용하는 일을 너무 오랫동안 해와서 이제는 생각하지 않고도 입에서 자동으로 나오는 단계에 도달해 있었고, 제이미가 아닌 그 누가 이를 똑같이 영화 장면으로 받아쳐줄 거라고는 기대하지 못했었다. 그것도 「드라이빙 미스 데이지」의 식료품 장면을, 그것도 콜리처럼 한 학기 동안 과학 시간에 뒷자리에 앉아 지켜보기만 했던 애가 그럴 줄은 전혀 예상치 못했다.

집으로 돌아가는 페투스 모바일 안에서 루스 이모가 할머니에게 콜리네 가족의 사연을 이야기해주었다. 콜리의 아버지인 테일러 씨는 2년 전 폐암으로 돌아가셨지만 콜리의 오빠인 타이가 어머니를 도와 아직도 목장을 이어가고 있다고 했다. 타이는 아마도 예측불허의 자유인이자 진정한 카우보이인 것 같았고, 콜리네 어머니는 남편이 죽고 나서 한동안 마음을 다잡지 못하다가—술을 마시고 밖으로 나돌고 *나쁜 선택을 했다*고 했다—최근에 다시금 하나님을 향한 길을 찾은 거라고 했다.

"가족을 위해 다시 생활을 추스르려고 한대요." 루스 이모의 말이었다. "정말 큰 용기가 필요한 일이죠."

그동안 집안일을 돌본 것은 콜리였다고 했다. 루스 이모의 말에 따르면 콜리는 예쁘고 똑똑하고 *박력 넘치는*, 모두가 사랑하는 사람이었다.

"둘이 친하다니 정말 좋구나, 캐미." 루스 이모는 습관대로 백미러를 통해 나와 눈을 마주치며 말했다. "아주 근사한 아가씨인 것 같은데, 이제 제이미라든지 다른 남자애들이랑 시간 쓰지 말고 둘이 더 친해지면—"

"제이미는 저랑 제일 친한 친구라고요." 나는 이모의 말을 자르며 백미러를 향해 대답했다. "저 콜리랑 잘 모르는 사이예요. 그냥 수업 같이 들은 것뿐인걸요."

"앞으로 더 알아가면 되잖니." 루스 이모의 말이었다.

"뭐, 그래볼게요." 나는 그냥 그렇게 대답했다. 한때 치어리더 대장이었던 사람에게 고등학교 안의 정치 싸움을 설명하려 애를 써봤자 소용없다는 생각이 들어서였다. 하지만 나는 콜리가 다음 주 수요일부터 목사님이 시킨 대로 나를 태우러 오리라는 것을, 조금은 어색하지만 친절하리라는 것을 알았다. 그리고 그다음 주가 되면 아무렇지도 않게 파이어파워 모임 전에 해야 할 심부름이 있으니 '이모한테 태워달라고 부탁할 수 있겠니?'라고 할 것이고, 그렇게 남들이 맺어준 억지 우정도 끝나리라는 것을 알았다. 그날 밤 잠자리에 들면서 나는 그게 최선이리라고 생각했다. 눈을 감자 콜리가 차를 마시던 모습이 보였고 눈을 떠도 그 모습이 사라지지 않으며 자꾸만 그 애가 더 간절히 보고 싶어졌기 때문이다.

8

여전히 날씨가 쌀쌀하고, 시즌 초반 육상 연습이 이미 시작된 후인 3월이 되고서야 나는 콜리가 심부름해야 한다며 나를 떼어놓지 않을 거라고 확신할 수 있었다. 콜리와 브렛이 나를 여동생처럼 데리고 다니기 시작했기 때문이었다. 우리 셋 다 동갑이었는데도 말이다. 우리는 피자헛 구석 부스석에 앉아 빨대 포장 종이를 여러 목표물에 던져 맞히기 대결을 한다든지, 몬태나 극장 맨 뒷줄에 앉아 콜리의 무릎에 올려놓은 팝콘을 나눠 먹으며 그 주에 상영하는 아무 영화나 본다든지, 브렛의 낡아빠진 지프에 타서 AC/DC*를 소리 높여 틀어놓고 혼다 트레일스를 달린다든지 했다. 단 한 가지 문제는 내가 두 사람과 더 많은 시간을 보

---

* 1973년 호주 시드니에서 결성된 하드 록 밴드.

낼수록 점점 더 콜리 테일러를 사랑하게 되었다는 것이다. 이상한 건, 내가 브렛까지도 많이 좋아했다는 사실이다. 길을 건널 때는 브렛이 콜리의 손을 잡았고, 운전할 때는 콜리가 브렛의 뒤통수를 마구 헝클어뜨리곤 했다. 나는 아주 사소한 것에도 질투심을 느꼈지만 첫 한 달 동안은 그저 콜리 옆에 있고, 콜리를 웃게 하는 것만으로 충분하다고 생각했다. 콜리는 다른 여자애들만큼 잘 웃지 않았다. 그래서 더 열심히 노력해야 했고, 그럴수록 더 보람을 느꼈다.

꽃가루와 새틴 드레스, 그리고 반 고흐의 「별이 빛나는 밤」 테마에 맞춰 반짝이 별로 가득 채운 프롬 시즌은 때늦은 그런지 스타일에 꽂혀 플란넬 셔츠*만 입는 애들의 무관심에 부딪치고 말았다. 1992년 커스터고등학교 졸업예정자 중 숫자는 적지만 큰 목소리를 내는 무리였다. 우리 학년에도 그런지 스타일이 유행했기에 수업에 들어가면 이쪽에는 해키 색**에 꽂힌 애들, 저쪽에는 파출리*** 향을 풍기는 애들이 있곤 했지만, 그래도 가장 심각하게 전염된 것은 졸업반 학생들이었다. 대체로 벌써 대학 입학 허가서를 받아 자기 방 게시판에 붙여놓은, 거의 어른에 가까운 아이들이 격렬한 기계문명 대항정신에 심취해 머리조차 감지 않았다. 당연히 얼마 있으면 이별할 고등학교 체육관에 차려질 펀치

---

* 1990년대 너바나, 펄잼 등의 그런지 밴드가 입으며 저항정신의 상징으로 유행했다.
** 제기차기와 비슷하게 공을 차올리는 놀이로, 1990년대 히피, 그런지 문화에서 유행했다.
*** 동남아시아산 식물. 또는 그 향유로 만든 향수로 히피문화의 상징이다.

분수나, 드레스와 같은 색으로 염색한 펌프스, 스포트라이트를 받으며 행진하는 일 따위에는 관심이 없었다. 그들에게 공감했고 나도 플란넬 셔츠를 즐겨 입기는 했지만, 그래도 나는 백 퍼센트 그런지는 아니었다. 그러다 학교 측에서 정장을 반드시 입어야 한다고 드레스코드를 정했다(졸업반의 그런지 커플 몇이 '별이 빛나는 밤'에 맨발에다 남녀공용 마 소재 점프슈트를 입고 참석할 것이라는 소문이 돌기 시작한 직후였다). 그러자 졸업반 대부분이 반발했고, 결국 그런지 족과 FFA, 운동부, 학생회 임원이 다 같이 연합해 공식적으로 프롬을 보이콧하기로 결정했다.

저학년조차도 세차를 하고 빵을 팔아 기금을 마련하려는 노력을 하지 않았기에 결국 티켓이 많이 팔리지 않으리라고 예감한 커스터고등학교 측에서는 역사상 처음으로 다음과 같은 결정을 내렸다. 1, 2학년 역시 *정장*으로, 또 한 쌍당 고작 10달러라는 *파격적인* 가격으로 프롬에 참석할 수 있다는 결정이었다.

"너도 올 거지, 캠?" 마지막 교시가 끝나고 육상 연습을 하러 가기 직전 내 사물함 옆에 나타난 콜리가 말했다. 그러니까 콜리는 갑자기 불쑥 나타난 것만 같았다. 오늘 수업은 끝났고, 날씨는 이제 막 봄 같아졌고, 복도를 메운 아이들은 오후 3시 15분의 자유를 만끽하면서 아주 잠깐 사물함에 들렀다가 곧바로 정문 밖으로 나섰다. 그 모습이 마치 정해진 안무를 연습하는 것처럼, 모든 소리와 장면이 특수효과처럼 보였다. 사물함 철문이 쾅 닫히고 덜컹거리는 소리, 요란하고 걸걸한 *나중에 전화해, 빌어먹을 화학 시험*, 같은 소리, 바깥 계단에 발이 닿자마자 불붙인 담배에서 나는 짙은 냄새, 학생용 주차장에서 쏜살같이 출발하는 차의 열린 창 너머로 쩌렁쩌렁 울려 퍼지는 미스테이프 음악. 평소에 나는 육상 연습을 위해 옷을 갈아입으러 가기 전 잠시 사물함 앞에 서서 1, 2분 정도 그 풍경에 젖어들었다. 하지만 그날은 그곳에 콜리가 나타났다.

헤니츠 교감선생님이 조금 전 종례 시간에 한 단어 한 단어를 끈적하게 발음하는 특유의 밀가루 반죽 같은 목소리로 '뉴딜' 계획을 발표했었다. "프롬은 격식을 갖추는 장소이기에, 재학생 여러분에게 이 기회를 주는 학교 측에서는 여러분 역시 이 격식에 따라줄 거라고 믿어 의심치 않습니다."

우리에게 프롬에 갈 기회가 생긴 것이 말 그대로 불과 몇 분 전이기 때문에 콜리의 '너도 올 거지, 캠?'이 무슨 뜻인지 정확히 알 수 있었는데도, 나는 그 애가 나를 설득하려 애쓰는 모습이 보고 싶어서 일부러 모르는 척했다. 콜리가 나에게서 뭔가를 필요로 할 때 기분이 좋았다.

"무슨 얘기야?" 나는 배낭에 손을 넣고 뒤지는 척하며 물었다.

"그냥 올봄 패션 시즌에서 가장 주목할 만한 행사 얘기야." 콜리는 허세 가득한 사교계 명사라도 되는 듯한 목소리로 그렇게 대답했는데, 그 애는 이런 흉내를 정말 잘 냈다. "나랑 브렛이랑 같이 가준다면 더블데이트가 될 수 있게 너한테도 파트너를 찾아줄게." 콜리는 이 말을 하면서 평소 습관대로 뒷머리를 쓸어 매끄러운 동작으로 연필에 감아 틀어 올렸는데, 그럴 때마다 나는 말도 안 되게 무심하면서도 섹시한 그 몸짓에서 눈을 뗄 수가 없었다.

"할머니한테 일정 되는지 여쭤보지 뭐. 언제라고?" 나는 일부러 우리 둘 사이를 사물함 문으로 가로막은 채로 말했다. 콜리가 옆에 있을 때면 브렛 역시 항상 가까이에 있었지만, 브렛 없이 단둘이 있게 되면 나는 찬양의 문 커피 모임에서 처음 만난 날과 똑같이 안절부절못하곤 했기 때문이다.

"자꾸 그렇게 장난으로 받아치면 말할 수가 없잖아." 콜리가 말했다. "멋질 거야. 1학년이 프롬에 갈 기회는 다시는 안 올걸."

"그것만으로도 가야 할 이유가 충분하네." 내가 말했다.

콜리는 사물함 문 뒤로 손을 뻗더니 극적인 동작으로 내 팔을 붙들었다. "내가 루스 아주머니한테 전화할 거야. 내가 직접 말할 거라고. 네가 또 불쌍한 외톨이처럼 프롬에 가지 않으려고 한다고 전할 거야. 그러면 너희 이모가 절대 가만 놔두지 않을 거 너도 알지? 그분은 너에게 딱 어울릴 만한 이상적인 독신 남성에 대해서 모르는 게 없으실 테니까."

"너 진짜 못됐다. 정말 미워."

"자, 누구한테 부탁해볼까? 트래비스 버렐이 딱 좋겠는데." 콜리가 이미 열려 있던 사물함 문을 더 활짝 열더니 다가와서 선반 맨 위 칸에 두었던 버블리셔스 껌을 꺼내 입 안에 넣었다. 나는 그 모습을 보면서 혼자 볼을 붉혔지만 콜리는 전혀 눈치채지 못했고 그 때문에 나는 더더욱 신경이 쓰였다.

나는 우리 두 사람이 좁은 공간에서 밀착하지 않도록 뒷걸음질로 복도 쪽으로 물러났다. "트래비스 버렐 같은 애는 댄스 플로어에 눕혀놓고 섹스하는 척만 할 수 있으면 아무라도 상관없을걸."

"그럼 네가 먼저 전화할래?" 껌 때문에 콜리가 말할 때마다 달달한 딸기 향이 났다.

"그래, 그러자. 나 늦겠어." 나는 팔을 뻗어 운동용 배낭을 움켜쥐는 동시에 팔로 그 애를 밀쳐내려고 했다. 하지만 콜리가 밀려나지 않아서 또 그 애의 몸을 스치는 수밖에 없었는데, 그러자 고작 사물함 문을 닫아걸고 자물쇠를 잠그는 게 다였는데도 짜릿한 감각이 온몸을 타고 흐르더니 또다시 배 속이 꿈틀거렸다.

여학생용 사물함 쪽으로 다가오는 인파를 가로질러 반대 방향으로 복도를 걷는 내내 콜리는 계속 내 옆에 딱 붙어서 따라왔다. "왜 그래, 그냥 제이미한테 부탁해. 어차피 갈 거면서."

그때 어떤 여자애가 자기 몸이 거의 다 가려질 정도로 커다란 포스터를 들고 걸어오는 바람에 콜리와 나는 서로에게서 비켜섰다. 포스터는 제2차 세계대전에 관한 과제인 것 같았다. 콧수염을 기른 히틀러의 *나치식 경례* 사진, 강제수용소에 갇힌 앙상한 희생자의 사진, 두 명의 미군이 담배를 피우면서 카메라를 노려보는 사진이었고, 사진 밑에는 반짝이로 제목이 쓰여 있었다. 만약 이 순간이 영화였다면, 10대 청소년 영화를 잘 만드는 감독이라면 분명 이 포스터를 화면에 한참이나 비추었을 것이다. 어쩌면 가슴 아픈 배경음악까지 넣은 다음, 보통 속도로 걷는 사람들속에 서 있는 세 사람, 콜리, 포스터를 든 여자애, 그리고 나를 역광 속 슬로모션으로 보여주면서, 10대의 경박한 모습과 프롬 시즌을 전쟁처럼 진지하면서도 끔찍한 일에 비교해 보여주려 했을 것이다. 하지만 수없이 많은 영화를 빌려 보면서 몰입 외에 내가 한 가지 배운 것이 있다면, 실제 세상에서 일어나는 짧은 순간이 영화처럼 완벽하면서도 심오하기 위해서는 그 순간이 지나가는 동시에 머릿속에서 근사한 장면을 찍고 편집하는 수밖에 없다는 것이다. 설령 그럴 수 있다 한들 그때 함께 있던 다른 사람은 똑같은 순간을 경험하지 못할 것이며 그 사건이 일어나는 동안에는 결코 설명할 수가 없고 다음 순간 그 장면은 끝나고 만다.

"제이미한테 오늘 물어봐. 내일 티켓을 사고 싶어서." 다시 내 옆에 다가와 선 콜리가 말을 이었다. 포스터에 총천연색으로 스크랩되어 있던, 내 외할아버지와 친할아버지 두 분 모두 참전했던 제2차 세계대전의 참상은 우리를 내려다보는 대신 우리에게서 떠나가 그것들이 속한 화면 밖의 세계로 돌아갔다.

"제이미는 프롬 같은 덴 죽어도 안 갈걸. 나도 죽어도 안 가. 이 학교 학생들 전부 죽어도 프롬에 안 가려고 해서 보이콧이 시작된 거잖아."

판테라* 티셔츠를 입고 머리를 텁수룩하게 기른 3학년생이 돌아보며 고함을 질렀다. "프롬에 가면 내가 니들 따먹어버린다!" 머리가 똑같이 텁수룩한 그의 친구 두 명이 하이파이브를 하더니 고등학교 남자애들답게 바니 러블** 캐릭터처럼 키득키득 웃

* 1981년에 결성된 미국의 헤비메탈 밴드.
** 「고인돌 가족」에 나오는 캐릭터.

었다.

"야만인!" 콜리가 그들 쪽에 대고 고함을 질렀다. 어느덧 탈의
실이라고 적힌 파란 문 앞이었다. 콜리가 내 양 팔죽지를 움켜쥐
었다. "네가 부탁하면 제이미는 싫어도 간다고 할 거야."

"콜리, 나는 진짜 가기 싫다니까."

"하지만 난 가고 싶은걸. 우린 친구잖아. 제일 친한 친구끼리
서로 이런 일도 못 해줘?" 콜리의 목소리가 하도 진지해서, 내가
그 애를 사랑하지만 않았더라면 웃음을 터뜨렸을 것이다.

"아, 이게 그렇게까지 말할 일이야?" 나는 그렇게 되받아쳤지
만, 우리 둘 다 내가 바로 그날 오후에 제이미에게 프롬에 같이
가자고 부탁할 것도, 제이미가 볼멘소리를 하다가도 결국은 그
러자고 할 것도 알고 있었다. 제이미 라우리는 그런 애였으니까.
"그 밖에 제일 친한 친구끼리 해줘야 하는 일은 뭔데? 혹시 리스
트라도 있어?"

"아니, 하지만 만들어둘게." 콜리는 브렛과 친한 근사한 3학
년들이 지나가자 손을 흔들어 인사했다. 음료수 자판기 앞을 어
슬렁거리던 그들이 콜리더러 오라고 불렀다. "진짜, 정말 재밌을
거야." 콜리가 말했다.

"너 나한테 진짜 크게 빚진 거다." 나는 탈의실로 반쯤 들어간
채로 대답했다.

"영원히 사랑하는 거 알지?" 콜리는 이미 제이크루 광고에 등
장할 것처럼 어리고 건강한 얼굴로 햇볕 가득한 오후를 거니는
커플들을 향해 걸어가고 있었다. 나는 옷을 갈아입고 커뮤니티

칼리지의 트랙을 달리는 내내, 그리고 조금 지각한 대가로 연습이 끝난 뒤에 추가 훈련으로 몇 바퀴 더 달리는 내내 '친구끼리 서로를 위해 해주어야 하는 일들'에 대해 생각했다. 콜리가 정말로 그런 리스트를 만든다면 나는 그 리스트에 있는 모든 일을 빠짐없이 다 할 게 분명했다. 그냥 그럴 거라는 걸 알 수 있었다.

나는 내가 콜리한테 반했다는 사실을 몇 문단 간략하게 써서 린지에게 편지를 보냈고, 결국 프롬 직전 주말에 린지와 세 시간이나 통화하며 낱낱이 고해바치고 말았다. 루스 이모는 슈반 직원 레이와 함께 래러미에서 열리는 커플을 위한 주말 성경 모임에 갔고, 할머니는 TV 앞 커피 테이블에 웨이퍼 과자의 셀로판 포장지를 널브러뜨린 채로 낮잠을 자는 중이었다. 할머니는 최근에 딸기 맛 웨이퍼에 빠져서 셔츠 주름마다 분홍색 웨이퍼 조각이며 설탕 가루가 끼어 있었다. 그 모습을 보니 아빠가 단열 공사를 할 때 위아래가 붙은 작업복이 유리 섬유 조각으로 뒤덮이던 것이 떠올랐다.

전화를 건 사람은 린지이므로 요금은 루스 이모가 아닌 린지의 엄마 앞으로 청구될 것이다. 게다가 린지가 전날 밤에 갔다는 아니 디프랑코* 콘서트 이야기로만 20분을 잡아먹었을 때부터 나는 통화가 길어질 걸 예감하고 냉장고에서 레이의 버드 라

---

* Ani Difranco(1970년~). 미국의 여성 포크 록 아티스트로 임신 중단과 성소수자 권리 운동 등 다양한 정치사회적 활동을 한 페미니스트다. 양성애자로 커밍아웃했으며, 성적 지향을 음악에 담았다.

이트 두 캔(레이는 내가 가끔씩 자기 맥주를 몰래 마신다는 걸 분명 알 텐데 나한테도, 루스 이모한테도 아무 말 하지 않았다)과 무선전화기를 내 방으로 가져가서 전화 통화를 하는 세 시간 내내 린지가 보낸 편지에서 뗀 우표로 인형의 집 손님방 바닥과 천장을 꾸몄다. 린지는 내가 한 통을 보낼 때 네 통을 보내는 꼴로 편지를 많이 보냈지만 아직도 인형의 집 바닥과 천장 전체를 도배할 만큼 우표가 모이지는 않았다. 그래도 시작은 좋았다.

나는 트랙을 달리면서 레위기와 로마서를 떠올렸다. 커스터고등학교에서 가장 인기 많은 커플이 데리고 다니는 어린 여동생 노릇을 하는 한편으로, 혼자 있을 때면 레즈비언 요소가 조금이라도 있는 영화를 볼 때마다 콜리를 떠올렸다. (「양들의 침묵」의 조디 포스터 역할을 하는 콜리, 얼마 전 마침내 마일스시티에도 상륙한 「원초적 본능」의 샤론 스톤 역할을 하는 콜리). 린지 말만 들으면 린지는 시애틀 지역의 열다섯 살에서 스물다섯 살 사이의 레즈비언들이랑 죄다 자고 다닌 것만 같았다. 그 여자들의 이름은, 어쩌면 별명일지도 모르겠지만, 나에게는 전부 '너무 쿨해서' 조금 두렵게 느껴질 정도였다. 믹스, 캣, 베티 C.('베티 크로커에서 따온 이름일까?' 하는 생각이 들었지만 물어보지는 않았다), 브라이츠, 오브리, 헤나 등등.

린지는 세부 묘사에 강했다. 자기가 정복한 어떤 여자는 냄새 나는 드레드 머리를 했고, 어떤 애는 머리를 박박 밀었고, 어떤 애는 가죽 재킷을 입고 할리 데이비슨을 탔고, 코카인을 했고, 거식증에 걸려서 뼈밖에 없는 몸이 교수대처럼 느껴졌고 하는 등

190

의 이야기를 상세하게 했다. 이야기에 나오는 여자가 한둘이 아니었던지라 나는 통화가 끝나거나 편지가 끝나면 누가 누구인지도 잊어버렸다. 사실 굳이 기억할 필요도 없었던 것이 린지 역시도 그 여자들은 다 잊어버린 듯 다음번 통화나 편지로 연락할 때쯤이면 또다시 새로운 여자들이 대여섯 명은 생겨나 있었다.

"베티 C.는 혀에 피어싱을 했어, 알지? 음, 정확히 말하면 스터드 형태의 피어싱인데, 장난 아냐. 느낌이 다르다고 듣긴 했었지만 막상 해보기 전까지는 뭐가 그렇게 다른지 몰랐거든, 알지?" 이렇게 무슨 말이건 자기한테 더 설명해달라고 요구하라는 듯이 앞으로 평생 내 레즈비언 스승님 역할을 할 태세로 밀어붙이는 게 린지의 전형적인 대화 방식이었다.

"뭐가 다른데?" 나는 메인주의 상징인 쇠박새 우표 옆에 깃발 우표를 붙이면서 물었다.

"캠, 정말이지 상상력을 좀 키워보라고. 그 애가 입으로 해줄 때 느낌이 다르다는 소리야. 그 조그만 금속 조각을 잘 활용하기만 하면 거의 신세계라고. 그런데 베티 C.는 그걸 기가 막히게 활용할 줄 알더라니까."

"어, 이해했어." 대답하긴 했지만, 사실 린지가 오럴섹스에 대해 이야기한다는 건 확실하게 *이해했음에도* 오럴섹스가 이루어지는 실제 과정은 어떤지, 그러면 서로가 어떤 기분을 느끼는지 확실히는 몰랐다. 그래서 그 조그만 금속 조각이 있으면 뭐가 다르다는 건지도 이해하기 힘들었다. 내가 콜리를 두고 하는 망상은 아주 기나긴 과정을 거쳐 우리가 마침내 진한 첫 키스를 나누는 데서 끝났다. 때로는 셔츠를 벗고 몸을 조금 만지는 것까지 상상했지만 그 이상은 상상해본 적 없었다. 단 한 번도. 키스 너머의 세계는 완전히 미지의 땅이었고 내 뇌는 그곳을 탐험하기 위해 어떤 지도가 필요한지조차 상상할 수 없는 상태였다.

"그래, 알았어." 린지가 말했다. "나랑 말하고 있는 상대가 얼마나 대단한 섹스광인지 깜박했네. 너야 소떼가 가득한 시골에서 온갖 여자들을 정복하고 있겠지."

"뭐래." 나는 그렇게 말하면서 점점 미지근해지는 맥주를 한 모금 마셨다. 혼자 술을 마시는 걸 별로 좋아하지 않았지만 린지와 통화를 하고 있으면 술이 꼭 필요하다는 기분이 들었다. 아마도 린지가 내가 해보지 않은(그리고 린지는 해본) 것들에 대해 떠들어댈 때 나 역시도 규칙을 깨고 있다는 생각에 기분이 좋기도 하고, 어쩌면 린지의 모험담을 들어주기에는 조금 감각이 무뎌진 상태가 나아서 그런지도 모르겠다.

"중요한 건," 린지가 말했다. "다음번에 앨리스가 동네를 떠나면 나도 꼭 피어싱을 할 거라는 거야."

린지는 얼마 전부터 경멸하듯 엄마를 '앨리스'라고 부르기 시작했고 그 말투를 들으면 나는 짜증이 났다. 린지의 엄마가 들은 바대로 도회적이면서도 자유주의적 교육을 받은, 한때 히피였던 엄마라면 내 생각엔 엄마치고는 꽤나 근사할 것 같아서였다.

"어차피 너희 엄마는 네가 원하는 건 다 하게 해주시잖아." 나는 필요 이상의 적의를 담아 그렇게 말했다. "어차피 할 거면 그냥 하면 되는 거 아니야?"

"내가 원하는 걸 다 하게 해줄 리가." 린지가 말했다. "지난번에는 이 별거 아닌 타투 때문에 외출 금지까지 시키려고 했다니까?" (린지는 얼마 전 왼쪽 어깨 위쪽에 보라색 초승달 상징 세 개를 새겼다. 린지의 말에 따르면 무슨 위카* 주술에 관련된 것으로 달이 차고 저무는 단계와 여성의 생애주기를 뜻하는 것이라고 했다.)

"그래서 내가 그랬지. 장난해, 앨리스? 완전 청교도적인 거 알아? 이 몸은 내 몸이라고. 앨리스는 가족계획협회 앞에서 '여성의 몸, 여성의 선택권'이라는 피켓을 들고 시위하는 사람이면서, 내가 내 어깨에 의미 있는 무언가를 새기기로 *선택했다*는 걸 가지고 화를 내더라니까."

"타투랑 낙태가 똑같다는 소리야?" 나는 그렇게 말했다. 린지의 말이 틀렸다고 생각해서가 아니라 린지를 화나게 하고 싶어서였다.

"그래, 논리적으로 말하면 그렇지." 그러더니 린지는 '교수 목소리'로 설교를 시작했다. "몸에 얼마나 심각한 행위를 가하는지가 중요한 게 아니야, 캐머런. 그 몸의 주인이 누구인가가 중요하지. 그리고 아무리 열다섯 살밖에 되지 않았어도 내 몸의 주인은 나라고."

나는 맥주를 한 모금 더 마신 뒤 냉소적인 학생 목소리를 내려고 애썼다. "좋아, 그렇다면 왜 너는 혀에 피어싱을 안 하는데?"

---

* 1950년대부터 퍼지기 시작한, 오래된 마법 문화에 바탕을 둔 신흥 종교. 여성주의적이고 생태주의적인 관점으로 인해 각광을 받았다.

"아무는 동안 뒈지게 아프니까. 4일 동안 밀크셰이크만 먹고 버텨야 할 때도 있다고. 그리고 도중에 빼면 다 망하는 거야. 나는 혀가 아물 만큼 오래 앨리스가 집을 떠날 때를 기다리는 중이야. 아문 뒤에는 앨리스가 있을 때만 빼놓고 있어도 되니까."

"아, 그러서." 나는 두 번째 맥주 캔을 딴 뒤 문간에서 아직도 아래층 TV에서 「형사 콜롬보」 소리가 나는지 확인했다. TV는 아직 켜져 있었다. 물론 할머니가 계단을 올라 내 방까지 오는 일이 자주 있는 건 아니었다.

그리고 한동안, 거의 20초 가까이 우리는 아무 말이 없었는데, 통화할 때 이런 경우가 별로 없었기에 그 침묵은 한층 더 불편하게 느껴졌다. 린지가 입을 열 생각이 없는 것 같아 결국 내가 침묵을 깨야겠다는 생각이 들었다. 아무리 요즈음 린지가 거만해졌고 냉소적인 말만 한다고 한들 린지는 영화가 아닌 현실 속 실제 레즈비언의 삶과 나를 이어주는 유일한 연결고리였다. 이대로 전화를 끊고 싶지 않았다. "나 콜리 테일러랑 프롬에 가."

"무슨 개소리야? 왜 그 얘길 지금 해? 네가 반했다는 그 신디 크로퍼드 닮은 카우걸 말이야? 거짓말하지 마. 너 아직 프롬에 갈 수 있는 나이도 아니잖아."

"어, *걔랑* 가는 건 아니야. 그러니까 같이 가는 건 맞는데, 걔랑 파트너로 가는 게 아니라고. 커플끼리 가는 거야. 콜리랑 브렛, 그리고 나랑 제이미." 솔직히 털어놓자니 창피했지만 그래도 린지가 전화를 끊지 않게 되어서 다행이었다. "올해는 학교 측에서 규칙을 바꿨어." 내가 덧붙였다. "고학년이 티켓을 별로 안 사서 말이야."

"당연히 안 사지." 린지가 말했다. "프롬이란 건 시대 흐름에 뒤떨어진 성 역할과 부르주아적 연애 의식을 강화시키는 고루한 제도라고. 진부하기 짝이 없어."

"정말 넌 무슨 상황에서건 설교를 해야 직성이 풀리는구나." 내가 대답했다.

"미안한 말이긴 한데, 이성애자 여자를 좋아하는 건 새싹 다이크한테는 도움이 안 돼. 그것도 언제나 화가 나서 성경이랑 심지어 총까지 들고 다니는 카우보이들이 득시글거리는 동네에서 이성애자 여자를 좋아해서 얻는 게 뭐야? 그것도 잘생긴 이성애자 남자와 잘 사귀고 있는 애를."

"그럼 내가 마일스시티에서 좋아할 사람이 누가 있어?" 내가 물었다. "여긴 타투 숍에서 혀에 피어싱하려고 줄 서서 기다리는 동안에도 뷔페만큼 다양하게 레즈비언을 만날 수 있는 그런 동네가 아니라고."

"타투 숍에서 항상 피어싱을 같이 하는 건 아니야." 그러더니 린지는 약간 누그러진 목소리로 덧붙였다. "걔가 너에 대해 알아?"

"모르겠어. 가끔은 그런 것 같기도 하고." 그렇게 대답했지만 전적으로 진실은 아니었다. 진실을 말하자면 한 번, 딱 한 번 영화를 보러 가기로 했다가 브렛이 수학 시험공부를 해야 한다며 마지막 순간에 약속을 취소하는 바람에 둘이서 영화를 보러 갔다. 마지막 줄에 나란히 앉아 있는 내내 콜리와 단둘이 있을 때면 늘 그렇듯 안절부절못하면서도 짜릿했는데, 그때 콜리도 왠지 같은 기분을 느끼는 것 같았다. 콜리는 내 눈을 피했고, 우리 사이에 놓인 팔걸이에 동시에 팔이 놓이면 얼른 자기 팔을 뺐다. "하지만 콜리는 절대 동성애자는 아니야." 나는 린지에게 말했다. 어쩌면 나 자신에게 하는 말이기도 했다.

"이 시나리오에서 나올 수 있는 최상의 결과가 뭐라고 생각해?" 린지가 묻더니, 내가 대답하기도 전에 말을 이었다. "너 자신에게 물어봐. 왜냐하면 지금 이 시나리오엔 일어날 수 있는 최악의 일은 다 들어 있지만 좋은 건 별로 없거든."

"그래, 알겠어." 나는 그 말과 함께 마지막 남은 맥주를 털어 마신 뒤 캔을 침대 아래에 숨겼다. 나는 한참 전부터 맥주 캔을 침대 아래 모아두었다가 최대한 작게 오려서 날아다니는 새라든지 다이아몬드, 십자가 등의 조그만 형상을 만들곤 했고 그러다가 손을 베기도 했다. 그렇게 만들어낸 것들로는 인형의 집 아기 방을 꾸몄다. "하지만 잘 안 될 걸 안다고 해서 좋아하는 마음이 사라지는 건 아니잖아." 내가 말했다. "너도 알잖아."

"그건 알겠는데, 걔한테 반한 이유가 도대체 뭐야? 그러니까 진짜로, 도대체 콜리 테일러가 뭐가 대단해서?"

당연히 대답이 불가능한 질문이었다. "그냥, 콜리라서 좋아. 모르겠어. 그 애가 말하는 방식도, 관심사도 좋고, 내가 아는 사람 중에서 제일 어른스럽고 또 재밌어." 방금 한 말이 너무 뻔해서 바보같이 들렸을 거라는 생각에 나는 입을 다물었다.

린지가 나 대신 말을 이었다. "그렇겠지, 청바지에 꽉 차는 엉덩이랑—"

"너 진짜 우리 육상팀 남자애들 다 합친 거 열 배는 더하다." 내가 대답했다.

린지는 웃음을 터뜨리더니 다시 교수 목소리를 냈다. "내 말 잘 들어, 바보 같고 어리석은 제자야. 세상에는 이성애자 여자들, 아니면 낮에는 모범적인 이성애자로 지내다가 밤에는 여자도 가리지 않는 여자한테만 꽂혀서 걔들을 어떻게 동성애자로 바꿔보려 애쓰는 레즈비언들이 있단다. 하지만 그런 관계는 하룻밤으로 끝나. 결국에 걔들은 그냥 실험해본 거였다든지, 술에 취했었다든지, 자기는 여자가 아니라 남자가 너무 좋다고 얘기해서 비참하고 슬프게 끝나버린다고. 물론 세상엔 움츠리고 살아가던 레즈비언들이 자기를 드러낼 수 있는 술집이나 콘서트장 같은 곳도 있지만, 몬태나에서 열리는 프롬은 그런 곳이 아니야."

"그래." 나는 방금 버드 라이트 두 캔을 들이마신 사람처럼 말했다.

"그냥 걔 생각하면서 질 오프jill-off나 하고 거기서 끝내라고. 진심으로 하는 말이야."

지난번 통화에서 린지가 자위를 뜻하는 잭 오프jack off의 여자 버전인 질 오프라는 단어를 알려주었기에, 무슨 뜻인지 자세히 말해달라고 할 필요는 없었다. "어쨌든, 난 프롬에 갈 거야." 내가 말했다. "티켓도 샀고, 입을 옷도 샀고, 다 준비 끝냈다고."

린지는 코웃음을 쳤다. "너네 이모는 좋아서 난리 났겠다."

"그날 저녁에 우리 넷 다 초대해서 고메* 만찬을 해주시겠대. 고메라는 단어만 스무 번도 넘게 말했을걸."

"왜 안 그러셨겠어." 린지가 말했다. "당신 생각에 고급 만찬에 어울릴 요리를 수도 없이 구상하셨겠지만 숙련된 셰프의 눈에는 어처구니가 없어서 눈물이 나는 것들이겠지."

"모르겠어. 상관없어. 난 그냥 다른 애들한테 몇 시에 오라고 전하기만 하면 돼."

"내 말이 맞다니까." 린지가 말했다.

루스 이모는 슈반의 냉동 닭으로 코르동 블루**를 만들고 샐러드(크라프트사에서 나온 프렌치드레싱을 올려서), 껍질콩 아망디네***(역시 슈반 제품), 그리고 정말 맛있는 감자튀김을 내왔는데 우리가 더 달라고 하자 그건 그냥 감자튀김이 아니라 프랑스식으로 프리츠라고 불러야 한다고 고집했다. 루스 이모는 종업원 역할을 하면서 프롬 전 저녁 식사가 진행되는 내내 부엌과 간이식사 구역에서 기다리다가 가끔 식당에 들어와 와인 잔에 탄산을 가미한 포도주스를 따라주거나 프리츠를 먹는 우리 모습을 사진으로 남겼다. 그래도 이모의 모습이 은근히 귀여워 보이긴 했다. 이모는 우리 네 사람이 같이 있는 모습과 내가 이모가 상상하는 전형적인 10대 소녀처럼 행동하는 모습을 보면서 진심으로 행복

* 미식가, 식도락가를 뜻하는 프랑스어.
** 얇게 저민 고기 안에 치즈와 햄을 넣고 빵가루를 묻혀 튀긴 요리.
*** 아몬드유와 설탕으로 만든 젤리, 아몬드를 넣어 만든 과자.

해했다. 이모는 커다란 장미 다발로 식탁 가운데를 장식했고 은색 촛대를 꺼내놓았으며 증조할머니가 쓰던 레이스 테이블보와 결혼식용 도자기로 식탁을 차렸다. 엄마가 명절이나 내 생일에만 가끔 꺼내던 물건들이었다.

이 음식을 특히 맛있게 먹은 건 제이미와 나였다. 콜리와 브렛이 도착하고 저녁 식사가 준비되기 전에 우리 둘은 내 방에서 품질 좋은 대마초를 나눠 피웠기 때문이다. 제이미의 프롬 참석 조건이었다. "대마초에 취해서 맛이 가 있어야 참을 수 있을 것 같아." 알겠다고 하자 제이미는 말했다. "좋아, 검은 턱시도에 검은 셔츠를 입고 넥타이도 맬게. 제임스 본드 시리즈에 나오는 악당처럼 올 블랙으로 차려입고 가겠어. 그게 멋지니까. 대신 신발은 평소처럼 척 테일러 스니커즈를 신을 거야."

그날 저녁 제이미는 약속한 그대로의 복장에다 머리까지 새로 깎고 나타났다. 일찍 도착한 핑계로는 개 엄마가 직접 골랐다는, 작은 분홍색 장미와 안개꽃으로 된 손목 코사지를 나에게 전해줘야 한다는 이유를 댔다. 루스 이모는 제이미를 내 방에 들이기를 망설였는데, 제이미가 이미 내 방에 한두 번 들락거린 게 아니라는 걸 생각하면 의아한 반응이었다. 이모는 제이미에게 오늘 정말 근사해 보인다고 칭찬한 뒤 계단 위의 나를 향해 제이미가 올라가고 있다고 소리쳐서 알려주었다. 나는 여전히 트레이닝 바지에 티셔츠 차림이었다. 콜리가 나를 위해 골라준 (내 생각엔) 너무 짧은 검은 드레스는 혹시라도 대마초 냄새가 배지 않도록 옷장에 안전하게 걸어뒀다. 제이미도 재킷을 벗어 옷장에 걸어뒀다.

　우리는 예전에 대마초를 두 번 같이 피워봤다. 두 번 다 나 혼자만 여자인 그 무리와 함께였으며 장소는 홀리 로저리 병원의 열쇠 방 안이었다. 그 두 번에 비추어볼 때 대마초를 피우느니 술을 마시는 게 나았다. 연기를 들이마실 때 뜨거운 기운이 목을 통해 폐로 흘러들어가 다음 날까지 사라지지 않는 느낌이 싫었다. 또, 대마초를 피우고 나면 피해망상이 생기는 것도 싫었다. 물론 실제로 대마초 때문에 피해망상을 느끼는 것인지 아니면 대마초를 피우면 피해망상을 느낀다는 말을 많이 들어서 그런 것인지는 알 수 없었다. 하지만 두 번 다 나는 우리가 병원에서 대마초를 피우다가 발각당해 육상팀에서 쫓겨날 거라는 걱정에 시달렸다. 걱정이 하도 큰 나머지 캐비닛 뒤에 쪼그리고 숨은 채로 낄낄 웃어대는 다른 아이들한테 조용히 좀 하라고 했고, 그대로 한참 동안이나 병원 안에 울려대는 메아리 소리에 귀를 기울였다.

　"너무 취하면 안 돼, 제이미." 제이미가 처음 보는 작은 파란색 유리 파이프를 꺼내 그 안에 대마초를 채워 넣는 모습을 보면서 내가 말했다. "저녁도 먹어야 하고, 무도회 행진도 해야 한다고."

　"예전에 피운 것보다 훨씬 좋은 거야." 제이미가 나에게 단언했다. 그가 노란색 빅 볼펜을 꺼내더니 대마초에 불을 붙인 뒤 먼저 한 모금 빨아들였다. 나는 제이미가 연기를 빨아들이고 내뿜느라 멈춰가면서 이야기하는 동안 가만히 기다렸다.

　"트래비스 버렐의 형한테서 구한 거야."

나는 기다렸다.

"그 형은 네이트랑 같이 보즈먼에 있는 몬태나 주립대학교에 다닌대."

나는 기다렸다.

"이건 진짜 좋은 거야. 동부 해안의 그래놀라* 스키광들도 이걸 구하려고 몬태나까지 온대. 전부 몬태나에서만 즐길 수 있는 진정한 대학생활이지." 제이미는 열린 창밖으로 목을 쭉 빼고 달큰한 연기를 내뿜은 뒤 드디어 말을 멈추고 나에게 파이프를 건넸다.

"몬태나에서 키우는 대마초가 더 품질이 좋대?"

"그럴 리가. 여기서 자라는 건 잡초나 다름없어. 이건 캐나다에서 직수입한 거라고. 수경재배로 키운 거야."

"그게 무슨 뜻인데?" 나는 따끈한 파이프를 든 채 물었다.

"흙 없이 물로만 키웠다는 뜻이야. 아무튼 이게 훨씬 더 고급이라는 것만 알면 돼." 제이미는 이를 드러내며 특유의 함박웃음을 짓고는 길게 늘어진 윗입술에 떨어졌던 재 한 점을 혀끝으로 훔쳐냈다.

나는 눈을 굴리면서도 일단 파이프를 한 모금 빨아들였다. 예전에 피웠던 것들보다 맛이 순한 것 같다는 생각이 들었다. 나는 연기를 내뿜은 뒤 말했다. "지금은 반만 피우고 효과가 어떤

---

* 환경 보호에 관해 진보적 사고를 지닌 지지자이면서 건강에 좋은 음식을 먹는 사람, 또는 히피를 나타내는 속어.

지 보자. 남은 건 학교로 출발하기 전에 몰래 피울 수도 있잖아."
나는 콜리를 생각하고 있었고, 그 애를 실망시키고 싶지 않았다.
목장 아이들이 자기네 목장에서 여는 맥주 파티에서 콜리 테일
러가 맥주를 마시는 모습은 본 적 있었지만, 내 생각에 대마초는
절대 피우지 않을 것 같았다. 대마초 따위는 던전 앤 드래곤에
빠진 애들 아니면 그래놀라들이나 피우는 유치한 거라고 생각할
것 같았다.

"제이제이케이, 너 왜 이래?" 제이미가 고개를 설레설레 젓더
니 성적이 떨어졌거나 무단결석을 했다고 잔소리하는 생활지도
선생님이라도 된 것처럼 가슴 앞에 팔짱을 꼈다. "지난번에는 프
롬에 같이 가자고 하더니, 이제는 지금까지 피워본 것 중 최고의
대마초를 거절하겠다고? 이런 일이 일어날 줄 알고 있었어."

나는 미끼를 물고 말았다. "무슨 일?"

제이미는 대마초를 한 모금 빨더니 안달 나게끔 한참이나 시
간을 끈 뒤에야 내 얼굴에 연기를 후 불어내며 말했다. "우리 꼬
마 아가씨가 숙녀가 되었다니."

"닥쳐." 내가 말하자 제이미는 웃느라 정신을 못 차렸다. 나는
제이미의 손에서 파이프를 빼앗아 한 모금, 그리고 또 한 모금을
빨아들였다. 세 모금째 빨면서 이 정도면 충분하다는 생각이 들
었는데, 바로 그 순간 대마초의 효과가 퍼지면서 어질어질한 기
운이 확 몰려들었다. 갑자기 혀가 묵직해졌고, 눈 안쪽에서 모래
가 서걱거리는 느낌이 들더니, 염좌 때문에 이번 시즌 내내 나를
괴롭혔던 왼쪽 허벅지 뒤 인대가 갑자기 느슨하고 부드럽게 느

껴졌다. 그러니까 역시 이 정도면 충분한 게 맞는 것 같았다.

그리고 대마초에 취했을 때 늘 그렇듯 시간은 이상하게 흘러 갔다. 제이미는 한 모금, 어쩌면 세 모금을 더 들이켰다. 우리는 인형의 집 이야기를 했다. 제이미는 인형의 집 뒤에 작은 재배실 을 만들어서 모조 가열등을 갖다놓고 진짜 대마 꽃봉오리를 붙 이라고 제안했다. 나는 그 조그만 '화초' 하나도 백 달러는 줘야 할 텐데 그걸 접착제로 인형의 집 테이블 안에 붙이다니 그런 낭 비가 어디 있느냐고 반박했다. 그러자 제이미는 중요한 건 그렇 게 진정성을 가진 노력이 쿨하다는 사실이라며, 게다가 어느 날 대마초가 그리우면 인형의 집에 불을 붙이기만 해도 되지 않느 냐고 했다. 그리고 나는 그건 방화니까 인형의 집 경찰들이 가만 히 있지 않을 거라고 대답했다. 그렇게 그 비슷한 이야기, 어쩌면 하나도 비슷하지 않은 이야기를 주고받는 사이에 어느새 콜리와 브렛이 도착해서 루스 이모가 계단 밑에서 우리를 불렀다. 그렇 게 나는 여전히 운동복 바지와 티셔츠 차림인 채로 공식적인 프 롬의 밤을 맞고 말았다.

"잠깐만!" 내가 문 쪽을 향해 고함지르는 동안 제이미가 달짝 지근한 향이 나는 시나몬 프레시니스 룸 스프레이 방향제 한 통 을 다 비워내다시피 숨 막힐 정도로 분사하는 바람에 결국 방에 는 계피와 대마초 향이 진동하게 되었다.

콜리는 그 잠깐조차도 기다려주지 않고 곧장 계단을 올라 문 을 두들겼고 제이미는 한쪽 구석에서 양손으로 스프레이 캔을 총처럼 쥐고 낄낄 웃고 있었다. "들어오라고 해." 제이미는 그렇게 말하고 또 낄낄 웃다가, 다시 웃음을 멈춰보려고 용을 썼다.

"그냥 들여보내라니까?"

내가 들여보내 주기도 전에 콜리는 문을 다시 한번 두들긴 뒤 "너희 둘이 안에서 무슨 짓 하는 건 아니겠지?" 하고 흥얼거리며 문을 열어버렸다.

그리고 내 눈앞에 나타난 콜리는 아주 가느다란 끈이 달린 연노란색 드레스를 입고 머리에 조그만 데이지를 꽂았으며 너무 진하지 않게 화장한 모습이었다. 안 그래도 완벽했던 평소보다 한층 더 완벽해 보였다. 콜리가 스크랩해두었다가 읽고 따라 했을 「프로처럼 프롬 메이크업 하는 법」 기사에 나오는 *빛나는, 싱그러운, 촉촉한* 같은 온갖 형용사에 들어맞는 완벽한 얼굴이었다. 콜리는 미용 조언이나 화장 없이도 사랑스러웠으니 굳이 따라 할 필요도 없었는데 말이다.

콜리는 계단 꼭대기에, 나는 문 바로 안쪽에 서 있었으므로 우리의 거리는 아주 가까웠다. 나도 모르게 콜리의 모습을 빤히 바라보았다. 그 순간이 무척이나 길게 느껴졌다. 고개를 돌려 제이미가 아직도 스프레이 통을 들고 있는지 확인하고 싶지 않았다.

"도대체 얼마나 취한 거야?" 콜리가 문을 닫으며 물었다. 1층에 브렛이 루스 이모와 할머니와 함께 있으니 온당치 못한 일이었는데도 말이다.

"도무지 무슨 소린지 모르겠습니다만, 마담." 제이미는 무슨 수를 썼는지 모르겠지만 스프레이 통을 처리한 뒤였다. (어떻게 처리한 것인지는 다음 날 알게 되었다. 아침이 되어 간신히 집에 도착하니 스프레이 통이 베개 밑에 대마초 요정의 선물이라도 되는 듯 숨겨져 있었다.) 제이미는 「마이 페어 레이디」 속 렉스 해리슨처럼 등을 꼿꼿이 편 채로 콜리에게 다가가더니 콜리의 손을 잡고 허리를 깊이 숙여 절하면서 손가락에 입을 맞췄다. "아름다운 아가씨들, 괜찮으시다면 저는 저녁 만찬을 위해 옷매무시를 다듬고 망나니 브렛과 대화나 잠시 나누고 있습지요." 제이미는 내 옷장에서 재킷을 꺼내 허리를 꼿꼿이 세운 채로 계단을 내려갔다. 나는 여전히 꼼짝 않고 자리에 서 있었다.

"사실 네가 아직 옷을 갖춰 입지 않아서 다행이야. 머리 만지려면 지금 상태가 더 편하거든." 콜리가 그렇게 말하더니 지금까지 그 애의 손에 들려 있는지도 몰랐던 가방에서 고데기와 헤어드라이기, 다양한 모양의 화장품 튜브와 통을 꺼내 내 침대 위에 펼쳐놓았다.

"뭐부터 하면 돼?" 나는 어쩌면 지금 당장 할 일에 집중하느라 대마초 이야기는 이대로 넘어갈 수 있을지 모른다는 희망을 품고 물었다. "언제나 머리가 제일 먼저지." 콜리는 내 양어깨에 손을 올려놓더니 나를 침대 끄트머리로 밀어 앉혔다.

"접수." 나는 고개를 이리저리 돌리면서 말했다. 기분이 좋기도 했지만, 진짜 흥미 있는 척하기 위해서기도 했다. 프롬에 가기로 한 뒤로 우리는 쭉 내가 '프롬에 어울리는 헤어스타일'을 하느니 마느니 하는 문제를 놓고 건성건성 말다툼을 해왔던 것이다.

"너희 둘 다 대마초에 너무 취해서 브렛이 가져온 짐 빔을 마실 수 없을 지경이라면 걔는 정말 상심이 클 거야. 오늘을 위해 몇 달 전부터 아껴놨거든. 진짜로. 몇 달이나 준비한 거라니까?"
콜리의 손은 내 평범한 포니테일 머리를 풀어내느라 바빴다.

"우리 그렇게 취하지도 않았어." 콜리의 손가락이 내 머리카락을 만지는 감촉이 좋았지만 콜리가 이렇게 가까이 몸을 기대오니 약간 토할 것 같으면서도 속이 뒤틀렸다.

"아니길 바라." 콜리가 내 머리에 헤어스프레이를 뿌리고, 빗질하고, 고데기로 손질하더니, 그 뒤에도 내가 도저히 시간을 내서 해본 적 없던 여러 가지 일을 했다. "밤은 젊다고, 아가씨."

"우리가 대마초 피운 거 알면 네가 화낼 줄 알았어." 대마초 기운이 아니었더라면 콜리에게 절대 털어놓지 않았을 말이었다.

"전부터 알고 있었어, 당연히. 제이미는 원래 피우잖아."

"하지만 제이미는 내가 아니잖아." 내가 대답했다.

"그래도 둘이 때로는 그만큼 가깝잖아?" 콜리가 무언가를 잡아당기며 대답했다.

"아냐." 내가 말했다. "그만큼 가깝지 않아."

"그래, 그렇다 치자." 그 애가 말했다. "너희가 우리를 기다려주지 않아서 난 좀 놀랐어."

"넌 언제부터 이런 거 피웠는데?" 콜리에게 내가 알지도 못하는 사이에 마약으로 기분전환을 하는 습관이 있었을지도 모른다고 생각하자 왠지 언짢아졌다.

"난 안 피워." 콜리가 몸을 숙이고 내게 씩 웃어 보였다. 눈앞에 보이는 콜리의 얼굴은 크고 하얗고 너무, 너무나도 가까웠다. "하지만 방금 말했잖아. 밤은 젊다고."

그리고 젊었던 밤은 다음과 같이 늙어갔다.

저녁 식사가 끝나고, 사진을 찍고 찍고 또 찍는 내내 나와 제이미를 대신해 브렛과 콜리가 루스 이모와의 대화를 대체로 도맡아 한 뒤, 우리 넷은 할머니의 셰비 벨에어에 올라탔다. 촌스러워 보였지만 얼마 전부터 갑자기 멋진 차 취급을 받기 시작한 차였다. 브렛이 기사 노릇을 했고, 루스 이모는 우리가 차에 타고 진입로를 지나 거리로 사라지는 모습을 아까보다 더 신나게 찍어댔다. 모퉁이를 돈 다음에야 우리는 마침내 이모가 마련한 지 얼마 안 된 분홍색 샐리 큐 카메라의 플래시 속에서 벗어날 수 있었다—적어도 무도회 행진 때까지는 말이다. 이모에게는 메인 스트리트 순환로를 지나 브렛의 이모 댁에 들러 사진을 찍어야 한다는 핑계를 대고 일찍 출발했다. 하지만 브렛은 집으로 가는 대신 커뮤니티 칼리지 옆에 있는, 청록색 운동복을 입고 혼자 입김을 뿜으며 트랙을 도는 사람뿐이라 들킬 염려가 없는 빈 주차장에 차를 세웠다. 우리는 돌아가면서 짐 빔을 마셨다. 그러다가 제이미가 프롬의 밤을 버텨내려면 더 이상 마시면 안 될 것 같다며 파이프를 꺼냈다. 제이미가 파이프 안에 대마초를 채워 넣는 것을 본 콜리는 "나도 한 모금 피워보고 싶다"고 했다. 그러나 "절대 마리화나 냄새를 풍기며 프롬에 입장하고 싶지는 않으니까" 반드시 밖에서 피우는 조건이라고 덧붙였다.

우리는 트렁크에서 따끔거리는 촉감의 운동 경기 관람용 담요를 꺼냈고 제이미와 브렛은 재킷을 벗었다. 입김을 뿜으며 조깅을 하는 남자가 거의 완벽하리만치 우스꽝스러운 동작으로 우리를 다시 한번 돌아보는 가운데 우리 네 사람은 주차장 건너편 앙상한 노간주나무 덤불과 미루나무가 있는 곳으로 가로질러 간 뒤 피크닉 테이블 옆에 숨어서 불을 붙였다. 콜리와 나는 끈 달린 구두를 신은 맨 다리만 드러낸 채 누에고치처럼 온몸을 담요로 감싸고 있었고 제이미와 브렛은 재킷만 벗은 턱시도 차림이었다. 콜리는 대마초를 빨아들이자마자 기침을 멈추지 못했다. 브렛 역시 마구 기침을 했다. 제이미는 레크리에이션 센터 문 바로 앞 음료수 자판기로 달려가 스프라이트를 뽑아서 다시 달려왔다. 그 과정에서 마구 흔들린 캔을 그대로 따는 바람에 온몸을 끈적끈적한 레몬 라임 향 액체로 적시고 말았다.

"이런 제기랄." 제이미는 손가락에 묻은 음료수를 털어내면서 조금밖에 남지 않은 캔을 콜리에게 건넸다. "느낌이 오긴 와?"

"잘 모르겠는데." 브렛이 말했다. "입술이 벌집이 된 느낌이야. 그럼 취한 건가?"

"만취했네." 제이미가 파이프를 향해 손을 뻗었다. "그래도 떠나기 전에 한 대만 더 피울까?"

"더는 안 돼." 콜리가 그렇게 대답한 뒤 내 팔을 붙잡고 함께 빙글빙글 돌려고 했지만 나는 따라 움직이지 않았다. 콜리가 말했다. "나 지금 너무 평화로운 기분이야. 또, 온 세상이 푸딩처럼 말랑말랑하게 느껴져. 기분 좋아. 이 정도면 충분해. 이제 가자."

우리는 콜리가 클러치 안에 가져온 조그만 레드 도어 향수 한 병을 거의 다 쓸 때까지 온몸에 뿌리고, 할머니가 글로브박스에 넣어둔 민트까지 마음껏 먹어치운 뒤에 출발했다.

무도회 행진이 시작되기 전까지는 체육관 한쪽 끝에 설치된 칸막이 뒤에 줄을 서야 했다. 헤니츠 교감선생님이 티켓을 받으면서 술 냄새가 나는지도 확인하는 것 같았지만 브렛이 의기양양한 미소를 짓고 있었을 뿐 아니라 지난 시즌 내내 어마어마한 활약상을 보였던 터라 교감선생님은 그저 열심히 고개를 끄덕거리면서 미소를 지었고, 그렇게 우리 네 사람은 프롬에 입장했다. 모두 헤어스프레이와 아이라이너를 얼마나 썼는지 땀범벅이 되었고 덕분에 시작도 전에 진이 빠져 보였다. 이름이 불리면 프롬 준비위원회가 달 표면을 흉내 내 반짝이 페인트로 칠한 무대 위로 양쪽 끝에 설치된 계단을 통해 올라가야 했다. 계단을 올라간 우리는 가운데에서 만나서 손을 잡고 미소를 지으며 사진을 한 장 찍은 뒤 함께 퇴장하는 것이 준비된 순서였다. 비디오카메라가 설치되어 있어서 이 모든 과정이 한쪽으로 밀어놓은 농구 골대에 걸린 스크린에 비쳤다. 체육관 맞은편 관중석에는 사랑하는 가족들과 각기 다양한 정도로 취한 학생들이 앉아 있었는데 무대 위에 좋아하는 커플이 나오면 환호하기도 했지만 대체로는 처음부터 끝까지 야유만 퍼붓고 있었다—물론 줄을 서서 기다리고 있는 우리 역시도 다를 바 없었다.

콜리가 골라준 하이힐을 신고 걸으려면 정신을 집중해야 했다. 특별히 높지는 않았지만 평소 신는 스니커즈보다 높은 건 확실했으니까. 걸음걸이에 집중해야 했던 데다 대마초까지 피운 뒤였기에 나는 무대 가운데서 제이미와 만나 손을 잡고 스포트라이트를 받는 순간에야 저 멀리서 플래시를 번쩍이는 카메라 두 개를 발견했다. 하나는 루스 이모의 카메라, 그리고 다른 하나는 분명 제이미 엄마의 카메라였을 것이다. 자기 모습이 커다란 스크린에 비치는 순간을 그냥 흘려보낼 수 없었던 제이미는 내 허리에 손을 두르더니 탱고를 추는 것처럼 나를 홱 젖혔다. 카메라들이 일제히 찰칵거렸다. 사람들이 박수를 치고 휘파람을 불었다. 누군가는 야유를 보냈다.

콜리와 브렛이 스포트라이트를 받는 5초 동안 브렛은 똑같은 보라색 드레스를 입고 사회를 본 3학년 여학생 두 명의 표현에 따르면 '너무나도 사랑스럽게' 콜리의 뺨에 쪽 하고 입을 맞췄고, 콜리는 커다란 스크린을 그 어마어마하게 예쁜 미소로 가득 채웠다. 관중석에 앉아 있던 사람들, 심지어 맨 뒷줄에 앉아서 비웃음만 일삼던 까칠한 아이들마저도 디즈니 영화 속 거품 목욕 하는 강아지를 볼 때처럼 오오오오오오 하고 외쳤다. 그러나 그날 밤 프롬에서 나를 괴롭힌 순간은 그때가 아니었다.

부모님과 관람객도 지켜볼 수 있었던 첫 번째 춤 역시 나를 괴롭게 하지는 못했다. 음악은 미스터 빅의 「투 비 위드 유To Be with You」였다. 콜리의 엄마가 카메라를 보고 미소 지으며 포즈를 잡으라고 2초에 한 번씩 닦달해대는 바람에 콜리와 브렛이 온전히 둘만의 순간을 즐기기는 어려웠지만 언뜻 보기에는 두 사람 다 완전히 취한 채로 행복해 보였다. 제이미와 나 역시 루스 이모와 제이미의 엄마로부터 똑같이 카메라 세례를 받았지만, 제이미가 카메라 렌즈를 피하려고 자꾸 움직이면서 다른 커플들 쪽으로 나를 끌고 가버리는 바람에 결국 제이미의 엄마가 춤추는 커플들 사이를 뚫고 댄스플로어 한가운데로 들어와서 제이미의 재킷을 움켜쥐고는 *사진 좀 찍게 보통 애들처럼 그냥 춤만 추지 못하는 거냐, 이런 젠장*, 하며 짜증을 냈다.

부모님들이 떠나고 나자 박자가 빠른 노래들이 연속으로 나왔고 제이미도 드디어 제대로 춤추기 시작했다. 코믹하고 과장되게 큰 동작이었지만 그래도 리드미컬했다. 그다음에 우리 넷은 4학년 복도에 있는 여학생 화장실 세 번째 칸에 숨어서 각자 두 모금씩 대마초를 피웠다. 나갈 때는 쉬웠지만 강당으로 돌아올 때는 지옥같이 느껴질 정도로 오래 걸렸다. 체육관 외의 교실과 복도는 지금 우리가 하는 것과 같은 행위들을 막기 위해 '공식적으로는 폐쇄된' 상태였다. 하지만 인솔자 수는 제한되어 있었고 펀치 분수를 계속 지켜보는 사람도 있어야 했다.

제이미가 올 블랙 의상을 십분 활용해 복도와 계단을 살피며 보는 눈이 없는지를 확인하는 동안 콜리와 브렛은 취한 상태를 틈타 그 화장실에서 키스를 했다. 두 사람이 내가 있는 자리에서 했던 키스 중에 가장 많은 횟수였다. 하지만 그 순간 역시 그날 밤 나를 괴롭힌 그 순간은 아니었다.

그리고 그 뒤로 느린 노래가 몇 곡 이어진 시간 역시 그 순간이 아니었다. 콜리를 짝사랑하는 게 분명한, 그리고 그 마음이 시뻘겋게 달아오른 얼굴에 다 드러나기까지 하는 깡마른 FFA 남자애와 콜리가 예쁘게 춤을 췄을 때도 아니었다. 심지어, 콜리가 나에게 같이 춤추자고 했던 순간도 아니었다. 브렛과 제이미는 프롬이면 늘 찾아와 사진을 찍어 사진관 문 앞에 걸어두는 동네 사진사들 앞에서 포즈를 취하느라 우리 옆에 없었다. 한데 모여 검은색과 흰색 재킷의 어깨 부분을 뒤로 젖히고 가슴 앞에 팔짱을 낀 채 절대로 웃지 않고 언짢은 표정으로 카메라를 쏘아보는 아이들의 사진 말이다.

밤새 여럿이서, 또는 둘이서 춤추는 여자애들은 많았지만 「노벰버 레인November Rain」은 여자 둘이서 추기에는 느리고 또 지나치게 감상적이었다. 하지만 그럼에도 머리 위로 두꺼운 종이 별들이 떠 있는 가운데 지나치게 들뜬 콜리에게 꽉 안긴 채 춤추고 있자니 우리의 춤은 이상하게도 무의미하고 별로 로맨틱하지 않게 느껴졌다. 내가 그 애를 상상할 때 몰래 바란 그 어떤 것과도 비슷하지 않았다. 나는 우리 주변의 다른 커플들이 우리를 볼까 봐 걱정이 되었고 춤이 끝나자 다행이라는 생각이 들었다.

아마 나를 괴롭게 한 그 순간은, DJ가 오늘 밤 와주셔서 고맙다고 인사하고 머리 위 조명이 켜지며 눈에 거슬리는 형광등 불빛 속에서 눈을 찡그린 채 서로의 머리가 엉망으로 흐트러져 있다는 것을 깨닫기 다섯 곡 전에 찾아왔던 것 같다. 테이블 위 음식들은 바닥났고 테이블보는 더럽고 구겨져 있으며 아마 우리 역시 그렇게 보일 것임을 깨닫는 순간 말이다. 제이미와 나는 관중석에 앉아 있었고 콜리와 브렛은 온몸을 얽은 채로 끈적거리는 플로어에서 춤을 추고 있었다. 두 사람 주변에서 춤추는 애들은 전부 '커스터고등학교 커플 클럽'이었다. 즉 프롬을 위해 짝지은 애들이 아니라 진짜로 사귀는 애들이었다. 나는 콜리를 쳐다보고 있었다. 그랬다. 콜리가 머리에 꽂았던 데이지 중 벌써 몇 송이가 빠져버린 채로 눈을 감고 고개를 브렛의 어깨에 기댄 모습을 보고 있었다. 신발을 벗어버린 콜리는 맨발이었다. 우리 모두 그랬다. 덕분에 발끝으로 사뿐사뿐 춤추는 콜리의 발바닥은 새까맸지만, 움직임은 꼭 바닥에 발이 닿지도 않는 것 같았다. 내가 앉은 자리에서는 그렇게 보였다. 그때까지만 해도 나는 프롬에서 콜리와 저렇게 춤추고, 우리가 사귀는 것을 모두가 알고, 내가 콜리한테 키스하면 보라색 드레스를 입은 여자애들이 너무 달콤하고 귀엽다고 속삭이는, 아주 긍정적인 망상에 빠질 만큼 취해 있었다. 깜깜한 관중석에 앉아서 콜리를 그저 바라보면서, 혼자만의 시간을 보내고 있다고 생각했다. 하지만 그때 문득 목 뒤에 따가운 기운이 느껴졌다. 누가 나를 지켜보고 있는 것 같은 느낌, 누군가에게 들키기 직전이라는 느낌이 들어 고개를 돌렸더니 제이미가 댄스 플로어가 아닌 나를 쳐다보고 있었다.

"너무 심하다, 캠." 제이미의 목소리는 그다지 낮지 않았다. "그렇게 티를 내야겠어?"

혼영 2백 미터를 끝낸 직후처럼 숨이 가빠왔다. "왜, 너한테만 관심 가져달라고?" 나는 웃으면서 상황을 모면하려 애썼다.

"아, 그래." 제이미가 말했다. "됐어." 그가 자리에서 일어섰다. "정말이지 이 얘기를 이런 식으로 하고 싶진 않다. 트렌턴한테 가서 담배 한 대 얻어 피우고 올게." 제이미는 재킷을 어깨 뒤로 젖힌 채로 성큼성큼 관중석을 내려갔다. 정말 화난 얼굴이었다. 카메라 때문이 아니라.

나는 일어서서 제이미를 따라갔다. 무슨 말을 해야 할지는 알 수 없지만 그래도 방금 전 관중석에서의 대화를 이대로 흘려보낼 수는 없었다. 머릿속에 온통 보푸라기가 이는 기분이었다. 어떻게 하면 이 보푸라기를 빨리 떼어낼 수 있을지 알 수 없었다.

나는 제이미를 따라잡아 옆으로 다가간 뒤 제이미의 어깨에 고개를 기대면서 말했다. "나 브렛 안 좋아해. 그것 때문에 그러는 거야? 질투 나?" 최대한 비아냥거리는 말투로 말해보려고 했지만 애초에 비아냥거릴 상황도 아니었다. 게다가 나 역시 취한 상태였기 때문에 내 말은 내가 듣기에도 그리 설득력이 없었다.

우리는 체육관 바로 앞, 간식 판매대와 트로피 장식장이 놓인 커다란 로비에 있었다. 프롬에 참석한 아이들은 예쁘게 차려입은 옷이 구겨진 채로 서성거리고 있었다. 로비는 묵직한 문을 열어 고정해둔 탓에 서늘한 밤바람이 새어들어 와 추웠다. 제이미는 생각보다 더 큰 목소리로 대답했다. "그래, 나도 알아. 만약 네가 좋아하는 게 브렛이었다면 아무 문제 없었겠지."

학교 소품실에서 르네상스 스타일 의상을 빌려 입은 연극부 아이들이 우리 쪽을 돌아보았다. 르네상스 시대에는 맞지 않는 안경과 머리 모양이었고 몇몇은 교정기까지 끼고 있었는데도, 나는 그 순간 그 아이들이 지금부터 펼쳐질 내 비극의 코러스 같다는 생각이 들었다. 나는 제이미의 팔꿈치를 잡고 문 바깥으로 끌고 나갔고 제이미는 내가 이끄는 대로 따라왔다. 그런데 바깥에는 뒷짐을 진 헤니츠 교감선생님이 지난해 어느 졸업생이 기부한 커스터고등학교 철제 동상이 잔디밭 위에서 바닥 조명을 받은 모습을 바라보고 있었다.

"커스터고등학교에서 제일 발 빠른 둘 아니냐." 선생님이 우리를 보더니 교감선생님다운 미소를 지었다. "신나게 즐기고 있니?"

"그럼요." 제이미가 내 팔에 팔짱을 꼈다. "아주 즐거운 시간^{Gay} ^{old time}이었어요."

그러자 교감선생님이 피식 웃었다. "그런 말이 또다시 유행하는 거냐?" 진심으로 재미있어하는 것 같았다. "정말이지 요즘 애들의 언어생활은 못 따라잡겠다." 선생님은 안으로 들어가려고 몸을 돌리다가 다시 뒤돌아보며 덧붙였다. "자, 계단을 내려가면 파티 장소를 떠나는 셈이니까 다시 못 들여보내준다." 선생님은 그렇게 우리를 널찍한 시멘트 현관에 두고 들어가 버렸다.

"알았다고, 꼰대." 제이미는 조금 전까지 교감선생님이 서 있던 빈자리에 대고 말했다. 그러더니 철제 난간 맨 꼭대기에 훌쩍 올라앉았다.

현관 저쪽 끝에서는 내가 모르는 몇 명이 서성거리고 있었다. 여자애들은 자기 파트너의 재킷으로 드러난 어깨를 감싸고 있었다. 바깥은 추웠고 바람이 불어 드레스 자락을 들추는 바람에 몸이 덜덜 떨리기 시작했다. 나는 어금니를 꽉 물고 양쪽 어깨를 최대한 오므렸다. 제이미한테 무슨 말을 해야 설득할 수 있을지 알 수 없었다. 차가운 콘크리트 기운에 벌써 얼얼해져오는 맨발을 내려다보았다. 울지 않으려고 온 힘을 다했다.

"재킷 줄까?" 제이미가 한층 부드러워진 목소리로 물었다.

나는 제이미를 쳐다보지 않은 채로 고개를 저었다.

하지만 제이미는 난간 위에서 폴짝 뛰어내리더니 내 덜덜 떨리는 어깨에 자기 재킷을 걸쳐주었다.

"맙소사, 캐머런, 울지 마." 제이미는 아까보다도 더 부드러운 목소리로 말했는데, 나를 캐머런이라고 부른 건 처음이었다. "울릴 생각은 아니었어."

"안 울어." 물론 사실이 아니었다. 나는 지금이 아니면 할 수 없을 것 같은 질문을 던져야 했다. "언제부터 알았어?" 나는 발끝에서 시선을 떼지 않은 채로 물었다. 발가락 끝이 전부 새하얗게 질려 있었다.

"뭘."

"나에 대해서."

"너에 대해서 뭘?" 놀리는 목소리였다.

"지금 이 순간에도 꼭 그래야 돼?"

"진짜로 난 아는 게 없어. 너랑 그 린지라는 여자애가 아직까지도 퍽이나 다정한 사이고 린지가 그렇게 생겼다는 거, 내가 아는 건 거기까지야."

"그렇게 생긴 게 뭔데?" 나는 제이미의 얼굴을 쳐다보았다.

"다이크처럼 생겼다고. 씨발." 제이미가 고개를 젓더니 코웃음 치며 손바닥 아랫부분으로 난간을 탁 쳤다. 저쪽 커플들의 귀에만 들릴 정도로 약한, 텅 빈 쇳소리가 울렸다. "내가 널 다이크라고 불렀으면 좋겠어? 그럼 만족해?"

"맞아, 내가 바라는 게 그거야." 나는 울면서 말했다. 나 자신에게 화가 났고, 제이미한테도 화가 났다. "혹시 내가 까먹을까 봐 걱정되면 스프레이 페인트로 내 사물함에도 적어놓든지."

나는 자리를 떠나려고 몸을 돌렸지만 그 순간 제이미가 나를 자기 쪽으로 끌어당겼다. 이런 장면이 나오는 영화를 4백 편은 보았으면서 단 한 번도 실제로 그렇게 끌려가본 적은 없었던 나는 다음에 일어난 일을 조금도 예상치 못했다. 허공에서 휙 잡아 채인 뒤, 다음 순간에 제이미의 가슴에 파묻힌 채로 울음을 터뜨렸던 것이다. 부끄럽고 또 약해진 기분이 들었지만 그대로 상황에 몸을 내맡긴 채 좀 더 울었다.

"다른 사람들도 알아?" 한참 뒤 몸을 일으킨 나는 제이미의 재 킷 소매로 콜리가 온 힘을 다해 해줬지만 망가져버린 촉촉한 화장을 닦아내며 물었다.

"팀 남자애들 두어 명이 이상한 소리를 하긴 했어." 제이미가 대답했다. "하지만 항상 그러는 건 아니야."

나는 어, 그래? 하는 표정을 지어 보였다. 눈썹을 치켜올리고 입은 쭉 내밀고 고개를 갸웃하는 동작이었는데, 하면서도 바보 같아 보이리라는 생각이 들었다.

"그런 건 아니야." 제이미가 말했다. "걔들은 너 좋아해. 그러니까, '걔 선수잖아' 이런 얘기가 전부야."

"하지만 아까 관중석에서는……."

"그때는 그때고." 제이미의 목소리가 다시 커졌다. "아니, 그럼, 넌 사람들이 벌써부터 너에 대해 지껄이고 다닌다고 생각하는 거야? 그럼 그대로 계속 콜리 테일러를 좋아하면서 앞으로 어떻게 되는지 지켜보든지."

이번에도 참지 못하고 얼굴이 달아오르기 시작했다. 얼굴이 빨개지는 걸 막을 수 있었던 적은 단 한 번도 없었다. "우리는 친구야. 진짜로, 나는 한 번도……." 하지만 말을 어떻게 끝내야 할지 알 수 없었다.

"너랑 나도 친구잖아." 제이미가 말했다. "훨씬 더 예전부터. 그런데, 네가 그런 줄은 어떻게 안 거야?"

"내가 뭘 안다는 거야? 난 아무것도 몰라."

제이미는 고개를 저었다. "글쎄, 네가 콜리랑 같이 있으면서 평소처럼 행동할 때도 있기는 하지. 아주 가끔이지만 말이야." 제이미는 잠깐 멈추고 말을 고른 뒤에야 다시 입을 열었다. "뭐, 네가 잘 모르겠다면야, 그 말이 맞겠지. 그럼 남자한테도 한번 기회를 줘보든지."

그리고 여태까지 그 사실을 깨달을 기회가 수없이 많았을 텐데도, 그 순간에야 나는 제이미가 나를 좋아한다는 사실을 알아차렸다. 정확히는, 제이미가 나를 좋아한다고 스스로 생각한다는 사실을. 덕분에 우리가 방금 전까지 나눈 모든 이야기가 순식간에 훨씬 더 복잡하고 불편한 이야기가 되어버렸다. 그 순간이 영화였다면 나는 분명 빨리 감기를 눌렀을 것이다. 긴장감이 지나치고 숨 쉴 구석이 없는데, 이 긴장감을 누그러뜨릴 방법은 없는 장면이니까.

그때 아는 애들이 웃고 떠들면서 밖으로 나오는 게 보였다. 땀이 나서 앞머리가 이마에 찰싹 붙었고 얼굴은 벌겋다. "마지막

곡까지 한 곡밖에 안 남았어." 그 애들 중 하나가 우리에게 말했다. 다음 순간 그 애들은 제이미의 뻣뻣한 태도와 울어서 엉망이된 내 얼굴을 보고 우리 두 사람이 나오는 프롬의 밤 드라마에 끼어들었다는 걸 알아차린 것 같았다.

그 애들은 어깨를 으쓱하고 안됐다는 듯 미소를 짓더니 담뱃갑을 흔들고 너희 앞에서 담배를 피우기가 좀 그렇다며 계단을 두어 칸 내려가 반대쪽 난간 쪽으로 갔다.

"어차피 확신할 수 없다면 한번 해보면 되잖아?" 제이미는 나를 쳐다보는 대신 조금 전 헤니츠 교감선생님처럼 잔디 위의 동상을 바라보며 말했다.

나는 여전히 뭐라고 대답해야 할지 알 수 없었다. "모른다기보다는, 알지만 아직 혼란스러운 거야. 이렇게 설명하면 이해가 돼? 그러니까 네가 오늘 날 보면서 알았듯이. 어쩌면 전부터 알았는지도 모르지만. 네 생각이 맞아. 하지만 그렇다고 해서 혼란스럽지 않은 건 아니니까."

"그렇겠지, 그래도 난 너에 대해 확신은 못 하겠어." 제이미가 다시 고개를 돌려 나를 바라보았다. "내 말이 무슨 말이냐면, 가끔 너랑 같이 있다 보면 네가 나보다 더 남자같이 느껴질 때도 있어. 하지만 어떤 때는 널 보면……." 제이미는 말을 맺는 대신 과장된 동작으로 허리를 앞으로 내밀면서 엉큼하게 웃어 보였다. 바보 같았지만 방금 전까지의 긴장된 분위기보다는 훨씬 나았다.

"그건 네가 머릿속에 그런 생각밖에 없는 10대 남자애라서 그런 거야." 나는 허리를 돌려대는 제이미의 팔을 세게 쳐서 멈추게 했다. "꼭 나 때문에 그런 기분이 드는 건 아닐걸."

"나도 여자를 좋아하는데, 너도 여자를 좋아한다면, 너도 머릿속에 이런 생각밖에 없는 10대 남자애랑 똑같은 거 아니야?" 제이미도 나를 그리 부드럽지 않게 탁 때렸다.

"절대 아니거든." 그렇게 말하면서 나는 이로써 우리 둘 사이의 커다란 문제가 해결되었다고 생각했지만 그 순간 제이미가 가까이 다가와 키스했다. 고개를 돌릴 수도 있었을 것이다. 몸을 숙여 피하거나 움직이거나 제이미의 얼굴을 밀쳐낼 시간이 있었는데도 나는 그러지 않았다. 나는 그냥 그의 키스를 받았다. 키스에 응답하기도 했다. 제이미의 입술은 버석버석했고 턱은 까슬까슬했고 입에서는 시큼한 연기와 설탕이 너무 많이 들어간 셔벗 펀치 맛이 났지만 제이미한테 키스하고 있자니 조금 벅찬 기분이 들었고, 예상치 못한 일을 한다는 스릴도 느껴졌다.

제이미는 입을 너무 부지런히 움직였지만 키스를 못하는 편은 아니었다. 우리는 담배를 피우던 애들이 야유를 보내고 휘파람을 불어댈 때까지 한참 동안 키스하다가 물러섰는데, 제이미와 키스하는 게 재미없어서가 아니라—재미는 있었다, 마치 망한 과학 실험처럼. 그리고 심지어 꽤 기분 좋기도 했다—이런 실험은 프롬의 밤의 학교 계단이 아니라 닫힌 문 안에서 하는 게 좋기 때문이었다. 또 어느새 제이미의 손이 내 뒤로 와서 한 손은 내 등 뒤를 받치고 다른 한 손으로는 내 고개를 받치고 있었기 때문이었다. 그 애에게 가속도가 붙는 것과 달리 나는 그러지 않았기 때문이었다.

"미션 실패! 더 이상의 진도는 거절!" 담배를 피우던 무리 중 스티븐 비숍이 계단 난간에 걸터앉아 고함을 질렀고 나머지도 따라 웃어댔다.

"지금은 여기까지인 거야, 비숍." 제이미도 그쪽으로 고함을 질렀다. "내가 신사라서 여기서 멈추는 거라고."

"여기서 봤을 땐 그게 아닌데, 허세 부리긴!" 스티브는 계속 고함을 질렀지만 제이미는 그냥 웃으면서 양손을 들어 꺼지라는 손짓을 한 뒤 나를 보았다.

"그럼, 이제 알겠지? 내 말 무슨 말인지 알아들었지?" 제이미는 키스하느라 내 어깨 뒤로 넘어간 재킷을 추슬러주었다.

"몰라. 무슨 소리야?"

"이따가 또 키스하자고." 제이미가 말했다. "알았어, 제이제이케이? 어느 쪽이 더 나은지는 확실하잖아."

"그럴지도." 나는 그렇게 말했다. 무의식중에 한 말이었고 그때는 나 역시도 몰랐지만 알고 보니 그 말은 옳았다. "마지막 곡 추러 가자."

그렇게 우리는 마지막 곡에 맞추어 춤을 췄고, 바로 옆에는 꼭 끌어안은 콜리와 브렛이 있었다. 춤추는 동안 제이미는 나에게 두 번 키스했고(「야생마들Wild Horses」이 나오는 동안) 나는 피하지 않았고, 두 번째 키스가 끝났을 때 콜리가 우리가 키스하는 모습을 보았다는 것을 알아차렸다. 콜리는 브렛의 어깨 너머로 나에게 윙크를 하더니 코를 찡그렸다. 나는 얼굴이 새빨갛게 달아올랐는데, 콜리는 그것도 알아차렸는지 또 한 번 윙크를 했다. 그 바람에 나는 아까보다 더 얼굴이 빨개져서 제이미의 어깨에 얼굴을 묻어버렸다. 콜리는 그 또한 알아차린 것이 분명했다. 제이미 역시 그 사실을 알아챘는데 물론 그 행동 때문에 다시금 확신을 가진 모양인지 나를 품에 더 꼭 끌어안았다. 그렇게 나는 맞는 상대에게 잘못된 신호를 잘못된 방식으로 보내버렸다. 또, 또다시, 또다시 말이다.

9

마일스시티는 내가 태어나기 수십 년 전부터 여름이면 메인 스트리트에 현수막과 깃발을 내걸고 5월 셋째 주 내내 열리는 로데오 축제인 '세계적 명성을 자랑하는 마일스시티 버킹호스세 일*'을 맞이했다. 로데오 업자들에게 최고의 야생마를 선보이는 쇼케이스가 4일간 이어지고, 노천 댄스파티, 트랙터 당기기, 그리고 *원조* 카우보이가 등장하는 볼거리가 있어 동서부 해안 사람들이 몰려들고 내년까지 이 도시의 경제를 부흥시키는 축제였다. 마일스시티의 로데오 축제는 '미국에서 2구획 반경 내 1인당 알코올 소비량이 가장 많은' 행사로 기네스북에 실리기까지 했

---

* 몬태나주 마일스시티에서 매년 5월 열리는 축제로, 카우보이들이 소를 타고 겨루는 로데오경기와 야생마 경주 등 지역 특색이 드러나는 행사들로 꾸려진다.

다. 뉴올리언스의 마르디 그라*는 물론 메이저 축구 경기보다도 술 소비량이 많다는 점이 인상적으로 느껴지리라. 우리 역시 그렇게 생각했다. 무척이나 말이다. 그리고 우리는 나름대로 이 업적에 이상한 자부심을 느끼고 있었다. 그 주 마일스시티의 모토는 "로데오 축제 기간에 섹스를 못 하면 영원히 못 한다"였다.

부모님과 나는 항상 토요일 아침에 정원용 의자와 선 티가 담긴 보온병을 들고 축제에 갔다. 오전 10시부터 흥건하게 취한 사람들이 흘린 짭짤한 태피나 졸리 랜처를 찾아서 메인 스트리트의 도랑을 헤집고 다녔다. 그다음에는 시티 파크에서 점심을 먹었고, 바비큐 샌드위치를 먹느라 손가락이 기름투성이가 되어서 물기가 맺힌 레모네이드 컵이 손에서 미끄러지곤 했다. 그러고 나면 엄마가 박물관을 안내하러 돌아가야 했기 때문에 나는 아이린을 만나 같이 로데오를 보러 갔다. 그러고는 머리 위로 날리는 해바라기 씨와 심할 때는 폭풍우가 시작되기 전 굵은 빗방울처럼 시차를 두고 떨어지는 씹는담배를 피하려고 애쓰면서 길에 아무렇게나 버려진 복권 딱지들을 커다란 스티로폼 컵 속에 주워 모으곤 했다.

부모님이 돌아가신 뒤에 할머니는 매번 열리는 DAR(마일스시티에서는 '미국 혁명Revolution의 딸들'이 아니라 '미국 목장Range의 딸들'을 뜻했다)이 선보이는 케이크 워크**를 아주 좋아하게 되었다. 로

---

* 뉴올리언스에서 1837년부터 개최된 축제. 매년 사순절 직전에 열리며 지상 최대의 카니발이라 불리기도 한다.
** 19세기 말 미국 남부에서 탄생한 춤의 일종으로 이후 재즈와 접목되며 대중화되었다.

데오 축제에서는 이런 행사들이 아주 많이 열렸다. 퍼레이드가 끝나면 우리는 도서관에 갔고, 그다음에는 코코넛 아이싱을 올린 독일식 초콜릿과 머나 사이크스의 시나몬 롤 여섯 개를 들고 집으로 왔다. 하지만 프롬이 끝난 얼마 뒤부터 할머니는 건강이 나빠졌다. 의사의 말로는 당뇨병을 식이요법만으로 '잘 다스리지' 못하게 되었다고 했다. 그래서 몇 주 뒤 내가 신문에 실린 로데오 축제 행사 시간표를 보고 인슐린제 후물린 병을 든 할머니께 올해 우리의 축제 계획을 물었을 때, 할머니는 "올해는 그 따위 축제에나 놀러 다닐 생각이 없다"라고 대답했다. 나는 상관없었다. 루스 이모와 레이는 이미 이번 로데오 축제에서 찬양의 문 교회와 관련된 온갖 행사(탁아소 운영, 아침 기도 모임, 점심 야유회)에 스태프로 참여하기로 했고, 또 박람회장에 샐리 큐 부스도 차리기로 했기 때문에, 나는 4일간 이어지는 방탕한 원조 카우보이 축제를 내 멋대로 보낼 수 있을 것이었다. 그리고 알고 보니 4일은 아주 충분한 시간이었다.

목요일 밤, 제이미, 콜리, 브렛, 그리고 나는 제이미네 집에 모여서 맥주를 마시고 대마초를 피운 다음 개막행사인 노천 댄스 파티에 갔다. 우리는 레인지 라이더스 바 앞에 줄을 쳐서 구역을 표시하기 전에 미리 도착했는데, 어차피 곧 쫓겨날 게 뻔했다. 평소와는 달리 마일스시티 경찰이 총출동한 데다가 우리는 누가 봐도 미성년자였기 때문이다. 물론 로데오 축제가 무르익을수록 미성년자가 술을 마시는 걸 눈감아주는 편이었지만 축제 첫날에는 감시가 심했다. 원래대로라면 우리는 곧 쫓겨나야 *마땅했지*

만 그 주 주말에 로데오 경기에 나가는 콜리의 오빠인 타이는 축제의 인기인이었다. 그뿐 아니라 타이는 관광객을 끌기 딱 좋은, 이 지역 출신의 잘생긴 20대 원조 카우보이이기까지 했다. 타이가 출입구를 지키는 사람들에게 몇 마디 하자마자 갑자기 아무도 우리 네 사람을 건드리지 못하게 되었다.

"하지만 내 눈앞에서 술은 안 돼." 투스텝을 밟고 있는 커플들을 지나 뻐기는 듯한 걸음걸이로 다가온 타이가 우리에게 말했는데, 카우보이 복장에 조끼까지 갖춰 입은 모습이 이상하게도 우아해 보였다. 만화에 나올 듯한 커다란 모자는 타이에게 너무나 잘 어울려서 우스꽝스럽다는 생각조차 들지 않았다. "네 손에 술이 들려 있는 모습은 내 눈앞에 보이지 마." 타이가 콜리의 귀를 잡아당겼다. "도저히 그런 꼴은 보고 싶지 않으니까."

"그런 꼴*이라니.*" 콜리가 자기 오빠의 가슴을 밀쳐냈다. "술도 못 마시면 여기에 있을 이유가 없잖아?"

"마시지 말라는 말은 안 했어." 타이가 손에 든 밀러 캔 맥주를 꿀꺽 마셨다. "네가 술을 마시는 모습을 *보고 싶지* 않다고 했지. 눈에서 멀어지면 마음에서도 멀어지는 법이라고, 공주님."

"난 아직 공주 아니야." 콜리가 말했다. "내일까지는 나한테 고개 숙여 인사할 필요 없어."

"나는 궁정 광대로 임명해줄 거지?" 제이미는 레프러콘*처럼

---

* 아일랜드 민담에 등장하는, 나무둥치 구멍이나 토끼굴에 사는 장난꾸러기 요정으로 대중문화에서도 널리 재현된다.

폴짝 뛰어올라 양발 뒤꿈치를 부딪치며 말했다. 제이미가 좋아하는 동작이었다.

콜리는 로데오 축제 여왕 후보로 뽑혔다. 마일스시티 전체를 대상으로 뽑는 로데오 축제의 여왕은 보통 커스터고등학교의 졸업반 FFA 학생 중 한 명에게 돌아갔다. 콜리는 30년 만의 최연소 후보였기에 졸업반 학생들에게 눈엣가시였다. 콜리가 후보에서 사퇴해도 되느냐고 문의했지만 투표를 주관하는 몬태나목장연합의 콧수염 난 남자가 달가워하지 않았기에 결국 콜리는 왕관의 무게를 받아들이기로 했다.

"어차피 못 뽑힐 거야." 콜리가 말했다. "아마 레이니 오센이 뽑힐걸. 분명 그럴 거야. 걘 로데오 축제의 여왕이 되기 위해 살아왔다고." 그러더니 콜리는 몇 번 스텝을 밟았고, 그다음에는 내가 왜 콜리 테일러를 좋아하게 되었는지를 확인시켜주는 바로 그 우아한 동작으로 제이미의 뒤꿈치 부딪치는 동작을 완벽히 따라 한 다음에 바닥에 착지하면서 말했다. "그래도 제이미 넌 영원한 내 궁정 광대야."

콜로라도에서 왔다는 밴드가 신나는 음악을 연주하기 시작하자 타이는 길 건너에 있는 체구가 작고 갈색 머리카락이 풍성한 여자에게 고갯짓하더니 춤추는 커플들 쪽으로 갔다. 타이는 잠깐 경찰이 용의자를 하나씩 비교해보듯이 우리 네 명의 얼굴을 차례로 들여다보더니, 갑자기 당황스럽게도 내 어깨에 한 손을 올렸다. 그 바람에 손톱이 거의 죽어서 아스팔트 같은 검은색과 자주색으로 변한 커다란 주근깨투성이 엄지손가락이 내 쇄골 위에 차가운 맥주 캔을 짓눌렀다.

"캐머런, 앞으로 나흘 동안 너를 콜리 전용 감시원으로 임명한다." 맥주 냄새가 나는 뜨겁고 묵직한 숨이 내 얼굴에 닿았다. 타이의 얼굴에는 웃음기가 없었다. "저 광대도, 남자친구 놈도 믿을 수가 있어야지. 콜리를 믿고 맡길 수 있는 건 너뿐이다."

"도와줘, 오비완 케노비.* 너만이 내 유일한 희망이야." 콜리가 내 팔을 꽉 붙잡고 웃었다.

나도 웃었지만 타이는 좀처럼 물러나지 않았다.

"농담 아니야." 그러면서 타이는 샐러리 같은 초록색 눈으로 나를 뚫어지게 바라보았다. "내 여동생이 우리 가문의 이름에 먹칠하게 두지 마라."

"오빠가 해야 할 일을 왜 애한테 시켜." 콜리가 타이를 군중 속으로 밀쳤다. "가서 섹시한 카우걸이랑 춤이나 추라고. 우린 얌전히 있을 테니까."

"허튼 짓 못 하게 덕트 테이프로 꽉 붙여놔야 한다." 타이는 여전히 나에게서 눈길을 떼지 않은 채로 뒷걸음질로 걸으며 말했다. "날 실망시키지 마라, 캐머런."

나는 웃으면서 대답했다. "분부대로 하겠사옵니다." 뭐라 뾰족히 설명할 수는 없지만 타이의 그런 태도에 어쩐지 초조해졌다.

"너희 오빠는 주말 내내 할 일이 많겠다." 타이가 여자친구를 만나서 춤추는 사람들 한가운데로 데리고 가는 모습을 보다가

---

* 스타워즈의 등장인물. 제다이 기사.

228

제이미가 입을 열었다.

"저런 걸로 오빠의 남성성을 증명할 수 있는 건 아니라고." 콜리가 말했다. "로데오 축제 기간에 섹스하지 못하면, 영원히 못한다는 말도 있잖아, 제이미……."

"그만." 브렛이 콜리의 손을 잡았다. "자라나는 소년의 꿈을 깨지 말자고. 캐머런이 자기 남자의 명예를 지키려고 나서기 전에 춤이나 추자."

"걱정 마." 거리 한가운데로 나서는 두 사람한테 내가 말했다. "쟤한텐 명예 같은 거 없으니까."

프롬이 끝난 뒤부터 나와 제이미를 향한 이런 사소한 농담들이 많아졌다. 대부분은 브렛과 콜리가 우리 두 사람을 그저 놀리는 것이었는데, 그날 학교 계단에서 제이미와 나 사이에 있었던 일을 우리 둘 다 입 밖에 내지 않았기 때문이다. 프롬 이후 제이미와 내가 어떤 사이가 되었느냐고? 좋은 질문이다. 나는 그 대답을 꼭 알고 싶지는 않았다. 우리는 끝에 셔츠를 벗어던지는 종류의 키스를 두 번 했는데 두 번 다 내 방에서였고 두 번 다 배경음악 삼아 린지가 보내준 믹스테이프를 틀어두었다. 그리고 두 번 중 한 번은 루스 이모도 제이미가 우리 집에 왔고, 내 방의 문이 닫혔고, 한참 뒤에 제이미가 떠났다는 것을 알고 있었다. 하지만 이모는 아무 말도 하지 않았다.

나쁘지는 않았다. 키스 말이다. 생각보다 기분이 나쁘지도, 이상하지도 않았다. 하지만 키스의 모든 과정이 그저 기계적으로 느껴졌다. 더 정확하게 표현하자면 리허설 같았다고 해야 할지

도 모르겠다. 테이프를 넣고, 재생 버튼을 누르면, 크랜베리스의
세레나데가 울려 퍼지고, 그러면 나는 서츠를 벗고, 제이미도 서
츠를 벗고, 그다음에는 끌어안고 다우니 냄새가 나는 내 이불 위
를 굴러다녔다. 제이미는 등에 이상하게 움푹 들어간 부분이 있
었고, 손은 아주 컸다. 제이미의 손에 박인 굳은살이 느껴졌고 심
장이 뛰는 게 배에서 느껴졌고, 그 애가 내 목 뒤에 무슨 짓인가
를 하면 금세 온몸에 소름이 돋았다. 내가 두려워했던, 그 애의
바지 속이 부풀어 오르는 것을 느끼면서 바지를 벗는 단계까지
는 아직 가기 전이었다.

"그렇게 치를 떨던 유치한 프롬 덕분에 너희 둘이 사귀게 된
게 정말 재밌어." 반짝이 별로 가득한 강당에서 프롬이 끝난 뒤
맞이한 첫 월요일에 콜리가 나에게 말했다.

"우리 안 사귀는데." 내가 말했다.

"안 사귄다고? 그럼 뭐야?"

"그냥 우리 둘이 무슨 관계인지를 알아가고 있는 친구 사이."
이 말은 그 단계에서 콜리에게 나와 내 감정에 대해 할 수 있는
가장 솔직하고도 직설적인 표현이었다.

로데오 축제 기간 중 금요일은 우리 학교 학생의 40퍼센트를
차지하는 FFA 학생 모두에게 결석 사유가 주어지는 날이었다.
그 밖의 20퍼센트 아이들은 부모님이 학교를 빼먹도록 허락해
주었고, 그다지 착실하지도 않고 축제에 무관심하지도 않은 나
같은 나머지 운 나쁜 학생들은 그냥 무단결석을 했다. 제이미와

나는 그날 아침 같은 육상팀원 두엇과 함께 홀리 로저리 병원에 가서 남은 대마초를 조금씩 나누어 피웠다. 남은 것이 얼마 없었고 그날 저녁이 되어야 제이미가 더 구해올 수 있었기 때문이다. 우리는 망가져가는 쇼핑카트를 밀면서 병원 복도에서 카트 경주를 하다 결국 서로 충돌하고 말았다. 병원 9층 사다리 끝에 있던 바리케이드를 마침내 부수고 타르가 끈끈하게 칠해진 평평한 옥상으로 올라가 스프레이 페인트로 움직이지 않는 모든 것에 95년 졸업생이라는 낙서를 휘갈겼다. 심지어 제이미는 비둘기에게까지 페인트를 뿌렸지만 비둘기가 움직이는 바람에 날개 한쪽에다가 은색으로 한 줄 그은 게 고작이었다. 우리는 유리창을 깼다. 물구나무를 섰다. 텅 빈 잡초투성이 주차장에 물건을 집어던졌다. 말이 되는 일은 하나도 하지 않았다.

병원 옥상은 여름이라 뜨겁게 달아올라 있어서 제이미는 옥상으로 올라오자마자 셔츠를 벗었고 다른 남자애들도 다 벗었다. 나는 티셔츠를 배꼽이 보일 만큼 걷어 동여맨 다음 소매를 어깨까지 걷어 올렸다. 그러다 어느 순간 제이미와 나 둘만 남았고, 걷어 올렸던 내 셔츠는 순식간에 벗겨졌고, 우리는 커다란 환기구 아래 구석으로 갔고, 내 등은 눅진눅진한 타르 바닥에 짓눌렸고 햇볕에 달아오른 우리의 몸이 맞닿았다. 나는 린지의 촉감을 떠올렸고, 콜리와의 순간을 상상했다. 그리고 몇 분 동안 그런 상상을 하며 달아오른 제이미와 분위기를 맞추려 애쓰는 동시에 지금 내가 그 자리에 없다고 생각하려 애썼다. 하지만 그것도 한계에 도달했다. 지나가는 경찰차 사이렌 소리가 들려왔고, 구름이 걸렸다. 제이미가 숨을 더 거칠게 쉬며 나를 다시금 옥상 바닥에 밀어붙이는 바람에 이 상황을 벗어나야만 했다.

나는 예고도 없이 제이미를 밀치며 일어나 앉았다. "배고파." 나는 셔츠 쪽으로 손을 뻗었다. "박람회장에 가서 루스 이모한테 점심 사달라고 하자."

"이렇게 갑자기 끝내는 게 어딨어, 씨발." 제이미가 말했다. "우리 이미 시작한 거 아니었냐고."

나는 일어서서 다리가 저리는 척 스트레칭을 했다. 사실 조금도 저리지 않는데도. "알아, 미안. 근데 진짜 배가 고파." 나는 제이미를 쳐다보지 않은 채로 말했다. "오늘 아침에 위티스* 안 먹고 나왔단 말이야."

"진짜 치사하네." 제이미는 팔꿈치를 세워 몸을 기대고 나를 흘겨보았다. "학교 끝날 때까진 축제에 갈 수도 없잖아. 루스 아주머니는 네가 화학 수업 듣고 있는 줄 알 텐데."

나는 옷을 입고 제이미가 잡고 일어날 수 있도록 손을 내민 뒤 자꾸만 떠들어댔다. "오늘은 오전 수업만 했다고 하면 되지. 아니면 일찍 조퇴했다고 하든지. 이모도 이해할 거야. 어쩌면 이모를 아예 못 만날지도 몰라. 사람이 워낙 많아서 말이야. 그럼 콜리를 만나서 햄버거 사달라고 하자."

제이미는 내 손을 무시한 뒤 혼자 일어서서 나를 외면했다. "알았어. 콜리한테 가자고. 이럴 줄 알았어." 그러면서 옥상에서

• 시리얼의 상표명.

내려가는 문을 열었다.

"왜 그래." 나는 제이미가 도로 입는 대신 반바지 허리춤에 쑤셔 넣은 티셔츠를 붙잡고 매달렸다. "나 진짜 배고파서 그래."

"상관없어." 제이미가 말했다. "내가 왜―" 그러더니 제이미는 고개를 저으며 혼자 씨발 하고 중얼거렸다.

"뭐가?" 나는 대답을 들을 생각도 없으면서 되받아쳤다.

그러자 제이미는 코웃음을 쳤다. "잠깐이었지만 나는 이런 씨발, 드디어 하는구나, 캐머런이 드디어 진심이구나, 하고 생각했어. 그런데 이제는 콜리나 찾으러 가자고?" 제이미는 사다리를 타고 아래층의 어둠 속으로 내려가기 시작했다.

"그럼 콜리한테 가지 말든지." 나도 사다리를 타고 따라 내려갔다. "그럼 타코 존스 가면 되잖아." 자포자기의 제안이었고 제이미 역시 그 사실을 알았다. 대마초 다음으로 제이미가 거부하지 못하는 유혹이 있다면 타코 존스에서 파는 슈퍼 포테이토 올레였고, 그건 대마초와도 잘 어울렸다. 우리가 얼마나 타코 존스에 자주 갔는지 다른 데 좀 가자고 싸우기까지 할 정도였다.

"좋은 생각이 났어." 아래에서 제이미의 목소리가 들려왔다. "내가 크로퍼드 목사님께 데려다줄 테니까 변태적인 질병에 걸린 널 위해 기도해달라고 하는 게 어때?" 사다리 마지막 칸에서 뛰어내린 제이미의 운동화가 시멘트 바닥에 부딪치는 소리가 들렸다.

"너 진짜 못됐다." 나는 그렇게 말하면서 한 발로 사다리 아래칸을 찾아 더듬었지만 발끝에는 아무것도 걸리지 않았다. 나도 바닥을 향해 뛰어내렸다.

"넌 진짜 다이크고." 제이미는 나를 기다려주지도 않고 복도로
나가버렸다.

제이미의 지오에 올라탄 뒤에 우리 둘은 거의 말을 하지 않았
다. 제이미는 건스 앤 로지스를 크게 틀었고 나는 평생 지겹도
록 본 조수석 창밖 풍경이 너무나 흥미롭다는 듯 바깥만 쳐다보
았다. 제이미는 박람회장으로 차를 몰고 가서 주차비로 3달러를
냈다. 티셔츠도 다시 입었다. 우리는 흙을 다져 만든 길을 걸었는
데 발을 내딛을 때마다 「루니툰스」 만화에 나오는 요세미티 샘
의 총구에서 피어오르는 것 같은 먼지구름이 일었다. 밀가루처
럼 부드럽고 건조한 먼지였다. 우리는 나란히 걷고 있었지만 같
이 걷지는 않았다. 땅에서는 두엄 냄새, 봄 냄새가 났고, 드넓은
초원에서 불어오는 바람이 페인트가 벗겨진 박람회장 건물 언저
리에 새로 움튼 억새와 갓 피어난 라일락 향기를 실어왔다. 대마
초의 기운은 이미 사라지고 없었지만 그래도 봄철 야외를 평소
라면 느끼지 못했을 감각으로 느낄 수 있을 만큼은 남아 있었다.

박람회장 안에 루스 이모는 보이지 않았지만 다른 로데오 축
제 여왕 후보 다섯 명과 함께 부스에서 일하고 있는 콜리는 금세
찾을 수 있었다. 그들은 목장협회의 기금을 마련하기 위한 퀼트
와 스테이크를 판매하고 있었는데 콜리 앞 유리 단지 안에 티켓
이 가장 많이 모여 있었다. 콜리는 여왕 후보 중 가장 어리기만
한 것이 아니었다. 콜리는 딱 맞는 검은색 탱크톱 위에 오빠의
진주 단추가 달린 뻣뻣한 흰색 셔츠를 묶고 낡은 카우보이모자

를 썼다. 그리고 완벽하기 그지없는 머리를 처음으로, 정확히는 두 번째로 포니테일로 묶고 있었다. 내 눈에는 그 누구보다도 훨씬 예뻤다. 콜리는 빨간색과 흰색 줄무늬 빨대로 콜라를 마시면서 부스를 찾아온 어느 카우보이에게 활짝 웃어주고 있었다. 그 카우보이는 엄지손가락을 벨트 버클에 걸고 있었는데 약국에 붙어 있는 후줄근한 밸런타인데이 광고물 속 큐피드의 화살에 맞은 사람처럼 눈을 휘둥그레 뜨고 있었다. 나는 그 표정을 알았다. 나도 그런 표정을 지어봤으니까.

콜리는 나를 보고 펄쩍 뛰듯 반가워하며 얼른 부스를 나와 달려오더니 우리 두 사람을 껴안았다. 마지막으로 만난 지 열두 시간도 지나지 않았는데 말이다. 콜리는 이런 행동을 자연스럽게 했지만 루스 이모 같은 사람이 똑같은 행동을 했다면 전혀 설득력이 없었을 것이다.

"이거 정말 고역이야." 내 귀에 대고 속삭이는 콜리에게서 타이의 셔츠에서 나는 것 같은 올드 스파이스 로션과 담배 냄새가 풍겼다. 콜리가 건네준 콜라를 마시다가 제이미와 눈이 마주친 나는 컵을 내밀었지만 제이미는 고개를 돌려버렸다.

"얼마나 남았어?" 내가 콜리에게 물었다.

"30분, 40분, 그 정도." 그러면서 콜리가 내 팔을 꽉 쥐었다. "기다려줄래?" 그러더니 우리 두 사람을 자세히 보고는 다시 내 귀에 대고 물었다. "너희 벌써 취한 거야?"

"벌써라니." 내가 말했다. "이미 다 깼어."

"아침부터 재미 좀 봤나 봐." 콜리가 웃더니 그 애만이 할 수 있는 특유의 윙크를 했다.

"딱히." 제이미가 입을 열었다. "캐머런이 어서 널 만나러 와야 한다고 안달을 내더라. 몇 시간 동안 네 생각만 했대."

나는 급히 제이미의 말을 잘랐다. "제이미는 지금 같이 타코 존스에 안 간다고 삐쳐 있어."

"아이고, 불쌍해서 어떡해." 콜리는 이번엔 제이미의 팔을 잡았다. "먹거리 파는 곳에 가면 파코를 팔아. 그걸로도 괜찮을까? 내가 살게. 정확히는, 우리 엄마한테 사달라고 할게. 엄마도 그쪽에서 일하고 있거든." 콜리는 분위기를 풀어주고 사람을 웃게 하는 재주가 뛰어났지만, 이번에는 그 재주도 통하지 않은 것 같았다.

"별로." 제이미가 말했다. "난 가볼게. 트래비스나 찾아보려고." 콜리가 나에게 콜라를 건넨 뒤로 제이미는 내 쪽을 한 번도 보지 않았다.

"그래도 다시 올 거지?" 내가 물었다.

"봐서." 제이미가 말했다. "내가 없어도 남자답게 잘 있을 수 있잖아." 그러더니 박람회장 한가운데로 걸어가 버렸다.

"왜 저러는데?" 콜리가 물었다. 우리 둘 다 검은 티셔츠를 입은 제이미가 큰 보폭으로 성큼성큼 걸어가 카우보이들 사이에 섞이는 모습을 바라보고 있었다. 제이미의 모습은 갈수록 더 눈에 띄었는데 청바지를 입은 카우보이들 사이에서 반바지를 입고 다리를 절반이나 드러내고 있었기 때문이다.

"그냥 대마초 피운 뒤에 뒤끝이 안 좋나 봐." 내가 말했다. "아까 피우고 나서부터 자꾸 심통을 부리던걸."

"도대체 언제 철 좀 들래?" 콜리의 말이었다.

콜리는 1992년 로데오 축제의 여왕으로 뽑히지 못했다. 콜리의 주장대로 왕관은 레이니 오션에게 돌아갔는데, 물론 몇몇 사람은 선발 과정에 분개했고, 수상자가 결정되자 표수를 제대로 셌다면 콜리의 압승이었을 거라며 수군거리기도 했다.

"상관없어." 황소 타기가 끝나고 송아지에게 올가미 던지기를 하기 전 무대 한가운데에서 무미건조하게 이루어진 왕관 수여식이 끝난 뒤 콜리가 말했다. (작은 은색 왕관이기는 했지만 공동 2위를 한 콜리에게도 왕관이 수여되었다.) "난 솔직히 4학년 때 뽑히는 게 더 낫다고 생각해. 아니면 3학년 때나. 다시 후보에 오를 수 있을지는 모르겠지만 말이야."

"농담해?" 브렛이 콜리의 어깨를 감쌌다. "당연히 왕관은 네 거야."

우리는 경기장 입구 한쪽에 모여 서 있었고 사람이 너무 많아 무대 위가 제대로 보이지 않았지만 상관없었다. 밤은 아직 명목상만 봄이라는 점을 상기시켜줄 정도로 쌀쌀했고, 로데오 축제의 열기에 들떠서 취한 채로 고함을 질러대는 사람들로 붐볐다. 나는 저녁 내내 제이미가 어디 있는지 눈으로 찾았지만 보이지 않았다. 사실 제이미를 찾을 수 있을 거라고 기대한 것은 아니었다.

"축제가 며칠이나 더 남은 거야?" 콜리가 왕관을 벗어 내 머리 위에 얹어주면서 물었다. "벌써 지겨워지는데."

"무슨 소리야." 브렛이 방금 내 머리에 씌운 왕관을 다시 벗겨서 콜리의 머리에 도로 씌워놓았다. "오늘이 로데오 축제에서 보내는 내 마지막 밤인데 벌써 지치면 어떡해?"

브렛은 올 여름 전국대회에 몬태나 대표로 출전할 올스타를 뽑는 주 경기에 마일스시티 출신 선수 두 명 중 한 명으로 참가했다. 경기는 일요일 보즈먼에서 열릴 예정이었기에 브렛은 내일 아침 퍼레이드가 열리는 동안 부모님과 함께 그곳으로 출발하기로 한 터였다.

"그 얘기 자꾸 하지 마." 콜리는 브렛의 머리에 왕관을 씌워주며 말했다. "축제 행렬에서 빠지고 같이 가고 싶어지잖아."

"절대 안 되지." 브렛이 콜리의 손등에 입을 맞췄다. "로데오의 여왕 대열에서 행진해야 하잖아."

무대에서 멀어지자 좀 더 한산해졌고 공기 중에 버거가 지글지글 익는 냄새가 감돌았다. 우리는 맥주 부스에서 최대한 가까운 곳에 자리를 잡았는데 우리에게 한 잔씩 사줄 사람이 있을지, 최소한 한 모금 나눠줄 사람이 있을지 기대했기 때문이다. 1라운드가 끝나자 목마른 손님들이 부스에 길게 줄을 서서 푸짐한 몸매의 여자 점원들에게 10달러짜리 지폐를 흔들어댔다. 그중에는 손을 잡고 선 루스 이모와 레이도 있었는데, 루스 이모는 데님 스커트를 입고 갈색 부츠와 모자 그림이 나염된 빨간 스카프를 두르고 있었다.

루스 이모보다 레이가 먼저 나를 발견했다. 나는 레이에게 고개를 까딱해 보이면서 아는 척하는 걸로 끝나기를 내심 바랐지만 레이가 루스 이모에게 나를 가리켜 보였다. 이모는 냅다 이쪽으로 다가왔는데 그동안 사람들이 이모를 훑어보는 것을 나는 눈치챘다.

"여기 있었구나." 이모가 말했다. "월요일까지는 못 보려나 싶은 참이었다."

"저희 오빠 때문에요." 콜리는 마치 이모를 우리 사이의 비밀에 슬쩍 끼워준다는 식으로 말했는데, 바로 이모가 제일 좋아하는 방식이었다. "오빠가 캠을 이번 주말 동안 제 공식 보호자로 임명했거든요."

레이가 다가와서 루스 이모에게 맥주 캔을 건넸는데, 나는 이모가 오늘 맥주를 처음으로 마시는 게 아니라는 것을 알아차렸다. 오늘부터 이틀 동안 콜리네 집에서 자는 걸로 이야기를 정리하고(일요일 아침 반드시 교회에 가는 조건으로 합의), 샐리 큐 부스가 인기가 많았다는 이야기를 전해들은 뒤(*자기 집 거실에서 연장을 시연해달라는 사람들이 열일곱 명이나 늘었단다!*) 루스 이모는 둘이서 할 이야기가 있다며 나를 한쪽으로 불러냈는데, 이모가 고른 자리 바로 옆에 바비큐 그릴이 있어서 내 오른쪽 옆구리가 열기에 익는 것 같았다.

"얘야, 들으면 속상할 이야기지만, 아까 레이랑 내가 제이미를 봤단다." 이모는 내 손을 붙잡고 군중의 소음에 묻히지 않을 정도까지만 최대한 목소리를 낮추었다. "제이미랑 그 버렐 집안 애가 관중석에서 우리 몇 줄 앞에 앉아 있었는데 데려온 여자아이들과 참으로 역겨운 짓을 하고 있더라." 내가 아무 대답도 하지 않자 이모가 말을 이었다. "커스터고등학교 여자애들은 아닌 것 같았어. 레이는 글렌다이브에서 온 아이들이 아닐까 하던데." 그 래도 내가 대답이 없자 이모가 다시 입을 열었다. "너를 아끼는 사람 입으로 듣는 게 나을 것 같아서 말이야."

"알았어요." 나는 그 여자애가 어떻게 생겼을지 상상해보았는데, 탈색한 금발에 검은 뿌리가 올라오기 시작했고 화장을 진하게 한, 약간 통통한 모습으로 상상하는 게 제일 마음에 들었다. 잠깐이나마 질투심이 인다는 사실이 스스로도 놀랍긴 했지만, 한편으로는 마치 큰 짐을 덜어낸 것 같은 기분이었다.

"이 이야기를 좀 더 하고 싶니?" 이미 맥주 줄에서 인내심을 잃은 사람들이 싸움 따위를 벌이는 바람에 고함소리가 커지고 있는데도 이모는 차분하게 물었다.

"아뇨." 내가 대답했다. "제이미의 행동은 제이미의 자유인걸요." 그렇게 말했지만 나는 곧 덧붙였다. "그래도 알려줘서 고마워요, 루스 이모." 그러자 이모는 나를 잠깐 포옹하더니 슬픈 미소를 짓고는 레이와 함께 자리를 떠났다.

"잔소리라도 들었어?" 콜리가 브렛이 다른 친구와 이야기하게 내버려둔 채로 그릴 쪽으로 다가와서 물었다.

"비슷했어." 내가 말했다. "아까 제이미가 관중석에 앉아서 어떤 글렌다이브 출신 여자애의 목구멍에 혓바닥을 집어넣고 있었나 봐."

"루스 아주머니가 그렇게 말했어?"

"루스 식으로 말했지."

"나쁜 놈." 콜리가 내 어깨를 팔로 감쌌다. "타이 오빠한테 혼내주라고 하자."

"그럴 가치도 없어." 진심이었지만, 콜리가 내 말을 믿지 않을 건 나도 알았다. "그냥 우리 술이나 진탕 마시자."

"그 여자애 어떻게 생겼는지 궁금하지 않아?" 콜리가 묻자 나는 궁금하다고 답했지만 그건 그냥 맞장구를 치느라 한 말이었다. 우리는 가장 가까운 경기장 출입구로 다가가서 루스와 레이가 계단을 올라가는 모습을 보았는데, 내가 제이미가 어디 앉아 있는지 찾지 못하자 콜리가 아예 내 머리를 자기 손으로 잡고 움직여서 방향을 찾아주었다. 우리는 루스 이모와 레이가 출입구로 드나드는 사람들에게 치이느라 몸을 꼭 붙인 채로 자리를 찾아가는 모습을 확인했고, 당연히 몇 줄 아래에 제이미가 있었다. 꽤나 멀었지만 그럼에도 제이미와 같이 있는 여자애들이 내 상상보다 훨씬 예쁘다는 걸 알 수 있었다. 그리고 제이미는 그 여자애 중 하나를 붙잡고 물고 빠는 중이었다.

"짐승 같아." 콜리가 말했다. "진짜 토할 것 같다. 이렇게 멀리서도 쓰레기같이 구는 거 다 보여."

"진짜 보여?" 뺨에 콜리의 부드러운 머리카락이 스치자 사과 향 샴푸 냄새가 끼쳤다. "가슴에 주홍글씨는 안 달고 있어?"

"넌 어떻게 이렇게 쿨해?" 콜리가 고개를 돌려 나를 바라보자 우리의 얼굴이 너무나도 가까워졌다. "오늘 아침에 만나기 전에 너희 둘이 헤어지기라도 한 거야? 그랬던 거야?"

"스무 번은 말한 것 같아. 헤어지고 말고 할 것도 없다니까?"

"그래, 그래도 난 네가 그냥 하는 말인 줄 알았지."

"그냥 하는 소리긴." 하지만 사실 나도 콜리의 말이 맞는다는 걸 알았다. 나는 지금까지 제이미와 나에 대해서 솔직하지 못했다. 물론 콜리가 생각하는 방식으로는 아니었지만 말이다. "제이미와 나는 그냥 친구로 지내는 게 나아." 나는 다시 한번 애써 그렇게 말했다.

콜리가 뭐라고 말하려다가 다시 입을 다물었다. 제이미와 글렌다이브 여자애가 키스했고, 루스 이모가 그 장면을 보고 인상을 찌푸리며 레이에게 보란 듯이 고개를 절레절레 흔드는 바람에 우리는 웃었다.

"이런 일이 오늘 밤에 일어나서 다행이네. 오늘은 로데오 축제의 밤이잖아." 콜리가 내 팔을 붙들고 자리를 벗어나며 말했다. "카우보이 한 명 찾는 건 일도 아니잖아. 카우보이 두 명도 좋고. 아니면 아예 열두 명을 찾을까?"

그때, "카우걸은 어때?" 하고 얼마나 말하고 싶었는지 모른다. 말해, 지금, 이 순간, 그 말을 입 밖에 내버리고 뒷일은 콜리에게 맡겨. 하지만 당연히 나는 그 말을 하지 않았다. 절대 그럴 수는 없었다.

토요일에 콜리가 로데오 축제의 여왕 공동 2위로서 종이배를 타고 행진까지 마친 뒤 우리 둘은 이제 로데오 축제는 신물이 난다고 공식적으로 선언했다. 브렛은 중요한 축구 경기 때문에 떠났고, 제이미는 실제로 섹스할 가능성이 있는 여자를 쫓아다니며 나를 피하고 있었다. 게다가 정오쯤 되자 매년 축제 때 최소한 번은 찾아오는 먹구름이 몰려오는 바람에 모든 것이 회색빛으로 눅눅해졌고 즐거웠던 축제 기운도 한풀 꺾여버렸다.

콜리는 나를 태우고 자기네 집 목장으로 갔고 우리는 오후 내내 로데오 축제에 대한 우리의 사회적 의무감을 저버린 채 타이의 커다란 스웨트 셔츠를 걸친 채로 (콜리가 가장 좋아하는 차인) 콘스턴트 코멘트에 설탕을 가득 넣어 마시며 MTV를 보았다. 브렛 없이 콜리의 집에 온 것은 두 번째 아니면 세 번째였고 단둘이 있다는 사실에 예상대로 초조했다. 콜리의 엄마는 우리에게 그릴드 치즈와 토마토 수프를 만들어준 뒤 출근했다. 콜리의 엄마는 24시간 교대로 시내의 병원에서 응급실 간호사로 일했다. 몇 번이나 자신을 테리라고 부르라고 했는데도 나는 자꾸만 그분을 '테일러 아주머니'라고 부르게 되었다.

"참, 콜리, 너무 늦기 전에 꼭 사료 주고 와야 한다." 테일러 아주머니는 밤색 수술복을 입고 손에는 우산을 든 채 문간에서 말했는데 그 모습이 좀 더 나이 들고 지쳤지만 여전히 예쁜 콜리 같았다. "타이는 도대체 언제쯤 얼굴을 보여줄지." 아주머니는 코트 걸이 위에 달린 거울로 얼굴을 자꾸만 확인하면서 머리를 여러 번 넘겼다. "오늘 병원 식당 저녁 메뉴는 치킨 프라이드 스테이크란다. 너희도 놀러 가기 전에 병원에 들러서 같이 저녁 먹을래?"

"저흰 안 갈 거예요." 콜리가 그렇게 말하더니 나를 돌아보았다. "너 아까 로데오 축제를 뭐라고 표현했더라?"

"성질 나쁜 노처녀 같다고." 내가 대답했다.

"맞아." 콜리는 웃음을 터뜨렸지만, 테일러 아주머니는 웃지 않았다. "로데오 축제는 성질 나쁜 노처녀 같으니까 우린 그냥 아이스크림이나 먹고 축제엔 안 갈래요."

"너답지 않은 소리를 하는구나." 테일러 아주머니는 콜리에게서 내게로 눈길을 돌렸는데, 불친절하지는 않지만 그렇다고 친절한 눈길도 아니었다. "당연히 시내에 나갈 줄 알았는데."

"우린 그냥 집에서 아무것도 안 하려고요." 콜리 역시 코트 걸이 위쪽 거울에 비친 자기 얼굴을 확인한 뒤 스웨트 셔츠의 후드를 뒤집어쓴 다음 뒷걸음질로 돌아왔다. 그러다가 소파 팔걸이에 부딪치는 바람에 머리와 등을 쿠션 속에 파묻고 쓰러지면서 두 다리를 허공으로 덜렁 들어 올렸다.

"혹시라도 마음이 바뀌어서 올 생각이 생기거든 전화하려무나." 테일러 아주머니가 그렇게 말하고 나가다가 덧붙였다. "참, 타이를 보거든 전화 달라고 전해주렴."

타이는 30분 뒤 만신창이가 된 채로 돌아왔는데 한쪽 눈 밑에 심하게 찢어진 상처가 있었다.

"벌써 로데오를 한 거야?" 콜리가 타이를 도와 데님 재킷을 벗겼다.

"아니." 타이가 씩 웃었다. "새드라는 빌어먹을 자식에게 당한 거야. 농담 아니야. 그 자식 이름이 새드였어. 그래서 내가 그놈을 소가 깔아뭉갠 몰골로 만들어주고 왔지."

"잘했어, 오빠." 콜리가 재킷 옷깃에 말라붙은 피를 자세히 들여다보다가 말했다. "우리 가문의 이름에 먹칠하지 말라더니."

"내가 방금 한 일이 우리 가문의 명예를 지키는 일이었어." 타이가 냉장고 속에 머리를 집어넣은 채로 말했다. 그러더니 얼음 찜질 팩 대용으로 꽝꽝 언 브로콜리 한 봉지를 꺼냈다.

타이는 샤워를 하고 스크램블드에그와 토스트로 요기를 한 뒤 옷을 갈아입고 다시 떠났다. 아까와는 다른 모자를 쓰고, 귀 뒤에 새 담배를 꽂은 채였다. 콜리는 소파 위 내 옆에서 잠들었다. 비가 거의 그쳤고 아직 남은 구름 사이로 빛줄기가 쏟아져 커다란 거실 창밖에 보이는 언덕 위를 밝히고 있었다. 창 옆에는 테일러 아저씨가 돌아가시기 전에 찍은 가족사진이 놓여 있었다. 배경은 어느 초원이었다. 아홉 살쯤 된 듯한 사진 속 콜리는 땋은 머리였고, 네 가족 모두 부드러운 데님 셔츠를 청바지 속에 집어넣어 입고 있었다. 사진은 현상 과정에서 빛이 바랜 건지 거의 흑백 사진에 색조를 입힌 것이나 다름없어 보였다. 테일러 아저씨는 콧수염으로 가려진 입매에 미소를 띤 채 테일러 아주머니와 타이의 어깨에 팔을 두르고 있었다. 콜리는 엄마와 오빠 사이에 자리를 잡고 있었고 타이는 엄지손가락을 벨트에 걸고 있었다. 네 사람은 행복해 보였다. 물론 이런 가족사진은 언제나 행복해 보이는 법이지만, 그들은 정말로 행복해 보였다.

나는 콜리를 깨우지 않고 일어나 사진을 더 가까이서 보기 위해 몇 센티미터 움직이다가 멈추기를 반복하면서 쿠션을 움직이지 않으려 애를 썼지만 발에 무게를 제대로 싣기도 전에 콜리가 입을 열었다. "비 그쳤어?"

"응." 아무 잘못도 하지 않았는데 마치 나쁜 짓을 하다가 들킨 기분이었다.

"가서 소 밥 줘야겠다." 콜리가 기지개를 켜고 하품을 하면서 중얼거렸다.

나는 콜리에게 씩 웃어보였다. "나보고 도와달라고? 카우걸은 너잖아, 내가 아니라."

"네가 카우걸 노릇 제대로 할 수 있을 것 같아? 도회지 출신 주제에." 콜리는 벌떡 일어나서 내 스웨트 셔츠 자락을 잡고 다시 소파로 끌어내렸는데 나는 조금도 저항하지 않았다. 콜리는 덮고 있던 플리스 담요를 내 머리 위에 씌운 다음 그 위에 소파 쿠션을 올리고 타고 올라갔다. 나는 대충 괴로워하는 척만 했다. 콜리가 나를 괴롭히는 척하면 나도 괴로워하는 척했고, 그러다가 결국 우리는 소파와 커피 테이블 사이 좁은 바닥으로 떨어졌다. 아직도 담요가 내 몸에 덮여 있어 우리의 몸 사이에 담요한 겹이 있긴 했지만, 담요 끄트머리가 내 무릎 사이에 집혀 담요가 벗겨지는 순간 나는 커다란 스웨트 셔츠가 몸싸움하는 동안 돌아가 내 배와 콜리의 등이 훤히 드러났다는 것을 알게 되었다. 나는 곧바로 몸싸움하는 척을 그만두고 콜리의 몸에서 홱 떨어진 다음에 일어나서 필라델피아의 계단 꼭대기에 선 록키라도 되듯 두 다리를 털어댔다.

"후퇴는 패배일 뿐." 콜리가 얼굴에 붙은 머리카락을 걷어내면서 팔을 뻗어 일으켜달라는 시늉을 했고, 나는 일으켜주기는 했지만 곧바로 물러섰다.

"내 우월한 신체적 능력으로 널 다치게 하고 싶진 않거든." 나는 신경이 온통 곤두서 있었다.

"어련하시겠어. 그건 그렇고, 타이가 방에 숨겨놓은 술이라도 있는지 찾아보러 갈래?"

있었다. 서던 컴포트 반 병이었고, 우리는 술을 냉장고 문 안쪽에 든 2리터짜리 병에 남은 김빠진 콜라에다가 섞었다. 술을 조금 마셨다. 청바지로 갈아입었다. 나는 타이의 너무 큰 부츠를 빌려 신었는데, 그러다 보니 클로슨 가족의 목장에 놀러 갔던 시절이 떠올랐다. 바깥으로 나오니 땅은 온통 진흙투성이였고, 풀 냄새, 꽃사과나무 냄새, 갓 비가 그친 뒤의 냄새가 풍겨왔다. '봄철의 들판'이라는 이름을 붙인 세탁 세제와 비누가 흉내 내지만 늘 실패하는 바로 그 냄새였다. 우리는 무거운 압축사료 포대들을 빗물에 미끌거리는 트럭 짐칸에 잔뜩 실었다. 콜리는 주머니 칼을 찾아서 포대 윗부분을 뜯었다. 그러더니 집 안으로 달려가 카세트를 들고 와서 트럭의 플레이어 안에 넣고 되감기 버튼을 눌렀다. 톰 페티의 곡들을 담은 믹스테이프로, 이 또한 타이의 것이었다. 나도 린지가 나를 위해 만들어 보내준 믹스테이프에 대한 답례로 톰 페티와 하트브레이커의 곡을 담은 테이프를 보내준 적이 있었다. 전화로 노래가 어땠냐고 물었더니 린지는 톰 페티가 남성우월주의자이며, 「더 이상 여기 오지 마Don't Come Around Here No More」 뮤직비디오에서 앨리스를 잡아먹는 모자 장수로 등장한 것은 "작사가로서 부족한 자질과 10대 소녀를 향한 호색적인 관심"을 드러내는 가사 때문에 점화된 불에 기름을 들이부은 효과를 냈다고 주장했다.

하지만 나는 이런 말을 콜리에게는 전하지 않았고, 톰 페티의 노래가 싫어지지도 않았다. 콜리는 스테레오의 볼륨을 높였다. 자동이 아니라 수동으로 핸들을 돌려 차창을 내렸다. 커다란 플라스틱 콜라병에 담긴 술을 들이마셨다. 콜리는 테이프를 감아서 B면의 첫 곡 「기다림Waiting」을 틀었는데, 우리가 가장 좋아하는 노래였다. 콜리가 한 소절을 부르면,

오, 베이비. 지금 꼭 천국에 온 것 같은 기분 아니야?

나도 다음 소절을 불렀다.

꼭 꿈속에 있는 것만 같지 않아?

콜리가 모는 트럭은 덜컹거리면서 언덕을 올라 잘 부스러지는 사암과 셰일로 이루어진 흙길을 달리다가 점토만큼이나 빽빽하고 기름진 진흙탕을 통과한 다음 비에 젖은 세이지 덤불을 짓이기며 길 없는 길을 달려갔다.

한 소절이 끝날 때마다 우리는 술병을 서로에게 건넸다. 언덕에 어룽져 핀 보라색 크로커스의 꽃잎은 투명하리만치 얇아서 햇볕이 투과될 정도였다. 이 여름에 이렇게 푸른 언덕은 다시 볼 수 없을 것 같았다. 우리는 몇 곡을 더 들었고, 그러다 콜리가 되감기 버튼을 눌렀고, 그러면 또 「기다림」이 나왔다. 그렇게 되풀이해 들을수록 볼륨은 점점 높아지고 노래는 점점 더 좋아졌다.

소떼 대부분은 7번 입구 너머 노간주나무 관목 숲 아래에서 축축하고 털이 엉긴 엉덩이에 햇볕을 쬐는 중이었다. 테일러 가족은 레드 앵거스 종 소를 키웠다. 소들은 몇 주 뒤면 새끼를 낳을 예정이었다. 이미 만삭에 가까운 어린 암소들은 네모난 화물차에 털과 다리가 달린 것 같은 모습이었다. 분명 이 소들이 낳는 송아지들은 벨벳 같은 불그레한 갈색 털로 덮이고 크고 순한 눈을 한 테디 베어 같겠지. 너무 귀여울 거야. 콜리가 소들이 각자 충분한 공간을 가지고 먹이를 먹게끔 지그재그를 그리며 트럭을 모는 가운데 나는 트럭의 짐칸에 서서 풀밭 위로 케이크사료를 흩뿌렸다.

나머지 소들은 약 8백 미터쯤 떨어진 곳의 새로 자란 잔디밭 한 뙈기에서 풀을 뜯고 있었다. 사료 뿌리기는 끝이 났다. 우리는 술을 좀 더 마셨다. 콜리는 조금 울퉁불퉁하면서도 미끄럽고 일부가 분홍색인 '스트로베리'라는 이름의 사암 언덕 위로 힘겹게 트럭을 몰았다. 산마루 가까운 곳의 진흙탕에 빠져서 몇 번의 공회전을 한 끝에 차를 세웠다. 우리는 짐칸에 빈 사료 봉투를 깔고 앞좌석에 둔 플란넬 담요를 펼쳤다. 콜리가 스테레오를 아까보다 더 크게 틀었다. 우리는 바닥에 등과 발을 대고 무릎을 세운 뒤 드러누웠다. 막 저무는 태양이 몇 점 남지 않은 하늘을 자두빛과 남색으로 물들였고 구름의 아랫부분은 펩토 비스몰 소화제와 같은 분홍색이었다. 그 뒤의 하늘은 서커스 피넛에서부터 설탕 뿌린 젤리 조각에 이르기까지 온갖 종류의 오렌지색 사탕 같았다. 우리 사이에 무언가가 일어나고 있었다. 취기를 넘어선 그 무언가, 소파에서 하던 몸싸움에서 시작되었지만, 사실은 그보다 더 오래전에 시작된 일이었다. 나는 눈을 감고 그 일이 마침내 일어날 수 있도록 정신을 가다듬었다.

"왜 이제는 아이린 클로슨이랑 얘기 안 해?" 콜리가 물었다. 그 순간 콜리가 무슨 질문을 했더라도 그보다 놀라지는 않았을 것이다.

"너무 쿨해서 이젠 나랑 안 어울려." 내가 대답했다. "난 너랑 아이린이 아는 사이인 줄도 몰랐는데."

"당연히 알지. 공룡 화석 나온 집 딸 아냐, 농담해?"

"그전에도 아는 사이였어?"

"그럼, 어릴 때 친했어." 콜리가 병뚜껑을 돌리자 얼마 남지 않은 탄산에서 피식 소리가 났다. "널 몰랐지만 너희 둘이 같이 다니는 건 많이 봤어."

"언제?"

"언제든―박람회라든지, 포사이스로 현장학습 갔을 때라든지."

"그때는 친했어, 지금은 아니고."

"알아." 그러면서 콜리가 나에게 병을 건네주었다. "그러니까 이제는 왜 안 친하냐고."

"그 애는 떠났잖아. 난 여기 남았고."

"그걸로는 설명이 안 되는걸." 콜리는 세운 오른쪽 무릎을 옆으로 쓰러뜨려, 내 왼쪽 무릎에 닿은 채 그대로 기울어져 있었다.

"그 애 부모님은 공룡 화석을 찾았고, 우리 부모님은 돌아가셨어. 그런데 설명이 안 돼?" 못되게 말할 생각은 아니었다. 그냥, 이걸로 충분히 알아듣기를 바랐을 뿐이다.

"그럴 수도 있겠네." 그러면서 콜리는 다른 무릎까지 옆으로 쓰러뜨려서 양다리 모두 내 다리에 닿게 한 채로 완전히 오른쪽으로 누운 뒤 오른쪽 팔꿈치를 세워 머리를 괴고 나를 마주 보았다. "내 친구들도 우리 아빠가 돌아가신 다음에 변하더라."

할 말이 없었다. 우리는 톰 페티의 「자유 낙하Free falling」 가사에 귀를 기울였다. 콜리가 왼손을 내 배, 배꼽 바로 위에 놓았다. 그리고 힘주어 눌렀다.

"너 제이미랑 자기도 해?" 콜리가 물었다. 아무렇지 않다는 듯.

"절대 아냐. 그럴 생각도 없어."

콜리는 웃었다. "너무 정숙해서?"

"당연하지. 나만큼 정숙한 사람이 어딨어." 나는 잠시 기다렸다가 덧붙였다. "하지만 넌 브렛이랑 그거 하지?"

"그렇게 생각해?"

"아마도."

"아직이야." 콜리가 말했다. "브렛은 착해서 재촉 안 해."

"착하지." 나는 지금 무슨 일이 일어나는 건지 정확히 파악하려고 애썼지만, 할 수 없었다.

"나도 기다려야 한다고 생각해. 원래 대학에 갈 때까지는 기다려야 한다고 생각했어. 대학에 가면 그런 것들을 알게 될 시간이 아주 많지 않겠어?"

"아마도." 내가 대답했다. 콜리는 아직도 내 배에 올린 손을 떼지 않고 있었다.

"아이린이 지금 이 순간 뭐 하고 있을 것 같아?" 내 얼굴 바로 옆에서 서던 컴포트에 젖은 축축하고 따뜻한 콜리의 목소리가 귓속으로 흘러들어갔다.

이제 됐어, 하는 생각이 들어서 나는 입을 열었다. "그 폴로 선수라는 남자친구랑 섹스하고 있겠지." 그리고 이성을 잃기 전에 덧붙였다. "좋은 척하면서 말이야." 산들바람에 가볍게 흔들리는 소나무 가지에서 빗물이 똑똑 떨어지는 소리와 갖가지 색깔로 물든 하늘을 배경으로, 내 말은 잠시 그대로 머물렀다.

콜리는 한동안 가만히 있다가 물었다. "왜 좋은 척하는데?"

겁이 났다. "뭐라고?"

"왜 실제로는 안 좋아?" 콜리는 내 배에 얹힌 손가락을 하나씩 차례대로 움직였다. 새끼손가락에 힘을 주었다가, 풀고, 네 번째 손가락, 다시 힘을 빼고, 세 번째 손가락, 다시 힘을 빼고, 그렇게 몇 번이나 차례차례 반복했다.

"맞혀봐." 내가 대답했다. *지금 당장 고개를 돌려서 그 애를 봐, 그러면 다 끝이야.* 하지만 나는 그러지 않았다.

"그렇진 않을 것 같아." 콜리가 말했다. 콜리는 내 배에 놓았던 손을 치우더니 일어나 트럭 짐칸 끄트머리에 걸터앉아 허공에 두 다리를 달랑거렸다.

콜리가 나한테서 등을 돌려 저만치 가 있으니 오히려 더 쉽게 느껴졌다. 상대적으로 쉬웠다는 것이지 진짜 쉬웠던 것은 아니다. 나는 숨을 들이쉬고 다시 내쉬고, 들이쉬고 또 내쉬었다. 그리고 다시 한번 반복했다. 그리고, 너무 늦기 전에 나는 콜리의 스웨트 셔츠 후드를 향해 말했다. "왜 좋은 척하는 거냐면 걔는 여자애랑 키스하는 걸 더 좋아하니까."

이번에는 콜리가 겁에 질릴 차례였다. "뭐라고?"

"방금 들었잖아." 떨지 않고 말하는 데만도 애를 써야 했다.

"그걸 네가 어떻게 알아?"

"어떻게 알 것 같아?"

콜리는 대답하지 않았다. 소나무 가지가 흔들리며 빗물을 털어내는 소리가 들려왔다. 꺼내지 못한 말들과 함께 하늘이 점점 더 어두워지고 있었다.

콜리가 고개를 돌려 나를 보았지만, 석양에 물든 하늘이 그 애의 얼굴 뒤에서 역광을 쏘아 표정은 보이지 않았다. "이리 와서 옆에 앉아."

나는 그 말대로 했다. 최대한 콜리 옆에 딱 붙어 앉았다. 어깨와 다리가 닿았다. 콜리는 그네에 앉은 아이처럼 다리를 앞뒤로 흔들었다. 우리는 그대로 한참을 앉아 있었다. 다리를 흔들 때마다 짐칸 모서리가 삐걱삐걱 소리를 냈지만 그나마도 드문드문 울려 퍼질 뿐 침묵 속에 있었다.

한참이 지나서야 콜리가 천천히 입을 열었다. "네가 나한테 키스할 것 같다고 생각했던 적이 정말 많았어. 심지어 어제 로데오에서도."

우리는 한참 말이 없었다. 또다시 두 번 삐걱 소리가 났다.

콜리가 말했다. "그런데 너는 안 했어."

"할 수 없어." 나는 아주 힘겹게 내뱉었다. "절대 못 해." 콜리의 부츠가 땅 위로 왔다 갔다 하는 모습, 한쪽 부츠의 밑창에 스친 세이지브러시가 물을 털어내는 모습이 보였다.

"난 그런 사람 아니야, 캠. 지금쯤이면 너도 알 거라고 생각해."

"그래." 내가 대답했다. "네가 그쪽이라는 생각은 안 했어."

"난 아니야." 그러더니 콜리가 심호흡을 했다. "그런데 이상한 건 가끔 네가 나한테 키스하면 내가 거부하지 않을 것 같단 생각이 들었단 거야."

"오." 내가 말했다. 정말 말 그대로 '오' 했다. 또렷하고도 단호한, 그 짧은 한 음절을 입 밖에 뱉고 보니 바보 같다는 생각이 들었는데, 실제로도 바보가 된 기분이었다.

"무슨 뜻인지는 모르겠어." 콜리가 말했다.

"그게 꼭 뜻이 있어야 하는 거야?"

"그래." 콜리가 나를 바라보며 말했다. 나를 쳐다보는 게 느껴졌지만, 나는 콜리의 흔들리는 발만 쳐다보고 있었다. "당연히 뜻이 있어야지."

나는 진흙탕 속으로 폴짝 뛰어내렸다. 그리고 트럭 꽁무니에 기대 땅거미가 져서 하나의 기다란 그림자가 되어버린 산속에서 언덕 하나하나를 구분해내려고 열심히 바라보았다. "미안." 무슨 말이라도 해야 할 것 같아서 한 말이었다. 마일스시티까지 걸어서 돌아갈 수 있을까. 고속도로까지 가는 데도 한 시간이 넘게 걸리겠지만, 지금은 그쪽이 차라리 더 안전할 것만 같았다.

하지만 바로 그때 콜리가 내 어깨에 손을 올리자 타이의 두꺼운 면 스웨트 셔츠 너머로 그 애 손바닥의 감촉과 무게가 전해졌다. 내게 필요한 것은 그게 전부였다. 나는 돌아서서 콜리의 얼굴을 찾았고, 그 애의 입술은 이미 질문처럼 그 자리에서 나를 기다리고 있었다. 이 순간을 사실 그대로가 아닌 다른 말로 표현하고 싶지 않았다. 완벽했다. 아직 우리 둘의 혀에 남아 있는 톡 쏘는 술과 콜라의 단맛 속에 느껴지는 콜리의 부드러운 입술. 콜리는 나를 거부하지 않는 것으로 그치지 않았다. 콜리도 나에게 키스했다. 나를 팔로 안고 끌어당기고, 발목으로 내 허벅지를 감아왔다. 우리는 내가 신은 부츠가 빗물 때문에 물러진, 찰흙처럼 뻑뻑한 진흙 속에 푹 잠겨버리는 바람에 다시 빼내지 못하게 될 때까지 그 자세로 키스했다. 콜리도 키스를 시작했을 때보다 내가 몇 센티미터 아래로 내려간 것을 보고 그 사실을 눈치챈 것 같았다.

"이런 젠장." 콜리가 외쳤고 나는 그 애한테서 떨어졌다.

"알아." 내가 말했다. "진짜야, 나도 알아." 나는 발을 들어 올리려 했지만 움직이지 않아서 그 자리에 못 박힌 듯 서 있을 수밖에 없었다. "발이 안 빠져." 내가 말했다. 창피했다.

"세상에, 캠. 어떡하면 좋아." 콜리는 손으로 얼굴을 가렸다. 콜리의 얼굴이 내 얼굴 바로 앞, 그러니까 불과 몇 센티미터 앞에 있었지만, 나는 뒤로 물러날 수조차 없었다.

"진짜야, 콜리. 발을 못 빼겠어." 나는 콜리의 허벅지에 손을 댔다. 콜리의 바짓자락을 붙잡고 한 발을 빼보려고 한 것이었지만, 내 손이 닿자 콜리는 기겁을 하면서 엘리자베스 테일러처럼 숨을 헉 하고 몰아쉬더니 트럭 아래로 뛰어내렸다. 공간이 너무 좁은 데다 발을 움직일 수도 없었던 나는 그대로 뒤로 넘어져버렸다. 말 그대로, 타이의 부츠가 여전히 뻑뻑한 진흙탕에 빠져 있는 채로 탄력 때문에 내 몸의 나머지 부분이 뒤로 쏠리면서 슬로모션으로 넘어져서 바닥에 널브러지고 만 것이다.

나는 세이지브러시 위로 넘어졌다. 내 무게를 감당하지 못한, 가죽처럼 질긴 세이지 잎과 뻣뻣한 줄기가 마구 짓이겨졌다. 머리와 다리가 진흙 위에 풀썩 떨어졌는데도, 발은 여전히 그 망할 부츠 안에서 꼼짝도 하지 않았다. 차가운 진흙이 귓속에 들어갔고, 콜리가 웃는 소리가 들렸다. 크고 격한 진짜 웃음소리를 듣고 나도 눈을 질끈 감은 채 세이지브러시에 긁힌 두 손을 청바지 주머니에 넣고는 흙바닥에 널브러진 자세 그대로 콜리를 따라 웃기 시작했다.

다시 눈을 뜨자 콜리가 내 허리 양옆에 발을 딛고 서서 나를 내려다보고 있었다. 하지만 어둠과 내 쪽으로 살짝 몸을 숙인 채 머리를 아래로 늘어뜨린 각도 때문에 표정을 읽을 수는 없었다.

"안 다친 게 다행이다." 콜리가 말했다. 표정은 보이지 않았지만 웃고 있다는 걸 알 수 있었다.

"똑똑하네." 내가 말했다.

"방금 무슨 일이 일어난 거야?"

"내가 엉덩방아를 찧었지. 그것도 엄청 요란하게." 나는 일부러 시간을 끌었다.

콜리는 그 정도는 금세 간파했다. "그 전에."

"잘 모르겠어." 내가 말했다.

"알잖아." 콜리는 그렇게 말하더니 예상치 못한 동작으로 내 골반에 걸터앉았다. 나는 아까 몸싸움을 했을 때처럼 콜리의 몸에 짓눌렸지만, 아까하고는 비교할 수도 없는 기분이었다.

"드디어 네가 나한테 키스했잖아." 콜리가 말했다.

"네가 원하는 줄 알았어."

콜리는 그 말에는 아무 대답도 하지 않았다. 나는 콜리의 대답을 기다렸지만, 말이 없었다.

"별일 아니라고 생각하자." 나는 말했다. "우리 둘이서 한 바보 같은 짓 중 하나라고 생각하면 되잖아."

콜리는 여전히 내 튀어나온 골반뼈 위에 체중을 싣고 앉아 있었는데 그런 자세로 있자니 미칠 지경이었다. 콜리를 내 쪽으로 끌어당기고 싶었다. 하지만 콜리는 여전히 말이 없었다. 그래서 나는 기다렸다. 공황이 느껴졌다. 트럭의 앞좌석에서 새어나오는 톰 페티의 노래가 들렸다. 린지가 바로 이런 사태를 얼마나 경고했던가에 생각이 미치자 망했다는 생각이 들었다.

나는 또다시 콜리를 설득했다. "왜 그래, 콜리. 더 이야기하지 않고 넘어갈 수도 있는 일이야. 별일 아니잖아."

"별일이야." 콜리가 말했다.

"어째서?"

"여러 가지 이유로."

"왜?"

"솔직히 별로 좋을 거라고 생각 안 했는데 좋았거든." 콜리는 따발총을 쏘듯이 빠르게 쏘아붙였다.

"나도." 내가 말했다.

"그런데도 별일이 아니라고?"

"꼭 대단한 일이라고 생각할 필요는 없어." 거짓말이었다. "네가 나한테 사귀자고 할지도 모른다는 기대도 안 했고."

"알았어, 없던 일로 하자." 그러면서 콜리가 일어났다. "하지만 이젠 그만하고 싶어."

"알았어." 내게 콜리의 표정이 보이지 않는 만큼 콜리도 내 표정을 읽지 못하길 바라면서 말했다. "나도 그렇게 생각해."

그날 나는 콜리의 집에서 자지 않았다. 콜리의 집으로 돌아와서 진흙을 씻어낸 다음 소파에 앉으려 해도 TV를 보려 해도 아까 우리 사이에 있었던 일이 떠올라서 어색해졌다. 결국 콜리가 이제 와서 생각해보니 시내에 가고 싶다고 했기에, 결국 우리는 기분 좋게 놀란 콜리의 어머니와 함께 병원 식당에서 그레이비 소스를 너무 많이 뿌린 치킨 프라이드 스테이크를 먹었다. 그다음에는 노천 댄스파티에 가서 FFA 아이들과 합류했다. 다들 맥긴 가족의 목장에 가서 맥주를 마시자는 데 의견이 모이자 나는 콜리에게 좀 피곤해서 괜찮다면 집에 가보겠다고 했고 콜리는 그 말에 마음을 놓은 것 같았다. 적어도 내가 느끼기에는 그랬다.

루스 이모와 레이는 아직 집에 돌아오지 않았고 두 사람보다 더 일찍 돌아온 것이 조금 부끄러웠다. 할머니는 부엌 식탁에 앉아 무설탕 체리 젤로와 만다린 오렌지, 코티지치즈를 먹고 있었다. 엄마와 아빠의 소식을 전한 그날 밤과 똑같은 보라색 덧옷을 입고 있었다. 요즘 할머니는 그 옷을 아주 자주 입었다. 할머니가 식탁에 혼자 앉은 모습을 보니 눈 더미 속에 맨발을 집어넣은 것 같은 기분이었다.

"너도 좀 먹으련, 스펑키?" 할머니가 내 쪽으로 스푼과 그릇을 몇 센티미터 밀었다. "독일식 초콜릿 케이크도 아니니까."

"괜찮아요." 그러면서도 나는 할머니와 함께 식탁에 앉았다.

"네 남친 제이미가 두 번이나 전화했다."

"할머니, 걔는 제 남친 아니에요."

"뭐, 내 남친은 아닌데, 네 남친도 아니면 대체 누구냐, 걔는?" 할머니는 이미 젤로를 듬뿍 담은 숟가락 위에 오렌지 조각까지 올렸다.

"몰라요. 그냥 걘 자기 거겠죠."

"하긴, 진지하게 남자친구를 사귀기에는 아직 너무 어리지."

나는 할머니가 식탁 위에 놓인 세 가지 음식을 야무지게 한입에 넣는 모습을 흐뭇하게 지켜보았다.

할머니가 음식을 삼킨 뒤 말했다. "나도 네 할아버지가 먼저 사랑한다고 고백하기 전까지 한없이 따라다니게 놔두었지. 그게 재미있는 부분이잖니."

"그러다가 왜 따라잡혀 준 거예요?"

"그럴 때가 됐더라고." 할머니가 쇠숟가락으로 도자기 그릇 안을 길게 긁자 기분 나쁜 소리가 났다. "너도 때 되면 알 게다."

"엄마 아빠도 그랬어요?"

"비슷했지. 방식이야 제 나름이지만." 할머니는 숟가락을 대접에 기대 세웠다. "이제 벌써 3년이 가까워가는구나."

나는 할머니의 얼굴이 아니라 숟가락을 쳐다보며 고개를 끄덕였다.

"엄마 아빠 이야기 하고 싶으냐?"

나는 고개를 저었다가, 할머니가 그렇게까지 물었으니 입을 열어 제대로 된 대답을 해야겠다는 생각이 들었다. "오늘 밤은 말고요."

"우리 꽤나 잘하고 있는 거지?" 할머니는 주름진 부드러운 손으로 내 손을 몇 번 토닥여준 뒤 식탁에서 힘겹게 일어서서 그릇과 스푼을 가지고 짤랑거리는 소리를 내며 부엌으로 들어갔다.

"저는 그렇게 잘하고 있지 못한 거 같아요, 할머니." 내가 대답했다. 속삭이는 소리는 아니었지만 할머니는 벌써 물을 틀어 그릇을 헹구기 시작했고 물줄기가 철제 개수통에 부딪치고 있어서 들리지 않았을 것이다.

나는 방으로 들어가서 「호텔 뉴 햄프셔Hotel New Hampshire」를 틀었는데, 주된 목적은 조디 포스터와 나스타샤 킨스키의 1초도 안되는 키스 장면이었다. 밤 11시가 되기 직전 시애틀은 아직 한 시간 이를 테니 린지에게 전화할까 생각했지만 지금 린지의 기나긴 설교를 듣고 싶은 게 맞는지, 그 뒤에 이어질 린지가 정복한 이성애자가 아닌 여자 목록을 듣고 싶은 게 맞는지 잘 모르겠다는 생각이 들었다.

그 주 초에 나는 나무로 자세를 바꿀 수 있는 엄마 아빠 인형을 만들고 신문에 실린 부모님의 사고 기사와 부고에서 잘라낸 글자들을 붙였다. 이 인형들은 벤 프랭클린 쇼핑몰의 공예용품 점에서 슬쩍한 것으로, 플라스틱 덩굴과 요란한 극락조가 사방으로 뻗어 있어 몸을 숨기기 좋은 가게 앞쪽 조화 코너에 가서 스웨트 셔츠 속에다 숨겼다. 이렇게 쉽게 훔칠 수 있었는데도 알 수 없는 이유로 딸 인형 하나만큼은 돈을 내고 샀다. 4달러 95센트였다. 그날 밤 나는 딸 인형에다가 낸시 헌틀리 선생님의 상담실에서 받아 온 '상실에 대처하기: 인생의 위기에 대한 반응'이라는 팸플릿에서 잘라낸 글자들을 붙이기 시작했다. '무감각한'과 '무감각'이라는 단어가 12페이지짜리 작은 책자에 열일곱 번이나 나왔기 때문에 나는 무감각으로 이루어진 셔츠를 만들기로 했다.

그렇게 작업을 시작한 지 한참이 지나서야 나는 비밀 쪽지 방식(수업 시간에 손안에 숨겨서 다른 줄에 건네주기 쉽도록 깔끔하고 작은 사각형 모양으로 모서리를 안으로 접어 넣은 형태)으로 접힌 종이 한 장을 발견했다. 쪽지는 할머니의 웨이퍼 과자에 투명 매니큐어를 발라 인형의 집 크기에 맞게 만든 피크닉 테이블에 기대어져 있었다. 다리는 분홍색 딸기 맛 웨이퍼, 상판은 초콜릿색과 흰색의 웨이퍼로 만든 이 테이블은 책상 위 선반에 깔아둔 신문지 위에서 말리는 중이었다. 나는 접착제로 *끈끈해진* 손을 청바지에 문질러 닦은 다음에 웨이퍼에서 쪽지를 떼어냈다. 맨 위에 적힌 글씨가 먼저 눈에 들어왔다.

제이제이케이~

너희 할머니가 주무시는 동안에 잠시 너희 집에 들렀었어.
미안해. 네가 집에 있을 줄 알았어. 없더라.
나 로데오 축제에서 만난 여자애랑 잤어. (넌 모르는 애야—
이름은 메건이야.)
사귀기로 했다거나 그런 건 아니야.
하지만 그런 일이 있었고 너한테 직접 얘기하고 싶었어.
그렇다고 나 미워하진 마. 그럼 진짜 괴로울 거야.

너한테 한 번도 (대놓고) 이야기한 적은 없었지만 우리 삼촌
팀은 게이야.
엄마는 항상 삼촌을 위해 기도하셔.
하지만 가족 모임 같은 데서 만나보면 우리 삼촌 진짜 쩔어.
여자 같고 그런 게 전혀 아니라 완전 상남자라니까.

다른 사람한테 네 얘기 안 할게. 그것만큼은 날 믿어도 좋아.

제이미가.

"아무 걱정 말아요, 걱정은 시간낭비니까."
—건즈 앤 로지스, 「미스터 브라운스톤Mr. Brownstone」

10

부모님의 목장에서 일하거나 버거를 뒤집는 일에 특별히 애착이라도 있는 게 아닌 이상, 1992년 마일스시티에 사는 고등학생에게 가장 괜찮은 여름철 아르바이트는 스캘런 호수의 수상안전요원 아니면 몬태나 고속도로 공사현장 교통 통제요원(주로 여자)이었다. 이 두 가지 일자리를 잡으려면 담당자와 인맥이 있거나 기술이 있어야 했다. 예를 들면 뛰어난 수영 실력 같은 것 말이다. 공통점은 보수가 괜찮다는 것, 일하는 시간이 길다는 것, 그리고 바깥에서 하는 일이라는 것이었다. 수상안전요원 일의 단점은 오전 시간에 수영 수업을 해야 한다는 점이었다. 아기들은 울고, 반바지를 입은 엄마들은 불안에 떠는 가운데, 입술이 파랗게 되어서 덜덜 떠는 뼈밖에 없는 여섯 살짜리들에게 누워서 물에 뜨는 법을 가르치는 일은 굉장히 힘들었다. 교통 통제요원으로 일할 때 힘든 점은 몬태나 동부의 여름 열기 때문에 아지랑이가 피어오르는 검은 고속도로 위에 몇 시간이나 서 있어야 한다는 점이었다. 또, 옐로스톤강을 향해 속도를 내는 어느 가족의 소형 승합차에 치여 로드킬의 희생양이 될 위험도 항시 존재했다. 나는 수상안전요원을, 콜리는 교통 통제요원을 택했다. 제이미는 검은색과 보라색 새 유니폼 셔츠를 입은 타코 존스 직원이 되었고, 브렛은 로데오 축제 기간에 참가한 축구 대회에서 인상적인 핸들링 기술을 선보인 덕에 전국 단위의 유명한 축구 캠프에 몬태나주 대표로 선발되었다. 즉 6월 하반기와 7월 전체를 캘리포니아에서 보내면서 대학 장학금을 노리게 되었다는 뜻이었다.

로데오 축제 이후 제이미와는 프롬 전의 사이로 거의 돌아왔지만 콜리와는 예상대로 어색해졌기 때문에 나는 쾌활한 척하려고 훨씬 더 무리해야 했다. 나는 브렛과 콜리가 둘만 있을 기회를 열심히 만들어주었다. 다행히 여름방학이 되어 들뜬 분위기 속에서 어색한 건 누그러졌다.

"그러니까 넌 그 애한테 키스했고, 그 애는 네 세상을 흔들어놨다, 거기까지 해." 내가 린지와 통화하면서 부츠가 진흙탕에 빠지는 바람에 넘어진 것에 이르기까지 비밀을 거의 다 털어놓자 린지가 말했다. "그 키스가 너한테는 앞으로 하게 될 수많은 키스 중 하나겠지만 그 애는 앞으로 2.5명의 아이를 낳고 주택 대출금을 갚는 내내 영영 그 키스를 떠올리게 될걸. 그리고 밤에 잠이 안 오면 스스로에게 묻겠지. *왜 기회가 있을 때 그 여자애를 택하지 않았던 걸까?*"

린지는 여름 중 잠깐이라도 자기를 보러 오면 안 되느냐고 조르고 있었다. 린지는 이제 수영에 완전히 관심을 잃었고 린지 아빠도 예정대로 알래스카에 간 이상 몬태나에 올 이유가 아예 사라지고 말았다.

"*원래는 3개월 내내 아빠랑 같이 있기로 했는데* 우리 아빠는 내가 안 가도 전혀 상관 안 할 거야. 내가 알래스카에 가서 대체 뭘 하겠어?"

"섹시한 알래스카 여자를 만나겠지."

"아, 케이트 클린턴* 같은 소리 그만해."

"그게 누군데?" 내가 그 사람이 누군지 모른다는 걸 린지가 이미 잘 알 텐데도 나는 굳이 그렇게 말했다.

"레즈비언 코미디언이야. 너도 좋아할걸. 앨리스는 완전 파시스트처럼 굴고 있어. 내가 망나니 10대 청소년에서 제대로 기능하는 어른이 될 수 있는지가 아빠랑 알래스카에서 보내는 3개월에 달려 있기라도 한 것처럼 말이야."

"재밌을 것 같은데."

"그럼, 엄청 재밌겠지." 린지가 말했다. "*어쩌면* 재미있을지도 몰라. 어쩌면 말이야. 하지만 네가 와서 국경의 북쪽에서 아주 괜찮은 약을 구한 다음에 우리가 전에 하다 만 부분에서부터 다시 시작해야 진짜 재밌어질걸." 린지가 폰섹스 교환원 같은 목소

---

* Kate Clinton(1947~). 미국의 여성 코미디언으로 동성애자의 관점에서 본 정치 코미디로 인기를 얻었다.

리를 냈다. "*캐미*, 난 이제 어떻게 움직이면 좋은지 다 알고 있다고."

"루스 이모가 허락 안 할 텐데."

"허락해주실 거야. 배움을 얻을 기회라고 설득하면 되잖아. 네 인생에서 단 한 번뿐일 여름이라고 해. 할머니한테도 네 편 들어달라고 하고."

나는 린지의 말이 맞는다는 것도, 또 알래스카에서 한 달을 보내는 게 나한테 도움이 될 거라고 루스 이모를 설득하는 게 그리 어렵지 않으리라는 것도 알았다. 하지만 린지는 6월 중순에야 알래스카에 올 테고 아빠와의 생활에 적응하는 데 몇 주가 필요할 테니 나더러 7월에 오라고 바람을 넣고 있었다. 7월 내내 브렛은 마일스시티에 없을 것이다. 콜리와의 사이가 어색해진 와중에도 나는 은연중에 여전히 희망을 품고 있었다. 그것도 아주 큰 희망을 말이다.

그래서 나는 린지에게 알래스카에 갈 수 있게 노력해보겠다고 말해놓고 아무런 노력도 하지 않았다. 이제 와서는 만약 그때 알래스카에 가려고 노력했더라면 상황이 많이 달라졌을까 하는 생각도 든다. 하지만 그런 생각에 지나치게 매달리면 조금도 앞으로 나아갈 수가 없는 법이다.

테드 코치는 마침내 학사 학위를 따서 동부 어느 대학교의 육상 코치로 일하게 되었다. 테드 코치를 대신할 후임은 수영 시즌 직전까지 구해지지 않았다. 마침내 구해진 새 코치라는 사람은 원래 임신부에게 수중 에어로빅을 가르치던 사람으로, 플립 턴이나 스트로크 변경에 대해서 아는 게 우리 할머니와 별다를 게 없는 포사이스 출신 머저리였다. 게다가 주말에 가장 붐비는 호수에서 수상안전요원으로 일하는 이상 주말에 시간을 내기가 어려웠기에, 린지가 떠나고 콜리와 함께하게 된 나는 수영팀 활동을 그만두기로 했다. 나는 7년간 쭉 수영팀 소속이었다. 학교생활을 제외하면 내 인생에서 정해져 있는 거라곤 수영팀이 전부였다. 하지만 그해 여름에는 아니었다.

콜리가 가장자리에 진줏빛 반사 소재를 두른 야간 근무용 오렌지색 망사 조끼를 입고 마일스시티와 조던 사이에 펼쳐진 12킬로미터짜리 공사 현장에 꼿꼿이 서 있는 동안, 나는 스무 명 정도의 동료 수상안전요원과 함께 한쪽 팔로 물에 빠진 사람의 가슴 부분을 붙잡고 구조하는 방법, 물에 가라앉아 움직이지 못하는 사람을 구조하는 방법, 그리고 그중에서도 가장 어려운, 깊은 물속에서 척추를 다친 사람을 들것에 실어 구조하는 기술을 배웠다.

여름방학을 맞아 집에 돌아온 대학생이 대부분이었던 기존의 수상안전요원은 이런 기술을 수월히 해냈고, 새로 들어온 우리 몇몇은 그들과 함께 너스레를 떨긴 했지만 긴장이 되어서 아주 잘 해내지는 못했다. 바닥이 드러난 스캘런 호수에 강물을 끌어다 채운 것이 훈련이 시작되기 고작 일주일 전쯤이었기 때문에 6월 한 달은 꼭 슬러시를 녹인 물에서 헤엄치는 것 같았다. 테드 코치의 어머니인 헤이즐은 60대인데도 아직 수상안전요원 대장을 맡고 계셨다. 쇠 수세미 빛깔의 머리를 1920년대 신여성처럼 짧게 다듬은 헤이즐이 멘솔 향 카프리 담배를 신여성 같은 기다란 담뱃대에 꽂아서 피워도 아무도 놀라지 않았을 것이다. 물론 헤이즐은 그러지 않았다. 또 당연히 헤이즐은 수상안전요원석에서도, 심지어는 물가에서도 담배를 피우지 않았다. 훈련 중간 쉬는 시간에 수영복 차림으로 주차장까지 나가 자전거 보관대 옆 탈의실 차양 아래에서 담배를 피운 뒤 담배꽁초는 모래 바닥에 버리고 오래된 빨간 플립플롭(헤이즐은 '끈 신발'이라고 불렀다)으로 우아하게 밟아 껐다.

훈련할 때면 헤이즐은 플랫폼 위에 서서 작은 얼굴을 커다란 자줏빛 선글라스로 가린 채 우리를 내려다보면서 빨간색 적십자 스티커가 덕지덕지 붙은 클립보드에 젖지 않도록 끼워둔 점수표에 표시를 했다. 헤이즐은 우리의 구조 기술을 평가할 때면 리글리 스피어민트 껌을 끝도 없이 씹으면서 작은 풍선을 딱딱 터뜨렸는데 그 소리가 너무 커서 입 안이 아프지 않을까 싶을 정도였다. 헤이즐은 우리를 '아가', '자기'라고 불렀고, 우리에게 실망할 때가 많았고, 애크미 선더러 구조용 호루라기의 찢어지는 소리에 맞추어서 자유형으로 전력질주해야 한다고 가르쳐주었다. 1950년대에 처음 수상안전요원석에 올라갈 때부터 사용했던 호루라기라고 했다. 나는 헤이즐의 말을 믿었다. 또, 헤이즐에게 깊은 인상을 남기고 싶었다. 나는 열심히 노력했다. 그룹 훈련 전후에 혼자 물속에서도 물 밖에서도 거듭 연습했다. 심폐소생술도 응급처치도 그렇게 연습했다. 선배들에게 내가 연습하는 걸 보

고 조언해달라고 부탁하기도 했다. 선배 중에서는 모나 해리스
—체조선수의 몸매를 가진 대학교 2학년생이었는데 입이 컸다.
실제로 입이 크기도 했고 소문을 좋아한다는 뜻이기도 했다—
가 플랫폼에 서서 어떻게 자세를 고쳐야 하는지 알려주고 "다시
해봐" 하고 소리를 지르면서 가장 많이 도와주었다. 그러면 나는
그 말대로 했다. 모나와 함께 있으면 나는 어쩐지 움츠러들었다.
모든 사람에 대해, 또 모든 것에 대해 지나치게 많은 걸 알고 있
는 것 같아서였다. 하지만 수상안전요원으로서는 뛰어났기에 모
나가 내 훈련을 도와준다는 사실이 고마웠다. 열심히 노력한 보
람이 있었는지 얼마 지나지 않아 나는 헤이즐에게 갓 나온 적십
자 공식 자격증 카드 세 장, 가슴에 흰색으로 '라이프가드'라고
적힌 빨간 수영복, 그리고 내 몫의 애크미 선더러 구조용 호루라
기를 받을 수 있었다. 목표를 이룬 셈이었다.

브렛이 축구 캠프로 떠났을 무렵 콜리와 나 사이는 점점 더 아
슬아슬해져 있었다. 계기는 우연에 가까웠다. 스캘런 호수의 자
유 수영 시간은 주중 매일 오후 2시부터 8시까지였다. 콜리가 일
을 마치고 도시 외곽 고속도로변의 공사 현장에서 트럭에 올라
타 동료들과 행렬을 지어 다시 도시 경계 안으로 돌아오는 시간
은 내 마지막 근무 시간이었다. 그때가 수상안전요원석에 올라
가 있기 가장 좋은 시간이었다. 뜨겁던 햇볕이 누그러지고 호수
위로 기다란 그림자가 뻗기 시작하는 시간, 호수 가장자리 얕은
부분에 모여 헤엄치던 아기와 엄마들이 목욕과 저녁 식사를 하

러 집으로 가는 시간. 그 시간이 되면 우리는 긁는 듯한 쇳소리가 나는 고물 스테레오를 쩌렁쩌렁 틀어놓은 채로 탈의실에 옷 바구니와 모래 양동이, 킥보드를 정리해 넣었다.

고속도로에서 일하던 애들이 시내로 들어오는 길에 스캘런 호수가 있었다. 종일 일하느라 얼굴이 붉게 달아오른 데다가 먼지투성이였기에 모두들 호수에 몸을 담그고 싶어 했다. 그 시간쯤 되면 호수에는 온종일 죽치고 있는 10대 초반 아이 몇 명이 다이빙을 하거나 한두 가족이 얕은 가장자리에서 물을 튀기는 게 다였다. 우리는 모든 사람에게 수영장 입장료를 받아낼 정도로 빡빡하게 굴지는 않았다. 특히 열심히 일하느라 탈수 상태가 된 몬태나주의 일꾼들에게는 말이다. 헤이즐은 별로 개의치 않았다. 헤이즐은 수상안전요원 경력이 있는 모든 사람, 제복을 입은 거의 모든 사람, 그리고 6세 미만의 모든 아동은 무료입장이라는 정책을 고수했다. 하지만 헤이즐이 그때까지 호수에 있는 일은 거의 없었다. 헤이즐은 오후쯤 되면 집으로 돌아갔기에, 아이들이 호수까지 자전거를 타고 오는 내내 돌돌 말거나 꾹꾹 뭉쳐서 핸들과 함께 쥐어 땀에 전 꾸깃꾸깃한 지폐를 받는 일은 우리 몫이었다.

우리는 보통 호수에 죽치고 있던 아이들을 내보내고 탈의실 문을 잠가 공식적으로 수영장 폐장을 알린 뒤 남은 수상안전요원들끼리 수영을 했다. 고속도로에서 일하고 돌아온 아이들은 높은 다이빙대에서 뛰어내리거나 개장 시간에는 절대 금지된 물에 빠뜨리기 놀이를 했다. 솔직히 말하면 우리는 수영장의 모든 규칙과 규정을 깼다. 낮은 다이빙대에 매달리고, 수심이 깊은 쪽 수상안전요원석에서 뛰어내리고, 호수의 물에 물수제비를 뜨기도 했다. 그중에서도 가장 위험한 행동은 바로 플랫폼 아래에 들어가는 것이었다.

호수에는 플랫폼이 세 개 있었다. 공식적으로 수영해도 되는 구역을 알리기 위해 정확히 50미터 간격으로 나 있는 기다란 플랫폼이 두 개 있었고, 나머지 하나는 훨씬 작은 것으로 수심이 깊은 구역의 한가운데에 있는 네모난 모양의 플랫폼이었다. 헤엄쳐서 플랫폼 밑으로 내려간 뒤 나무로 된 플랫폼 지지대 아래로 기어들어간 다음, 플랫폼 안쪽 에어 포켓*으로 들어가는 행위는 스캘런 호수에서 절대로 해서는 안 되는 가장 중대한 금지 사항이었는데 이유는 분명했다. 아이들이 그 안에 들어가면 익사를 하건 그 밖의 금지된 행동을 하건 밖에서는 전혀 보이지 않았기 때문이다. 바로 그 이유 때문에 스캘런 호수의 가운데 플랫폼 아래가 10대 초반을 지난 사람들 사이에서 섹스 명소로 불렸다.

섹스 그리고 스캘런 호수는 잘 어울리는 한 쌍이었다. 사람들은 모나 해리스가 어느 밤 높은 다이빙대 반대편 철제 사다리에서 첫경험을 치렀다고 수군거렸다. 에릭은 연습이 끝난 뒤 탈의실에서 수도 없이(그래서 의심의 여지가 있는) 오럴섹스를 했다고 자랑하고 다녔다. 그리고 우리 대부분은 플랫폼 아래 세상에서 느끼는 상대적인 은밀함을 즐겼다. 호수가 부드럽게 찰랑이는

---

* 물속에 잠긴 구조물 속에 잔류하는, 공기가 갇혀 있는 공간.

소리, 균일하게 구멍이 뚫린 부드러운 나무판 사이로 들어오는 햇살, 둘레가 아주 짧아서 수영복만 입은 남자애 또는 여자애가 단둘이 있으면 딱 맞는 공간. 때로 누군가가 저녁에 호수에 술을 가져오기라도 하면 우리는 수면 아래로 맥주 캔 몇 개를 흘려보 낸 뒤 햇볕에 따뜻하게 데워진 나무 플랫폼 속으로 들어가서 캔 을 땄다.

브렛이 없던 그 몇 주 동안 콜리와 나는 단둘이 플랫폼 아래에 내려가지 않으려 애를 썼다. 다시 같이 다니기는 했지만 콜리네 목장에서 한 일의 무게 그리고 이 플랫폼 아래에 도사린 피할 수 없는 성적인 세계가 우리 둘 다 두려웠던 것이다.

수영이 끝나면 내가 타고 온 자전거를 콜리의 트럭 짐칸에 실은 채로 타코 존스에 가서 제이미한테 초코 타코와 나초를 공짜로 얻어먹거나, 우리 집으로 가서 오랫동안, (당연히) 각자 샤워를 한 다음 루스가 해놓은 음식을 먹고 TV를 보았다. 하지만 그때도 우리는 절대 둘이서만 침실에 들어가지 않으려고, 최소한 문을 활짝 열어놓으려고 애를 썼다. 그 초여름 내내 우리 사이에는 두 개의 방송국 사이 낮은 볼륨으로 맞춰놓은 라디오처럼 나지막한 잡음이 흐르며 전기가 튀는 듯했고 둘 다 이에 대해서는 한마디도 하지 않았다. 하지만 그렇다고 그런 기류가 사라지는 건 아니었다.

어느 날 저녁 콜리가 우리 집에 왔다. 우리는 할머니와 함께

「매그넘 P.I.」*를 보는 둥 마는 둥 했는데, 창이 열려 있고 오래된 검은 선풍기가 그 앞에서 돌아가고 있었지만 시원해지기는커녕 커튼과 뜨거운 공기만 우리 세 사람 쪽으로 날려 올 뿐이었다. 커피 테이블 위 그릇에 담긴 얼린 포도는 빠른 속도로 녹아가고 살찐 검은색 집파리가 그 주변을 날아다녔다.

광고가 나올 때 할머니가 말했다. "토요일에 묘지에 가봐야겠구나. 프렌들리 플로럴에 가서 멋진 꽃을 사 오렴." 할머니는 덧옷 주머니에서 은행에서 갓 찾은 빳빳한 20달러 지폐들을 꺼내 나에게 건넸다. 할머니가 이 심부름을 시키는 순간을 아까부터 계획하고 있었으리라는 데 생각이 미치자 문득 슬퍼졌다.

여름방학이 시작될 무렵 헤이즐과 미리 상의해 그날 근무를 빼두긴 했지만 그때는 그날이 실제보다 더 한참 남았다고 생각했다. "루스 이모는 토요일에 샐리 큐 행사가 있는걸요." 나는 할머니를 똑바로 바라보며 큰 소리로 말했는데, 할머니의 귀가 그 사이 더 나빠진 데다가 TV까지 켜져 있어서였다.

"안다." 할머니는 방백에 가깝게 중얼거렸다. TV 화면에 다시 등장한 톰 셀렉이 하와이 해변의 새하얀 모래 위에서 조깅을 하고 있었다. "이번엔 너랑 나 둘만 갈 거야, 아가."

"이번 주인 줄 몰랐어." 콜리가 내 손에 자기 손을 얹으며 말했다. 우리 둘 다 움칠했지만 콜리는 곧바로 손을 떼지 않았다. "미안해."

---

* 1980년에서 1988년 사이에 CBS에서 방영한 하와이 배경의 범죄 드라마.

"괜찮아." 나는 대답했다.

"나 마일스시티 공동묘지에는 한 번도 가본 적 없어."

"너희 아빠는⋯⋯." 나는 이어지는 말을 하기 싫어서 거기서 문장을 끝냈다.

콜리가 고개를 저었다. "우리 아빠는 화장했어. 목장에 남고 싶다고 하셨거든."

이런 주제는 콜리와 내가 한 번도 자세히 이야기한 적 없는 주제였다. 부모님이 돌아가셨다는 사실이 우리의 공통점이니 이제는 피하는 게 더 이상하다는 생각이 들었다.

"난 사실 우리 부모님이 뭘 원하셨는지 몰라." 나는 대답했다. "결국 마일스시티 공동묘지에 묻히셨지만."

콜리가 내 손가락을 힘주어 쥐었다. "토요일에 나도 같이 갔으면 좋겠어?"

"응." 내가 대답했다. "그러면 진짜 고마울 거야."

그래서 콜리도 함께하게 되었고, 우리는 둘이 아니라 셋이 되었다. 그날은 장례식 날처럼 뜨겁고 건조했고, 할머니는 심지어 그때 입은 검은 드레스에 똑같이 큐빅 박힌 브로치를 달았다. 콜리는 짧은 꽃무늬 치마에 리넨 상의를 입었다. 나는 카키색 반바지에 루스 이모가 사준 단추 달린 하얀 옥스퍼드 셔츠를 입었다. 주머니가 있음직한 자리에 폴로 선수가 그려진 셔츠였다. 특별한 날이기에 서툰 솜씨로나마 반바지와 셔츠를 다려 입었고 셔츠를 바지 허리춤에 집어넣기도 했지만 평소처럼 소매는 걷어 올렸다. 날이 너무 더웠다.

할머니가 주신 40달러로 내가 빼달라고 부탁한 흰 백합 말고는 온갖 꽃이 다 들어간 커다란 꽃다발 두 개를 샀다. 루스 이모는 부모님의 묘소에 붉은 제라늄과 아이비를 가득 심은 커다란 구리 화분을 두 개 설치해놓았다. 콜리는 묘석이 아름답다고 말하면서 내 어깨를 꼭 쥐었고 나는 할머니의 어깨를 쥐었다. 차가운 대리석 위에 흩어진 종이처럼 버석거리는 낙엽을 치웠다. 할머니는 자수가 놓인 손수건을 꺼내 눈물을 닦았다. 그다음에는 옛날에 아빠가 연애 초기에 엄마를 위해 *뭔가 근사한* 요리를 하려다가 망쳐버리고 부엌에 불까지 냈던 이야기를 해주었다. 언덕배기 묘소에서는 큰길 건너편이 내려다보였고 어느 집 울타리 안 뒷마당에서 어린아이가 청록색 미끄럼틀을 타고 간이 수영장에 퐁당 뛰어드는 모습도 보였다. 사다리를 오르고 미끄럼틀을 내려가고 또 반복하는 그 아이가 데크 주변을 뛰어다닐 때마다 길게 땋은 갈색 머리가 나부꼈다.

"네가 와줘서 다행이야." 나는 콜리에게서 눈을 떼지 않은 채 말했다.

"나도 그래." 콜리가 대답했다. "여기 정말 멋지다. 내 생각이랑은 달라."

잠시 그 자리에 서 있다가 할머니가 "그늘로 가야겠다"라고 해서 다 같이 데어리 퀸에 갔다. 콜리와 나는 체리 맛 딜리 바를 샀고 할머니는 어니언 링만 주문했지만 아이스크림이 먹고 싶다고 투덜거리다가, 결국은 먹으면 안 되는 하와이언 블리자드를 거의 다 먹어버렸고, 우리는 인슐린 주사를 놓으러 서둘러 집으로 돌아갔다.

할머니가 낮잠을 자는 동안 콜리는 내 침대에 걸터앉고 나는 책상 의자에 앉았다. 「야행」을 틀어뒀는데 콜리는 본 적 없는 영화였다. 사실 우리 둘 다 완벽한 금발 곱슬머리의 엘리자베스 슈가 한쪽 팔에 손 대신 갈고리가 달린 운전사가 모는 차에 올라탔다가, 시카고의 블루스 바에서 노래를 부르고, 마피아와 맞서 싸우는 그 모든 일을 단 하룻밤 만에 해내는 내용의 그 영화를 딱히 열심히 보고 있지는 않았다.

나는 CPR 훈련을 받을 때 일회용으로 포장된 알코올패드를 한 무더기 받아왔었다. 조그만 베개같이 작고, 푸른 글씨가 쓰인 네모난 흰 종이들이었다. 나는 그것들을 인형의 방 침실 벽에 방음재처럼 댈 생각이었지만, 아직까지는 책상 위에 착착 쌓아놓았을 뿐이었다. 나는 알코올패드를 쌓았다가 흐트러뜨렸다가 다시 쌓기를 반복했다. 콜리가 자리에서 일어나더니 TV 위에 놓아두었던, 퀘이크 호수에서 찍은 엄마 사진을 가져가서 자세히 들여다보았다. 이전에도 콜리가 이 사진에 대해 물어서 내가 이미 다 이야기해준 적이 있었다.

"너희 엄마 너랑 정말 많이 닮으셨다." 콜리가 말했다.

"어릴 땐 그랬지." 내가 대답했다. "하지만 고등학교 때 찍은 사진만 봐도 달라."

"그땐 어떻게 생기셨었는데?"

"진짜 예쁘셨어. 끝내주게 근사했지."

"너도 예뻐." 콜리는 아무렇지도 않게 말했다.

"아냐, 예쁜 건 너지, 콜리." 내가 말했다. "그런 건 내 분야가 아니잖아."

"네 분야는 뭔데?"

"인형의 집 인테리어 디자인." 나는 말한 뒤 일어나서 콜리 앞을 가로질러 어제 바닥에 놓은 수영복 가방을 향해 걸어갔다. 그 안에 껌 한 통이 들어 있었는데, 젖은 수건에 닿아서 번들번들한 포장이 축축해져 있었다.

콜리가 일어나서 사진을 제자리에 갖다놓았고, 내가 다시 책상으로 돌아가려는데 콜리가 서랍장과 침대 사이 좁은 공간에 서 있어서 지나갈 수가 없었다.

"껌 씹을래?" 나는 오렌지 맛 버블리셔스 껌을 내밀며 물었다.

"아니." 콜리가 말했다. 그리고 다음 순간 우리는 어느새 키스하고 있었다. 그게 가장 정확한 묘사였다. 내 어금니 사이에는 아직 제대로 씹지 못해 설탕 결정이 버석한 껌 덩어리가 들러붙어 있었고, 콜리의 입이 내 입을 덮었다. 내 방문은 활짝 열려 있었고, 돌이킬 수가 없었기에 우리는 돌이키지 않았다. 우리는 침대로 갔고, 나는 콜리가 끌어당기는 대로 그 애 위에 올라탔다. 우리는 옷을 그대로 입은 채로 「야행」의 대사들이 울려 퍼지는 가운데 키스했고, 콜리는 초조해 보이지도, 확신이 없어 보이지도 않았다. 우리는 할머니가 계단 아래에서 우리를 부르면서 저녁으로 무엇을 먹겠느냐고 묻는 소리가 들릴 때까지 키스를 멈추지 않았다.

"금방 내려갈게요." 나는 고개를 문 쪽으로 돌렸지만 여전히 콜리의 몸 위에 올라탄 채로 외쳤다.

"나 아직도 브렛이랑 사귀고 있어." 그때 콜리가 말했다. 그 말로 무언가가 정리될 수 있기라도 한 것처럼.

콜리는 몬태나 특유의 뜨겁고 잠잠한 밤마다 우리 둘이서 하는 일이 단지 대학에 가면 당연히 하게 될 실험들을 미리 해보는 것뿐이라고 생각하기 위해 꽤나 애썼을 것이다. 그리고 나는 그게 아니라는 걸 안다는, 적어도 그게 아니길 간절히 바라고 있다는 사실을 콜리에게 들키지 않으려 애썼다.

우리는 영화관에 가는 습관이 생겼다. 콜리가 스캘런 호수로 나를 데리러 왔고, 집에 도착하면 나는 콜리가 할머니와 이야기하는 동안 얼른 샤워를 했다. 그다음에는 상영 중인 영화를 보러 갔다. 몬태나 극장은 일주일 연속으로 영화 두 편을 매일 똑같이 7시에 한 편, 9시에 한 편 상영했는데, 그게 유일한 문제였다. 우리는 7시까지 영화관에 도착할 수가 없었다. 덕분에 그해 여름 우리는 「그들만의 리그」, 「버피 더 뱀파이어 슬레이어^{Buffy the Vampire Slayer}」, 「배트맨 리턴즈」, 「죽어야 사는 여자」를 각각 세 번에서 네 번씩 보았다. 캣 우먼을 연기하는 미셸 파이퍼, 액션영화의 히어로가 아니라 맹한 성형외과 의사로 나오는 브루스 윌리스, 빈티지한 분홍색 야구복을 입고 지어낸 게 분명한 브루클린 억양을 쓰는 마돈나를 커다란 화면으로 보았다. 이 영화관은 몇백 명을 수용할 수 있는 규모였지만 화요일 밤과 수요일 밤에는 콜리와 나를 제외하면 관객이 열 명도 없을 때가 허다했다. 우리는 그래서 그곳이 좋았다.

"너희 또 영화 보러 가니?" 내가 옷을 갈아입으러 들렀을 때 루스 이모가 집에 있기라도 하면 늘 그렇게 물었다. "그 똑같은 영화? 엄청나게 재미있나 보다." 하지만 루스 이모는 레이와 함께였고 항상 샐리 큐와 찬양의 문 일로 바빴다. 그때 루스 이모와 나는 웬만하면 서로의 일에 끼어들지 않으려고 했는데, 그 이유 중 하나는 루스 이모가 콜리를 무척 좋아했고 *나에게 도움이 되는 친구*라고 생각해서였다.

내 기억 속 아주 옛날에도 몬태나 극장에서 표를 받던 할아버지는 언제나 갈색 바지와 하얀 정장 셔츠 위에 갈색 조끼를 입고 갈색 넥타이를 매고 있었다. 깃대처럼 깡마른 사람이었다. 영화관의 에어컨은 북극의 추위를 방불케 해서 우리는 결국 할머니의 운동 경기 관람용 담요를 가지고 다녔다. 표를 받는 할아버지는 숱 없는 빨간 머리가 어수선했고 우리를 *지긋지긋한 2인조*라고 불렀다. 가끔 표를 사지 않았는데도 손짓을 해 우리를 들여보내 줄 때가 있었지만 오늘이 그날이다 싶을 때면 항상 우리의 짐작은 허사로 돌아갔다. 하지만 할아버지가 우리에게 공짜 영화를 보여줄 때마다 우리는 팝콘이며 탄산음료, 때로 밀크 더즈까지 사느라 돈을 많이 썼다.

우리는 영화관 뒷벽 머리 위로 영사실이 있는 맨 뒷줄에 앉았는데 아마 자리가 있었으면 가운데에 앉았을 것이다. 이미 사람이 있으면 통로 양쪽 끝에 있는 멋진 옛날식 부스석 중 하나를 골라 앉았는데, 때로는 둘 중 하나에 어쩐지 꺼림칙한 남자 한 명이 앉아 있을 때가 있었다. 아빠는 이 몬태나 극장이 아빠의 어린 시절부터 별로 변하지 않았다고 했는데 내 기억 속의 첫 모습으로부터도 별로 변하지 않았다. 암적색 카펫이 깔린 바닥, 엄마가 아르데코풍이라고 알려준 커다란 오렌지색과 분홍색 조명. 간식 판매대 뒤로 계단을 두어 개 내려가면, 얼룩투성이 벨벳 소파가 놓인 휴게실 양쪽으로 분홍색과 녹색이 어우러진 타일로 장식한 멋진 화장실로 들어가는 문이 하나씩 나왔다. 화장실 문에는 금색 글씨로 '신사용', 그리고 '숙녀용'이라고 적혀 있었다.

그렇게 영화관에서 보낸 몇 주가 지나자, 진한 팝콘 냄새부터 상영관 안의 차가운 어둠과 고요에 이르기까지 모든 것이 마치 원시시대의 동굴처럼, 우리의 집처럼 아늑하게 느껴졌다. 우리는 손을 잡았다. 서로 다리를 얽었다. 보는 사람이 없을 때는 키스를 했다. 아무리 깜깜하고 또 맨 뒷줄이라고 해도 똑같이 위험한 일이었다. 나한테는 그게 스릴의 일부일 뿐이었지만 아마 콜리에게는 거의 전부가 아니었나 싶다. 정확히는 모르겠다.

영화 자체는 두 시간 동안 이어지는 조심스러운 전희나 다를 바 없었다. 극장을 떠날 때면 우리는 당장 로비에서라도, 콜리의 트럭으로 걸어가는 길에서라도, 아니면 텅텅 빈 샛길에 세워둔 트럭 안에서라도 서로에게 덤벼들고 싶은 심정이 되어 있었지만, 실제로는 손조차 잡을 수 없는 것은 물론 혹시나 서로를 자극할까 봐 팔조차 스치지 않게 몇 발짝 떨어진 채 걸어갈 뿐이었다. 어쩌면 우리가 한 행동을 전희라고 부르는 건 적절치 않을지도 모르겠다. 다음 단계로 이어지지 않았으니까.

영화관을 나오고 나면 코노코 주유소로 가서 다른 애들을 만나든지 하며 시간을 때웠고, 그다음에 콜리가 나를 우리 집까지 태워주는 것으로 끝이었다. 우리 둘은 다른 애들이 섹스를 하는 장소인 스포티드 이글이라든지 박람회장 뒤편, 아니면 버려진 지 오래인 자동차 극장이나 카본 힐 같은 곳에 갈 수 없었다. 그런 곳에 가서 반쯤 벌거벗은 학교 친구들 옆에 차를 세울 순 없었다. 또 내 방에서 키스한 그날 이후 우리는 입 밖에 소리 내어 말하지는 않았어도 각자의 집은 금기의 장소로 정한 것 같았다.

무엇보다 최악인 것은 우리의 행위에 대해 실제로는 어떤 말도 나누지 않았다는 것이다. 그냥 영화를 보러 간 뒤 상황이 허락하는 만큼 할 수 있는 일을 했을 뿐이고, 나는 다음 날 밤 다시 영화관을 찾을 때까지 우리의 행동이 그 영화관 속에만 머물기를, 엔딩 크레디트가 올라가는 동시에 사라지기를 바랐다. 그러나 내가 혼란스러워하며 영화관에 가는 밤만 기다리는 동안에도 여러 가지 큰 사건들이 빠른 속도로 일어나기 시작했다. 그중에는 처음에 사소해 보였으나 알고 보니 그렇지 않았던 것들도 있었다.

빅 뉴스 첫 번째. 루스 이모와 레이는 주말 성경 행사를 위해 미니애폴리스에 가서 곧 개장할 몰 오브 아메리카*의 사전 체험을 했으며—이모가 샐리 큐 세일즈 실적이 좋아서 따낸 체험권

---

* 미국 최대 규모의 쇼핑몰 체인.

이었다—돌아왔을 때는 '나는 이 쇼핑몰을 정복하고 돌아왔다' 라고 적힌 파란색 티셔츠를 똑같이 입고 있었고, 약혼한 채였다. 레이는 이모에게 프러포즈할 계획이라고 나에게 미리 상의했었는데 딱히 축복해달라는 것은 아니었으나 의도는 비슷했다. 나는 솔직히 대답했다. 좋은 생각이라고 말이다. 나는 레이가 좋았다. 더 중요한 사실은, 나는 루스 이모가 레이와 함께 있는 모습이 좋았다. 레이는 이모에게 온통 번쩍이는 다이아몬드를 박은 거대한 금반지를 주었는데, 그걸 사려면 슈반의 급속냉동 게 다리를 수백 상자 날라야 했을 것이다. 그 이후로 며칠간 루스 이모는 그놈의 샐리 큐 물건들을 정리할 때마다 아래층 레코드 플레이어로 「고잉 투 더 채플Going to the Chaple」을 틀어두었다. 두 사람은 오래 기다릴 생각이 없었고, 루스는 9월의 몬태나를 좋아했기에, 두 사람은 교회 일정을 확인한 뒤 1992년 9월 26일 토요일로 날을 잡았다.

사람들은 두 사람이 *지나치게 서두른다*고 했다. 적어도 크로퍼드 목사가 일요일 아침마다 교회 소식을 보고하는 자리에서 두 사람의 약혼을 알린 다음 열린 커피 모임에서 목장 주인 한 명이 정확히 그렇게 말했다.

"그 큰일을 어떻게 치르려고요?" 또 다른 여자가 루스 이모에게 물었다. 다른 여자들도 믿을 수 없다는 듯 짐짓 눈을 휘둥그레 뜬 채로 고개를 끄덕였다.

"몇 년이나 제 결혼식을 머릿속으로 구상해온걸요." 루스 이모가 말했다. "식은 죽 먹기일 거라고요. 식은 죽 먹기요."

나중에 할머니는 나한테만 몰래 이렇게 말했다. "분명 거창하기 짝이 없는 결혼식이 될 거다. 벌써 눈앞에 그려지는구나."

빅 뉴스 두 번째. 모나 해리스에게 허를 찔렸다. 어느 토요일 밤 폐장 시간에 우리는 함께 황산구리 당번을 맡았다. 황산구리를 뿌리려면 울타리에 매어놓은 허접하기 짝이 없는 철제 보트를 풀어서 물가로 끌고 간 다음 부들개지가 피어 있는 곳으로 밀어 넣어야 했다. 그러면 둘 중 한 사람이 보트에 올라탄 채 보트가 움직이지 않도록 플랫폼을 손으로 붙잡고 있는 동안에 나머지 한 명이 황산구리가 든 13킬로그램짜리 자루를 실은 다음 노를 잡고 따라 타야 했다. 한 사람이 노를 젓는 동안 다른 한 사람이 어떻게 보면 파도에 둥글게 닳은 유리조각 같고 어떻게 보면 어항 바닥에 까는 돌을 크기만 키워놓은 것 같은 새파란 결정 형태의 황산구리를 물에 뿌린다. 이 구리는 물에 닿아야만 산화되는데, 보트에 물이 새서 자루 바닥 쪽의 결정들은 이미 으깨지고 가루가 되어 스쿱으로 잘 퍼내지지도 않고 그 가루가 팔이나 다리에 묻어서 작고 새빨간 화상 자국이 여기저기에 생기게 된다.

우리는 '황산구리'를 동사처럼 썼다. 스캘런 호수가 일요일에는 12시에 개장했기 때문에 황산구리를 뿌리는 날은 토요일이었다. 뿌리는 황산구리의 양이 많아서 다음 날이면 죽은 물풀이며 물옴을 옮기는 달팽이, 그 밖에도 도롱뇽이나 작은 물고기 등 여러 가지 수중 생물 상당량이 물위에 둥둥 떠 있곤 했다. 하지만 그때쯤이면 독성은 사라진 뒤여서 사람이 마음 놓고 물속에 들어갈 수 있었다.

그날은 내가 노를 젓고 모나가 황산구리를 뿌렸고 우리 둘은 거의 입을 열지 않았다. 황산구리 결정은 수면 위로 우박처럼 떨어져서 수면에 거센 포말을 남기다가 서서히 가라앉으며 녹아버렸다.

모나가 입을 연 건 한 자루를 다 붓고 나서 다음 자루를 열기 전이었다. "대학교 계획은 있니? 어느 대학에 가고 싶다거나?"

"아직 생각 안 해봤어요." 그렇게 대답했는데, 사실이기도 하고 아니기도 했다. 나는 그곳이 어디든 콜리를 따라가는 백일몽을 한없이 꾸는 중이었다.

"보즈먼도 괜찮아." 모나가 말했다. "거기서 진짜 멋진 사람들을 많이 만났어."

"마음에 새길게요." 내가 대답했다.

"마일스시티 바깥세상은 정말 넓어."

왠지 세상이 넓다는 말이 아이린이 했던 말과 똑같다는 생각이 들었다.

모나는 스쿱으로 황산구리를 뿌리면서 짐짓 평온한 투로 이렇게 말했다. "내가 올해 들어서 여자친구를 사귀고 있다는 소문 들었지? 물론 별건 아니야. 무슨 선언처럼 하고 싶은 생각도 없었고."

선글라스를 끼고 있어서 모나가 내 표정을 읽을 수 없는 게 다행이었다. "못 들었어요." 내가 말했다. "제가 어떻게 알겠어요?"

"거짓말." 모나는 말했다. "에릭인지 누군지는 몰라도 소문 다

퍼뜨린 거 알고 있어. 아무튼 방금 한 말은 네가 마일스시티를 떠나면 할 수 있는 일 중 하나를 예로 들어주려고 한 거야."

"아니에요. 괜찮아요."

"나는 그냥 너보다 인생 경험이 몇 년은 많으니까."

"음, 저희 부모님은 돌아가셨어요." 내가 말했다. "비극을 겪고부터는 사람이 고양이처럼 빠른 속도로 나이가 든다고요. 그러니까 고양이 나이로 치면 제가 더 나이가 많은 셈이에요."

"너 되게 웃긴다." 모나는 웃기는커녕 미소조차 띠지 않은 얼굴로 말했다.

빅 뉴스 세 번째. 찬양의 문에 릭 로니우스 목사가 방문해서 일요일에 설교를 했고, 파이어파워에도 객원 연사로 참여하게 되어서 모임이 급히 소집되었다. 여름방학 동안 파이어파워는 성령으로 충만한 새 학기를 위한 주말 캠프가 8월에 한 번 있는 것 외에는 정기 모임을 하지 않았기에, 이렇게 모임까지 소집할 정도면 큰 사건이 틀림없었다.

릭 목사는 몬태나 출신 기독교인으로는 유명 인사였다. '변화하는 세상'에서 기독교 신자로 살아간다는 것에 대한 책도 두어 권 썼고 최근에는 *사랑해 마지않는* 고향 몬태나로 돌아와 *성적 일탈로* 망가져버린 청소년을 위한 풀타임 학교와 복지 센터를 설립했다. 또 릭 목사는 푸른 눈이 엘비스 프레슬리를 연상시켰고 갈색 머리를 굉장히 힙한 어깨 길이로 기른 데다(수많은 예수 그리스도의 그림, 그리고 록 스타 에디 베더와 비슷했다), 30대 중반의 젊은 나이로 기타를 연주했기 때문에 기독교에 젊은 이미지를 더하기에 좋은 수단이었다.

릭 목사는 단추 달린 셔츠와 은빛이 도는 푸른 넥타이 차림으로 잘 차려입고 설교에 들어와서 자기가 쓴 책을 읽어주고, 기독교의 믿음이 가족 안에서 시작하고 유지되어야 한다는 일반론적인 이야기를 했다. 하지만 파이어파워 모임에 왔을 때는 청바지에 티셔츠 차림으로 기타를 메고 나타났고 그 모습에 여자 회원 여러 명이 홀딱 반했는지 속삭인다고도 볼 수 없는 큰 소리로 자기들끼리 이야기를 나누기도 했다.

콜리와 나는 회의실의 회색 카펫 위에 나란히 인디언 스타일로(물론 이제는 인디언이라는 말을 쓰면 안 되니까 이 자세를 크리스 크로스 애플소스*라는 이름으로 부르라는 잔소리를 들었다) 앉아 있었다. 우리는 영화관에 가는 밤이 아니면 서로 무릎이 닿지도, 어깨가 스치지도 않게 노력하며 지내는 중이었다.

릭은 우리에게 자스 오브 클레이**를 비롯해 유명한 기독교 록 밴드의 곡 몇 가지를 어쿠스틱 버전으로 들려주었고 나를 포함한 모두가 릭이 연주하는 곡이 최신곡이라는 사실에 감명을 받았다. 릭 목사는 흘러내린 머리카락을 귀 뒤로 넘기면서 우리의 칭찬에 시인이나 예술가를 연상시키는 수줍은 미소로 답했다. 그러자 목소리가 허스키한 메리 트레슬러와 새처럼 짹짹거리는

---

* 양반다리.
** Jars of Clay, 1992년에 데뷔한 기독교 록 밴드.

리디아 딕슨이 낄낄 웃으며 서로에게 눈짓을 했다.

"편안하게 이야기해보자꾸나, 괜찮지?" 릭 목사가 반짝이는 통기타를 벗어 옆에 내려놓더니 다시 우리 쪽으로 돌아서면서 머리카락을 굳이 넘길 필요가 없는데도 다시 한번 귀 뒤로 넘겼다. "그럼, 무엇이든 물어봐도 좋다. 몬태나주 마일스시티에 사는 10대들의 마음에는 어떤 질문이 들어 있을까?"

아무도 대답하지 않자 리디아 딕슨이 또 낄낄 웃었다.

"항상 이렇게 조용한 건 아니지?" 자신의 유명세에는 무관심한 듯한 소탈한 태도였다.

"그냥 몬태나에다 왜 학교를 지었는지 이야기해주시면 안 돼요?" 감초 사탕 냄새를 풍기는 클레이 하버의 말이었는데 그 애역시도 나처럼 어서 이 모임이 끝났으면 해서 초조해하고 있다. 물론 클레이가 초조해하는 이유는 정확히 무슨 일인지는 알바 아닌 컴퓨터일 테지만 내 경우에는 방금 클레이가 던진 그 주제를 피하기 위해서였다.

"그렇구나." 릭 목사가 다시금 수줍은 미소를 지었다. "이번 여름은 '하나님의 약속'에게는 아주 특별한 여름이란다. 몇 주 뒤면 개교 3주년을 맞거든."

"저희 어머니가 기부 카드를 보내셨어요." 메리 트레슬러는 우쭐해져서 불쌍한 릭 목사에게 윙크까지 날렸다.

"좋아, 기부는 언제나 감사하게 여긴단다." 그렇게 대답하며 릭 목사가 웃었는데 TV에 나오는 전도사들 같은 나긋해 빠진 미소가 아니라 진심 어린 미소였다.

"그런데 거기 동성애자 치료하는 데 맞죠?" 클레이가 물었다. 여기까지만 해도 지금까지 살면서 들은, 클레이의 입에서 나온 말보다 많았다.

콜리는 마음의 준비를 미처 하지 못했는지—나는 릭 목사가 무슨 일을 했는지, 무엇으로 유명한 사람인지 잘 알고 있었다— 내 옆에서 '동성애자 치료'라는 말에 바짝 굳는 게 느껴졌다. 어쩌면 내 몸도 굳었는지 모르겠다. 나는 그래도 차분한 태도를 유지하려고 노력했다. 릭 목사처럼 차분하게. 나는 굳이 그를 빤히 마주 보았다.

"우리는 *치료*라는 말은 사용하지 않는단다." 릭 목사는 클레이의 말을 고쳐준다는 티를 내지 않고 그렇게 말했는데, 정말 축복받은 말재간을 타고난 사람 같았다. "우리는 10대들이 하느님을 찾을 수 있도록, 때로는 하나님께 되돌아오고, 여러분이 노력하는 대로 그분과의 관계를 다질 수 있도록 돕는단다. 하나님과의 관계가 그런 부적절한 욕망을 버릴 수 있도록 도와주니까."

"하지만 만약 그 사람이 그렇게 살고 싶어서 사는 거라면요?" 앤드리아 헐리츠가 그렇게 묻더니 테네시에 살 때 교회에서 보여주었다는 다큐멘터리 내용을 이야기해주었다. 동성애의 유일한 치료법은 에이즈이고, 그것이 하느님이 동성애를 치료하는 방법이라는 것이었다.

릭 목사는 그 이야기에 귀를 기울였고, 앤드리아가 스스로 중요하다고 생각하며 강조한 부분에서 고개를 끄덕였다. 하지만 앤드리아의 이야기가 끝나자 숨을 들이쉬더니, 다시 머리카락을 귀 뒤로 넘기며 입을 열었다. "앤드리아, 나도 그 영화를 본 적이 있단다. 또, 그렇게 믿는 사람들도 알지. 하지만 나는 하나님과의 관계에서 어떤 죄를 품었건 간에 이웃에게 연민을 가져야 한다는 것을 배웠단다." 정지, 머리카락 넘기기. "나는 그들의 마음에 대해서도 어느 정도 알고 있단다. 나 역시도 10대 시절 동성애 욕망으로 고통받았으니까. 나를 도와주고 영적으로 인도해준 이들이 있었다는 사실이 나는 정말 감사하고, 또 축복을 받았다고 생각한단다. 아직도 나에게는 나를 돕는 사람들이 있지. 마가복음 9장 21절. '믿는 자에게는 능히 하지 못할 일이 없느니라.'"

그 뒤에는 다들 어디에 눈을 두어야 할지 모르는 것 같았다. 나는 둥글게 둘러앉은 사람들 중 맞은편에 앉아 있는 누군가에게 눈을 맞추었고 다음 순간 우리 둘 다 재빨리 서로의 시선을 피했다. 나는 릭 목사에게 이런 배경이 있을 줄은 까맣게 몰랐는데, 파이어파워 동료들의 표정을 보아 하니 아무도 몰랐던 모양이었다. 클레이 하버만이 미소를 지으려고 애쓰고 있는 것을 보면 애초부터 릭의 정체를 까발릴 작정이었던 것 같았다.

"여기에 대해 또 다른 질문 있는 사람?" 릭 목사가 물었다. "방금 한 이야기는 나한텐 더 이상 수치스러운 비밀이 아니란다. 한때는 그랬지만 나는 하나님 안에서 구원을 찾고 새로운 목적을 얻었단다. 그러니까 이제 궁금한 건 뭐든지 물어보려무나."

나는 묻고 싶은 것이 수없이 많았고, 차마 콜리를 쳐다볼 수는 없었지만 콜리 역시 같은 생각이라는 것을 알았다. 하지만 도저히 손을 들 수가 없었고, 다른 누구도 질문하지 못하던 끝에 리디아가 물었다. "그럼 지금은 여자친구 있으세요?"

릭 목사를 포함해 모두가 웃음을 터뜨렸고, 그가 "지금은 없지만 항상 구하고 있다"라고 대답하자 아이들은 또 웃었고, 누군가가 '성적 타락'의 종류에 대해 묻자 이야기는 그대로 10대들의 문란한 성행위에 대한 토론으로 이어졌고, 그다음에는 미국 전역의 *무시무시한* 10대 임신율, 그다음에는 당연히, 낙태 이야기로 넘어가면서 화제는 완전히 바뀐 듯했다.

모임이 끝나자 콜리는 다른 아이 두엇과 함께 간식 테이블로 몰려갔다. 땅콩버터 브라우니 접시 옆 한편에는 릭 목사가 가져온 '하느님의 약속 기독교 훈육 프로그램' 팸플릿이 쌓여 있었다. 콜리는 팸플릿을 한 장 집더니 아무렇지도 않게 넘겨보다가 자기 가방에 집어넣었다. 나 역시 한 장 가져가고 싶었는데, 이유는 뭐라 설명하기 어려웠다. 그냥 그 책자에 뭐라고 적혀 있는지, 혹시 거기 다니는 아이들 사진 같은 것도 실려 있는지 궁금했지만, 그렇다고 남들이 보는 앞에서 챙길 수는 없었다. 콜리는 그럴 수 있었지만 나는 아니었다. 콜리는 그 팸플릿을 남몰래 챙길 필요가 없었다. 사람들은 콜리가 팸플릿을 챙긴 이유가 자기가 그곳에 가야 할지도 모른다고 생각해서일 거라고는 절대 상상하지 못할 것이다. 브렛의 *여자친구*로 유명한 그 *콜리 테일러*가 그럴리 없으니까. 절대로.

빅 뉴스 네 번째. 이건 정말 대사건이었다. 릭 목사가 찾아온 날로부터 며칠 뒤 콜리가 마일스시티 시내에 아파트를 얻게 됐다. 콜리 혼자 쓰는 아파트였다. 이렇게 말하니까 대도시에서나 있을 법한 근사한 일처럼 느껴지겠지만, 사실 수십 킬로미터나 떨어진 농장에서 커스터고등학교에 통학하는 아이들이 시내에 집을 얻어 혼자 지내는 것이 드문 일은 아니었다. 이렇게 자취를 하는 아이들이 스무 명도 넘었는데, 그중 네 명은 학교에서 그리 멀지 않은 곳에 작은 방갈로를 얻어서 같이 지냈고, 할머니 혼자 사는 집의 꼭대기 층에 세 들어 사는 아이들도 있었다. 콜리처럼 시내의 메인 스트리트에서 몇 구획 떨어지지 않은 톰슨 아파트 먼트라는 건물 6층에 원룸을 얻어 지내는 아이들도 있었다.

콜리가 아파트를 얻을 수도 있다는 이야기는 예전부터 나왔지 만, 어느 날 밤 타이가 목장으로 돌아오던 길에 사슴을 차로 치고, 얼마 후에는 길을 벗어나서 용수로에 빠지기까지 하고 나서 야(사실 길이 험하고 구불거리기 때문이라기보다 술을 마셔서라고 봐 야겠지만) 콜리의 엄마는 모두를 위해 시내에 아파트를 구해두는 게 좋겠다고 생각했다. 학기 중 일요일부터 목요일까지 콜리가 쓰고, 타이가 술을 많이 마신 날에도 쓰고, 아주머니 역시 병원에 서 24시간 교대 근무를 마친 뒤 너무 피곤해서 목장까지 돌아오 기 힘들 때 그곳에서 눈을 붙일 테지만, 기본적으로 그곳은 콜리 의 공간이었다.

스캘런 호수에 나를 데리러 온 콜리는 아파트를 진짜로 얻게 되었다고 알려주었다. 나는 아직도 왼쪽 수상안전요원석에 앉아 있었고 호수에는 미루나무의 그림자가 드리워지고 있었으며 우 리 동네 사람이 아닌 가족이 안전선 바로 앞에서 시끄러운 소리를 내며 마르코 폴로 게임을 하고 있었다.

파이어파워 모임에서 콜리가 팸플릿을 챙겨온 이후로 우리 사이는 놀라울 정도로 변하지 않았다. 언제나처럼 우리는 그 이야기를 입 밖에도 내지 않았고, 그 뒤에도 딱히 달라진 것 없이 영화관에 갔다. 하지만 일주일 뒤에는 브렛이 돌아올 테고, 그 뒤로 보름이 지나면 새 학기가 시작될 테니까, 터놓고 대화하지 않더라도 어차피 우리 사이는 곧 변할 것이었다.

하지만 그날 저녁, 고속도로에서 일하느라 더러워진 옷차림에 머리에 먼지가 묻은 콜리는 수상안전요원석에 앉은 내 옆에 서서 따끈하게 달아오른, 페인트가 벗겨진 판자에 한쪽 팔을 기대고 혼자만의 아파트가 생기면 정말 좋을 거라고 신난 목소리로 이야기했다. 비록 그 집에서 아직까지는 '표백제 냄새와 발 냄새'가 나지만, 내가 집 꾸미기를 도와주었으면 좋겠다며, 벌써 엄마와 함께 K마트에 가서 빨간색 금속 찻주전자와 부드러운 노란색 욕실 매트, 바닐라 향과 시나몬 향 양초를 한 아름 샀다고, 욕실에는 발 달린 욕조가 있고, 타일은 검은색과 흰색이라며, 다음 날 이사를 할 거라고 말이다.

11

런지가 모든 레즈비언은 뱀파이어 서사와 *근원적 연관관계*를 맺고 있다는 이야기를 한 적이 있었다. 고딕 중편소설인 「카르밀라」와 *레즈비언의 유혹이라는 어두운 힘에 맞닥뜨린 남성의 성적, 심리적 불능 상태*에 관한 이야기였다. 그렇게 나는 「악마의 키스」를 빌려 보기도 전에 영화 속 '그 장면'에 대한 이야기를 낱낱이 듣고 말았다. 결국 나도 그 영화를 빌려 보긴 했다. 나이를 먹지 않는 이집트 뱀파이어 미리엄으로 분한 카트린느 드뇌브가 노화를 연구하는 의사인 사라로 분한 수전 서랜던과 함께 미리엄의 실크 침구가 덮인 커다란 침대에 쓰러져서 서로를 탐하는 동시에 피를 교환하는 의식을 치른다. 가장 중요한 순간에 바람에 날리는 하얀 커튼 때문에 두 사람의 한데 얽힌 몸이 가려져버렸고 덕분에 나는 여러 번 되감기를 했다. '그 장면'은 무척 후끈

하고도 에로틱했고 린지가 묘사한 그 모든 것을 담고 있었지만 나는 이 영화에서 최고로 섹시한 장면은 그 장면 전에 등장한다고 생각했다.

내가 가장 섹시하다고 꼽은 그 장면은 수전(세라)이 카트린느(미리엄)가 피아노를 치는 장면, 그리고 최면을 거는 것 같으면서도 때로는 억양을 구분하기 어려운 낮은 목소리로 얼굴을 붉히면서 꽉 끼는 하얀 티셔츠에 핏빛 셰리주를 세 방울 흘리는 장면이었다. 그다음에는 점프 컷으로 장면이 바뀌어 수전이 젖은 행주로 핏빛 얼룩을 문지르는 바람에 포르노 영화에 나올 법한 젖은 티셔츠 장면이 펼쳐졌다. 그 시점에서는 카트린느 드뇌브가 수전 서랜던 뒤를 걸어가다가 손끝으로 수전의 어깨를 살짝 더듬기만 해도 두 사람의 눈이 강렬하게 마주치고는 뜨겁게 달아올랐다. 그 뒤로 5초 후에 수전 서랜던은 티셔츠를 완전히 벗어 버렸다.

이 영화는 데이비드 보위와 내가 알기로는 실제로 레즈비언이 아닌 두 여배우가 나오는 예술적인 뱀파이어 영화에 불과했지만, 어깨를 더듬고 눈을 마주치는 그 장면만큼은 진짜처럼 보였다. 심지어 섹스 그 자체보다 훨씬 더 강렬하고 에로틱하게 느껴졌다. 어쩌면 「악마의 키스」를 보았던 시점에 내가 실제로 그런 순간은 겪어봤어도 '섹스 그 자체'는 해본 적 없어서 그렇게 느꼈는지도 모른다.

나는 린지와 알게 되고 얼마 뒤에 이 영화를 빌려 보았지만, 그 시점부터 린지가 나에게 레즈비언 교양을 쌓기 위한 대중문화 과제를 너무 많이 내주는 바람에 봤다고 말해주는 걸 잊었던 것 같다. 린지가 「악마의 키스」 비디오테이프를 나에게 보내 왔던 것이다. 알래스카 앵커리지에서 린지가 보낸 위문품 소포에 포함된 이 테이프는 원래의 케이스 안에 들어 있었고, '이미 본 영화'라고 적힌 분홍색 스티커가 배려 없게도 하필 카트린느(미리엄)의 얼굴 위에 붙어 있었다. 내가 여름방학이 시작된 뒤 린지에게 딱 한 번밖에 편지를 쓰지 않았다는 것, 그리고 린지가 계획한 알래스카에서의 재회 대신 콜리를 택했다는 걸 생각하면 받을 자격도 없는 소포였다.

식탁 위에서 나를 기다리던 이 소포를 발견한 건 집에 돌아와 샤워를 하고 옷을 갈아입으려고 서두를 때였다. 나는 오랜만에 콜리 없이 혼자 집에 돌아왔다. 우리의 계획이었다. 콜리는 지난 며칠간 가족과 친구들로 붐비던 새 아파트에서 나를 기다리고 있었다. 타이가 카우보이 친구들을 데리고 가서 가구를 나르고 선반을 달아주었고, 테일러 아주머니의 병원 동료와 찬양의 문 식구들이 오래된 접시와 냄비와 프라이팬을 가져다주기도 했다. 사람들이 손에 탄산음료나 냉동식품, 화분을 들고 끊임없이 콜리의 새 집을 찾아갔다. 마침내 방문객의 발길이 잦아든 오늘은 우리가 처음으로 영화관이 아닌 콜리의 집에서 둘이서만 영화를 보기로 한 밤이었다. 원래 내 계획은 콜리의 집에 가는 길에 비디오 앤 고에 들러서 문을 빗장과 체인으로 꽁꽁 잠가둔 채로 새로 산 퀸 사이즈 침대가 있는 방 바로 옆에서 단둘이 시간을 보내기 위한 공식적인 핑계가 되어줄 아무 영화나 빌려 가는 것이었다.

그런데 이 계획 한가운데에 갑자기 린지의 소포가 끼어든 셈이었다. 나는 콜리와 함께 보낼 시간을 조금도 낭비하고 싶지 않았기에 계단을 두 칸씩 올라 방으로 들어가는 동시에 소포 상자를 뜯으면서 옷가지도 하나씩 벗었다. 소포를 뜯다가 골판지 모서리에 손을 베었고, 벤 상처는 테이프를 뜯다가 더 심해지고 말았다. 방으로 들어가면서 소포를 채운 찢어진 신문지 조각들은 바닥에 버렸다. 발길을 멈추고 줍지도 않았다. 린지의 소포 안에는 「악마의 키스」 비디오테이프와 함께 믹스테이프 두 개, '진짜 알래스카 무스의 똥'이라는 이름이 붙은, 견과류와 건포도에 초콜릿을 입힌 과자 한 봉지, 낚시하는 그리즐리 곰이 든 스노우볼이 있었다. 마지막으로 가슴이 풍만한 여자 두 명이 형광색 비키니만 입은 채로 눈이 어마어마하게 쌓인 소나무와 전나무 숲속에 서 있는, 어마어마하게 추워 보이는 사진엽서가 나왔다. 사진에는 형광 보라색 글자로 '알래스카 최고의 야생 생물'이라고 적혀 있었다.

엽서 뒷면에는 이렇게 적혀 있었다.

POST CARD

내가 찾은 엽서 중 가장 악취미

캠,

296

너의 수수께끼 같은 짧은 편지를 보고 나는 네가 실연으로 끝날 게 분명한 사랑을 좇으며 여름방학을 보내고 있다는 의심에 확신을 가지게 됐어. 하지만 노력하는 네가 좋다······ 이 비디오와 초콜릿을 그녀를 유혹하는 무기로 쓰길 바라.

키스와 포옹을 보내며.
린즈

캐머런 '베이비 다이크' 포스트에게.
몬태나 59301, 마일스시티, 위보 스트리트 1349번지

추신. 이 엽서를 소포 '안에' 넣은 거 고맙지?

 이 엽서를 소포 안에 넣어서 보내준 게 정말 고마웠다. 처음에는 유혹의 무기로 쓰라는 린지의 말을 농담으로 받아들였지만, 사실 콜리가 아직 「악마의 키스」를 안 보았으니 비디오를 빌리느라 시간을 낭비하지 않아도 될 것 같기도 했다. 나는 루스 이모 전용 바디 스크럽이며 보습 세정제와 리프레싱 린스를 잔뜩 써서 아주 꼼꼼히 샤워를 했다. 크림 앤 그린스*처럼 초록 빛깔을 띤 이런 목욕용품이 풍기는 '천연 식물 추출물'과 '강화된 비타민과 미네랄' 향기가 욕실을 물들였다. 다리털을 밀고 몸의 물기를

---

* 녹색 채소에 크림을 넣어 익힌 요리.

닦는 어느 시점에 나는 되든 안 되든 밀어붙이는 게 낫겠다는 생각이 들었다. 「악마의 키스」를 콜리의 집에 가져가서 그냥 우스꽝스러운 뱀파이어 이야기인 척하고 틀어버린 뒤 어떻게 되는지 운명에 맡길 생각이었다.

콜리의 집이 있는 건물에는 어두운색 목조 계단과 기다란 복도에 뜨겁고 텁텁한 공기가 감돌았고 입주자의 다양한 저녁 메뉴 냄새가 났다. 3-B호 사람들은 생선 스틱을 먹은 게 분명했고 5-D호 사람들은 맥도널드나 하디스에서 버거를 사 먹은 것 같았다. 건물 전체에 창문 설치형 에어컨의 소음이 진동했다. 건물 앞 보도에 에어컨의 물기가 뚝뚝 떨어졌고 뜨뜻하게 달아오른 건물 안 복도에서는 에어컨이 쉬지 않고 내는 웅웅 소리에 TV와 스테레오에서 새어나오는 낮은 소음까지 섞여서, 마치 톰슨 아파트먼트 건물이 살아 있는 것 같았고 한편으로는 누구의 눈에도 띄지 않고 숨을 수 있는 은신처처럼 느껴지기도 했다.

광이 나는 불그스레한 목재 위에 6-A라고 검은 글씨로 적힌 콜리의 집 문을 두드리기 전 나는 잠시 기다렸다. 손에는 비디오, 무스 똥 초콜릿 봉투, 그리고 루스 이모가 콜리에게 주는 집들이 선물인 '바쁜 여성을 위한 필수품' 샐리 큐 연장 세트가 들려 있었다. 안에서 라디오 소리가 새어나오고 트리샤 이어우드가 '한 소년과 사랑에 빠진' 감정에 대해 노래하는 소리가 들리는 것으로 보아 컨트리 음악 방송을 틀어둔 것 같았다. 땀이 났는데, 복도가 후덥지근해서만은 아니었다. 심호흡을 여러 번 했지만 마음이 쉬이 진정되지 않았다. 태어나서 처음으로, 늘 입는 탱크톱에 반바지 말고 옷을 좀 더 잘 차려입고 올걸 하는 생각이 들었다. 볕에 그을린 내 몸에서도 가장 새까맣게 탄 갈색 발가락을 내려다보았는데, 너무 까매서 방금 샤워를 했는데도 지저분해 보였다. 나는 다시 문을 쳐다보면서 혹시 테일러 아주머니께서 집주인의 허락을 받고 타이를 시켜 현관문에 뚫어놓은 구멍으로 콜리가 이 모든 장면을 지켜보고 있는 것이 아닌가 하는 생각을 했다. 나는 문을 두드렸다.

대답이 곧바로 돌아오지 않았으니 콜리가 구멍을 통해 나를 내다보고 있는 게 아니거나, 아니면 그 사실을 내게 알리고 싶지 않거나 둘 중 하나였을 것이다. 문 안쪽에서 빗장이 풀리는 소리와 (타이의 말에 따르면) 쓸모없는 체인이 미끄러지는 소리가 났고, 다음 순간 눈 앞에 나와 똑같이 탱크톱에 반바지(콜리의 바지가 더 짧았는데 어쩌면 실제로 짧은 게 아니라 콜리의 다리가 엄청나게 길어서 그렇게 보인 건지도 모른다) 차림의 콜리가 나타났다. 우리 둘 다 갓 샤워를 마친 탓에 머리가 젖었고, 얼굴에는 어색하고 수줍은 미소를 띠고 있었다.

"들어와, 집 안이 마그마 속처럼 더워." 그러면서 콜리는 내가 안으로 들어갈 수 있게 한 발짝 물러섰다.

"그냥 *마그마*라는 단어가 쓰고 싶은 거지?" 내가 그렇게 대답하는 동안에 콜리는 문을 다시 잠갔다.

창문의 블라인드는 모두 내려져 있었고 거실에 조명이라고는 구석에 있는 램프 하나가 전부였다. 집 전체에 트리샤 이어우드의 노랫소리 그리고 하나뿐인 에어컨에서 나는 커다란 소음이 울려 퍼지고 있었다. 테일러 아주머니가 중고 물품 판매 행사에서 사 온 에어컨을 타이가 다시 작동하도록 고쳐서 설치해둔 것이었다. 에어컨은 침실에 있었는데, 콜리의 말이 맞았다. 에어컨이 있다고 해서 집이 시원하지는 않았다.

"그래도 냄새는 훨씬 좋아졌네." 나는 문간에서 플립플롭을 벗으며 말했다. 콜리가 맨발인 것이 눈에 들어왔기 때문이었다. 나는 그날 저녁 사소한 것 하나까지도 모두 콜리가 이끄는 대로 하기로 이미 마음먹은 상태였다.

"그래?" 콜리는 앞장서서 올리브색 리놀륨 바닥에 올리브색 찬장이 달린 작은 부엌으로 들어갔다.

"당연하지. 처음 왔을 때보다 훨씬 나아."

콜리는 냉장고 문을 열고 안에 머리를 집어넣은 채로 말했다. "내가 양배추와 누들을 넣은 샐러드를 만들어놨어. 우리 엄마가 해준 거 네가 맛있었다고 해서. 그리고 과일 샐러드랑, 치킨 샐러드도 준비했어."

"베키 호메키*가 다 됐네." 나는 콜리가 냉장고에서 꺼낸 보관 용기 무더기를 조리대 위에 내려놓을 수 있게 뒤로 물러났다.

콜리는 보관용기 뚜껑을 열더니 그릇마다 하나씩 나무 스푼을 가져와서 휘저었다. "그보다는 내가 더 급이 높으니까 마사 스튜어트가 다 됐다고 해줘."

나는 아나운서 목소리를 흉내 냈다. "음, 마사라면 분명 이 정

---

* 가사노동을 잘하는 사람을 가리키는 농담.

교한 분홍색 연장 세트를 마음에 들어 할 거예요. 바쁜 여성들을
위한 망치, 집게, 줄자, 일자드라이버는 물론 필립스 십자드라이
버까지 갖추고 있죠.” 나는 바나 화이트*라면 이렇게 할 법하다
고 생각하면서 연장 세트를 자랑스레 들어 보였다.

　“루스 아주머니 진짜 최고다.” 콜리가 내 손에 들린 연장 세트
뚜껑을 열어보면서 말했다. 망치를 꺼낸 뒤 허공에 대고 못 박는
시늉을 하기도 했다. “아니, 유용한 *데다가* 편하기까지 하잖아!
다시는 남성용 망치는 못 쓰겠는걸!”

　콜리의 농담에 우리 둘 다 웃음을 터뜨렸다. 블라인드가 내려
진 어두컴컴한 부엌의 좁은 공간에 단둘이 바짝 붙어 서서 말이
다. 동시에 방금 전 웃음이 편안했던 만큼 우리 사이의 불편한
감정을 자각하고 말았다. 라디오에서는 말투가 진득진득한 남자
앵커가 농업 동향을 알리고 있었다. 콜리가 망치를 제자리에 넣
자 나는 연장 세트를 조리대 위에 내려놓았다. 콜리는 개수대 위
찬장 속, 작고 샛노란 배 하나마다 새파란 작은 잎사귀가 하나씩
그려진 종이를 새로 깔아놓은 선반에서 접시 두 개를 꺼냈다. 그
전날에 우리는 찬장과 서랍 속을 정리했었다.

　콜리가 접시에 음식을 담는 동안 나는 포크를 꺼냈다. 우리는
몸을 움직일 때 서로 스치거나 너무 가까이 서지 않으려고 주의
를 기울였는데 좁은 부엌에서는 아주 정교한 움직임이 필요한

---

* Vanna White(1957~). 게임 쇼 「휠 오브 포천(Wheel of Fortune)」의 여성 진행자이자 영화
　배우.

일이었다.

콜리는 고갯짓으로 내가 가져온 비디오와 초콜릿을 가리켰다. "무슨 영화 빌려 왔어?"

"안 빌렸어." 나는 콜리가 보관용기를 다시 집어넣을 수 있게 냉장고 문을 열며 대답했다.

"그럼, 이건 뭐야?"

"린지가 보내준 거야. 수전 서랜던이 나오는 뱀파이어 영화야. 꽤 재밌어. 좀 묘하기도 하고."

냉장고 문에 가려졌던 콜리가 오렌지색이 도는 노란색 액체가 든 플라스틱 주전자를 들고 다시 나타났다. "넌 벌써 봤어?"

"난 안 본 영화가 없지."

"영화 보면서 술 마시자." 콜리가 손짓으로 비켜보라는 시늉을 하더니 개수대 아래 찬장을 열고 안에 든 파인솔 통을 옆으로 치운 뒤 그 뒤에 숨겨진 럼 한 병을 꺼냈다.

"타이 오빠가 두고 간 거야." 콜리가 말했다. "절대 손대지 말라더라고."

"그럼 우리 럼이랑 이 주전자에 든 거 섞어 마시는 거야?"

"오렌지 파인애플 주스야."

"트로피컬이네."

콜리가 나를 보고 윙크했다. "그럼. 처음에는 럼에 주스를 섞은 걸로 시작해서, 끝에는 럼에 럼을 섞은 것으로 가보자고."

그 뒤에 이어지는 행동을 우리는 마치 발레처럼 신중하면서도 정확하게 해냈다. 그 사이에 우리는 거의 대화를 나누지 않았고,

공식적으로 입 밖에 낸 적은 없음에도 그날 저녁 계획한 그 일이 계속해서 우리 사이에 열기처럼 짙고도 묵직한 존재감을 드리웠다. 우리는 접시를 거실로 가져가 커피 테이블에 차려두고 부엌으로 돌아와서 주스에 럼을 진하게 탄 뒤 콜리의 엄마가 사준 보라색 얼음 틀에서 꺼낸 얼음을 넣었다. 유리잔을 부딪쳐 건배를 했다. 술을 마시고, 다시 술잔을 채울 때마다 럼을 더 많이 부었다. 콜리가 술을 가져왔고, 나는 비디오와 초콜릿을 가져오는 길에 라디오를 껐다. VCR에 테이프를 집어넣고 TV 위에 놓인 리모컨을 집어서 소파로 가져온 다음 재생 버튼을 눌렀다. 우리는 무릎 위에 접시를 올려놓은 채 최대한 서로 멀리 떨어져 소파 양쪽 갈색 팔걸이를 하나씩 차지하고 앉았는데 영화관에 나란히 앉을 때보다 훨씬 멀리 떨어져 있었다. 그때 나는 오늘 밤 내내 우리가 이렇게 멀찍이 떨어져 앉아 있는 것은 아닐까 하는 걱정이 들었다.

우리는 음식을 먹으면서 아무 말 없이 영화의 시작 부분을 보았다. 데이비드 보위와 카트린느 드뇌브가 외국의 한 나이트클럽에서 만나는 난해한 장면이었다. 콜리가 먼저 입을 열었다.

"되게 묘하다."

"영화가?"

"당연하지, 그럼 무슨 얘긴 줄 알았어?"

"모르겠어." 내가 대답했다.

콜리가 자기 접시를 커피 테이블 위에 놓은 뒤 이쪽으로 손을 뻗어 내 허벅지 아래에 끼어 있던 리모컨을 집었다. 리모컨을 집으려다 콜리의 손이 내 몸에 닿자 둘 다 바짝 긴장했다. 콜리가 정지 버튼을 눌렀다. 새하얗게 밝혀진 삭막한 복도에서 검은 가죽옷을 입고 펑크족 헤어스타일에 피어싱을 잔뜩 한 데이비드 보위가 카트린느 드뇌브와 함께 유혹해 온 커플 중 여성과 밀착해 있는 장면이었다.

콜리는 진지한 표정으로 나를 돌아보더니 물었다.

"끝까지 이런 식이야?"

"영화 말이야?" 나는 이번에도 씩 웃으며 되물었다.

그러자 콜리도 웃었다. "똑똑하긴. 너 좀 유치하지만, 그래도 봐줄게."

"감사합니다." 내가 대답했다.

"당연하지." 콜리는 비디오 케이스를 집어 들고 뒷면을 한참 쳐다보더니 드라큘라 목소리를 과장되게 흉내 내어 홍보 문구를 읽었다. "인간이 사랑하는 그 어떤 것도 영원할 수 없다." 콜리가 「세서미 스트리트」의 캐릭터처럼 낄낄 웃더니 다시 케이스를 커피 테이블 위에 놓았다. "린지가 이 비디오를 너한테 왜 보낸 거야?"

"내가 말 안 했어? 린지는 뱀파이어라니까."

"아, 이럴 줄 알았어." 콜리는 손에 든 잔을 내 쪽으로 까딱거렸다. 진지하게 대답하라는 뜻이었다. "장난치지 말고, 진짜 왜 보낸 거야?"

"보다 보면 알게 될 거야."

"왠지 수상해. 너희 둘 사이도, 둘이서 자꾸 비밀스러운 물건을 주고받는 것도. 어차피 영화를 보면 알게 될 건데 대답해주지 않는 이유라도 있어?"

"그런 거 없어." 나는 과일 샐러드를 잔뜩 떠서 포도 두 개, 바나나 슬라이스 한 무더기를 한입 가득 집어넣었다.

"있으면서."

나는 콜리에게 린지와 나에 대해 이야기해준 적이 없었다. 콜리는 린지가 나에게 소포를 자주 보낸다는 사실만 알았다. 또, 린지가 여자를 좋아한다는 것도 알았다. 하지만 콜리가 아는 것은 그 정도가 다였다. 나는 내 접시를 커피 테이블에 놓고 입을 열었다. "그냥 재생 버튼을 누르면 비밀은 전부 밝혀질 거야."

"안 돼, 그건 너무 쉽잖아. 그럼 내가 세 가지 추측을 해볼게." 콜리가 맨 다리를 소파 위에 뻗었다가 접으면서 내 쪽으로 완전히 돌아앉았다.

나 역시 콜리와 똑같이 다리를 뻗었다가 접었다.

"세상에, 너 진짜 많이 탔다." 콜리가 내 무릎을 쳐다보더니 말했다. 온종일 수상안전요원석에 앉아 있었던 탓에 몸에서 발가락 다음으로 새까매진 부위였다.

"너도 마찬가지야." 내가 말했다.

"내 다리는 안 그런데." 그렇게 말하면서 콜리가 다리 하나를 들어 소파 위에 쭉 펴더니 빨간 매니큐어를 칠한 발가락을 내 무릎에 댔다.

"너는 청바지 입고 일하잖아. 햇빛이 청바지를 뚫을 리 없지."

콜리는 다리를 다시 거두어들일 수도 있었을 텐데 가만히 있었고, 나 역시 파자마 파티를 하는 어린애들처럼 아무 생각 없는 것처럼 굴었다. 무릎에 콜리의 발이 올라와 있으니 어떻게 해야 할지 알 수가 없었다. 영화 속에서 발가락을 빠는 장면을 본 적이 있었지만 내 능력 밖의 일인 것 같았고, 콜리의 예쁜 발가락을 보고 있자니 그런 짓을 해서는 안 될 것 같기도 했지만, 일단 그 행동 자체가 지금 우리가 처한 상황에서 지나치게 앞서나가는 거란 건 확실했다.

하지만 무슨 말이라도 해야 한다는 생각이 들었다. "좋아, 그럼 네 세 가지 추측은 뭔데?"

"해볼게." 콜리는 두 손을 겹쳐 무릎 위에 놓더니 잠시 눈을 감고 큰돈이 걸린 게임 쇼에 출연한 도전자라도 되는 것처럼 정신을 가다듬었다. "좋아. 음, 영화가 너무 무서워서 내가 겁에 질려 혼자 못 자겠다고 너랑 같이 자자고 할 것 같아서?" 그러면서 콜리는 양쪽 눈썹을 치켜들었다.

"완전 틀렸어." 나는 말했다. "공포영화이긴 하지만 예술영화라고. 그리고 별로 안 무서워. 피도 거의 안 나는걸. 혼자 자기 무섭지도 않을 거야."

그러자 콜리는 TV에 출연한 생각 많은 심리학자처럼 고개를 주억거렸다. "음…… 내 생각대로군." 콜리는 정지 화면을 가만히 보더니 다시 내 얼굴을 보았다. 그러더니 아까보다 사뭇 진지해진 목소리로 물었다. "뱀파이어들이 난교하는 장면도 나와?"

"좋은 추측이었어." 대답하긴 했지만 얼굴이 달아올랐다. "하지만 틀렸어. 뱀파이어든, 인간이든, 난교 장면은 안 나와."

"영화에 아예 안 나오는 거야?"

"안 나와, 전혀." 나는 잠시 생각한 끝에 TV를 가리켰다. "저기 봐. 지금 두 커플이 동시에 같은 방에서 섹스하고 있기는 하지만, 같이 하는 게 아니라 둘씩 한다고. 이해가 돼?"

"그렇구나." 콜리가 대답했다. 그러더니 콜리는 잠깐이지만 그냥 나를 쳐다보다가 리모컨을 집어 재생 버튼을 눌렀다. 그러자 보위와 여자가 다시 움직이기 시작했다.

"세 번째 추측은?" 내가 물었다.

"나 벌써 알아."

"진짜?" 내가 물었다.

"진짜." 콜리가 대답했다.

콜리가 내 무릎 위에 놓았던 다리를 거둬 다시 접는 바람에 그 뒤로 약 15초 정도 나는 영문도 모르고 내가 모든 걸 망쳐버린 줄로만 알았다. 그러나 다음 순간 콜리가 소파 한가운데로 옮겨 앉으며 나에게 손을 내밀었고, 나 역시 그 손을 잡으며 콜리 쪽으로 움직여갔다. 그렇게 우리는 영화관에서처럼, 하지만 그때보다 더 단단히 서로를 끌어안았다. 콜리가 부드럽기 그지없는 손끝으로 내 드러난 등 윗부분을 어루만지자 간질간질하면서도 기분 좋은 자극이 퍼졌고, 그렇게 그날 저녁의 첫 키스를 나누고 난 뒤 나는 키스를 계속하고 싶은 기분이었지만 콜리는 이렇게 말했다. "그 장면이 나올 때까지 계속 보자."

내가 되물었다. "무슨 장면?"

그러자 콜리가 말했다. "너 일부러 그러는 거지?"

그래서 나는 대답했다. "알았어."

그 대화가 끝난 뒤 나는 한 번 더 일어나서 술잔에 술을 새로 채웠고, 돌아온 뒤에는 다시 콜리와 단단히 끌어안았다.

영화 속에서 하얀 티셔츠 차림의 수전(세라)이 카트린느(미리엄)가 사는 기괴하리만치 고급스러운 타운하우스의 초인종을 누르는 순간 콜리가 "이럴 줄 알았어"라고 말했는데, 그 순간 척추를 타고 전율이 흐르기 시작했다.

그 장면이 채 끝나기도 전에 우리는 영화를 그대로 틀어둔 채 온몸으로 부둥켜안고 비틀거리며 침실로 들어갔다.

침실로 들어가자 에어컨 소음이 더 시끄러웠지만 그래도 거실보다는 훨씬 시원했다. 콜리는 자기 혀를 내 입 안에 집어넣은 채로 내 탱크톱 자락을 반쯤 들어 올리다가 동작을 멈추었다. 나는 탱크톱의 나머지는 직접 벗은 다음 콜리의 탱크톱도 벗겼다. 영화 속에서는 웃음을 자아내기 위해 복잡하게 그려지는 이런 과정들이 실제로는 그리 복잡하지 않았다. 콜리가 침대 위 여름용 퀼트 이불을 젖히자 우리는 함께 서늘한 시트 위로 뛰어들면서 몸을 떨고, 웃고, 온몸에 이불을 뒤집어 쓴 채 소름이 돋은 서로의 살갗과 냉기가 서린 이불의 부드러운 감촉을, 맞닿은 서로의 몸이 뿜는 열기를 느끼며 낄낄 웃었다. 그러다 이불 속에서 팔다리가 얽히면서 다시금 진지해졌다.

티 하나 없는 콜리의 피부를 입술로 더듬으면서, 뼈가 솟아오른 부분과 옴폭 들어간 부분을 느끼고, 귤 향기가 나는 로션 냄새를 맡고, 그러다 예기치 못한 어떤 부위에 내 입술이 닿았을 때 콜리가 내는 작은 신음 소리를 들으면서 몇 시간이라도 보낼 수 있을 것만 같았다. 겨드랑이 아래, 목 뒤 부드러운 솜털이 난 부위, 우산의 살대와 가느다란 손잡이처럼 튀어나온 빗장뼈, 꾸준하고도 빠르게 뛰는 심장박동.

"너 정말 부드럽다." 어느 지점에선가 콜리는 한숨을 쉬듯 낮게 중얼거렸다. "네 피부 정말 부드럽고, 너 정말 작다."

"너도 그래." 사실이기는 했지만 변변치 않은 대답이었는데 그래도 머리에 떠오른 생각 그대로였다.

나는 탐색을 계속하며 콜리에게 자잘하게 입을 맞추고 입술로 가볍게 가슴, 갈비뼈, 배를 훑었다. 콜리 역시 내게 몸을 바짝 붙인 채로 내 움직임에 맞추어 움직였다.

은색 단추로 여며진 짧은 반바지가 시작되는 부분에서 멈춘 다음 손가락 하나를 허리 밴드 아래로 살짝 밀어 넣었다. 깊이 파고든 것이 아니라 골반뼈가 돌출된 부분을 건드렸을 뿐인데도 콜리가 몸을 파르르 떨었지만 피하지는 않았다.

"멈추고 싶어지면 얘기해." 내가 말했다.

콜리는 숨을 깊이 들이마시더니, 다시 내쉬고, 대답했다. "지금은 아니야."

그리고 *지금은 아니야*라는 말 한마디를 듣는 순간 콜리를 원하는 마음이 내 안에서 블랙 캣 폭죽처럼 펑펑 터지기 시작했다. 고작 그 말 한마디 때문에.

나는 단추를 풀고 지퍼의 금색 손잡이를 더듬어 찾은 다음 내렸다. 지퍼가 내려가는 소리가 믿기지 않을 만큼 크고 선명하게 들렸다. 지퍼가 끝까지 내려가자 나는 손을 멈추고 다시 물었다. "지금은?"

"지금도 아니야." 콜리가 말했다.

작디작은 콜리의 반바지를 끌어내리는 것은 아까 탱크톱을 벗길 때보다 복잡했지만 나는 천천히 바지를 벗기면서 지금까지 한 번도 닿아보지 못했던 콜리의 다리에 계속해서 입을 맞췄다. 반바지를 발끝까지 끌어내리자 콜리가 자세를 바꿔 나를 도와주었다. 콜리가 숨을 깊이 들이쉬는 소리가 들렸다.

"지금은?" 내가 물었다.

콜리가 작게 웃더니 말했다. "절대 안 되지."

내가 정확히 무엇을 하는지 알지 못하는 채로 시작했지만 곧 알 수 있었다. 콜리가 내가 능숙하다고 생각했던 것인지, 아니면 내가 손을 움직이면서 반응이 크건 작건 주의 깊게 살펴보며 움직임을 재개하느라 콜리가 원하는 것을 어렵잖게 파악할 수 있었던 건지는 알 수 없었다. 처음에는 손끝만 움직였지만 나중에는 손 전체를 썼고 콜리가 자기 몸을 내게 세게 문지르며 움직이기 시작하자 나는 처음 시작한 곳으로 돌아와 이번에는 입을 사용하기 시작했다. 오래지 않아 콜리의 온몸에 힘이 들어가더니 숨을 가쁘게 토해냈고 양 허벅지가 내 머리를 꽉 조였다. 나는 생각하기에 가장 적절한 순간에 멈추었다. 그 순간이 맞았던 것 같다. 하지만 막상 끝나고 나자 이제는 어떻게 해야 할지, 내 몸을 어디에 두어야 할지, 무슨 말을 해야 할지 알 수 없었다. 분명 지금 해야 하는 어떤 말이 있을 것 같았지만, 제대로 된 말을 생각해낼 수가 없었다. 그래서 나는 결국 콜리의 배에 머리를 기댄 채로 가만히 있었다. 마치 콜리의 심장이 배 속으로 미끄러져 들어가기라도 한 것처럼 내 귓가에서 맥박이 미친 듯이 빠르게 쿵쿵 뛰었다.

한참이 지나서야 콜리가 입을 열었다. "올라와."

나는 콜리의 몸에 자잘하게 입을 맞추며 타고 올라갔다.

내가 베개에 누운 콜리의 얼굴이 있는 곳까지 올라오자 콜리가 낮고 달콤한 목소리로 중얼거렸다. "우와, 캐머런 포스트."

나는 활짝 웃었다. 누군가가 거울을 눈앞에 대고 보여주었더라면 부끄러울 정도였을 것이다.

하지만 그때 갑자기 콜리의 얼굴이 문득 불편한 표정으로 변했다. "나는 어떻게 하는지…… 몰라."

"괜찮아." 내가 말했다.

"아니, 해보고 싶어. 하지만 나는 그냥, 네가 아이린이랑 린지랑 했던 것처럼은……."

"아이린이랑 나는 열두 살이었어. 우리는 키스밖에 못 해봤어. 린지와 나도 여기까지 해본 적은 없고."

"하지만 그래도 아무것도 안 한 건 아니잖아. 그 애, 엄청 대단하지 않아?"

"그땐 아니었어." 내가 말했다. "이런 거랑은 완전히 달랐어." 나는 콜리의 얼굴로 다가갔고 콜리는 내 키스를 받았지만 다시 멀어졌다.

"분명 이랬을 거야." 콜리가 말했다.

"아니야."

"왜?"

이번에는 내가 숨을 깊이 들이마신 뒤 다시 내쉬었다. "왜 그래, 콜리. 너도 알잖아."

"몰라."

나는 고개를 숙여 콜리에게서 시선을 돌린 채 말을 이었다. "난 오래전부터 널 사랑했으니까."

"몰랐어." 콜리가 말했다.

"넌 알고 있었어."

"몰랐어." 콜리가 나에게서 시선을 돌려 모로 누웠다. 우는 것인지, 울기 직전인지 알 수 없었다.

"콜리." 콜리의 어깨에 살짝 손을 대는데 어쩐지 어마어마한 실수를 한 것 같은 기분이었다. "괜찮아, 나는……."

"이건…… 잘못된 거야." 콜리는 베개에 얼굴을 묻은 채로 중얼거렸다. "이건…… 그냥 장난으로 끝났어야 해. 난 그런 거 되고 싶지 않아."

"그런 거라니?" 내가 물었다. 갑자기 방금 한 일이 우리 둘이서 한 일이었음에도, 갑자기 내가 잘못한 사람이 된 것만 같았다.

"다이크." 콜리가 말했다.

"그게 무슨 뜻인데?"

"무슨 뜻인지 알잖아."

"누구한테 무슨 뜻이라는 소리야?"

"하나님." 콜리가 고개를 돌려 나를 빤히 바라보며 말했다.

그 질문에 대답할 말이 전혀 생각나지 않았다. 린지라면 뭐라고 대답했겠지만, 나는 그만한 확신이 없었다.

"너에게는 큰일이 아니야?" 콜리가 물었다. "그러니까, 엄청나게 큰일이 아니냐고. 우리가 같이 시간을 더 많이 보낼수록 점점 더 그만둘 수가 없어져."

"어쩌면 그만둘 일이 아니어서 그런지도 모르지." 내가 말했다.

"어쩌면 애초에 시작부터 하지 말았어야 하는지도 모르고." 콜리가 대답했다. 그러나 다음 순간, 내 예상과는 전혀 달리 콜리가 나에게 진하게 키스했고, 그 뒤에는 나를 침대에 눕힌 뒤 내 몸 위로 올라왔다. 우리는 한참 동안 그 자세로 키스했다. 조금 전까지보다 훨씬 진한 키스, 마치 콜리가 나를 떨쳐버리고 싶어서, 그래서 온 힘을 다해 격렬하게 키스하면 나를 영영 떨쳐버릴 수 있다고 생각하기라도 하는 것 같은 키스였다.

그 뒤에야 콜리는 내 몸을 손으로 서서히 쓸어내리더니 얼굴을 살짝 떼고 말했다. "노력해볼게." 그 말이 어찌나 단호한지 미소가 지어지는 한편으로, 그 애가 최선을 다해 '노력해'주었으면 하는 생각이 들었다.

콜리의 부드러운 머리카락과 입술이 내 몸을 쓸며 배까지 타고 내려오자 내 몸은 덜덜 떨렸는데, 그때 지금까지 세상에서 단절된 오로지 우리 둘만의 작은 세계로 느껴지던 침실 안에 아파트 문을 쿵쿵 두드리는 소리가 울려 퍼지기 시작했다. 마치 총성처럼 무시무시하면서도 갑작스러웠다.

우리 둘 다 그 순간 딱 굳고 말았다. 콜리가 고개를 홱 들었다.

또다시 쿵쿵 소리가 나더니, 문밖에서 술에 취한 타이의 웃음기 섞인 고함 소리가 들려왔다. "문 열어, 아가씨들! 경찰이다! 술 마신 걸 다 알고 찾아왔다고!"

타이의 말이 끝나기도 전에 콜리는 내 몸에서 떨어져서 침대 옆에 서 있었다. "젠장, 어서 옷 입어." 지금까지 콜리에게서 한 번도 들어본 적 없는, 겁에 질린 낮은 목소리였다.

우리는 서둘렀다. 입어야 할 옷가지도 얼마 없었다. 그럼에도 그사이 타이가 자물쇠에 열쇠를 넣고 돌리는 바람에 체인으로 고정된 문이 몇 센티미터 빼꼼 열렸다. "뭐 하는 거야." 또 다른 남자 목소리였는데, 문이 열리는 바람에 아까보다 더 크게 들렸다. "둘 다 술에 취해 나가떨어진 거야?"

콜리가 침대 위로 이불을 집어던졌고 나는 시간이 없는 와중에도 이불을 평평하게 매만져보려고 애를 썼다.

깜깜한 침실 안에 있다 나왔던 터라 조명 하나만 켜진 거실도 너무 밝게 느껴졌고, 콜리는 온통 흐트러진 모습이었다. 엉망이 된 머리카락이 정전기로 일어서 있었고, 얼굴은 달아올라 방금까지 무언가에 몰두하고 있었던 흔적이 역력했다. 나를 바라보는 콜리의 표정을 보니 나 역시 똑같은 모습이라는 걸 알 수 있었다.

"술잔 들어." 벌써 커피 테이블 앞에 다가간 콜리가 자기 잔을 집어 들고 다른 손으로 뒤통수를 매만졌다.

콜리가 무슨 생각인지 알 수 없어서 나는 동네 바보처럼 그 애를 멍하니 쳐다보았다.

나를 돌아본 콜리의 표정 역시 무언가를 망치기 직전이거나 이미 망쳐버린 동네 바보를 쳐다보는 듯한 표정이었다. "술잔을 들고 있어야 우리가 취한 줄 알 거 아냐." 콜리가 아까처럼 다급하게 속삭였다.

나는 콜리가 시킨 대로 했다. 또, 리모컨을 집어 다시 재생 버튼을 눌렀다. 비디오가 자동으로 감기기 시작했다.

콜리가 문 쪽으로 성큼성큼 다가갔다. "신분증 안 보여주면 못 열어." 콜리는 말하는 카우걸 인형처럼 거짓으로 쾌활한 목소리를 내고 있었다. "파인 힐스 교도소 탈옥범일지 누가 알아?"

"맞아, 탈옥범이야." 타이가 대답했다. "교도소를 탈출했는데 오줌이 마려우니까 빨리 문 열어."

"그러면 좀 비켜 서봐. 그래야 닫고 다시 체인을 풀지." 콜리는 그렇게 말한 뒤 방금 말한 동작을 그대로 해서 문을 열었다.

타이 일행은 세 사람으로, 모두 부츠를 신고 청바지에 청재킷을 입고 셔츠는 허리춤에 집어넣은 채 번쩍거리는 버클이 달린 벨트를 차고 있었다. 다행이었다. 그들이 술에 취해 이미 인지 능력이 엉망이 되어 있다는 것은 우리에게 유리할 것 같았다.

타이는 벨트를 풀며 화장실로 가는 길에 콜리가 든 술잔을 가리켰다. "말리부 꺼내 마셨을 줄 알고 있었어. 그럴 줄 알았지." 그러더니 타이는 화장실로 들어가서 문을 쾅 닫았는데, 화가 나서라기보다는 취해서 실수로 너무 세게 닫은 게 분명했다. 화장실 안에서 타이가 고함을 지르는 소리가 들려왔다. "캐머런! 잘 감시해달라고 신신당부했더니! 네가 어떻게 이럴 수가 있어!"

세 사람 중 제일 키가 작고 목이 굵으며 온몸에 커다란 근육이 우락부락한 남자가 콜리의 어깨에 팔을 감더니 "예쁜 아가씨, 잘 있었어? 나 없이도 잘 지냈네?" 하면서 끌어안는 바람에 나는 어금니를 꽉 깨물었다.

콜리는 여전히 아까처럼 카우걸 인형 같은 목소리를 내고 있었다. "안녕, 배리 오빠. 지난번에 어떤 불쌍한 여자 브래지어를 머리에 쓰고 타이 오빠 트럭 뒤 칸에서 곯아떨어진 모습 이후로 처음 보네."

"그랬던 것 같네." 그러면서 배리라는 남자는 다시 한번 콜리를 끌어안더니 껄껄 웃었다. 콜리도 웃었다. 가짜 웃음인 걸 알았지만, 방금 전까지만 해도 침실에서 옷을 벗고 침묵 속에 강렬한 순간을 나누었던 직후, 내 밑에, 내 위에 있는 그 애의 몸을 느낀 직후인 지금 배리 앞에서 웃으며 비위를 맞추는 콜리의 모습을—여태까지 똑같은 모습을 수도 없이 보았는데도, 그때마다 매력적이고 귀엽다고 생각했었는데도—도저히 참을 수가 없었다.

나머지 한 명이 내게 다가오더니 몸을 숙여 내 손에 든 술의 냄새를 맡아보고 인상을 찌푸리고는 찡긋 윙크했다. "여성스러운 술을 마시고 있었나 보군."

"어." 나는 콜리에게서 시선을 돌릴 이유가 생겨 다행이라고 생각하며 그를 바라보았다.

그가 보위와 드뇌브가 다시 나이트클럽으로 돌아와 춤을 추고 있는 첫 장면으로 돌아간 TV 화면을 턱짓으로 가리켰다. "무슨 영화야?"

"뱀파이어 영화." 콜리가 나 대신 얼른 대답했다.

"아, 그래?" 키 작은 배리라는 남자가 말했다. "여자애들 둘이서 겁도 없이 이런 걸 보고 있었단 말이야? 우리가 왔으니 다행이지."

화장실에서 물 내리는 소리, 세면대의 물이 쏟아지는 소리가 났다.

"재미없어." 콜리가 말했다. "그만 보고 밖에 나가려던 참이었어."

타이가 화장실에서 나와 성큼성큼 다가왔다. 마치 수도꼭지 아래에 머리를 집어넣었다 뺀 것처럼 앞머리와 이마가 젖어 있었다. 그가 손바닥으로 자기 얼굴을 빠르게 몇 번 쓸어내렸다. "밖에? 어딜?"

"그냥 밖에." 콜리가 대답했다. "여기 말고."

콜리가 키 작은 남자의 품에서 빠져나와 나에게 다가와 손을 내민 순간, 나는 아주 짧은 찰나였지만 콜리가 믿을 수 없게도 이 남자들 앞에서 우리 둘 사이를 증명하려는 것이 아닐까 착각했고, 그 애의 손이 내 허리께로 다가와 탱크톱을 스치는 순간 숨을 들이마셨다. 하지만 콜리가 집으려던 건 내가 나도 모르는 사이에 주머니에 집어넣은 리모컨이었다. 애초에 주머니 깊숙한 곳에 쑤셔 넣은 것도 아니었기에 리모컨은 쉽사리 뽑혀 나갔다. 콜리가 영화를 정지시키는 동안 나는 여전히 숨을 참고 있었다.

"왜," 화면이 꺼지자 내 옆에 있던 남자가 콜리에게 고개를 돌렸다. "재미있을 것 같았는데."

"재미없어."

"너희 둘이 뭔가 꿍꿍이가 있었던 것 같은데." 타이가 열쇠고리에 달린 조그만 라이트를 딸깍 켜서 내 눈을 비추는 바람에 나는 눈을 찌푸렸다.

"오빠야말로 무슨 꿍꿍이를 꾸미다가 온 사람 같아." 콜리가 타이의 손을 밀어내는 바람에 내 얼굴에 쏟아진 불빛도 거두어졌다.

"맞아." 타이는 그렇게 말하더니 라이트로 콜리가 손에 든 술잔을 비추었고 옆면에 빛을 받은 컵이 오렌지색과 노란색으로 섞여 빛났다. "이 비행청소년들이 대체 뭐랑 뭘 섞은 거냐?" 타이가 콜리의 잔을 빼앗아 남은 것을 한 모금 마시더니 아까 내 잔을 가져가서 냄새를 맡았던 남자보다 더 보기 싫은 표정을 지었다. "내 아까운 럼을 이렇게 낭비한 거야?"

배리가 끼어들었다. "다음부터는 그냥 콜라에다가 섞으라고. 럼으로 만들 수 있는 것 중에는 럼 콕이 최고야."

"피나 콜라다도 맛있는데." 키 큰 남자가 말했다.

"그런 건 카리브해 섬나라에서나 마시는 거고." 타이가 자메이카 억양을 엉망진창으로 흉내 내더니 부엌으로 가서 불을 켰다.

"피나 콜라다는 여자나 마시는 거야." 배리가 말했다. "얘들이 만든 거랑 비슷한 거잖아."

"아니야, 피나 콜라다에는 코코넛 밀크도 들어간다고." 키 큰 남자가 그렇게 말하는 순간 타이가 부엌에서 남은 럼의 양을 확인했는지 빌어먹을 술을 빌어먹게 많이도 마셨다고 고함을 지르기 시작했다.

키 큰 남자와 배리는 부엌으로 어슬렁거리며 다가가는 내내 과일 맛 술은 호모들이나 먹는 거라는 말다툼을 계속했고 동시에 타이는 갑자기 "당신이 피나 콜라다를 좋아한다면, 비 맞는 걸 좋아한다면……" 하는 노래를 큰 소리로 부르기 시작했는데 의외로 음색이 무척 좋았다. 내 옆에 서서 내가 아니라 부엌으로 몰려 들어가는 남자들의 뒷모습을 보고 있던 콜리가 속삭였다. "내 맥박 뛰는 것 좀 봐. 체인을 걸어놓길 정말 잘했지?"

나는 만약 지금 무슨 대답이라도 하려고 입을 열면 아마 미친 사람처럼 콜리한테 고함을 지르게 될 것 같다는 생각을 했다. 고함을 지른다든지, 운다든지, 어쩌면 그 애한테 키스한다든지 하는, 일단 시작하고 나면 도저히 멈출 수 없는 엄청나고도 드라마틱한 행동을 해버릴 것만 같았다. 그래서 나는 아무 대답도 하지 않았다.

내가 아무 말이 없는 걸 알아차린 콜리가 비로소 내 얼굴을 보더니 말했다. "괜찮을 것 같아. 쟤들은 아무도 눈치 못 챘어."

나는 여전히 아무 대답도 하지 않았다.

"이젠 괜찮아, 캠."

다음 순간 콜리가 나를 저지하기도 전에, 아니, 내가 나 자신을 제어하기도 전에, 나는 손끝으로 그 애의 목 옆 턱선 바로 아래의, 조금 전만 해도, 그러니까 *불과 몇 분 전만 해도* 내가 입을 맞추었던 경동맥 바로 위 부드러운 살갗에 손끝을 아주 가볍게 댔다. 부엌에 있는 카우보이들이 돌아보기만 해도 우리를 볼 수 있는 바로 그 장소에서 내가 콜리의 목을 만진 셈이었다.

콜리는 마치 개미나 어쩌면 그것보다 더 싫은, 절대 몸에 닿아서는 안 되는 것을 치워버리듯이 내 손을 찰싹 쳐냈다. "무슨 짓이야?" 콜리는 속삭이는 소리조차 없이 내가 분명히 알아보도록 크고 흉한 모양으로 입을 움직여서 그렇게 말했다.

"네 맥박 재보려고." 나는 목소리를 낮추지 않았다.

콜리는 내게서 시선을 돌리지 않은 채 나를 떠나 부엌 쪽으로 몸을 피하며 다시 입모양으로 말했다. "대체 왜 그러는데?"

"맥박 뛰는 것 좀 보라며."

"자, 아가씨들. 술 왔다." 배리가 새로 탄 듯한 갈색 술이 담긴 잔을 들고 부엌 입구에서 나타났다.

"럼 콕이야?" 콜리는 배리의 손에서 잔을 받아들더니 대답도 듣지 않고 꿀꺽 들이켰다.

"럼이 얼마 남지도 않았던걸." 타이가 고함을 쳤다. "너희 둘 무슨 집시 강도단이 따로 없군."

"강도단이라기보다는 2인조라고 해야지." 배리가 말했다. "숫자도 셀 줄 몰라?" 그가 콜리에게서 다시 잔을 빼앗아 콜리가 입술을 댄 바로 그 부분에 입을 대고 술잔의 반을 한 모금에 털어 넣었다.

기절할 것 같았다. 팔다리 속에 유리조각이 돌아다니는 것처럼 신경이 날카롭게 곤두섰고 몸을 통제할 수 없는 기분이 들었다. 이제 이 집 안에 도무지 1초도 더 있을 수 없었다.

"너도 좀 마실래?" 배리가 나에게 잔을 흔들어 보였다.

"아니, 난 집에 갈래." 나는 배리도 그 누구도 바라보지 않은 채로 대답했다. 문 쪽으로 걸어가 플립플롭에 발을 꿴 뒤 플라스틱 가름끈을 엄지발가락에 걸었다. 뒤에서 배리가 타이와 키 큰 남자에게 내가 집에 간다는 말을 되풀이하는 소리가 들렸고 모두 그 사실에 당황하는 것 같았다.

현관문을 열었을 때 타이가 부엌을 가득 메우고 서 있던 친구들을 밀어젖히고 나를 향해 다가왔다. "우리 때문에 가는 건 아니지? 널 쫓아낼 생각은 없는데."

나는 타이의 얼굴을 쳐다볼 수가 없었다. 콜리가 타이를 따라 나왔는데도, 타이의 뒤에 선 그 애의 얼굴을 쳐다볼 수가 없었다. "아니요." 나는 바닥의 볼썽사나운 카펫만 내려다보며 대답했다. "오늘 햇볕을 너무 많이 쬐어서 그런지 갑자기 피곤해서 그래요."

"피곤하기만 하고, 별일은 없는 거지?" 타이가 문이 닫히지 않게 문 위쪽에 손을 대고 있었는데 그 탓에 팔도 내가 문 밖으로 나가지 못하게 막고 있는 셈이 되었다. "기분이 안 좋아 보여서."

"그냥 피곤해서요." 내가 대답했다.

"집에는 어떻게 가려고?"

나는 벨에어를 타고 왔었다. 어디다가 주차했는지도 기억나지 않았다…….

"차 키 여기 있어." 콜리는 마치 방금 마술로 만들어내기라도 한 것처럼 어디선가 차 키를 가져와서 내게 건네주었다.

"운전할 수 있겠어?" 타이는 여전히 내 앞을 막은 채 물었다.

"오빠보다는 멀쩡할걸." 콜리가 말했다. "그냥 집에 가서 자라고 해."

"괜찮아요. 멀쩡해요."

"도착하면 전화해." 타이는 그렇게 말한 뒤 팔을 치우고 나를 내보내주었다.

복도를 걸어 계단을 내려가는 내 뒷모습을 문간에 선 누군가가 지켜보고 있다는 사실을 느낄 수 있었지만 나는 굳이 돌아보지 않았다. 콜리일 거라고 믿고 싶었지만, 그 애가 아니라 타이라는 사실을 이미 알고 있었기 때문이다.

12

다음 날 콜리는 일이 끝난 뒤 스캘런 호수로 나를 데리러 오지 않았고, 나는 더 화가 나고 슬퍼지긴 했지만 놀라지는 않았다. 나는 자전거를 타고 타코 존스에 갔고 자전거를 세우다가 유리 문 안쪽 음료수 코너 앞에서 커다란 자루걸레를 들고 청소를 하는 제이미를 보았다.

"좀 전에 트로이가 들러서 시간 카드를 확인하고 할 일을 잔뜩 알려주고 갔어." 내가 들어가자 제이미가 말했다. 가게에는 아무도 없었다. "심지어 브라이언은 벌써 취해서 아무 도움이 안 돼."

얼마 전 닌자 거북 색깔로 머리를 염색한 브라이언은 카운터 뒤 사다리 모양 스툴 위에 올라서서 베개만 한 봉지에 든 토르티야 칩을 이상한 방법으로 데우고 있었다. 봉투가 열린 부분이 기계 쪽을 향하게 넣은 바람에 칩이 두세 개씩 계속 튀어나와서는 스페인식을 흉내 낸 타일 바닥에 바싹 마른 낙엽처럼 떨어졌다.

"20분 뒤면 저녁시간이야." 제이미가 카운터 뒤쪽으로 말을 타는 자세로 자루걸레를 끌고 갔다. "슈퍼 나초 좀 갖다줄까?"

"아니, 됐어." 나는 텅 빈 부스석의 나무 벤치에 앉아 제이미를 기다리며 비치 타월로 다리를 감쌌다. 방금 전까지 아홉 시간 내내 뙤약볕 아래에 있다 나온 탓에 너무 추웠다. 부스 안쪽 크림색과 갈색 줄무늬 벽지 위에는 볼펜과 마커로 낙서가 잔뜩 되어 있었다. 이 깨알만 한 크기의 낙서들은 거의 모든 문장에 하나 이상의 느낌표가 붙어 있었다.

난 토리를 사랑해! 너희 엄마가 토리를 사랑하겠지!!
카우보이 최고!! 토리가 누군데? 토리 스펠링?
90210 좆이나 빨아라!!!

펜을 달라고 해서 나도 뭐라도 쓸까 하는 생각이 들었지만 뭐라고 써야 할지 알 수 없었다. *난 콜리 테일러를 사랑해. 난 콜리 테일러한테 화났어. 나 콜리 테일러랑 섹스했다. 콜리 테일러가 내 머릿속을 온통 엉망으로 만들어놨어.*

나는 펜을 달라고 하지 않았다. 트럭 운전수 몇 명이 타코 존스에 들어오더니 하반신은 비치 타월로 감싸고 상반신엔 수영복만 입은 나를 흘깃거렸다. 나는 제이미가 그들에게 엔칠라다 플래터를 가져다준 뒤 카운터 뒤로 돌아가 이제 쉬는 시간이니 밖에서 보자는 의미로 고개를 끄덕일 때까지 기다렸다.

건물 뒤 콘크리트로 포장된 공터에 도착했을 때 제이미는 이미 대마초에 불을 붙인 뒤였다. 타코 존스의 밝은 오렌지색 쓰레기통 주변에선 벌들이 온통 날아다녔고 직원용 출구 바로 앞에는 갈색 기름 찌꺼기가 담긴 커다란 양동이가 놓여 있었다. 밤은 조용했고 하늘은 여름밤이 가끔 띠는 보랏빛으로 변해가고 있었다. 벽에 기댄 제이미의 가느다란 손가락 사이에서 대마초 조인트를 받아 들 때 드러난 팔과 어깨가 페인트를 칠한 콘크리트 벽에 닿자 부드럽고 따뜻했다.

"콜리는?" 제이미가 물었다.

나는 폐를 채웠던 달짝지근한 연기를 토해낸 뒤에야 대답했다. "모르겠는데." 상처받은 목소리가 아니라 쿨하면서도 못된 말투로 들렸으면 했다.

"불쌍한 아가씨." 제이미가 내 어깨를 붙들더니 괴로운 척 과장된 표정을 지어 보였다. "젊은 구혼자 브렛이 신부를 되찾으러 벌써 돌아온 거야?"

"내일이야." 나는 제이미가 아직 입으로 가져가지도 못한 조인트를 도로 빼앗아 오면서 대답했다.

"그럼 오늘 밤 마지막 기회를 노려볼 생각이야?"

"벌써 망했어." 내가 대답했다.

"그치." 제이미는 근무용 모자를 벗어서 말벌을 때려잡은 뒤 콘크리트 바닥에 떨어진 말벌을 운동화를 신은 발로 짓밟았다. "애시당초 망한 거라고 내가 말했잖아."

"그게, 지금은 더 망했어. 미리 예언해줘서 고맙네." 그렇게 말할 때 눈물이 날 것만 같았는데, 도대체 어째서 눈물이 나는지도 알 수 없었던 데다가, 늘 제이미 앞에서 울게 되는 것 같아서 화가 났다.

"어쩌다가?" 제이미가 한쪽 날개를 아직도 파닥이는 말벌을 신발 밑창에서 떼어낸 뒤 나에게서 다시 조인트*를 받아 들었다.

"그냥 그렇게 됐어. 그런데, 되돌아갈 수도 없어. 없던 일로 할 수는 없어."

"그럼 너희는 사귀지도 않으면서 결국 첫날밤을 치렀다는 소리야?" 제이미는 평소와 다름없는 냉소적인 말투를 띠려 애썼지만, 나는 그의 질문이 진심인 걸 알 수 있었다.

나는 대답하지 않았다. 처음부터 작았던 조인트는 이미 다 피워 한 번 세게 빨 만큼만 남았다. "샷건** 할까?" 내가 물었다.

제이미는 내 묵묵부답의 의미를 정확히 알아들었다. "자알했다, 제이제이케이." 제이미가 내 팔죽지를 주먹으로 세게 쳤다. "진짜 *망했네*. 너 이제 공식적으로 바람 상대가 된 거야. 레즈비언 가정 파괴범이 된 거라고."

나는 연기를 최대한 깊이 빨아들인 뒤 꽁초를 길바닥에 눌러 껐고, 잠시 후 제이미가 다가와 입을 벌리자 내 입을 벌려 그 애의 마른 입술에 최대한 입술을 밀착한 뒤 연기를 내뿜고, 잠시 기다리다가, 물러섰다. 그다음 순간 나는 비치타월로 온몸을 꽁

---

* 담배 형태로 대마초를 말아 피우는 도구.
** 대마초의 연기를 한 사람이 다른 사람에게 뿜어서 나누어 피는 방법.

꽁 싸맨 커다란 아기처럼 엉엉 울었다. 제이미가 나에게 한 팔을 둘렀다가, 다시 두 팔을 둘렀고, 우리는 뜨거운 시멘트 계단 위에 끌어안고 선 채로 한참이나 가만히 있었다. 운전석과 짐칸에 고등학생들이 잔뜩 탄 트럭이 드라이브 스루 구역으로 들어오자 브라이언이 묵직한 직원용 출구를 열고 제이미에게 와서 도와달라고 한 뒤에야 우리는 포옹을 풀었다.

"괜찮을 거야." 몸을 감싼 타월을 풀어서 어깨에 걸치고 한쪽 끝으로 눈물을 닦는 나에게 제이미가 말했다. "브렛이 돌아오면 괜찮아질 거야. 짐을 덜어냈다고 생각해. 우리가 글렌다이브에 다니는 애 중에 엉덩이 가벼운 여자애를 하나 찾아다 줄게. 아무튼 마일스시티에 살지 않는 사람을 만나."

"결국은 그거구나." 내가 말했다. "의심에 빠질 때면 엉덩이 가벼운 글렌다이브 애를 찾아라."

"엉덩이 가벼운 애라는 게 중요하지." 제이미가 말벌을 때려죽인 모자를 다시 머리에 쓴 뒤 자기가 좋아하는 경쾌해 보이는 각도로 정돈했다. "꼭 글렌다이브 애일 필요는 없고."

제이미가 가게 안으로 들어간 뒤 나는 자전거를 타고 몬태나 극장에 가볼까 생각했다. 혹시라도 콜리가 마지막 줄에 앉아 있을지도 몰라서였다. 나는 집을 지나쳐 영화관 쪽으로 두 블록이나 갔다가 결국 목적지에 도착하기 전에 자전거를 돌려 집으로 되돌아왔다. 할머니가 어둠이 내린 포치에 앉아서 그레이엄 크래커로 만든 두툼한 무설탕 바나나 푸딩 파이를 먹고 있었다.

"오늘은 영화 보러 안 갔니?"

"오늘은 안 봤어요." 내가 대답했다. "혹시 저한테 온 전화 없어요?"

"누구 전화?"

"그냥 아무라도요." 내가 대답했다.

"글쎄다, 전화는 안 왔지만," 할머니가 말했다. "너 기다리는 전화가 있나 보구나."

루스 이모와 레이가 소파에 앉아서 TV를 보고 있었지만 나는 화면을 자세히 보지도 않고 재빨리 안으로 들어가 버렸다.

"얘, 네 방에 카탈로그 몇 개 갖다놨어." 이모는 계단을 올라가는 내 등에 대고 외쳤다. "제일 괜찮아 보이는 사진에다가 동그라미도 쳐놨다. 고를 시간이 두 달밖에 없어—딱 두 달뿐이라고."

나는 샤워하는 내내 전화벨이 울리면 들리도록 무선전화기를 세면대 위에 놓아두었다. 전화벨은 울리지 않았다. 나는 머릿속으로 혼자서 내가 샤워를 하고 있으면 콜리가 전화를 걸 거라고, 그런데 샤워를 끝내면 콜리가 전화하지 않을 거라고 정했고, 그래서 뜨거운 물이 차가워질 때까지 한없이 틀어놓았다. 어차피 욕실 안은 따뜻하니 상관없었다. 물이 더욱더 차가워진 뒤에도 나는 욕실을 나오지 않았지만 전화벨은 끝끝내 울리지 않았다.

방에 돌아온 나는 영화를 틀지 않았다. 인형의 집을 만지작거리지도 않았다. 루스 이모가 가져다 둔 결혼식 의상 카탈로그가 책상 위에 있었다. 나는 이모가 군데군데 푸른색 마커로 동그라미를 쳐놓은 카탈로그를 넘겨보았다. 이모가 고른 들러리 드레스는 전부 예뻤고, 마치 이모가 내 입장이라면 어떤 옷이 입고 싶을지를 고려한 뒤에 고른 것처럼 전부 놀랄 만큼 수수했지만, 그래도 내가 그런 드레스를 입은 모습은 상상이 되지 않았다. 콜리가 빌링스에 가서 결혼식에서 입을 옷을 같이 골라준다고 했었는데, 주말 하루를 잡아서 같이 가자고 했었는데.

불을 끈 뒤 이불 위에 누워 셔츠와 머리가 젖은 채로 선풍기를 틀어놓고 전화기를 옆에 둔 채 잠을 청하려 애썼지만 아직 이른 시간이었고 전혀 피곤하지도 않았다. 린지가 보내준 새 믹스테이프 중 하나를 틀었다. 아직 들어보지 못한 밴드와 가수의 음악이었는데, 새로운 목소리들이 부르는 새로운 노래를 *진짜*로 귀기울여 듣자니 너무 고단해서 나는 결국 톰 페티의 테이프를 튼 뒤 스스로가 불쌍하다는 생각을 하다가, 또 그렇게 생각한 나 자신에게 화가 났다가, 또다시 스스로가 불쌍해졌다. 그리고 콜리는 여전히 전화를 하지 않았다.

모나 해리스와 내가 다음 날 오후 탈의실 당번이었다. 몇 시간 동안 호수를 바라보고는 있었지만 물속을 열심히 보기는커녕 콜리와 브렛이 다시 만나는 밤이 어떨지 여러 가지 시나리오를 무척 구체적으로 차례차례 상상해보면서 스스로를 괴롭히느라 수상안전요원 일에는 소홀히 하고 난 다음이었다.

"몸에 좀 발라줄래?" 내가 탈의실에 들어가면서 물가에 있는 내내 끼고 있던 선글라스를 벗고 탈의실의 서늘한 어둠에 눈을 적응시키고 있을 때 모나가 물었다.

모나는 이미 수영복 어깨끈을 허리까지 내린 다음 자외선 차단지수 30짜리 코퍼톤 선크림이 든 하얀 병을 손에 들고 있었다.

내가 고개를 끄덕이자 모나가 나에게 크림을 건넸다.

"이제 여름이 끝나가는데 이렇게 심하게 탔어." 내가 손바닥 한가운데에 뻑뻑한 흰색 크림을 짜고 있을 때 모나가 말했다. "로션 바르는 걸 한 번이라도 잊어버리면 로브스터처럼 벌겋게 익어버린다고."

나는 모나의 따뜻한 등에 로션을 발랐다. 분홍기가 있는 새하얀 살결은 주근깨투성이였지만 나를 포함한 다른 수상안전요원들처럼 검게 타지는 않았다.

선크림을 다 바르자 모나가 수영복 끈을 다시 올렸다. 나는 여태까지 발명된 모든 자외선 차단 로션이나 오일이나 스틱들이 반 정도 남은 채로 올라가 있는, 선크림의 공동묘지라고 불러도 이상하지 않을 선반 위에 선크림 병을 놓았다.

우리는 등 뒤로 긁히는 소리와 쳇소리가 나는 라디오를 틀어놓은 뒤 말없이 접수 테이블에 앉아 있었다. 모나는 젖었다 마르는 바람에 구겨진, 6월부터 쭉 이 자리에 놓여 있던 《피플》을 넘겨보는 중이었고 나는 파리채의 쇠 손잡이로 누군가가 테이블 위에 새겨놓은 해골과 교차된 갈비뼈 그림을 마저 새기는 중이었다. 호수에 매일 오는 아이 두 명이 남자 탈의실에서 나와 다가와서는 다른 애들이 자기 옷과 타월을 탈의실 지붕 위에 던졌다고 했는데, 여름마다 열두 번씩 일어나는 일이었다. 탈의실은 시멘트벽으로 칸만 만들어놓은 옥외 공간에 불과했기에 어린 애들이 나무 벤치를 밟고 올라가 탈의실 지붕에 물건을 숨기는 못된 장난을 쳤다.

"네가 갈래? 아님 내가 갈까?" 모나가 물었지만 나는 벌써 철제 접이의자에서 일어나 지붕 위 티셔츠와 운동화, 발가락 부분에 1달러 지폐 한두 장을 꾸깃꾸깃 뭉쳐 넣었을 꼬질꼬질하고 늘어난 튜브삭스*를 꺼내기 위해 사다리를 가지러 가고 있었다.

나는 남자애들에게 지붕 위의 옷들을 던져주면서 다음에는 물건을 바구니 속에 잘 챙겨 넣으라고 잔소리를 했다. 지붕 위에 널린 물건들이 치워지고 나니 왠지 조금 더 머무르고 싶다는 생각이 들었다. 탈의실의 지붕은 훨씬 작다는 것만 제외하면 홀리로저리 병원 옥상과 마찬가지로 햇빛을 받아 뜨거워진 타르로 뒤덮인 네모지고 평평한 공간에 지나지 않았다. 왼쪽 수상안전요원석에 앉아 있던 에릭이 내게 손을 흔들어 인사한 걸 보면 그역시 물속을 열심히 감시하고 있지 않았던 게 분명했다. 나는 마주 손을 흔들어주었다. 지붕에 앉아 있자니 호수에 반사되는 햇살 속에서 내 앞, 내 아래에 있는 모든 것이 흰빛으로 뜨겁게 빛났다. 눈이 햇빛에 적응하자 어렴풋한 색과 희미한 윤곽선으로만 보이던 물가와 거리와 길 건너편 주유소가 다시 원래의 정상적이고 확고한 존재를 찾았다. 나는 지붕에서 내려왔다.

사다리를 탈의실로 다시 끌고 오는 길에 문틀에 사다리 옆면을 부딪쳐 그 사이에 엄지손가락이 끼었는데, 너무 아파서 나는

---

* 뒤꿈치가 따로 없는 일자 형태의 양말.

손가락을 빼기도 전에 욕부터 퍼부었다. 모나가 저쪽에서 그 모습을 전부 지켜보면서 웃고 있었다.

"오늘 일진이 안 좋아?" 제자리로 돌아와 앉자 모나가 물었다.

"몰라요."

"그렇다는 대답으로 알아들을게." 모나가 말하더니 내 쪽으로 몸을 기울여서는 엄지와 검지로 내 손목 바로 아래쪽을 세게 꼬집었다.

"아! 너무 아프잖아요." 아팠다.

"아니, 안 아프면서." 모나가 미소를 지었다.

"진짜 아픈데요." 그렇게 대답했지만, 알 수 없는 이유로 나도 웃음이 났다. "직장 내 폭력으로 신고할 거예요."

"해." 모나가 말했다. "내가 신고서 찾아다 줄 테니까."

"그럴 것까지야." 나도 모나를 꼬집으려고 달려들었지만 모나가 자꾸만 팔을 움직이는 바람에 팔꿈치 쪽을 살짝 꼬집은 것으로 만족하는 수밖에 없었다.

다음 순간 장난은 문득 분위기가 바뀌고 서로가 그 사실을 의식하게 될 때 늘 그러듯이 갑자기 끝나버렸다. 거기까지였다. 나는 다시 해골을 새기기 시작했고 모나는 잡지를 뒤적였다.

하지만 얼마 지나지 않아 모나가 다시 말을 걸었다. "근사하다, 그치?" 모나가 내 쪽으로 내민 잡지에는 두 페이지에 걸쳐 미셸 파이퍼의 사진이 실려 있었다. 미셸 파이퍼가 해변에서 개를 산책시키는 사진, 그리고 커다란 창이 달린 멋진 부엌에서 총천연색 거대한 샐러드에 넣을 채소를 써는 사진이었다.

"맞아요, 예뻐요." 내가 대답했다.

"「그리스2」에서가 제일 섹시했어." 모나가 잡지를 다시 거두어 가면서 말했다.

"그 영화 쓰레기잖아요."

"영화가 좋단 말은 안 했어. 그 영화에서 섹시했다는 거지."

"영화가 너무 거지 같아서 미셸 파이퍼가 예쁘다는 걸 몰랐던 같아요."

그러자 모나가 나에게 느리게 미소를 지었다. "그러면 아예 못 봤다는 소리야? 모든 장면에서 아예 등장하지 않는 것처럼?"

"맞아요. 그거예요."

"우와." 모나는 테이블 위에 둔 호루라기를 다시 목에 걸었다. "엄청난 재능인데?"

나는 잠시 뜸을 들였다. 그리고 나서 입을 열었다. "어쨌든 「스카페이스」에서 더 섹시했어요."

"으으음," 모나가 말했다. "그건 좀 생각해봐야 할 문제네."

나는 시계를 쳐다보았다. 몇 분 뒤가 교대 시각이었다. 나는 자리에서 일어나 아침마다 헤이즐이 얼음을 담아 가져오는 커다란 공용 아이스박스에서 내 게토레이를 꺼냈다.

"나도 좀 마셔도 돼?" 모나는 내가 당연히 허락할 거라는 듯 이미 내 뒤에 서 있었다.

나는 모나에게 게토레이 병을 건네주었다. 모나는 한참 마신 뒤에 병을 돌려주었다.

"너 좀 수줍음이 많은 편인가?" 모나가 벽에 걸어둔 타월을 내리면서 물었다. "어린애들이 수줍어하는 것처럼 말이야."

"아뇨, 전혀 아닌데요."

"괜찮아." 모나가 말했다. "부끄러운 거 아니야."

"진짜 아니라고요."

"봐, 지금도 어린애처럼 말하잖아." 모나가 웃으면서 그렇게 말하더니 탈의실을 나섰다.

탈의실을 나온 뒤로 몇 시간 내내 콜리에 대해, 콜리와 브렛에 대해, 그리고 콜리와 나에 대해 생각하지 않았던 것은 아니다. 그냥 이 모든 생각에 모나에 대한 새로운 생각이, 모나가 심어준 새로운 가능성이 끼어들었을 뿐이다. 사실 두어 번은 선글라스로 눈이 가려진 틈을 타 내 담당 구역을 살펴보는 척 호수 건너편에 선 모나를 빤히 바라보기까지 했다.

브렛이 돌아왔으니, 콜리는 당연히 내 퇴근 시간에 맞춰서 나타나지 않았다. 콜리를 제외한 고속도로에서 일하는 나머지 아이들은 맥주를 잔뜩 들고 나타났지만 말이다.

더 머무를 생각이 없었지만, 탈의실에 들어가 내 몫으로 지정된 고리에 호루라기를 걸려는데 모나가 들어오더니 내가 허리에 두른 타월을 움켜쥐고는 자기 손가락을 타월이 접힌 부분과 내 수영복 사이에 넣으면서 "있다가 갈 거지?" 하고 물었고, 나는 결국 남았다.

마지막까지 남아 있던 아이들을 모나가 나 대신 내보내는 사이에 나는 다 마신 게토레이 병 속에 쿠어스 한 캔하고도 반을 채웠다. 그다음에는 맥주병을 비치타월과 모래 양동이 속에 최대한 많이 숨긴 다음 정문을 잠그고 고속도로에서 일하는 애들을 따라서 플랫폼이 있는 호수의 깊은 물 쪽으로 갔다.

그들 중 랜디라는 애가 내 수영복 왼쪽 어깨끈을 한번 잡아당겼다가 놓더니 이렇게 말했다. "난 너도 오늘 꾀병 부리고 안 나왔을 줄 알았어."

"무슨 소리야?" 내가 물었다.

"콜리가 오늘 아침 아파서 학교에 못 온다고 전화했거든." 그는 '아파서'라고 말할 때 손가락으로 따옴표 모양을 만들었다.

"아니, 타이가 대신 전화했지." 다른 남자애 중 하나가 우리 옆에 따라붙으며 끼어들었다.

"그거나 그거나." 랜디가 말했다. "우리는 너희가 학교 빠지고 빌링스에 놀러 가려는 줄 알았지. 그런데 진짜 아픈가 보구나."

우리는 오른쪽 수상안전요원석 앞에 서서 짐을 내려놓았다. 모나가 나를 바라보는 게 느껴졌다.

"걔 남자친구가 오늘 돌아왔대요." 내가 말했다. "아마 그래서 아픈 거겠죠."

"오호!" 랜디가 슬랩스틱 코미디를 하듯 팔꿈치로 내 쪽을 찌르는 흉내를 냈다. "상사병이구만? 다행이네."

"그렇대." 그렇게 말한 뒤 나는 물병을 꺼내 물을 한참 마신 뒤 뚜껑을 잠그고 호수 속에 던져버린 다음 물병이 포물선을 그리는 모양을 따라 물속에 풍덩 다이빙을 했다.

나와 너른 어깨가 물에 젖어 미끌미끌한 모나는 그렇게 잠시 동안 물속에서 몸싸움을 벌이면서 검은 물 위로 나가떨어질 때마다 자꾸만 웃었다. 그다음에는 높은 다이빙대에서 뛰어 내리며 서로의 잭나이프 다이빙과 캐논볼 다이빙을 보면서 점수를 매겼다. 그러다가 가운데 플랫폼 아래로 들어가 서로에게 엉겨붙었을 때, 그 일은 피할 수 없는 일, 조금도 심각할 필요가 없는 일처럼 느껴졌다. 고속도로에서 일하고 돌아온 애들은 물이 얕은 쪽에 모여 도롱뇽을 쫓아다니고 있었고, 모나가 "내가 고등학생 쫓아다니는 대학생이 되다니 믿기지가 않는다"라는 말을 세 번, 네 번이나 했음에도 우리는 멈추지 않고 가느다란 틈새로 새어드는 빛에 연노랑으로 물든 물속에서 서로를 애무했다. 그것으로 끝이었다. 모나, 그녀의 두툼한 입술, 투명에 가까운 그녀의 속눈썹. 자전거를 타고 집으로 돌아가는 내내 맥주, 키스, 심지어 대학생인 연상의 여자 때문에, 그리고 *자, 봤지, 콜리 테일러, 받아들이라*고 하는 생각으로 머리가 아찔했고, 처음에는 기분이 좋았지만 열두 블록을 달리고 나자 기분이 나빠졌다. 정말로 나빠졌다. 갑자기 내가 그 애를, 어쩌면 이상하게도 우리 둘을 속인 것만 같은 죄책감이 나를 짓누르기 시작했던 것이다.

집에 도착하기 직전에 나는 콜리에게 편지를 쓰겠다는 마음을 먹었다. 길고 긴 편지를 써서, 우리 사이에 일어난 일이 큰일이고 또 무서운 일이라 해도 사랑이고, 사랑에 빠진 이상 우리는 어떻게든 이겨내야 한다는 길고 긴 편지를 쓰겠다고 말이다. 머릿속으로 생각하니 마치 화이트스네이크의 노래 가사처럼 느껴졌지만 상관없었다. 나는 편지를 쓸 것이다. 아무것도 빼놓지 않고. 말하려고 할 때마다, 때로는 생각하기만 해도 기분이 이상해지고 감상적이 되고 바보 같아지고 겁이 나는 그 모든 감정을 편지에 다 털어놓을 것이다.

집 진입로에 크로퍼드 목사님의 차가 서 있는 것을 보았을 때도 나는 별 생각이 없었다. 목사님은 루스 이모가 꾸리는 결혼식 계획 때문에 우리 집에 자주 드나드니까. 자전거를 차고에 세우고 포치에 놓인 신문을 집으면서도 왜 아직까지 아무도 신문을 챙겨가지 않았나 하는 데까지는 미처 생각이 미치지 않았다. 나는 문을 열고 문간 테이블 위에 신문을 던져둔 뒤 안으로 들어갔다. 루스 이모의 목소리가 들린 것은 방을 향해 계단을 세 칸이나 올라간 뒤였다. "잠시 이쪽으로 오려무나, 캐머런."

이모가 처음으로 나를 캐미가 아닌 캐머런이라고 불렀다는 사실을 깨닫는 순간 목 안에서 작은 매듭이 콱 조이는 것 같았다. 거실 문간으로 갔는데 루스 이모와 크로퍼드 목사가 소파에, 레이는 커다란 클럽 체어에 앉아 있는데 할머니의 모습은 보이지 않자 그 매듭은 더 커지면서 세게 죄어들기 시작했다. 나는 이번에는 부모님이 아니라 할머니가 돌아가신 게 틀림없다고 생각했다. 확신했다.

"들어와서 앉으려무나." 크로퍼드 목사가 자리에서 일어서서 자기가 방금까지 앉아 있던 소파의 빈자리를 가리켰다.

"할머니는 어떻게 된 거예요?" 나는 문간에 선 채로 물었다.

"할머니는 아래층에서 쉬고 계셔." 루스 이모가 대답했다. 이모는 내 얼굴을 쳐다보지 않았다. 적어도 오랫동안 나와 눈을 맞추지 않았다.

"아프세요?" 내가 물었다.

"캐머런, 할머니 때문에 모인 게 아니다." 크로퍼드 목사의 말이었다. 그가 나에게 두어 발자국 다가오더니 내 어깨에 손을 얹었다. "앉으렴, 너와 대화를 좀 나누어야겠구나."

*대화*는 상담사들이 쓰는 단어다. 방금 크로퍼드 목사가 한 말처럼 쓰일 때는 절대 대화라는 의미로 쓰이지 않는다. 절대로 가벼운 대화 소재가 될 수 없는 중대한 문제에 대해 이야기를 나누자는 뜻이 된다.

"또 무슨 일인데요?" 나는 크로퍼드 목사의 묵직한 팔에서 벗어나 가슴 앞에 팔짱을 낀 채, 무슨 일이든 전혀 신경 쓰지 않는다는 태도를 보이려 애쓰며 문틀에 등을 기댔다. 하지만 머릿속으로는 온 힘을 다해 내가 저질렀을지 모르는 잘못들의 목록을 되짚고 있었다. *냉장고에 있던 맥주가 없어진 걸 알아냈나? 홀리 로저리 병원에 몰래 들어간 걸 들켰나? 아니면 린지에게서 온 소포를 누가 몰래 뜯어봤나? 제이미와 대마초를 피운 걸 들켰나? 아니면 지금까지 말한 것 전부 다?*

우리 네 사람은 서로 눈길을 주고받았다. 크로퍼드 목사는 설교하면서 강력한 효과가 있는 단어를 떠올리려고 고심할 때 짓는 표정을 지었지만, 그가 채 입을 열기도 전에 소파에 앉은 루스 이모가 갑자기 이상야릇한 소리를 내며 흐느끼기 시작하더니 얼른 손으로 얼굴을 감쌌다. 레이가 이모를 진정시키려고 일어서자 무릎 위의 팸플릿이 바닥으로 미끄러져 떨어졌다. 세 단으로 접힌 한 장짜리 팸플릿에 적힌 내용을 문간에 서 있는 나로서는 전혀 알아볼 수 없었지만, 러그 위에 떨어진 이 팸플릿의 로고는 금세 알아보았다. *하나님의 약속.* 쿨한 릭 목사가 간식 테이블 한켠에 쌓아놓았던 바로 그 팸플릿이었다. 콜리가 자기 핸드백 속에 집어넣었던 바로 그것이었다.

아주 오랫동안 나는 내가 내려가는 철문 아래로 말도 안 되게 빠른 속도로 구르고, 좁은 동굴 속에서 뾰족한 쇠못과 굴러오는 거대한 바위를 구사일생으로 피하면서 짜릿할 정도로 아슬아슬하게 탈출하는 인디아나 존스처럼, 그 어떤 것도 다 피해갈 수 있을 거라고 느껴왔다. 그런데 이제 사람들에게 들켰다는 사실에 숨이 턱 막히면서 수치심이 밀려왔다.

"우리 모두 이 문제를 얼마나 괴롭게 여기는지 너 역시 알 거라 생각한다." 크로퍼드 목사가 입을 열었다. "또, 너 역시 무척이나 괴로우리란 것을 우리도 잘 알고." 그러면서 그는 다시 내 어깨에 손을 얹으려는 듯 팔을 뻗다가 생각을 바꾸었는지 나에게 클럽 체어에 앉으라는 몸짓을 했다.

의자로 걸어가면서 처음에는 이 모든 것이 린지와 관련된 일일 거라는, 린지가 보낸 소포와 편지, 어쩌면 사물함에 붙여놓은 린지와 내 사진들이 증거가 되었을 거라는 생각이 들었다. 왜 린지가 먼저 떠올랐는지, 왜 오로지 린지 생각만 했는지는 설명할 수 없지만, 그랬다. 그때 클럽 체어에 앉아 무릎을 세운 채 가슴 앞에 끌어안고 그 누구도 쳐다보지 않던 나는 이 *대화*가 분명 나와 린지 사이에 오고 간 그 우편물들 때문일 거라고 확신하고 있었다.

그래서 크로퍼드 목사가 입을 열 때까지도 나는 이미 모든 것을 린지와 그 애의 영향력, 대도시가 오염시킨 사악하고도 부정한 행위의 탓으로 돌릴 준비를 하고 있었다. "어젯밤 콜리 테일러가 어머니와 함께 우리 집에 찾아왔다." 목사님의 말을 듣는 순간 나는 누군가가 내 머리를 가운데에 놓고 심벌즈를 맞부딪치기라도 한 것 같은 충격을 받았다. 루스 이모가 레이의 파란 작업복 셔츠에 기대 더 큰 소리로 흐느끼기 시작했다.

나는 거기서부터 크로퍼드 목사가 하는 말을 따라잡기가 어려워졌다. 단선된 이어폰을 꼈을 때처럼 들리다가 다시 들리지 않다가, 또 들리다가 다시 들리지 않다가를 반복했다. 그의 말을 듣지 못했다는 뜻은 아니다. 나는 그 자리에 앉아 있었고 그가 나에게 말하고 있었지만, 그 이야기는 마치 내가 아닌 다른 누군가에 대한 무척 복잡하고도 수치스러운 이야기처럼 느껴졌다. 크로퍼드 목사의 말로는 이틀 전 내가 콜리의 아파트를 떠난 뒤 타이와 다른 두 명의 술 취한 카우보이가 콜리를 다그친 끝에 '진실'을 알아냈다고 했다. 그 '진실' 속에서는 내가 콜리를 집요하게 쫓아다녔으며 콜리는 나를 순수한 친구로 생각할 뿐이었다. 화가 머리끝까지 난 타이가 콜리를 설득해 다음 날 아침 테일러 아주머니에게 데려갔고, 콜리는 자기 어머니에게 린지가 나를 오염시켰으며 나 역시 병적인 미혹으로 자신을 물들이려 했다고, 내가 안타깝다고, 하지만 내게는 도움, 하나님의 도움이 필요하다고 했다. 그리고 크로퍼드 목사는 이 소식을 들은 뒤 오늘 아침 루스 이모가 브로더스로 영업을 하러 가려고 페투스 모바일에 오르기 전에 찾아왔다. 그렇게 내가 스캘런 호수에서 기초 배영 3단계를 가르치는 동안에―*닭, 비행기, 군인,*[*] *다시, 다시*― 목사님은 루스 이모와 함께 우리 집 소파에 앉아서 나의 추악하고도 죄악된 행위에 관해 상세히 이야기했다고 한다. 루스 이모가 다시금 두 발로 설 수 있을 정도로 추스르기까지 몇 시간이나 걸렸다. 루스 이모와 크로퍼드 목사는 내 방을 뒤졌고, 찾던 것을 발견했다고 했다. 내가 이 사태를 촉발한 원인이었으리라 생각했지만, 사실은 원인이 아니라 콜리의 고발을 입증하는 증거가 된, 린지의 편지, 비디오테이프, 제이미에게서 받은 쪽지, 사진, 믹스테이프, 나중에 인형의 집을 꾸미는 데 쓰려고 모아서 고무줄로 묶어두었던 영화 티켓, 그리고 인형의 집 그 자체 말이다. 도대체 이게 말이 되는 소리일까?

크로퍼드 목사가 오래 연습한 듯 흔들리지 않는, 지나치게 차분한 목소리로 아직은 늦은 게 아니라고, 예수님이 이 불순한 사상과 행위를 치료할 수 있다고, 내게서 죄악된 충동을 거두어 가고 나를 치유하여 완전하게 만들어줄 수 있다고 말하는 내내, 나는 끊임없이 생각했다. *콜리가 말했어, 콜리가 말했어, 콜리가 말했어.* 그다음에는 이렇게 생각했다. *다들 알아, 다들 알아, 다들 알아.* 이 두 가지 생각만이 머릿속에서 드럼 박자처럼 규칙적으로 되풀이되었다. 그리고 그 순간에 내가 느낀 감정은 분노가 아니었다. 심지어 배신감도 아니었다. 나는 피곤했다. 또, 들킨 것

---

[*] 초급 배영 발차기를 쉽게 가르치는 방법.

같았다. 또, 나약해진 기분이었다. 그리고 나는 나에게 주어질 벌이 무엇인지는 모르겠지만 벌 받을 준비가 되었다고, 그냥 받는 게 낫겠다고 생각하고 있었다.

크로퍼드 목사는 우리 집 거실에서 설교하는 내내 무슨 말이든 덧붙여보라는 듯, 아니면 질문해보라는 듯 몇 번 말을 끊었지만 나는 아무 말도 하지 않았다.

그러다 어느 순간 그가 이렇게 말했다. "지금의 너에게 마일스시티는 영적으로든, 다른 쪽으로든 최선의 장소는 아니라는 데 모두 의견을 같이했다."

그 순간 나는 더 이상 참지 못하고 바닥으로 시선을 떨군 채 물었다. "마일스시티와 제 상황이 무슨 상관이에요?"

"이곳에는 너에게 건강하지 못한 영향을 미칠 수 있는 것들이 너무 많다." 그가 대답했다. "너를 잠시 다른 곳으로 보내는 게 치유에 도움이 될 거라는 데 우리 모두 동의했다."

그 말에 나는 결국 고개를 들었다. "모두가 누군데요?"

"우리 모두." 루스 이모가 내 눈을 똑바로 바라보며 말했다. 이모는 오래전 그날처럼 부어오른 눈가에 마스카라로 얼룩진 '슬픈 광대 루스'가 되어 있었다.

"할머니는요?"

그 말에 루스 이모는 얼굴이 다시 일그러지더니 황급히 손으로 입을 가리고 흐느끼기 시작했고 크로퍼드 목사가 얼른 끼어들어 입을 열었다. "네 할머니께서는 너에게 가장 도움이 되는 일을 바라신단다, 우리 모두와 마찬가지로 말이야. 캐머런, 이건 벌이 아니다. 이 일이 단순한 벌보다는 훨씬 큰 의미가 있는 일이라는 걸 너도 이해해주었으면 좋겠다."

나는 "할머니랑 직접 이야기할래요." 하고 빠른 말투로 웅얼거린 다음 지하실로 내려가려고 자리에서 일어섰다.

하지만 루스 이모가 따라 일어서더니 내 얼굴에 대고 송곳처럼 날카롭게 외쳤다. "할머니께서는 이 얘기를 하고 싶지 않으시대! 할머니는 이 상황이 역겹다고, 역겹기 짝이 없다고 하셨어! 우리 모두 그렇다."

루스 이모는 내 뺨을 후려칠 기세였다. 레이도 크로퍼드 목사도 입을 딱 벌린 채 이모의 말을 듣고 있었다. 내가 자리에 앉자 우리는 다시 우리의 대화를 이어갔고 한 시간 안에 우리는 모든 결정을 내렸다. 오는 금요일에 루스 이모가 나를 '하나님의 약속 기독 사도 프로그램'으로 데려가기로 했다. 나는 그곳에서 최소 1년, 그러니까 두 학기를 보내면서 크리스마스와 부활절에 각각 한 번씩 방학을 얻을 예정이었다. 그다음에 우리는 발전이 있는지 지켜볼 예정이었다.

크로퍼드 목사는 떠나기 전 신이 나의 회복을 도와주길 바란다는 내용의 기나긴 기도를 한 뒤 모두를, 심지어 나까지도 안아주었다. 나는 가만히 있었고, 곧이어 크로퍼드 목사는 릭 목사가 팩스로 보내온 신청 서류와 입소 조건이 든 마닐라 봉투를 내게 주었다. 입학 비용은 1년에 9,560달러였는데, 부모님의 부동산을 팔아서 생긴 돈, 즉 내 학자금을 위해 두 분이 남겨놓은 돈으로 지불될 예정이었다. 단순하기 그지없는 결정이었다.

하나님의 약속
기독교 학교·치유 센터

기숙사형 사도 프로그램

-동성애의 반대말은 이성애가 아니다. **거룩함이다.**

• **설립 목적**

하나님의 약속은 성적인 죄악의 굴레에서 벗어나 주님을 영접하고자 갈구하는 청년들을 위한 기독교 학교이자 지원 센터입니다.

우리의 목표는 1:1 면담, 그룹 면담, 적합한 성별 역할 활동, 지속적인 영적 지도, 열정적인 교육을 통해 학생들의 영적 성숙과 개인적 성장을 뒷받침하고 올바른 방향을 제시하는 것입니다.

"너희는 유혹의 욕심을 따라 썩어가는 구습을 따르는 옛 사람을 벗어버리고 오직 너희의 심령이 새롭게 되어 하나님을 따라 의와 진리의 거룩함으로 지으심을 받은 새 사람을 입으라."

에베소서 4장 22절~24절

• 규칙/금지사항

하나님의 약속을 찾아온 사도들 중 많은 수가 스스로 감당할 수 없는 현재의 여러 가지 행동 방식과 과거의 잘못 때문에 힘들어합니다. 그중에는 성중독, 약물중독, 알코올중독, 학대, 고립, 소외 등이 있습니다. 따라서 1학기에는 사도들의 면회나 전화 통화를 (가족 포함) 금지합니다. 사도들은 입소 후 3개월부터 직원의 사전 검수를 거친 우편물을 받을 수 있습니다. 이 규칙의 목적은 죄악의 패턴을 깰 수 있는 보호 환경을 유지하기 위함입니다.

입소 후 3개월이 지난 시점에 지도자들이 각 개인에 대한 프로그램 척도 평가를 진행합니다. 평가 후 하나님을 향한 길에서 성숙을 이루어낸 사도에 한해 전화 통화, 면회 제한이 전면 해제될 수 있습니다.

• 룸메이트/교우관계

하나님의 약속의 핵심 기조 중 하나는 모든 훈련생들이 서로 건전하며 신실한 우정을 쌓아가는 것의 중요성입니다. 특히, 동성 간의 건전한 비성애적 우정을 구축하는 것이 중요합니다. 이는 적절한 성별 역할을 확인하기 위해서이기도 하지만 치유 과정의 일환으로서도 중요합니다.

또한 하나님의 약속에서는 사도들이 실제 세상의 환경에 맞설 준비를 할 수 있도록 대학교 또는 기숙학교의 분위기를 따르고자 합니다. 따라서 각 사도는 동성의 룸메이트와 짝을 맺게 됩니다. 이는 신뢰관계를 형성하고 건전하며 신실한 동시에 성별적합적 관계를 발전시킬 수 있는 기회가 될 것입니다. 사도들은 동성 간의 우정과 결속을 중시하는 사회에서 제대로 기능하는 방법을 배워야 하며, 이러한 건전한 관계를 두려워한다면 개선되었다고 볼 수 없습니다.

그러나 사도들이 처한 상황은 민감하고도 특별합니다. 따라서 기숙사 방문은 주간, 야간 모두 잠글 수 없으며 옷을 갈아입을 때를 제외하면 밤 10시부터 오전 6시까지 야간에는 방문을 살짝 열어두어야 합니다. 또한 정기적으로 예고 없이 무작위로 방을 검사하거나 불시 점호가 이루어집니다.

만약 동성 또는 이성 간의 관계(성적 이끌림, 사악하고 불건전한 욕망이나 전력을 품은 부정적인 결합, 정서적 의존의 징후)가 발각될 시 이는 다른 사도들이 하나님의 길을 가는 것을 방해하는 행위이기에 이러한 우정을 하나님의 궤도로 돌려놓는 조치를 실시할 것입니다.

한 사도가 다른 사도에 대해 성적 또는 불건전한 정서적 매력을 느끼는 경우 반드시 릭 또는 리디아에게 보고해야 합니다. 사도는 상대에게 잠재적인 매력을 느끼고 있음을 발설할 수 없습니다. 이러한 행위는 두 사도 모두에게 극단적 유혹을 불러일으킬 수 있습니다. 교내에서의 연애를 금지합니다.

• 해로운 '동성애자' 이미지 지우기

하나님의 약속은 신실한 상호 소통을 추진하는 환경을 유지하고자 합니다. 일명 '게이' 또는 '레즈비언' 문화에 대한 흥미나 버릇을 부추기는 행동이나 언행은 지도자가 즉시 금지할 것입니다. 또 과거에 저지른 죄를 미화하는 대화는 허용하지 않습니다. 성적 접촉이나 환상을 상세하게 묘사하는 대화도 이에 해당됩니다.

• 복장 규정과 기숙사 규칙

월요일부터 금요일까지 일정상의 모든 활동(휴식 시간 외), 그리고 주일의 찬양 예배에서는 모든 사도가 교복을 입어야 합니다. 주중 휴식 시간, (가끔) 캠퍼스 외부로의 외출, 찬양 예배를 제외한 주말에 교복 착용은 필수가 아닙니다. 그러나 복장은 지도자가 보기에 적절한 것이어야 합니다.

그 외 하나님의 약속에서의 일상생활을 위한 규칙은 프로그램 입소 시 배부하는 기숙사 규율집에 자세히 나와 있습니다.

· 모든 사도는

- 새 생명을 얻고 주예수의 영성으로 가득 차야 합니다.
- 하나님의 약속 기숙사 규율집에 나온 규칙들을 숙지하고 준수해야 합니다.
- 모든 기숙 훈육 활동에 적극 참여하며 이때 규칙을 숙지하고 준수해야 합니다.
- 배움에 열린 마음을 가지고 하나님의 약속 지도자의 지시, 교정, 지원을 받아들여야 합니다.
- 남성과 여성 사이의 성행위와 결혼은 하나님이 인간을 창조하실 때 만드신 것이며 여타의 성행동은 죄악이라는 점에 동의해야 합니다.

- 2권에서 계속

옮긴이 송섬별

이화여자대학교 학부와 대학원에서 영문학을 공부했다. 더 잘 읽고 쓰기 위해 번역을 시작했고, 출판 번역을 시작한 이래 주로 여성, 성소수자, 노인과 청소년을 다루는 책에 관심을 가졌다. 앞으로 소수자의 삶을 이해할 수 있는 글을 더 많이 소개하고 싶다. 고양이 물루와 올리버와 함께 많은 시간을 보내며, 매달 쓴 글을 《파워북》이라는 지면으로 묶어 내고 있다. 번역을 하지 않을 때는 수영을 하는 짬짬이 밀린 책읽기를 한다. 옮긴 책으로는 『패시지』 『크루얼티』 『당신 엄마 맞아?』 『애너벨』 『다크 챕터』 『너를 비밀로』 『뜻밖의 스파이 폴리팩스 부인』 등이 있다.

사라지지 않는 여름 1

초판 1쇄 발행 2020년 1월 20일
초판 2쇄 발행 2020년 6월 2일

지은이 에밀리 M. 댄포스
옮긴이 송섬별
펴낸이 김선식

경영총괄 김은영
기획편집 이상화 **디자인** 문성미 **크로스교정** 조세현 **책임마케터** 이고은
콘텐츠개발2팀장 김정현 **콘텐츠개발2팀** 문성미, 정지혜, 이상화
마케팅본부장 이주화
채널마케팅팀 최혜령, 권장규, 이고은, 박태준, 박지수, 기명리
미디어홍보팀 정명찬, 최두영, 허지호, 김은지, 박재연, 배시영
저작권팀 한승빈, 이시은
경영관리본부 허대우, 하미선, 박상민, 윤이경, 권송이, 김재경, 최완규, 이우철

펴낸곳 다산북스 **출판등록** 2005년 12월 23일 제313-2005-00277호
주소 경기도 파주시 회동길 357 2, 3층
대표전화 02-704-1724 **팩스** 02-703-2219 **이메일** dasanbooks@dasanbooks.com
홈페이지 www.dasanbooks.com **블로그** blog.naver.com/dasan_books
종이 · 인쇄 · 제본 · 후가공 (주)갑우문화사

ISBN 979-11-306-2809-7 (04840)
ISBN 979-11-306-2808-0 (세트)